小大夫

王小枪 ——

著

北京时代华文书局

图书在版编目（CIP）数据

小大夫 / 王小枪著．-- 北京 ： 北京时代华文书局,2020.5
ISBN 978-7-5699-3621-6

Ⅰ．①小… Ⅱ．①王… Ⅲ．①长篇小说－中国－当代 Ⅳ．① I247.5

中国版本图书馆 CIP 数据核字（2020）第 052780 号

小 大 夫
XIAO DAI FU

著　　者	王小枪
出 版 人	陈　涛
策划编辑	高　磊
责任编辑	赵　岩　高　磊
封面设计	末末美书
版式设计	段文辉
责任印制	刘　银　范玉洁

出版发行 | 北京时代华文书局 http://www.bjsdsj.com.cn
　　　　　北京市东城区安定门外大街 138 号皇城国际大厦 A 座 8 楼
　　　　　邮编：100011　电话：010 - 64267120　64267397

印　　刷 | 三河市嘉科万达彩色印刷有限公司　　　电话：0316-3156777
　　　　　（如发现印装质量问题，请与印刷厂联系调换）

开　　本 | 880mm×1230mm　1/32　　印　张 | 11.75　字　　数 | 372 千字
版　　次 | 2020 年 6 月第 1 版　　印　　次 | 2020 年 6 月第 1 次印刷
书　　号 | ISBN 978-7-5699-3621-6
定　　价 | 49.80 元

目录

—— | 小大夫 | ——

楔子

正值盛夏，骄阳似火，空气中流动着层层热浪。

非洲西部的热带沙漠里，一只四脚蛇站在一片仙人掌群的前面，瞪着眼睛，离它不远处的一片沙丘上，一条沙漠蟒蛇从沙砾层上无声地游了过去。

就在沙漠蟒蛇刚刚游走时，一辆车身上喷着红十字医疗标志的敞篷式吉普车"嗖"地开了过去。开着这辆吉普车的人叫郭靖，是一个不到三十岁的年轻中国男子，他浑身上下已被晒得黝黑，胡子拉碴，头发蓬乱，脸上还涂着几块迷彩，反戴着一顶脏兮兮的帽子。

吉普车刚开过，便"砰！砰砰！"地响起了几声枪声，几颗子弹紧随其后地射了过来，打在了地面的砂石上，"噗噗噗"地掀起了层层黄沙。

漫无边际的沙漠里，郭靖开着这辆载着药品的吉普车不顾一切地向前狂奔，他后面，好几辆当地叛军组织的车对其穷追不舍，死命地追着。

"砰砰砰砰！"枪弹横飞。

"我X！"不停躲着枪子儿的郭靖愤懑地宣泄了一句。他快速地瞟了一眼仪表盘，汽油已经不多了。

他死死地抱着方向盘，缩着脖子踩着油门往前猛冲，趁着没子弹射来的工夫，声嘶力竭地喊着几句豪萨语（注：属闪含语系乍得语族，非洲最重要的三大语言之一，西非最通行的语言）："Daya daga cikin mu!（自己人！）Medical，ka sani?（医生，知道不？）Na kasance daya daga cikin mu!（我是自己人！）Kada harba!（别开枪！）"

"砰！"又一声枪响。

郭靖吓得脑袋一缩，把油门踩到了底，骂骂咧咧道："都是聋子吗？说了别开枪别开枪！把我打死了，看谁给你他娘们的瞧病！"

叛军的车辆紧紧跟在他后面，几个士兵"呜里哇啦"地冲他叫唤着。

郭靖火急火燎地腾出一只手，抄起一个老式诺基亚手机，用牙把天线咬出来，拨了几个号后，就对着里面开口一通大骂："不是说这条路没反抗军吗？你听听，你听听这噼噼啪啪的都是什么声音？赶紧给我查查哪儿有近路！"

电话里头说了句什么，郭靖气得脸都青了："药在车上呢！都这时候了光惦记着药，我呢？怎么没人关心我？路线查着没有？喂喂！我听不清，大点声！走哪儿？什么？"

"砰！"又是一颗子弹飞过来，正中手机，郭靖眼睁睁地看着这唯一一部可以救命的电话从手里飞走，一脸绝望。

他咬着牙，将油门死踩到底，继续一路狂奔，左躲右闪。

一段路后，仪表盘上汽油的标尺已到了警戒线，郭靖看了看那显得格外刺眼的红色警报灯，依旧狠命地踩着油门，一边骂一边跑。他从衣服兜里掏出几盒香烟，远远地扔了出去，果然，一辆叛军的车偏离了路线，奔着香烟去了，但剩下的几辆车更来劲了，五六个穿着迷彩军服的黑人叛军士兵嗷嗷叫着，继续突进。

郭靖慌乱地把全身都摸了个遍，却什么都没摸着。最后他从上衣的兜里掏出来一张照片，他看了一眼照片上笑容甜蜜的中国姑娘，马上又把它塞了回去。

再也没有东西可扔了，郭靖一咬牙，把一个沙袋从车座底下拽了出来，又从靴子上抽出一把锋利的匕首，用刀锋在沙袋上一划，黄沙顿时泄出，他将沙袋往车后一甩。

瞬间，黄沙漫天。

身后一直追逐的几辆车被这漫天的黄沙遮挡住了视线，速度当即慢了下来。

远远地，一片生活区进入了郭靖的视线。他定睛看去，一座镌刻着红十字标志的中国援非医院醒目地矗立在那里，一面耀眼的五星红旗高高地飘着。几个穿着绿色军装的政府军人正拿着冲锋枪，陪着身着白大褂的医生们从里面跑了出来。

终于看见支援的人了！

郭靖激动得眼睛都花了，加大油门往前冲去。

"嗷——"他还没来得及激动地喊完一嗓子，身后的一颗子弹唰的飞了过来，击中了车的一只轮胎，瞬间，吉普车侧翻了，凶猛地打着滚儿一头栽在沙漠里，郭靖顺着翻车的惯性一下子飞了出去，几乎是三百六十度翻腾着飞过天空，一头往沙漠里栽去。

迷糊中，半睁开眼睛的郭靖，已经身处中国援非医院里，此刻的他有些意识不清地躺在担架上，被一群人心急如焚地推着往急救室跑去。

"Guo，Guo，醒一醒，Guo！"一个黑人护士急切地呼喊着他。

他抬了抬眼皮，一缕鲜血自眼睛上淌下。

随后，一只手顺势将这缕鲜血擦掉，而为他擦掉这缕鲜血的，正是他年轻英俊的同事曾鲤——也是援外医疗队的成员。

曾鲤推着他的担架，一路往急救室快跑，嘴里却也不闲着："话我不多说，就告诉你一件事儿，你现在唯一要做的就是挺住。挺不过去，最多算你个烈士，身上盖一张国旗给你拉回国，院长主持个追悼会，念完稿子就把你名字忘了，女朋友顶多哭三天，不到半年就让别人给睡了。要是咬牙挺过去，回去你就是英雄，就是Hero，就不是小大夫了，你就是名医了知道吗……"

恍惚中，曾鲤的声音似乎距离他越来越远。

郭靖强撑着最后一点意识，颤巍巍地伸出手，摸向了衣兜里的那张照片，他艰难地看着摸出来的那张照片上那位年轻姑娘的可爱笑脸。随后，他的视线逐渐模糊了……

"郭靖！郭靖！"

"Guo！Guo！"

……

第一章

三年后。

炙热的夏日，"吱吱吱"的蝉鸣声此起彼伏，就算是茂密的树叶也遮挡不了那灼人的日光热量，热得让人无所适从。

而就在这样一个热得让人快透不过气的正午，这所拥有着悠久传统和深厚内涵的市人民医院，依旧熙熙攘攘，人满为患。

产科病区门口，一个穿着白大褂的年轻男子，正一边等电梯，一边拿着手机从屏幕的反光里看着自己的发型摆弄着。而这个年轻男子，正是郭靖。如今的郭靖，和三年前大相径庭，黝黑的脸颊白皙了许多，没了满脸的胡茬儿，头发也梳得一丝不苟，但与三年前相同的，还是那双灵活的眼睛，透着不张嘴就会说话的劲儿。

"叮咚"。

电梯门开了，郭靖走了进去，他顺着电梯下到了一楼，一路和认识的同事点头招手，一直走到了急诊内科的门口。

郭靖虽和弯弓射雕的那个英雄重名，但他可不会什么降龙十八掌，他是一个产科大夫，出过国，援过非，后来出了点小问题，转到了产科，现在是住院医，原本学的是妇科肿瘤，不过改了。用他自己的话来说，干什么不是干，往俗点说，爱美之心嘛，改了专业，就能见到更多年轻点的姑娘，当然，这都是玩笑话，因为他这辈子，心里恐怕也就只能容下他"媳妇"黄蓉一人了。

而黄蓉，正是他在非洲躲避叛军和进入急救室之前，从衣兜里掏出的那张照片上的姑娘，今年二十七，是个身材苗条、气质可人、动作麻利、语速颇快、说话利落的女医生。

如果有人在洗澡时也要把手机拿进浴室，那么原因有二。第一，她出轨了；第二，她是个急诊科大夫。黄蓉，就是后者。她和郭靖这个小大夫不一样，是专家，出门诊的时候，挂号费比郭靖的号还要贵七块钱。上个礼拜，她刚刚升了副主任，是急诊科历史上最年轻的一个副主任。

不过，这世上没有任何一个女人是十全十美的，不管是女侠还是大夫，都有毛病。拿专业上无与伦比的黄蓉来说，工作里要是只狮子，生活里她就是一耗子。什么都不会，连喝水都得别人提示，更别说做饭这种高难度的事儿了。她姐姐、姐夫为她的生活算是操碎了心，光是喝水的杯子，就为她准备了仨，还分别贴好了"去食堂带着喝""去休息室喝"和"随手接水喝"的标签。

说白了，对黄蓉来说，基本上放下听诊器生活就不能自理，到现在她出门连地铁卡都不会充值。不过没关系，有郭靖，造物主派他来到她身边，就是为了这个。简而言之，郭靖就是她的拐棍儿，坚韧、挺拔、永不生锈。

这不，正当口渴的黄蓉因为饮水机里没水，打算放弃喝水的时候，郭靖搬着一个桶装水大摇大摆地走进了急诊内科一诊室的门。

黄蓉抬头一看是他，当即问道："你怎么又来了？"

"把'怎么又'这三个字儿去了。我来了。我不来能行吗，你连水都喝不着。你姐你姐夫别说给你备好三个杯子，就算有三十个，没水的话一样白搭。"郭靖一边说，一边手脚不停地给她换着桶装水。

"你不好好上班，扛着一桶水到处跑，你们主任就不管你吗？"

"她老人家日理万机，等着候诊的病人从门口能排到长安街，多少事儿啊。"郭靖感叹着。他的主任，就是黄蓉的亲姐姐，叫黄彩云，自从俩人的父母去世后，她也就成了黄蓉唯一的大家长了。

黄蓉嘴角一抽，笑了："你的事，在她那儿比天都大。"

听她这么说，郭靖把嘴一咧，诌媚着："你就别去告密了，看在这桶水的份上……"

正说着，一个外表时尚的年轻姑娘捂着肚子从门口走了进来，而搀扶着姑娘进来的是一个金领模样的小伙子，脸上时刻带着一抹桀骜的神情，他看了看同样穿着白大褂的郭靖，又看了看黄蓉，最后问向了黄蓉："是你给看吧？"

　　说话间，姑娘已经坐到了黄蓉面前，黄蓉习惯性地接过病历小本，正要问，突然，诊室外的走廊里传来了一阵纷乱的脚步声。

　　郭靖转头一看，只见几个警察拖着一个紧闭双唇脸色惨白的光头犯人匆匆过来，着急地乱喊着："大夫，有人吗？大夫！"

　　郭靖走出诊室，过去看了看："怎么了？"

　　"不知道吞了什么东西！"警察指着光头犯人答道。

　　"去那边，我马上过去！"闻讯出来的黄蓉指了指二诊室，作势要往二诊室走。

　　见黄蓉这样处理，姑娘的男友瞬间不满了，他口气有些不好："我们也急呀，同样是急诊，我们先来的好吗？"

　　"我来我来。"郭靖慌忙打起了圆场，黄蓉看了他一眼，顾不上说什么，转头赶了过去。

　　一进二诊室，两个警察便神情肃穆地紧紧守在门外，黄蓉示意光头犯人躺在检查床上，认真地为他触诊按压，她按压着他的腹部问："这儿呢？这儿疼不疼"？

　　犯人看上去很是痛苦，默不作声，整个面部都扭曲着。

　　"问你话呢，说话！"旁边一个警察吼了一声。

　　犯人仍旧闭口不言，紧闭着双眼，嘴微微一动。

　　黄蓉注意到了这个细节，她看了看，问："能张开嘴让我看看吗？"

　　他像是没听见一样，依旧紧紧地闭着嘴，闷不吭声。见状，黄蓉果断道："他嘴里有东西。"

　　刚才说话的警察和门外的两个同伴听闻这句话，以迅雷不及掩耳之势赶了过来，其中两个警察紧紧地摁着他，另一个警察掐着他的两颊，企图撬开他的嘴，而犯人死死地咬着嘴唇，绝不张开。

　　双方僵持不下，没多久，几个人的额头上都已经渗出了汗珠。僵持了一会儿，犯人的嘴被慢慢撬了开来，瞬间，半枚带着血的刀片映入了众人的视线！

　　几个警察都在忙着，腾不开手，撬着犯人嘴的警察有些焦急地对着黄蓉说："那半片已经让他吃了！拿出来！快！"

　　看着那明晃晃的带血刀片，黄蓉犹豫了。

　　"大夫，快呀！"警察转头看向她。

黄蓉有些发怵，见警察又催了一句，只能咬着牙壮着胆子，伸手去拿。就在她即将捏住刀片的时候，犯人猛地开始挣扎，他嘴一动，刀片一闪，已经握住了刀片的黄蓉嗖的一下被划伤了，手上瞬间渗出了一串血珠，她"啊"地叫了一声，被她握住取出的刀片"当啷"一声掉在了地上，她吃痛地握住了自己受伤的指头。

一旁的护士早已吓得脸色惨白。

见状，其中一个警察紧紧摁住了犯人，剩下两个赶紧过来察看黄蓉的伤势，让她取刀片的警察明显有些不好意思："这事儿闹的……您快去包一下吧……"

黄蓉握着手指头，摇摇头："没事没事，小口子。你们带他去拍个片子吧，看看吞了多少，如果只是半个刀片……"

正说着，光头犯人突然猝不及防地挣脱了警察，从床上一蹦而起，他猛地拽开窗户，夺窗而出！弹开的窗户在墙上一磕，"咣当"一声，玻璃粉碎了一地。他飞快地逃走了。

"啊——！"没见过什么世面的小护士被这阵仗吓得一声尖叫。

警察大惊，一个紧跟着从窗户翻了出去，另外一个从门口追了出去，楼道里顿时一片慌乱。

方才说话的警察正要追出去，黄蓉一把拽住了他："算了，不用追了。"

"什么意思？"他有些疑惑。

黄蓉没回答他，而是数了五声："一、二、三、四、五，倒。"

随着她数完最后一个数字，"倒"字一出口，窗户外本来还在草坪上飞奔逃跑的犯人"扑通"一声倒在了地上。

警察一脸惊讶地看着黄蓉。随后，追出去的警察在一群围观的医患人群中，将倒在地上脸色苍白的犯人拖走了。

"摔倒，和他吞刀片没关系。他有急腹症。刚才给他检查的时候，他有持续性的剧烈钝痛。他侧卧屈膝、不肯说话，都是因为想减轻疼痛。咳嗽和说话，都会加重疼痛的程度。"黄蓉平静地看着一脸惊讶的警察，"检查的部位有壁层腹膜炎症刺激，他应该有急性腹膜炎。疼痛程度已经是重度了，他跑不了多远的。"

正说着，从一诊室出来的郭靖挤了进来，他看着从容自若的黄蓉，嘴角咧开到了最大角度，脸上满是自豪的神情，术业有专攻，他"媳妇"优秀，他自豪。

黄蓉和郭靖不同，他们其实是两类人。郭靖学医算是歪打正着，而黄蓉不一样，她学医是世代传家，她的姐姐姐夫，据说还有她没见过面的爷爷和爸妈，都是大夫。

"殊途同归"这个词儿用在他们俩身上可能不合适，"缘分"这个词儿虽然俗，但应该会更合适。总而言之，像郭靖这样一个再少一分就得复读的学渣，和黄蓉这学号001的高才生学霸，为了同一个目标，走到一起来了。

他们俩的故事，要从大一刚开学说起。郭靖第一次见到黄蓉，就是那会儿，那时，他和一帮苦力新生去学校门口搬干尸标本，回来的路上，他不小心撞上了迎面而来的黄蓉，那天的黄蓉穿着一身套裙、一双旅游鞋，简单大方却又美得不可方物。只消这么一眼，郭靖就彻底沦陷了。

那是他最幸福的一天，因为他在看见了黄蓉掉落在干尸脑袋上的学生证后，得知了这个美若天仙的女孩竟是他的同班同学。当时郭靖就在心里发誓，一定不惜一切代价拿下她，而他也确实做到了，靠着他的死皮赖脸。从大一追到大四，整整三年，虽然这个过程有那么丁点长，但这并不影响什么，总之，他胜利了。

从他们谈恋爱的第一天开始算，直到他们分手，又是三年。这三年里，黄蓉在工作上突飞猛进，好好学习天天向上，实践考核名列当年所有实习生第一，耀眼的光芒，足以掩盖她生活自理能力的严重不足。说白了，专业上，黄蓉是个三八红旗手，但生活里，她是个动手小白痴。郭靖喜滋滋地给她当了三年的拐棍，并且他也一直以为自己会让她拄一辈子。

但是，他曾以为的一辈子，在他被医院给开除的档口转折了。

为什么被开除？早退、旷工、兼职、双薪，上班时间脱岗，擅自找人顶班，内犯院规，外坏影响，每一条都是重罪。开除他无所谓，有所谓的是黄蓉。不靠谱的烙印，从那天起，就深深地刻在了黄蓉的姐姐心里，擦都擦不掉。这位大家长给他下了最后通牒，不在医院上班，想娶她妹妹，下八辈子都休想。

于是，郭靖无所畏惧地前往了非洲，曲线救国，援外医疗。这一去，就是三年，这三年里，他几次三番差点丢了小命，但这对他来说并不算什么，而让他觉得可怕的是，自己差点被迫娶了酋长那个膀大腰圆的公主。

三年非洲再回来，劳苦功高，直接转正，倒是达到了黄蓉姐姐既定的在医院上班的最基本要求。可是，三年，非洲男王宝钏是回来了，但国内的女薛平贵，已经订婚了。为了黄蓉，郭靖竖起了一座贞节牌坊，而她却拿把锄头给自己刨倒了。

用黄蓉的话说，这三年来，他一个电话没有，她以为他死了。是的，她姐姐告诉她，他被巨型蚊子咬了动脉，得了烈性传染病，死在非洲了。而事实上，没有电话，是因为他所在的地方电话线让游击队给炸了。郭靖对她的理由非常不满意，他觉得，就算他真的死了，她也还是可以替他守守寡的，所以他并不明白她为什么不等他。

直到后来黄蓉告诉他，他才明白。为什么他追了她三年才追到手？因为在前面的两年零十一个月里，她一直在等着她喜欢了好多年的邻家大哥、他们学校的研究生师兄、一个和他们在同一家医院叫陈锋的男人。没错，所以她要结婚的对象也是这个叫陈锋的男人。

婚礼欢天喜、热热闹闹，郭靖也苦哈哈地去凑了这份热闹，不过这份苦哈哈并没有维持多久，因为两年后，黄蓉离婚了，陈锋婚内出轨，出轨对象竟是她唯一的闺蜜。

对郭靖来说，这没什么，他不是小心眼儿，也不记仇，他不在乎她结过婚，都是学医的，他就当她感染了一次病毒，住了两年的院，治好了。抢救中心开门出来，又是一条好汉。

他要重新追！

这不，他又追着刚刚完事从二诊室出来的黄蓉，一路往急诊科中心走，一边走还一边叨着："哎，我说媳妇，你这手……"

"什么你媳妇？谁是你媳妇？别老在这么多人前头媳妇媳妇的。"黄蓉没好气地打断他。

"叫一句怎么了？以前又不是没当过。"

"以前是以前，再说那都是多久以前的事了？现在我是单身。"

郭靖笑了："要的就是你这句话。你单身，我再来追你，就不算破坏别人家庭了，这是我的自由啊。以前来，我算第三者插足，现在算拥抱爱情。行了，好歹以前也处过，装什么装。"

"一边去。我装我乐意。"黄蓉白了他一眼，加快了步子。

郭靖赶紧跟上去："这不是开玩笑嘛，你又不是不知道我就爱玩笑。还真急了。哎，你那手究竟怎么了？我问你话呢。"

一路追着黄蓉走进了消毒室，郭靖一边念叨着让她坐在凳子上，一边轻车熟路地拿起手套戴好，然后拉起她的手腕搭在消毒巾上，拿着镊子纱布酒精棉球，一步步小心地为她处理伤口，消毒包扎，细心利落，手法娴熟。

黄蓉在一侧看着细心为自己消毒伤口的他，没有说话。

也许在别人眼里郭靖这个人很不着调，但在她看来，他身上还是有很多可取之处，这些特点，都是作为一个医生所必须具有的。比如，不受干扰的认真，对人体精神系统承受能力的好奇心，还有对身体机能的自检自查以及极佳的心理素质；再比如，不愿让患者难堪的点滴关心，对待上级也敢直率辩白的坦诚，常人不具备的灵活多变的聪明，扎实的专业课功底……当然，还有他最引以为豪的、锲而不舍的执着和堪比病理研究、无休无止的假设。为什么要顺带说上他的假设？因为他最常挂在嘴边的话就是："如果不是你姐，咱俩早成两口子了。我本来学的是妇科肿瘤，要不是她，我也不会去产科，不是她压着，我早成大大夫了。"

消毒清洗完毕，郭靖小心地用纱布包扎着黄蓉手上的伤口，又开始了他的念叨："哎，我说，真的，你信不，要不是你姐，咱俩现在孩子都有了。我找算命的算过，双胞胎，俩闺女。"

黄蓉冷哼了一声："就你这样的还双胞胎？"

"必须地呀！名字我都想好了，老大叫郭芙，老二叫郭襄。重名是缘分，咱都按名著来。"

"你就别不要脸了，你爸给你起的名字是郭京。"包扎好，黄蓉利索地抽回手，绝不给他一丝一毫占便宜的机会。

没错，郭靖其实本来不叫郭靖，他叫郭京，只是因为她叫黄蓉，所以他就非得去改了户口本和身份证。厚脸皮这一点他敢认第二，绝对没人敢认第一。郭靖总怨黄蓉她姐嫌他不着调，其实这也不怨他，客观点来说，黄蓉的姐姐确实有时候戴着有色眼镜，而且还隔着门缝看人。作为郭靖的顶头上司、最大克星，她姐的的确确比任何人都要冷血。医院的网站里，描述她姐的文字是这样的："妇产科副主任，产科主任，副教授，学科带头人，擅长高危妊娠和产科危急重症的救治。每周二下午于特需门诊出诊。过时不候。"

不过"过时不候"这四个字是黄蓉给她姐加的，一是一，二是二，黄彩云就是这样的人，不理人情世故，拒绝一切加塞。一年里，她恨不得有363天都在医院里，每个跟过她的实习生、进修生都能记住，她有一张冷酷严厉的脸。

有人说，做人，就怕认真二字，黄蓉的姐夫却说，做人，就怕老婆认真。认真的另一种意思是，不管是笑、是哭，还是吃饭，都不是为了高兴、悲伤和美食。而黄彩云做的每件事，都是为了自己身上的器官，为了一件饺子里放不放香油的小事，她能和自己的老公冷战半年，只因她对香油过敏。

在一个离开单位就活不了的产科主任眼里，每个人都应该把生命奉献给自己的事业。至少，黄彩云觉得自己周围的人应该这样。比如郭靖，在她眼里，她是顽劣如郭靖一类人的批判者和指路人，甚至是黑暗中为他打着明灯的上帝；再比如黄蓉，从小到大，黄蓉可以不会洗衣做饭，但决不允许学习出问题；同理，她未来的妹夫也一样。

所以，在黄彩云看来，郭靖不是最佳妹夫人选。她认为合适的，是黄蓉的前夫陈锋。黄蓉和陈锋当初的婚姻，她在其中也起了一定的促进作用。所以，郭靖总爱把他和黄蓉分手的大部分原因归结到黄彩云的头上，但其实不然，因为只有黄蓉自己知道，就算郭靖当年没有被她姐支到非洲，她也不一定会嫁给他。

***

入夜，整个城市万家灯火，车水马龙。忙了一天的黄蓉这会儿去洗漱室洗了把脸，她看着自己包裹着纱布的手，有点出神。

从洗漱室出来，她径直朝着值班室的方向走去，迎面而来的一个护士一眼就看见了她，笑眯眯地说："黄副主任，您的饭在值班室，快趁热吃吧，一会儿凉了。"

"谢谢啊。我姐夫来送的？"

"没有，外卖。"

"我没订啊。"黄蓉有些惊讶。

"留的名字是你啊，钱也付过了。"说完，护士就走了。

"钱都付了？"黄蓉疑惑地自言自语着。

一进值班室，一张被外卖餐盒占满了的大桌子，格外醒目地映入了她的眼帘。嚯，这一桌子饭菜还真是丰富，两个凉菜，三个热菜，一甜一咸两个汤，有包子有水饺，还有一盒水果。

不管谁送的，送了就吃，要不全坏了。这么想着，黄蓉招呼了在值班室里的五六个医护人员一起过来吃了起来。

正吃着，突然，门外响起一阵敲门声。

坐在离门边最近的一个小护士起身走过去，把值班室的门打开了，赫然间，一大束鲜花出现在了门口。一个戴着丘比特帽子的快递员从鲜花后头露出了半个脑袋："你好，黄蓉的花。"

黄蓉啃完手里的鸡翅，擦了擦手和嘴，走过去把花接过来看了看，见没附加纸片，问："谁送的啊？"

"顾客没留言，说您自然会知道。"说完快递员就走了。黄蓉把门关上，屋子里的医护们纷纷开始窃窃私语起来，黄蓉见他们神色反常，仿佛猜到了什么："你们知道是谁。"

大伙不吭声了，继续埋头吃饭。

"谁呀到底？说！"下一瞬间，黄蓉忽然明白了。她拿出手机，按了几个键，拨了出去，顷刻间，手机铃声在里屋的更衣室响了起来，她循声走了过去，大伙看热闹似的翘首引颈。

黄蓉一把将更衣室的门拉开，只见郭靖躲在里面，手机屏幕的蓝光把他的脸照得闪闪发亮。他捏着手机，看看手机，再瞅瞅她，眨巴眨巴眼睛，一脸无辜地说："忘记静音了。"

"干吗要藏在里头？"黄蓉沉着一张脸望着他。

郭靖尴尬地挠挠头，笑："没来得及走你就进来了。怕你不吃，没办法才躲起来。"

"你到底想干什么？"黄蓉直直地盯着他。

"约你。"

围在更衣室门边看热闹的医护们被郭靖的诌媚劲儿引得阵阵发笑，黄蓉转头看了他们一眼，众人瞬间作鸟兽状纷纷散开。

屋里，霎时间只剩下了他们二人。

"约我干什么？"见人都散光了，黄蓉看着他，开口了。

"吃饭呗。"

"刚才你可以出来一起吃啊。"

"人太多，我想和你单独吃。我不想老一个人吃。两个人在一起叫吃饭，一个人那叫喂饲料。"郭靖一张嘴笑得都快咧到耳后根了。

黄蓉见他这副模样，没好气道："我给你开个单子，等会儿你去做个头颅CT扫描。"

"你看看，我说什么来着，我就知道你关心记挂我。不就是枪击嘛，车祸嘛，小意思。都是几年前的事了你还记着。虽说是重伤吧，虽说是抢救了几个小时吧，虽说是非洲援外医疗队……"

"你没受伤，你只是脑震荡。"黄蓉打断他。

"脑震荡也是伤啊，急性脑损伤，很可怕的。还会影响记忆力，我到现在除了你，所有的前女友都记不起来了，那么多恋爱都白谈了，这不等于前半辈子白活了吗，亏大了。"

"郭靖！"黄蓉直视着他的眼睛，"我让你平扫头颅，是看看你是不是早老性痴呆。我再和你说一次，短时期内，我不会考虑和男人约会。尤其是同行，更别说同事了。"

"我知道你有阴影。你现在还没从离婚的阴影里跳出来。可咱得往前看，你总不能吃饭烫过嘴，就一辈子不见厨子呀。你听我说，这很正常。每个失恋的人都会经过三个阶段：第一，丧尽自尊，痛不欲生，听到陈锋的名字都会跳起来。"

黄蓉没理会他，绕过他，弯腰打开她的更衣柜，从里面拿出了一副耳机，塞进了耳朵里，顿时，悦耳的音乐声传来。

郭靖凑到她耳边，把声音提高了一倍："第二阶段是故作忘记，避而不提伤心事，可内心里还隐隐作痛。这证明你是个有感情的人，我喜欢。你听我说，到了第三也就是最后阶段，不管是前夫还是前妻，都和路人一样了，他就是站在这儿，你都懒得看他一眼。"

黄蓉不搭理他，郭靖把她的耳机摘下来："别因为锅里有过一颗耗子屎，就从此再也不吃饭了。同事也有好人啊，不约怎么能发现呢。"

黄蓉啪地抢回耳机："跟谁约也不跟你约。你是好人吗？天底下你是最不靠谱的一个人。"

"别那么说，我爸还在呢。跟他比，我算老实人。"

黄蓉白了他一眼。

"就一次。行不行，好赖就一次。"

黄蓉看看他："死皮赖脸那劲儿，你怎么还跟以前一样一样的啊？"

郭靖见她没正面拒绝，乘胜追击："我看过排班表了，明天你休息，上午交了班你再忙活半天，中午正好聚聚，你最爱吃的小饭馆，医大门口那家，就这么说定了？"

第二天一早，交了早班的郭靖一脸愕然地扑了个空，他一到急诊科，护士就告诉他黄蓉已经下班走了。明明已经和她约好了一起吃饭，这不是要猴吗？在拨打黄蓉的电话，得到"您所拨打的用户已关机"的回复后，一脸莫名悲愤的他，无奈之下出了医院，往家的方向走去。

郭靖的家，住在一个生活氛围很浓的小区里。不论白天夜晚，这里总是热热闹闹，遛鸟的遛鸟，散步的散步，跳舞的跳舞，唱戏的唱戏，甭提有多么的多姿多彩，用五彩纷呈来形容，一点不为过。

此时，挂着几只鸟笼的凉亭下面，几个六十岁上下的大爷聚精会神地斗着地主，三个人打，三个人围观。

其中一个眉眼处沟壑深刻、长相倔强的六旬老头格外抢眼，说他抢眼，并不是因为他的样貌，而是他不受任何条件限制的打牌兴致。

他左胳膊打着石膏，用一根绳儿勾着，挂在脖子上，面前的小石桌上，被他摆放了一个装满了沙子的盘子，他把扑克牌一张张插进沙子里，有要打出去的牌，他便右手一抓一甩，就那么打。

这个不受束缚的大爷，叫郭立业，正是郭靖的父亲。郭靖妈妈去世得早，是郭立业又当爹又当妈地把他和他妹妹两个孩子拉扯大。几十年下来，他早已练得雌雄同体，文武双全。

年轻的时候，郭立业是相声演员，主攻单口，不过说得一般，还赶上了最不景气的年代。从曲艺团提前办了病退的第二年，单位就开始涨钱加工资，差点后悔死，不过从此也落下了抠门的毛病。当然了，不抠也带不大在家张嘴等着吃饭的郭靖以及他的妹妹，但是现在好多了，一对儿女都长大成人，他也能歇歇了。

可毕竟父爱如山，只要活着一天，他还会继续操心，拦都拦不住，只要为了儿子闺女，面朝黄土背朝天也没问题。

不过生活就是这样，酸甜苦辣，有喜有忧。对一个儿女双全的父亲来说，现在的他无疑是满足的，可对一个三代单传的老光棍来说，他还有一个引起失眠的人生缺憾：没孙子。

所以，催郭靖结婚，就成了他的口头禅。而对不起列祖列宗，也成了郭靖最大的罪过。平时一日三念叨，更别说今天老爷子过生日了。

这不，当郭靖提着一堆菜和排骨走过来，和街坊打完招呼，叫父亲回家的时候，郭立业见他身后没人，急了，开口的第一句话就是："不是说好了中午能给我把儿媳妇诓回来吗？人呢？"

郭靖尴尬地嘿嘿一笑，扶起郭立业，和几位大爷打了个招呼后，便带着老爸往家走去。

一到家，二人没闲着，"啪啪啪"不消一会儿，四凉三热就摆在了桌上，有荤有素，营养均衡。

郭靖将一个写着"老爹不老，生日快乐"字样的生日蛋糕摆在一边，又给郭立业戴上了一个蛋糕店送的纸壳帽子，然后和郭立业一起包起了饺子。

系着围裙的郭靖站在一边，一边包，一边对着郭立业说："那么些邻居都在，您怎么张嘴就说呀。说话之前能不能先过滤一下，什么叫诓回来？"

郭立业戴着生日帽，一只胳膊吊着，用一只手剁馅儿："不诓你能带回来吗？用别的招儿好使吗？你这么笨，我不多催催你，到我这岁数你还是光棍一根。看我干什么，看饺子。我问你，跟黄蓉到底怎么样了？到什么程度了？"

"什么叫程度？"

"你别跟我装，手总该拉过了吧？"郭立业看着郭靖的模样，一眼就看明白了，更加地怒其不争，"按理说我这岁数，我这身份，咱俩这关系，是吧，按说我不该说这话……可你看看现在这大街面上、电视里头，年轻小伙子小姑娘拉个手还叫个事儿吗？手你都拉不住，你还能拉着谁？"

"我又不是流氓，对不对。再说了，你儿子也不是面瓜，我这不是循序渐进嘛，战术。"

"我不和你废话。你听我的，加快点节奏，中间那些里格楞全省了，直接点。"

郭靖差点被噎住："怎么个直接？"

"直接带回咱家吃饭。见我。你没妈，见过我就算见过家长父母了。明白我的意思吗？"

听他这么一说，郭靖瞬间拉长了一张脸："见也白见。您这头当然是同意了，她姐那边绝对不行。咱们家再热乎，人家也还是冷脸啊。为了防止我再去骚扰黄蓉，她姐都找我谈话了。您别急，我知道您要说什么，'离婚之前不待见你，这都离婚了还不行？'我跟您说，不行，暂时不行，这事得从长计议。"

郭立业剜他一眼："我才懒得去分析那么多。她不同意怕什么，我这边同意就行。你先把黄蓉约回来，我点个头，你当场就求婚，小姑娘都面子薄，只要她把戒指戴上，你们就算事实婚姻了。先别说领不领证，你趁热打铁，到时候摆几桌……你还是先把人带回来再说吧。"

"这么干，会不会太混蛋了点？"郭靖皱了皱眉头。

"这有什么，都是为了爱情。"

"这不算是处心积虑吧？"

"这个成语在我这儿，是褒义。"

郭靖眨巴眨巴眼，嘴一咧，问："当年您也是这么干的？"

郭立业正要说话，门铃"叮咚——"一声响了，他立刻冲到门口，问了声："谁呀？"

奇怪的是，门外没人说话，郭立业转头看着郭靖，郭靖被他看得莫名其妙："干吗这么看我？"

郭立业嘴角扬起一个"原来如此"的弧度："惊喜，是不是？"

"什么惊喜？"郭靖被他问得一头雾水。

"黄蓉就在门口。瞒着老头，伙同我儿媳妇，要给我变个惊喜？"郭立业喜上眉梢。

郭靖让他说得有点发蒙："您说得我还真含糊了……她是说好跟我一起吃饭的……不会是连我也瞒着，真的来了吧？"

郭靖还真有点信了，自己的眼睛也瞬间亮了起来。一边说着话，一边赶紧过去把门一把拉开。而门外站着的，并非是他朝思暮想的黄蓉，而是一个比他小三四岁、体型略胖的短发姑娘，这个姑娘，正是他的亲妹妹——郭郭。往常的郭郭都是风风火火地回家，今天却有些羞涩，或者说像是心里揣着什么事，一副难以启齿的样子。

郭立业和郭靖见状，互相看了看对方，脸上都有种大事不妙的神情。

果不其然。郭郭往旁边让了让，她身后，一个腼腆实诚的小伙子一下子进入了他们的视线，这个小伙子是郭郭的男朋友韩浩月，他比郭郭大几岁，看上去永远一副很乐观的模样。

他提着几瓶酒和一个果篮，穿着明显捯饬过的衣服，满脸堆笑地看着这对父子俩，确切地说，是看着郭立业。

郭靖心里暗叫不好，他马上下意识地看了看郭立业，果然，郭立业的脸已经青了。

他们郭家，五行缺爱，一个老光棍带着俩小光棍，都是大龄。而郭郭这个大龄剩女没结婚的原因，正是因为眼前这个男人。女承父业，郭郭当初不顾父亲反对，决然踏进了相声这个行当，现在是个三流相声演员，负责逗哏。而韩浩月，正是她的搭档，给她捧哏的、四流相声演员，没名没利，没车没房，但这其实都不重要，重要的是，他还有个儿子，这也正是郭立业极力反对他俩的最重要原因。老父亲觉得，自己的亲闺女，再怎么着也不能给别人当后妈，所以，郭郭和韩浩月在一起了多久，郭立业就反对了多久。

郭郭脾气性格随郭立业，两人都是暴脾气，倔强、要强。暴脾气有个共通点，就是大大咧咧不会撒谎，说话噎人。所以郭郭从来不怕伤人，也不太注意别人的情绪。因为她和韩浩月这事，她和郭立业已经成了见面就吵的翻脸仇家。横眉冷对、砸锅摔盆、假死自杀，父女俩把能干的事几乎都干了个遍，每个月平均自杀五次，未遂五次，饭前便后，都要自杀威胁，父女俩旗鼓相当，谁也不让谁。

就拿胳膊这事来说，就因为郭郭和韩浩月带他儿子去了一趟游乐场，郭立业便假装摔倒、撒谎骨折，硬是把郭郭叫回了家，绷带一缠就缠了半个月；而郭郭也不含糊，穿着十厘米的高跟鞋，"蹬蹬蹬"地就在房梁上拴好了绳子上吊给他们看。两虎相争必有一伤，但他俩都是猛虎，所以喜羊羊郭靖就遭了殃，夹在中间的他已快被二人折磨崩溃，再这么下去，估计真正要上吊的人就是他了。

这不，一进屋没多久父女俩又激烈地吵吵了起来，丝毫没有顾忌韩浩月和郭靖。郭立业被气得一时心塞，两眼一翻，捂着胸口就那么软绵绵地倒了下去，郭郭和韩浩月吓得惊慌失措，郭靖在得知了他又在装病后，一阵焦头烂额。

***

与白天的高温相比，夜晚的夏季适当地除去了蒸人的腾腾热浪，略微清凉了一些，但也仅限于此。

公立医院宿舍楼群里的一个三居室里亮着灯，这间房子已经有些年头了，所以不是特别时尚，但采光好，够通透，住着舒服，整栋宿舍楼也就六层，没电梯，所以上下楼都得靠步行。而这间三居室，正是黄彩云的家，黄蓉离婚后，就暂且搬进了这里。

此刻，黄家姐妹俩围坐在餐桌旁正专心吃着饭，黄蓉拿着筷子，一副心不在焉的样子，好像在想什么心事，直到黄彩云用筷子敲敲盘子，她才醒过味来，赶紧继续吃。

"离个婚，不算什么，女人就该扑到事业上，用不着自怜自哀。你看我，无儿无女，照样活得不比别人差。"黄彩云嘴上在说，眼睛却不看黄蓉，一直看着桌上的红白绿黄各色蔬菜。

黄蓉一边吃，一边听着，"嗯嗯啊啊"地应和着。

黄彩云夹了一片蘑菇放进嘴里："郭靖最近没什么想法吧？你可千万别再让他给骗了。油嘴滑舌的人，靠不住。"

正说着，系着围裙戴着隔热手套的黄彩云丈夫吴汉唐，端着一煲热汤走了出来："多食少言。吃饭的时候尽量别说不高兴的事，尤其是往事。血液在这时候都在胃部，不要把它们再调到大脑里，顾此又失彼。"

他把煲放下，细心地擦掉了身前两个碗上的小水滴，给姐妹俩分汤，一勺舀给黄彩云，一勺舀给黄蓉，一滴不能多，一滴不能少。

吴汉唐如今已五十一岁，毕业于首都医科大学临床系，是工农兵学员里的高才生。择业的时候服从分配，进了保健科，从一而终，一直干到现在。

所谓破锅自有破锅盖，同样是一颗白菜，有人把它当垃圾，有人却拿它当宝，吴汉唐对黄彩云就是后者，医院的人都知道，他对老婆很好，是一个很特别的妻管严，里里外外，大大小小，凡事都不做主。不过，他却有个毛病，惜命，而且已经惜到了强迫症晚期的程度。每天必须得睡够八个小时，且总担心菜里农药过量，炒菜的时候土豆切成了丝儿，还得再洗一遍。作为一个非临床科室的大夫，他唯菌色变，是家里唯一有洁癖的人。

男怕入错行，女怕嫁错郎。作为前者，吴汉唐错得特别彻底，因为做饭才是他的唯一爱好。营养搭配，做菜做汤，所有人都觉得他应该是一个厨子。但这个高级厨子没有孩子，所以在某种意义上，如果说黄彩云是黄蓉的妈妈，他自然也就成了黄蓉的爸爸。

作为家长，他自然就要有家长的样子，比如关心，比如惦记，比如无休止地碎嘴子："喝汤要趁热，只要不烫嘴，就可以细水长流了。彩云，吃饭的时候看报纸不好，我强调过很多次了。"

黄彩云只管看报纸，懒得理他，一句话都不回。

吴汉唐继续叨叨："不管是阅读，还是思考，都不好。你善待胃，胃才会善待你。"

黄蓉机械性地喝着汤，似在想事思考，并没有留意到吴汉唐是在说自己。

黄彩云从报纸后面看见她这副魂不守舍的样子，放下报纸，对她说："还想陈锋呢？后悔了？"

黄蓉愣了下，回过神："离婚多大个事啊，不是这个。"

"那是什么？"黄彩云不解。

"一个病人，我在想她的病情。"

第二章

作为黄家人，工作大于天，这点上黄蓉永远和黄彩云如出一辙。不过，脑子想得多了，难免会忘记很多事，就比如昨天答应了郭靖的午饭。

第二天下午，她一下班，郭靖就死乞白赖地堵在了急诊中心的门口，耗不过，她最终还是和他一起去了一家小饭馆。

窗外，天已完全黑透。郭靖带她来的是医大门口的一家特色小馆子，在这里，隔着窗户，远远地，可以看见外面的医大校门。因为是大学聚集区域，来这里吃饭的年轻学生众多，不少都是情侣。"咕嘟咕嘟"冒泡的部队锅，冒着腾腾的热气，整个饭馆里都洋溢着热烈的青春气息。

玻璃窗外，灯红酒绿，而馆子里的灯光下，杯子里的鸡尾酒因映照呈现出了五彩斑斓的魔幻色泽。

郭靖和黄蓉就坐在了这家小馆靠窗的位置上，而他们周围的小桌上，还有情侣在情不自禁地啵啵点吻。

"我提一下啊。第一杯，咱俩把它干了，为你离婚的事，重获自由，这得恭喜吧。"郭靖冲黄蓉举起了酒杯，说得豪迈。

黄蓉没说话，举起酒杯，一饮而尽。

郭靖也干了，然后给俩人分别满上："这第二杯，就为三个字，为了'我追你'。"

话音刚落，黄蓉立刻把杯子撂下了，见她这副反应，郭靖赶紧摆摆手："不说了不说了，不爱听咱就干喝，我先干为敬啊。"他"滋"地一口又干了。

就这么来来回回干了不知道多少回，餐馆里的食客越来越少，郭靖也有些微醺了。

"我得谢谢你，黄蓉，真的，我必须感谢你给我一个诉说的机会。"郭靖搓搓脸，"不是我今天喝了酒才说这些话，真的。你也知道，七情致病，有事憋在心里说不出来，时间长了就是疙瘩，疙瘩长大了就是肿瘤。很麻烦。"

黄蓉看着他，听他说，脸上很平静。

"你知道吗，咱俩原来的事，我都记着。你看这儿，就这个饭馆，咱俩谈恋爱以后吃的第一顿饭，就在这儿，你说你爱吃这儿的鱼。就这张桌子，你看，桌角上我刻的字还在，'我爱黄蓉'，蓉字多刻了一划，你还训我训得跟孙子一样，记得吗？"

黄蓉没吭声，顺着他指的方向瞥过去，桌角歪歪扭扭刻着的"我爱黄蓉"几个字还清晰可见。

"你就是把我的大脑切一块，把负责储存记忆的那些海马体、颞叶、间脑，哪怕把大脑皮层都切了，这些事我还能记着。我第一次见你，在学校门口，因为看你，我把肩膀上扛着的干尸标本都掉地上了，摔丢了一根腓骨半截桡骨，回去差点儿让系主任骂死。第二次见你，你把头发剪短了，穿一件中性的运动服，还跟你们宿舍那个女四眼儿拉着手，吓死我了，我还以为你是拉拉呢。"

说着说着，他忽然觉得屋里空气有些不畅，他边说边起身去开窗户，因为起身的动作，衣服兜里一个方形袋子的小角儿露了出来，黄蓉顺手把它拿了出来，一看，是避孕套。

郭靖见她拿出了自己兜里的避孕套，脸上有些尴尬："噢。这……"

"没事没事，你接着说。你说你的。"黄蓉马上打断他。

"喔，我就是说呀，那个，我……"

"说我是个拉拉。"

郭靖支支吾吾了几声，然后立马接上："对对，我以为你是拉拉呢，谢天谢地你不是。后来我不就厚着脸皮去追你了吗，其实我知道你喜欢你前夫，那时候是咱师兄嘛，我知道，可我就是忍不住。你也知道我这人，我……"

"郭靖。"黄蓉平静地叫停了他。

"嗯？"

"有意思吗？"

"什么？你说吃饭吗？是不是我太啰嗦了？干脆这样，不说了，喝酒。来。"

黄蓉把他端起来的酒杯接过去，放到灯光下看了看，斜着眼睨他："这是什么酒？"

"可能是鸡尾酒吧？"郭靖看看酒杯。

"可能？这不是你调的吗？不用看老板，他没出卖你。刚才你去厕所，服务员过来添酒，说漏了。看着我，这什么酒？"

"呃……"郭靖一时间有些语塞。

黄蓉直视着他的眼睛："听着。从现在开始，你只要撒一句谎，我马上就走，你再也别想跟我吃一次饭。说，什么酒？"

"白酒加啤酒加黄酒加米酒，再加威士忌。"

黄蓉眼睛一眨不眨地望着他："什么意思？"

"想灌醉你。"

"然后呢？"她晃了下手中的避孕套，"这什么意思？"

郭靖赔着笑脸："我一个妇产科大夫，身上有点避孕措施，这也很正常啊。难免有个哥们朋友，病人患者什么的，需要，是吧。"

"你的专业不是妇科肿瘤吗？给肿瘤避孕吗？怕生出小肿瘤来？你真以为我喝多了，什么都不知道吗？为什么你非得选这儿吃饭？不就是想让我触景生情吗，还非得坐在这儿，能看见那么多小孩在那儿亲嘴，看见我就感动了、我就有想法了？我就也想跟你亲嘴了？想什么呢你？"黄蓉连环炮似的冲他没好气地说道。

"巧合，真的是巧合，你看你想多了。"

黄蓉冷笑一声："酒也是巧合到一起了？喝多了正好带我去门口旁边那家情侣酒店吧？安全套是给谁准备的啊？给椅子腿儿吗？"

郭靖被她说得哑口无言，瞪大了眼睛尴尬地看着她。

"张嘴。"黄蓉凑近了他，没等他反应过来，一把将避孕套塞到郭靖的两排牙齿之间，盯着他的眼睛说，"记着，我对橡胶过敏，你拿多少这东西也没用。"

郭靖把避孕套赶紧揣起来，结结巴巴地说："我，我……"

"我什么我，就你那点小破酒量，灌得醉我吗？"

"灌不醉也得灌呀！"郭靖索性认了，他仰头把那杯酒喝了，因为喝得太快，嘴角上挂着酒，他也不擦就这么挂着，说："我就是要灌你，灌醉不也是为了追你吗？这有什么不能说的！你离婚了我怎么就不能追你？我还告诉你黄蓉，你应我一声，我马上就娶你。今天就洞房，明天就领证！"

黄蓉好像被这话打动了，倏地一下站了起来。

"只要你点点头，跟我说四个字，'我跟你走，'我马上就娶你，一分钟都不耽误，不废话，一辈子。我要反悔我就姓黄！我敢，你敢吗？"郭靖情绪激动了起来。

黄蓉没说话，拿起包，直接推门走了，郭靖想拦，却没拦住，他泄气地在原地僵了一会儿，坐了下来，自己把剩下的酒一口喝干。

可没想到，不一会儿，黄蓉又推门回来了，郭靖激动地马上站了起来。

黄蓉一屁股坐了下来，对他说："打不着车，你帮我拦一辆去。"

郭靖的满心欢喜瞬间全无，一脸无奈。

送走黄蓉，从小餐馆出来，郭靖有些沮丧地打了个车回家，刚下车走进单元门，便被门洞里的一个黑影吓了一跳。他大叫一声，这才看见门洞里蹲着一个人。

他有些颤声地问道："谁？！"

"我，哥，是我。"黑暗里，一张脸探了出来，是韩浩月。

郭靖见是他，一颗心顿时放下了，他捂着心脏平复了下自己的心跳："你怎么在这儿蹲着？怎么没往头上套个丝袜呀？"

韩浩月打了一个饱嗝，一股儿浓浓的酒味扑面而来，虽说自己和他半斤八两，但还是被他熏得够呛："嚯，怎么还喝了酒了？"

"哥，喝两杯去？"

郭靖琢磨了下，也好，借酒消愁嘛，索性消个够。

二人来到离家不远的一家大排档，花生毛豆、啤酒烤串，夏日大排档夜宵必备品统统安排上。喝了没几口，韩浩月便开始了他的絮絮叨叨。

原来今个儿，老爷子凭借着自己老前辈的身份，又去他们剧场搅局了，并且为了让他和郭郭分开，自个儿替郭郭和他们老板签了份赔本的十年合

...

同，当然签合同的前提条件就是必须让郭郭换搭档，看来老爷子这是要从工作源头上打散二人，连接触都不让他们有。

"一个月最少去剧场三回，没日没夜没规律，防不胜防。我惹不起也躲不起，说实话，我心宽脸厚倒是没什么，郭郭毕竟是个姑娘，现在人人都骂我没良心，为了自己不管女朋友的死活。老人家这是逼我下台呀。"韩浩月苦着一张脸，又喝了口啤酒。

"你还有台吗？你不早蹲地上了吗？"

说起韩浩月和郭郭的事，还要从他的出生说起。其实，韩浩月最早并不是说相声的，他出生在烹饪世家，据传祖上给皇太后做饭，他们全家都是厨子，从小他就接受培训，五岁颠勺，六岁切墩，最拿手的菜是家常菜，尤其擅长刀功，能把土豆丝切成头发丝粗细，顺畅流利，没有分叉。仗着这手绝活儿，韩浩月最风光的时候当过五星大饭店的中餐部经理，但是奥运会期间，因为不会英语，进了清退的队伍。

生活所迫，他只好找了一家没星的馆子糊口，但小饭馆有小饭馆的问题，除了当厨子，还得口若莲花，给客人道歉。话说多了，嘴皮子越来越溜，时间一长，大伙都知道韩浩月这个人从小就喜欢曲艺，能说会道，干厨师白瞎了。不过人要摊上狗屎运，谁都拦不住，老天爷没让他等太久，很快，他就迎来了让他改变人生的机会。他遇见了牛老板，也就是他现在的老板，以前也是个相声名角。牛老板爱吃他做的菜，又见他口若悬河，便将他收入麾下。

他本以为到了牛老板这儿能鲤鱼跳龙门，谁知道还是厨子一个，天天颠勺，日日炒菜。做饭不是问题，问题是不能天天做饭，这不是他来这儿的目的。不过，近朱者赤，在小剧场待久了听得多了，从《文章会》到《黄鹤楼》，不能说倒背如流，起码也能听个耳熟。锅热只差一勺油，就在他苦等未果，打算辞职离开的前一天，他遇到了这辈子最大的冤家——郭郭。那日郭郭和她的搭档吵架散伙，韩浩月被拉来临时救场，不管是救场还是缘分，反正自那天以后，他们俩就再也分不开了。

轻易没有一个男人能忍让得了郭郭那副狗脾气，偏偏他韩浩月能，这是命。也不知道是谁先示的爱，反正等大伙发现的时候，俩人已经好上了。郭郭的性子随郭立业，并且一代更比一代轴。轴人的特点就是，一条道走到黑，只要认准了、谈定了对象，必定如胶似漆，再硬再尖的铁棍都撬不开。

让郭立业这样一个资深的老单身去领悟爱情的力量显然是勉为其难，他忽视了爱情里的人是会变化的，时间久了，狗脾气也能变小绵羊。除了改头换面，爱情还有一种力量，能叫人打碎牙齿和血吞。这句话翻译成大白话，就是一个字——贱。别人越反对，她越来劲，饭越难吃，她偏偏越要往下咽。虽然谈恋爱之前，韩浩月并没有告诉郭郭自己离过婚并且还有个孩子，不过这孩子法院判给了前妻，但郭郭一点也不在意，每次见着孩子，郭郭都赔着笑脸拍马屁，下定决心要当个合格的好后妈。

已经离过一次婚的人，都不会轻易去谈情说爱，可一旦拿定了主意，就会全心全意扑在对方身上，所以郭郭什么都不图，就图个韩浩月对她好。其实这对两个人来说，足够了，可偏偏郭立业不同意。看着吧，估计这事，没完。

韩浩月叹了口气："这种招儿太损了，杀敌一千自伤八百，这种自杀式的打法谁受得了啊。"

"这也是让你和我妹妹给逼的。"郭靖剥了颗花生米扔进嘴里。

韩浩月像是抓住了最后一根救命稻草，苦苦央求着他："哥，我俩现在就你一个救世主了，你得帮帮我们。听说你爸都要给郭郭安排相亲了，哥……"

郭靖连忙打断他："别别别，别叫我哥，你岁数跟我一般大，月份还在我前头，我得管你叫哥。其他事儿都可以，就这事不行。家里那老爷子没软肋，没死穴，金钟罩铁布衫，刀枪不入，你让我怎么办？我也不能劝你带我妹妹私奔去是不是？饭我请，办法你自己琢磨吧。老板结账！"

说完，郭靖掏钱，毅然走人。

***

早上的医护职工内部食堂，医护人员三三两两围坐在一起吃早餐，进进出出络绎不绝。一夜酒醒，郭靖又恢复了那个郭靖，清爽利落、精神抖擞，这会儿他和同事老于还有曾经与他一同援非的曾鲤聚在一起，靠门口的一个桌子上吃着早餐。

"我办事你还不放心吗？这样，我让郭大夫跟你说，你老婆回头的病房就是他管……"老于顾不上吃，忙忙叨叨地接电话。

老于，叫于洪波，专业擅长诊治妊娠期糖尿病和高血压等并发症，在微博和微信上，他叫"爱抱怨的鱼"，在科里，大家都叫他老于。除了抱怨，他更喜欢给人帮忙、平事，是郭靖他们科里人脉最广的万金油，认识上至朝廷、下至小民的无数朋友。为朋友两肋插刀，拿医院当交友平台，给人排队加塞，挂号住院，安排床位找专家，无所不能。在医院，总能见到这种人。

说着，他把手机塞到郭靖手里，小声对郭靖说："我哥们，不想要处女座的孩子，看了时辰要早晨八点提前剖腹产。"

郭靖把嘴里的油条拿下来："哎，我是。对，老于打过招呼了，没问题。肯定给你照顾好。再说八九月份我们都不忙，尤其还是羊年，羊年的二八月最闲。当家长的迷信呗。"

正说着，曾鲤用手捅了他一下，郭靖顺势抬头一看，黄蓉进来了。他马上把手机塞给老于，自己起身招呼："媳妇，媳妇——这儿呢。"

听见他的叫唤，黄蓉看了看这边，朝他们走了过来。

郭靖把老于推到一边，给黄蓉留出了个空儿："来来，油条包子豆腐脑，茶叶蛋我都给你剥好了。拿碗扣着，你看，凉不了。"

黄蓉过来，站着，却不坐下。

"坐呀。"郭靖指着座位，笑。

"以后不要再给我买了。"黄蓉这话说得很认真，认真得让周围的一票同事都互相对视了几秒钟。

"你看，这么点活儿还怕累着我，我媳妇就是体贴。谁说急诊科的不会疼人？"郭靖略显尴尬地圆着场。

黄蓉不理会他，转身就要走向买饭的窗口，郭靖见势赶忙拉住她的胳膊："筷子我也给你拿了，酱油醋，餐巾纸，都在这儿了。你坐下吃就得，跟我还客气。"

"不需要，我可以自己买。"她的语气有些咄咄逼人，"早饭、午饭、晚饭，都不需要，我姐夫都给我带了，营养均衡，荤素搭配，不用你再费心。"

郭靖周围的空气突然就凝结了，大伙儿略感尴尬地看着他，他死撑着脸皮对曾鲤和老于笑道："在你们面前不好意思，我媳妇要面子。"

"谁是你媳妇?"黄蓉没好气地追着问他。

大伙儿怔住了。

"行了行了,别闹,吃饭。"郭靖轻轻拍了拍她肩膀。

黄蓉一把打掉他的手,声音更高了:"我问你呢,谁是你媳妇?"

这下,不止曾鲤和老于,餐厅里其他吃饭的人也看了过来。郭靖的声音反而小了,脸上却还笑着:"好了好了,不叫了,不叫不行吗。"

黄蓉不依不饶:"请你回答我。郭靖,谁是你媳妇?说清楚,是我吗?我告诉你,你告诉大伙儿,我不是,我是单身,听懂了吗?"

郭靖尴尬地笑:"干吗呀,不就开玩笑吗……"

"我不欢迎你跟我开这种玩笑,你自重!"说完,黄蓉面无表情地转身走了。

大伙儿都很尴尬。郭靖没皮没脸地把没吃完的半根油条塞进嘴里:"呸,油条一凉就硬了,硌牙。"

今天是周一,一周一次的妇产科联合例会就在今天早晨。例会上,黄彩云坐在主位,老于、曾鲤等妇科大夫坐左列,郭靖等产科大夫坐右列,而郭靖坐在右列的最下首。他旁边还有一个穿着蓝边儿白大褂的进修大夫,他叫大康,因为说话结巴,所以轻易不张嘴说话。结巴有两种,一种是不停地重复一个字,还有一种是干张嘴,停顿半天才能说出一个字,而大康属于后者。

在这些就座的大夫身后,还围站着一圈实习生,以年轻女性居多,她们脸上大多挂着刚出学校的稚嫩,实习生们人手一个小本,时刻都在抓紧时间记着。

会议开得差不多了,黄彩云把本子一合:"没别的事儿的话,那就这样。"

话音一落,大伙儿纷纷起身往外走,混在人堆里正要往外走的郭靖却被黄彩云叫住了:"郭大夫留一下。"

郭靖不得已,只好逆着人流又走了回来,老于对着他眨了眨眼睛,郭靖视而不见,在底下冲他悄悄比了个数字"二"的手势。

人都走光了,黄彩云看都没看他,道:"把门关上。"

郭靖乖乖听话地过去把门关上，心里盘算着他给老于的暗示老于应该明白。他悄悄地看了一下腕表，摁下了计时器，数字从零开始，飞快转起。

"咱们开门见山吧。我希望你不要再去骚扰黄蓉……"见他并没有看自己，黄彩云有些不高兴地敲了敲会议桌，"听到我说话了吗，郭靖？"

郭靖抬起头，看向她："我能实话实说吗？"

"你要说什么？"

"是不是如果我不听话，您就要给我穿小鞋？"

没想到他会这么说，黄彩云神色一怔，有些激动地问："你什么意思？"

"我觉得您不应该用'骚扰'这个词。她现在是单身了，法律也允许自由恋爱，我在正大光明地追求她。"郭靖面不改色地回答。

黄彩云的脸色马上就不好看了，声音也跟着急躁了起来："狡辩！她不同意和你交往，你再继续下去就是纠缠！"

"我知道我知道，您先别急。您喝水，咱慢慢说。"见她脸色难看，郭靖赶紧端起了她面前的茶水递给她。

黄彩云接过水，喝了一口，平复了一下情绪："按理说，我不应该把私事带到医院里来，可我其他时间也找不着你，昨天晚上我给你打电话，你关机，怎么回事？"

郭靖耸了下肩："公私分明，这是您的教导。在工作上，您是我上级，就算有时候的命令不靠谱，我也得听。下了班脱了白大褂，我和您就是同事，对吧？"

"你不用说了，我知道你想说什么。我不是你的家长，管不了你工作之外的事。可我今天要明确地告诉你，我是黄蓉的家长，我管得了她。"黄彩云被他气得够呛，索性摆摆手，直截了当，"说明白了对你也好。这么说吧，就算黄蓉离了婚，现在是单身，她也不会考虑你的。"

"黄主任，我斗胆说一句，人和人不一样。您这辈子除了医院和家里，基本不会去第三个地方。可我不一样。您不能老拿您那一套标准来选妹夫啊。找老公和招聘大夫是两码事啊，主任。陈锋比我上进多了，不照样该出轨的时候出轨吗？"

"咚！"黄彩云气得把手里的杯子往桌子上一放。

"摔杯子他也出轨了呀。"郭靖嘟囔着。

　　黄彩云深吸了口气，尽量让自己平静下来："今天是说你，不是说他。我告诉你郭靖，不管陈锋怎么样，在我眼里，他在专业上依然很优秀。开诚布公地说，我就是欣赏上进的人。"

　　"我也很上进呀……"

　　黄彩云打断他："我说话的时候你不要插嘴。你的业务能力怎么样，我最有发言权。从你实习的第一天我就知道，你很聪明，但是聪明并不代表一切。说到这儿，我可以多说几句……"

　　她还要继续说下去，这时候有人敲门，郭靖庆幸地看了看腕表，计时器上显示正好两分钟。果然，老于是个明白人！

　　黄彩云顿了顿，敲门声还在继续，她只好不耐烦地问："谁？"

　　大康探头进来，一脸恭敬地看着黄彩云，他很费劲儿地说了个主任，后面就磕巴住了："主任，该……"

　　"该查房。我知道。"黄彩云替他把话说完。

　　见主任心里有谱儿，大康赶紧走了。大康走后，黄彩云脸色不善地盯着郭靖看了看，而后转身走了。

　　郭靖佯装一脸无辜，心里却暗自比了个胜利的手势。老于这招果然够狡猾，自己不来，安排大康，自保能力果真超强。

　　出了会议室，穿着白大褂的郭靖一路在产科病房走廊前行，曾鲤从一间病房里出来，追上他："哎哎，丈母姐训话训得怎么样？"

　　"老三样，没什么新鲜。兵来将挡水来土掩，小意思。"郭靖得意扬扬地摊了摊手。

　　"天涯何处无芳草啊，你可真够痴情的。"

　　"郭靖是谁呀，侠之大者，自古英雄都这样。像你啊？朝三暮四，脚踩好几只船，你迟早得掉水里去。"

　　"水里有多舒服，你在岸上根本就不知道。晚上有个饭局，都是美女，有兴趣我带你一起去？"单身且英俊的曾鲤嘿嘿一笑，眉眼里都是迷人的光，引得一旁的小护士心花怒放。

　　郭靖没好气地白他一眼："您请吧。我一个小住院医，还得没日没夜地查房呐。"

　　曾鲤嘁笑了一声，算是了结了这个话题。

**

傍晚，昏黄的夕阳温和地照射在市医院的大楼上，已经这个点了，门诊大厅里仍旧熙熙攘攘，病患络绎不绝。

前来值夜的黄蓉，一路穿过门诊大厅，正准备往急诊中心走去，却被一个熟悉的声音唤住了。

"黄蓉？"叫她的，是一个穿着时尚面容姣好的二十五六岁年轻女郎。被叫住的黄蓉微微一愣，却没有丝毫停下脚步的意思，继续前行。

女郎有些急了，她放下手里的手提袋，连连叫着："黄蓉！黄蓉！"

这下，黄蓉站住了。

女郎见她站住，连忙追到她面前，很急切也很诚恳地说："我知道你对我有些看法，但我还是想见见你。真的。有些事情，不是你想的那样。我知道你不爱听我这么说，可不管你怎么想，我觉得我还是……"

"还是不够虚伪、不够绿茶、不够装？"黄蓉接住了话头儿。

没错，这个叫住她的人不是别人，正是她从小到大唯一的闺蜜——舒心，她婚姻里的第三者，前夫的地下情人。舒心本和她一样，就职于市人民医院，但自从她和陈锋的事公之于众后，就辞了职，去了一家私营医院，今天来，是收拾遗留的物品。

而黄蓉之所以刚才不想停下来，就是不想再看见她那张恶心的嘴脸。

舒心被她的话噎住了，一时间什么话都说不出来。

黄蓉见她话哽在喉间，又说："其实我要是你，我刚才扭头就走了。你偷了别人的自行车，还非要跟失主唠唠嗑，何必呢？"

"你误会了，我就是想和你解释一下……"

"解释？"黄蓉"扑哧"一声笑了，"解释什么？解释你是怎么一步步把我前夫拐走的？还是要解释这跟你一点儿都没关系，都是陈锋骚哄哄地去勾搭你的？你可是我闺蜜啊，咱俩大学时候可是住一个宿舍啊，舒大夫！我一直以为你是紫薇，闹了半天你是容嬷嬷，你怎么那么绝情啊你？"

尖酸、刻薄，黄蓉的声音一阵比一阵大，周围陆续开始有人围观，舒心一句话也插不进去。

黄蓉步步紧逼："对，我不会做家务，不会撒娇，不会假装肚子疼自己诊断不了，非得找陈锋到你家里去出诊，他是个牙医啊，大小姐，你肚子里长牙了吗？我是什么都不会，但也不至于不会看人，不会捉奸，不会摘走自己脑袋上的绿帽子。你怎么那么好意思杀熟啊？你别跟我解释，我不需要。自行车丢了，我攒点钱再买一辆，这几天走着上下班也没问题，可我不会跟贼继续当朋友。以后拜托您也高抬贵嘴，别上赶着搭话再给我添堵。"

围观的人越来越多，舒心越来越招架不住，一张脸难看到了极点。

黄蓉快嘴叭叭地继续对舒心说："听说你们打算结婚了，好事。萍水相逢，也没什么礼物，送你四个字吧：作茧自缚。找人写一张毛笔字，裱好了挂床头上，早晚各念一遍，祝你们白头到老，织网愉快。对了，以后也别联系了，咱们到此为止，手机微信，我全把你拉黑了，倒不是别的，我就是受不了你发个照片都得用美图秀秀修十遍，美容科小高不是给你隆过鼻子整过嘴吗？再弄下去我都不认识你了。"

她刚转身要走，回头又补了一句："刚才我本来没打算和你说话，是你非要撵上来自己招骂的，别怪我啊。回见。"

话一说完，黄蓉头也不回地径直离开，留下舒心狼狈不堪地愣在原地，接受着围观医患们道德审视的目光洗礼。

而黄蓉自己，骂完爽了，顺着门诊大厅通往急诊科的路，一路走着，满面春风。

在无数道批判的目光中，舒心难堪地出了门诊大厅，坐上了一辆沃尔沃轿车的副驾驶上，她满脸委屈地看着驾驶座上一个气质沉稳的三十六七岁的男人，这个人，正是陈锋，黄蓉的前夫。

"事情都到了这步，和你说了，你们俩最合适的关系就是路人，你非不听。"陈锋伸手拍了拍她的手，温言安慰。

"我这不也是给你做做人，不想让你们闹太僵吗？谁知道她那么没素质。大庭广众的，让我下不来台，台阶都给我拆了，我以后还怎么回去见人啊。"

"那就不回去了。黄蓉你还不了解吗，她是把鱼刺咽下去都要抠出来再嚼碎的人。她要是会给人留面子，也不会除了你一个朋友都没有了。"

舒心故意说："现在连我也不是了，她多孤独啊，快去陪陪你前妻吧。"

陈锋没回答她，脸上露出了少许无奈的神色。

天色逐渐黑透，黄蓉带着方才喜不自胜的心情已经一路来到了急诊内科的值班室门口，她推开门，径直走进了值班室。忽然，门在她身后自己慢慢地关上了。

有些不对劲，她像是听到了什么，刚刚回头一看，一个人影便朝她扑了过来，一把将她推到了床边。

灯啪的一下灭了！

月光下，一个男人呼哧呼哧地喘着粗气，紧紧地抱住了她。

"郭靖！你疯了？"黄蓉倏地叫道。

"你怎么知道是我？"被她叫住了的郭靖一脸诧异。

"除了你谁还这么没溜？顿顿饭都吃蒜，瞧这味儿！"她挣扎着反抗，"我告诉你，郭靖，有种你今天就杀了我，灭我的口，要不你就等着挨医务科的处分吧！"

"我他妈不在乎，开除我我都认了！"郭靖紧紧抱着她，一张嘴不停地往她嘴上凑，作势要亲她。

黄蓉一把推开他的脸："臭死了，你喝了多少酒！你要干什么？！"

郭靖嘟着嘴，嘟嘟囔囔道："我……我要强奸你。"

黄蓉没地推着，他死命地凑着，就这么僵持了一小会儿，黄蓉突然放弃了抵抗，自己索性往床上一躺："来吧。"

郭靖喘着气，反而慒了："你干什么？"

"你不是要强奸我吗？来吧。三年以上，八年以下，进去的时候是个小大夫，出来就是个白胡子老头，能当名医了。来啊。愣着干吗呢？来呀！"

郭靖愣住了，一声不吭地站在原地喘着粗气。

"快点的！你到底来不来？"黄蓉追着催他。

这下换郭靖犹豫了，他唯唯诺诺地就那么杵着一动不动。

"怎么，尿了？尿了就把灯开开！"

"啪——"郭靖听话地把灯打开，一张脸红扑扑的，臊眉耷眼地坐在一边。

黄蓉看着他，平复了下呼吸，问："喝了多少？"

"一瓶。"

"白的？"

"啤的。"

黄蓉翻了个白眼:"瞧你那点出息。可以啊,郭靖,以前再混蛋,我也还当你是个大大方方的爷们儿。"

郭靖挠了挠头发,不吭声。

"当臭流氓有意思吗?"黄蓉饶有意味地看着他。

"没意思,特别没意思。"郭靖耷拉着脑袋,不与她对视。

"那你什么意思?"

郭靖猛地抬起头,凝视着她,眼神真挚:"我就是想和你处对象。就这个,没别的。"

"我说了,我不想和你谈恋爱,我也不想结婚,我……"

听她这么说,郭靖急了,一下打断她:"谁和你结婚?谁要求你现在就嫁给我了?谁奢求你能马上就答应我求婚了?谈谈恋爱怎么了?你要是没离婚我和你说过话吗?你现在不是单身吗?你要是有瞧上的意中人你说啊,我马上扭头就走,你不也没有吗?追追你就不行吗?"

"说完了吗?"

"没呢!你为什么这么怕我躲着我呀?上礼拜还好好的,怎么这几天就不行了呢?"他越说越激动,"我想当臭流氓?我不当你肯理我吗?再说流氓点儿怎么了?现在闷着等老了再骚啊?总有一天,咱俩也会变成老头老太太,被小孩子喊爷爷喊奶奶。等更年期的时候过个生日,你想想,六七十根蜡烛,再大的蛋糕也要被戳塌了,再好的裙子衬衫套在身上,都像是雨衣……"

黄蓉平静地听着。

郭靖继续:"我干吗不趁着年轻的时候好好活一把,干吗不在年轻的时候追追我喜欢的人啊?噢,年轻蹦跶能折腾的时候不说我爱你,非得等到老了我再说?真的等老了那天,你还可能单着身吗?就算你还单着身当孤寡老人,我嘴皮子还够利索、脸皮还够厚我舰着脸再来求爱,你耳朵能不能听得见都两说了,黄主任!我又不是雍正乾隆四阿哥,我说了喜欢你,就有懂事儿的太监替我把你捆回来扔到床上。我就是个小大夫,就这么个出身,就这么个本事,努力努到头以后也就是个……"

"闭嘴。"黄蓉被他说得有些急了,突然用手堵住了他的嘴。

郭靖的声音从她的手指头缝儿里传出来:"不,就不!"

"我为什么这么对你,不知道?"黄蓉直视着他。

郭靖点头。

"真要知道?"

郭靖瞪着眼,使劲点头。

"你真要听,我就告诉你。"黄蓉看着他的眼睛,目光霎时间暗了下来,"我可能被传染上艾滋病了。还记得前些天送来的那个犯人么?我从他嘴里取出刀片时被划伤了,之后,送他来的警察告诉我,翻了案底才知道他吸毒,感染了艾滋。我已经去做检查了。"

郭靖完全傻眼了,他直愣愣地看着黄蓉,一句话也说不出来。

黄蓉拿开堵着他嘴的手,平静低声地说:"我知道你对我好,去找个别的好姑娘吧。"

郭靖一言不发,神情有点恍惚,似乎还没从他刚才听到的消息里缓过劲儿来。黄蓉对他笑着:"我都二婚了,你还是黄花小伙子,找个比我强的也不难,何必呢。"

郭靖急了,他正要说什么,这时候外面传来一阵敲门声,一个护士的声音传了进来:"黄主任,有病人!"

黄蓉凝视着郭靖,而后,在他脸颊上轻轻吻了一下,像是道别般轻声道:"保重。"说完,她径直开门出去了。

几秒钟后,郭靖突然回过神,他冲出门去,站在门口,对着走廊里的黄蓉大喊:"我要娶你!"

黄蓉倏地站住,这一刻,她的心触动了。

郭靖接着喊道:"听明白了吗?我现在就娶你!跟我回家!"

黄蓉转回头看他,眼神不再坚硬,目光里像是多了些什么,莹莹点点,柔软了起来。这时候,几个家属焦急地抬着病人跑了进来,黄蓉看了郭靖一眼,没再说什么,忙活病人去了。

郭靖看着她离去的背影,眼神坚毅。

第三章

入夜，郭家客厅里，爷俩围坐在餐桌前喝着小酒，半瓶二锅头搁在一边，显然爷俩已经小酒过半。热气腾腾的小砂锅咕嘟咕嘟冒着泡，透过水蒸气，郭靖的脸蛋看上去红扑扑的，他端着酒，一饮而尽。

他想好了，管她什么病，管她姐姐还是谁阻止，他就是要娶她，只要能跟她在一起，他这辈子，值了！

"想好了？"郭立业斜着眼瞅他。

"必须的。"

"不是酒壮怂人胆吧？"

郭靖打了个饱嗝："男子汉大丈夫，一言既出多少马都难追。我想好了，只要没人拿枪顶着我，我就非娶黄蓉不可！"

"怂包。你得说，就算有人拿枪顶着，也要娶！"郭立业给他添酒。

郭靖气势马上上来了，嗖的一下站起来，朝着天比个枪的手势，一双眼睛都红了："娶！不嫁我就去抢！"

"坐下，坐下说。"郭立业挥挥手，"结婚搞对象这事，有时候就得匪一点儿。老那么文质彬彬地讲道理，多少好姑娘都得让你给等黄了。"

"以前不是想装一下吗。"郭靖坐下，酒入欢肠，胃口大开，大口吃着小砂锅。

"装不住了也好。先下手为强，别再让人给撬走了。不过也好，傻人有傻福，等到现在也不亏，你要是娶了你高中谈的那个长辫子姑娘，人家那么漂亮，你这一路下来得戴多少顶绿帽子啊？"

郭靖听老爷子这么一说，不乐意了："你是我亲爹吗？这话说得，我是那种连自家媳妇都看不住的人吗？"

"吹不吹你自己心里有数，先把黄蓉给我领回来再说吧。"郭立业冷哼一声，接着抿了口杯中的小酒，"你的事说完了没有？说完了说我的。"

"怎么了？您也要结婚了？"郭靖瞪大了眼睛望着他。

"滚一边去。"郭立业剜他一眼，"要结十年前我就结了，还用等到现在？你妹妹的事。"

说完，他站起身，走到一旁的柜子旁边，一拉抽屉，从里面拿出厚厚的一摞照片，每张照片上都有编号、名字和红蓝色标注的符号，他把这些照片递给郭靖："瞅瞅。"

"什么意思这是？"郭靖接过去一张一张地看了看。

"画红勾的，基本通过我的审查了，画蓝勾的，你帮我参谋参谋。还有一大拨打黑勾的，已经全淘汰了。明天带你妹妹去相亲，从零零一号开始。"

郭靖仔细端详着，眉头没好气地皱了起来："这一颗颗歪瓜裂枣的，还不如我呢，这都哪儿来的？"

"网上下载的，靠谱儿。"

"靠不靠谱儿不重要，您觉得郭郭肯去吗？"

"去啊。她敢不去？不去我就死给她看，这次我可是真死。吃完了赶紧收拾桌子，我还得抓紧时间写遗书。"

郭靖哭笑不得，又拿他没辙儿，索性老老实实地乖乖吃饭。酒足饭饱，他收拾利索，洗漱完毕，回到了自己的卧室，把灯一关，窝在了床上。

今晚的月亮格外明亮，透过卧室的玻璃窗，直直照射了进来，映在郭靖的半边身子上。

躺在床上，翻来覆去地睡不着，他拿起手机，点开了黄蓉的微信对话框，噼里啪啦地发了一篇千字的安慰信息过去。半晌后，见她没回，他索性鼓起勇气，又给黄蓉发了一条消息过去，发完，他把手机一扔，干脆不管不顾地闭上了眼。

黑漆漆的卧室里，手机屏幕散发着微弱的亮光，而那条他最后发过去的消息赫然在目：明早九点半，穿好嫁衣，在家等我。我娶你！

今夜难以入眠的，不仅仅是忐忑不安的郭靖，还有黄蓉。已经是凌晨1点，她却一点睡意都没有。这个点了，卧室里的台灯依旧孜孜不倦地亮着，黄蓉穿着睡衣坐在卧室的桌边，将一本昏黄卷边、年代久远的相册打开，一页一页翻看着。

相册里都是一些医学院时期的旧照片，毕业照、身着足球队服的射门瞬间照、实习期操作照、学习小组照、男女生各类生活照，而这些照片上，每一张都同时有她和郭靖。

昏暗的灯光下，黄蓉一张张认真地看着，像是在看什么宝贝，又像是在回忆着什么。她翻看到最后一张照片时，摸了摸。那是张大伙儿集体比心的出游照，照片下面鼓鼓囊囊的，底下还藏着一张照片。

黄蓉把隐藏的照片从下面抽出来，一张郭靖搂着她肩膀的合影映入了她的眼帘，照片上，他们笑得纯真，照片背面上有一行因为久远而呈褐色发干的血字，写着："黄蓉，我有病，你是解药。郭京。"而这个"京"字被划掉了，后面新写了个"靖"字。

黄蓉深情地看着这张照片，心里暖暖的，而照片上的郭靖，也笑着看着她。

她用指腹轻轻柔柔地摸了摸照片上郭靖的脸颊，许久，她拿起放在一边的手机，回复了郭靖一个字：好。

***

这一夜，对郭靖和黄蓉来说，过得无比漫长。像是等了一个世纪之久，郭靖终于迎来了清晨的第一缕光。

他对着镜子精心梳洗打扮了一番，穿上了一身合体的西服，满脸喜气地买了一束精致的玫瑰花，又去珠宝店买了一枚闪耀的钻戒。一切准备就绪，他骑着被他在车把上系上了红绸的小摩托，往黄家驶去。

而此时的黄家，黄蓉在确认了黄彩云和吴汉唐已经出门上班后，穿着一身大红中式新娘服，走到电视柜前，拉开了最下面的抽屉，从里面拿出了户口本。

她深深地吸了一口气，亭亭玉立地站在落地镜前，看了看镜子里的自己，轻声说道："只要你个混球敢来，我就敢嫁。"

九点二十，西装革履的郭靖骑着车后座捆着一束鲜花的小摩托，从小区门口驶了进来，在一众邻居的侧目下，一路开到黄家的单元楼楼下。

一到楼下，他便赶紧停好小摩托，抱起花，踏着轻快却又不失庄重的步子蹬蹬蹬地爬上了楼，一口气爬到黄家的门口。他看着近在咫尺的防盗门，稳稳站定，深深呼出一口气，调整好自己的状态后，抬起手正准备按门铃，忽然，一阵电话铃声打断了他的动作，他狐疑地掏出手机，见是个陌生号码，想了想，还是接通了："哪位？喂？信号不好，你等会儿啊。"

一边说，他一边走到了单元楼的采光窗口边上："现在好了，你谁？噢噢，想起来了，上个月十五号出院的六床吧你是？我知道我知道，怎么了？"

他一只手抱着鲜花，一只手举着电话，身子往窗口探着："没来月经啊？几天了？是不是又怀孕了？怀没怀孕你都搞不清楚？测了吗？没测赶紧测呀，我也不是遥控B超，我也不知道啊，对，对对，你去医院，验个尿，不行再B超探探，记得憋尿啊，对对，我现在有事，我先挂了啊，对，急事，哎哎回头联系，拜拜。"

好不容易打完电话，他赶紧挂了，正转身要往黄家门口走，电话突然又响了，这次他连手机屏幕都没看，就一把接起来："不是说我有急事吗，大姐，我这儿结婚呐，您也得理解理解——什么？你再说一次！"

在听到这通电话后，郭靖突然傻眼了，他愣在原地半晌都没回过神来，直到电话里又说了句什么，他才缓过劲儿来，下一秒，他像是发了疯一样，什么都不顾了，猛地把手里的鲜花一扔，转身冲下楼去。

上午九点五十，黄蓉静静地坐在床边，一动不动地望着窗外，她的眼睛里闪着光。这些年来，郭靖在她身边的点点滴滴，像是电影片段一样在她脑海里一帧一帧地放映，每一个镜头里的他，都暖着她的心。可是……

黄蓉回头看了看墙上的钟表，眼睛里的光芒消失了。

她非常失望。

他到底，还是没有来。

市医院急诊内科抢救室里，一片忙碌，一众医生和护士正争分夺秒地各自忙碌着，病床旁的检测仪上，心电、血压等各类数据和曲线在不断变化。

躺在抢救床上正在被急救的人，不是别人，正是郭郭，她一动不动地躺在那里，双目紧闭，死了一般。

通往市医院的街道上，郭靖焦急不堪地骑着小摩托，穿行在行人和车辆间，速度奇快，宛如飞车。他怎么都没想到，天天嚷嚷着以死相逼却每次都自杀未遂的郭郭，这次会真的吃药自杀。

抛下心心念念的"媳妇"，他心急如焚地以最快的速度赶往医院，中途不慎出了点小车祸，所幸并无大碍。终于，在推开病房门，见到已被抢救回来的郭郭后，他一颗紧悬着的心，才算彻底放了下来。

从一大早到现在，郭靖可谓是真真正正经历了由大喜到大悲再由大悲到大喜的极端心绪，整个人仿佛跟坐了云霄飞车似的，内心跌宕起伏得厉害。现在，一颗心终于得以归位，他如释重负地深深呼了口气，闭了下双眼，整个人累到疲软地坐在了病床边的椅子上。

而他不知道的是，一直在家苦苦等他的黄蓉，早已哭花了妆。在确定他不会来之后，她擦干了眼泪，决然地带着被郭靖爽约的不堪情绪，来到了医科大学教课。她有些孤独地站在同学们的视线焦点里，依旧没从那种负面情绪里挣脱出来，很多学生也没把她当回事，听歌睡觉，唠嗑闲聊，黄蓉根本压不住场。她站在讲台上看着底下像工蚁一样纷乱的课堂纪律，索性把书扔到讲桌上，搬出黄彩云，这才压制了这帮学生的嚣张气焰。

病房里，没多久，郭郭便醒了，她安静地躺在病床上，呆呆地看着对面的墙壁，沉默着。床头边的桌子上，心电监护仪还在"滴滴滴"地闪烁着红灯，显示着生命曲线和数据。

郭靖看着醒来的妹妹，话匣子一下子就打开了，噼里啪啦地说个没完没了，一边说，还一边心系黄蓉，不停地给黄蓉打着电话，而电话那头，却始终传出对方已关机的提示音。

他悻悻地把手机放下，知道黄蓉这次是真的生气了，他索性放下电话继续唠叨郭郭，一张嘴就没停过："我要是你我就抽自己，抽脸，狠狠地抽，啪啪地打，打出血沫子来。不抽都对不起替我操碎了心的哥哥和爹。我要是你男朋友，我立刻和你分手。我找个什么样的姑娘不好，我非得找你这么个傻货？还真吃药？还吃那么多？你知不知道那些药片都有哪些副作用？弄不好让你嘴歪眼斜，到了商场看见多好看的衣服手哆嗦得都穿不进去。再留个连哥哥和老爹都不认识的后遗症，你到哪儿找后悔药去！"

面对郭靖没完没了的唠叨，病床上的郭郭置若罔闻，任由郭靖说什么，一言不发。

郭靖自说自话地絮絮叨叨了大概有十多分钟，像是忽然想起了什么，他顺手拿起了郭郭的手机，要给她拍照。他打开相机，对准了一脸木然的郭郭，一边对准还一边不停地让郭郭咧开嘴笑，而郭郭丝毫不理会，依旧一副面无表情的模样。

"咔嚓"一声，郭靖无奈地按下了拍照键。拍完照，他不管不顾地坐在床边，一边用美图软件给郭郭修脸，一边持续着絮叨："跟你说了笑一下，就不笑。你这脸太大了，笑起来露排牙，还能假装是嘴咧开显得脸大。现在还得给你P。等会儿修好了图，微博微信朋友圈我可就发了啊。这叫公告天下，告诉大家你还没死，让医院给救回来了。不说别的吧，先断了情敌的念想。"

郭靖只管自己碎叨叨地继续说："你想想看，咱先别说傻了吧唧就这么吃死了人，就说把你给吃傻了，五十一百的钱都分不清楚，到时候韩浩月扭脸再找一个，花着你留给他的钱，穿着你给洗好的衣服，还踩着你给他买的皮鞋，你也知道你逗哏逗得不好，拖着他的后腿儿，你傻了到时候他换个搭档，万一郭德纲想不开看上他呢，赶上个综艺节目，一眼看着就是个火。到时候带个胸大腰细的新女朋友来病房顶多也就看你一回，到了明年的今天他要是还能想起你来，我管你叫姐姐。你得知道，除了我，天底下的男人基本都这样……"

"闭嘴！"突然，郭郭悲愤地大喊了一声，她实在受不了他像个苍蝇一样在耳边嗡嗡了，"再唠叨一句我就去死！你怎么这么烦人啊？"

她这一声吼，吓得郭靖一个激灵，彻底闭嘴了。

而他们都不知道的是，自己的老父亲在得知郭郭自杀的消息后，首当其冲地去找了韩浩月，用尽一切办法阻止了韩浩月来医院看她，并盯着他给牛老板打电话主动提出要求换搭档，最后在韩浩月答应不再找郭郭后，才满意地离开。

晚上，郭靖趁着吃晚饭的时间，从食堂里打来了一盆粥，给郭郭送去。

郭郭看到郭靖拿来的粥，两眼放光，三下五除二仰着脖子一口气喝完了，她把粥盆从脸上拿下来，意犹未尽地舔了舔嘴唇："我还饿。"

郭靖伸手把饭盆拽走："饿就长点记性。再洗一回胃，可就不是等十二个小时就能吃饭了。"

郭郭拿起郭靖放在床边的手机，看看上面满屏幕重复拨出的"黄蓉"红色电话记录，眉头蹙了蹙："还不接呀？"

郭靖没好气地白她一眼："给你你接吗？眼看着都要进洞房了，你冲出来把这红线给剪了。要不是亲妹妹，我早把你拉黑了。"

"那她这也太小气了，要是我我还嫁。"郭郭嘴一瘪。

"算了，又不是什么大事，嫁就嫁，不嫁拉倒。"

"那怎么办？"郭郭有些急了。

郭靖梗梗脖子："能怎么办，分就分呗。牛什么牛，以为我多稀罕她似的。这种事我绝不惯着。最迟我等到明天早晨八点上班，她要是主动回电话，怎么都好说，要是不回……"

要是不回，就继续追呗，不然他还能怎么办？

第二天上午，郭靖想起自己昨日来医院途中发生的小车祸，灵光一现，找来一辆轮椅，坐在轮椅上，转动着轱辘往急诊中心一路前行，朝着敞开着门的急诊内科一诊室行驶了进去。

这时的黄蓉刚刚看完一个病人，头也不抬地说："下一个。"

她用余光看见了轮椅上的郭靖，一时间有些惊住，她看了他一眼，想说什么，话到嘴边又咽了回去。她看了一下手表，见已经到了下班时间，便开始收拾东西。

"黄大夫，我现在是个病人，你得看着我问诊，你得和我说话呀。"郭靖堵在她面前。

黄蓉只管收拾桌子上的笔纸杂物，并不理会他。

屋外，有病人和家属从门口看见黄蓉是这么一副态度，都很意外，探头探脑地看。

郭靖嘴不停地说："再怎么说你也得接个电话。我是到你们家门口又走了，这肯定是有事呀。我要是你我得着急，我得操心你到底怎么了才对啊，是不是？哎哎你去哪？黄主任？黄大夫？黄蓉！"

黄蓉一句话都不听，绕过他强行往外走，这下郭靖急了，他站起来就追，没走出两步，脚底下一个趔趄，吧唧一下子摔地上了，黄蓉不管，头也不回地往外走："装。接着装。"

"没装，腿坐麻了，真麻了哎！"郭靖在后面连声地喊。

门口的一众病人看呆了，一副目瞪口呆的样子。

黄蓉绕过郭靖的瞬间，已经把白大褂脱了，她头也不回地大步流星地走了出去。

郭靖一瘸一拐地跟在后面喊道："到点了就下班就不管我这病人啦？再不站着我投诉你啊，投诉知不知道？你去哪儿啊你？！"

黄蓉一句话都不说，走远了。

***

龙凤彩绘，宫灯悬挂，这是一个陈设古朴、到处挂着匾额字画的宫廷菜院落。院落里，穿着清朝旗袍的服务员，正忙活着走来走去。

长廊通往院子的地方立着一张"临床系B4班同学聚餐"的海报，海报上贴心地标着箭头，为来参加聚餐的客人指引着方向。

海报所指方向的院子里，已经到了不少人，三五成群地分头分伙聊着。

一个头发光鲜的男人站在人堆里和人说话，声调不高，脸上却总是挂着一副谦逊的笑容："当然是你们厉害。我不行。医生多神圣啊，一个人找你看病，把所有的隐私都告诉你，把衣服脱光了让你检查，还把他所有的痛苦都告诉你，把命都交给你，你们是谁啊，除了神就是你了。我不行，我就是一个做小生意的。"这个说话的人，叫肖锐，是这次同学聚会的组局者。

话音一落，大家互相对视一笑，笑容里别有意味。

肖锐说得特别真诚："真的。我要是还在医院值班看病，我这白头发也不至于这么多。年底开会，你们的院长聊的都是治愈率提高了多少，我们只能说说收入增加了多少，俗，也没意思。"

他说得越诚恳，大家就笑得越有深意。这时候有人眼尖，喊了一句："黄蓉来了！"

肖锐的眼睛马上转了过去，他的腿脚更快，第一个快步迎了过去。

　　人都到齐了，肖锐张罗着安排大家移步到了包间里坐下，他自己坐在主位上，一副主家的姿态。饭局开始，他一边招呼着十几个同学，一边给坐在自己旁边的黄蓉夹了一只"熊掌"："尝尝这个。别怕，这不是真的，都是萝卜土豆山药做的。荤的大伙儿都吃够了，今天吃素。"

　　黄蓉看了看盘子里的假熊掌，直愣愣地说："不是肉啊？那吃它有什么意思？"听她这么一说，一众同学都乐了。

　　肖锐笑道："改天，我再组织一次，咱们到齐齐哈尔吃去。"

　　同学里马上有人接道："这话我可录下来了，你可别赖皮啊！"

　　"只要你们有空，把各位大医生周末去外地做手术走穴的时间都腾出来，我就要你们一天一夜，肯给吗？"肖锐一直都是那种谦逊沉稳的语调，他转过来问黄蓉，"先问近的啊。黄主任什么时候有时间？"

　　黄蓉挑起眉毛："再叫主任我今天都没时间了。"

　　"小黄……小黄大夫定。"肖锐立刻改口，嘴角扯出一个弧度。

　　"我一个连自己家门都能找不着的人，就别跑那么远了。你们去，我就蹭蹭家门口的局就行了，你们得找一个爱张罗的人定啊，李小京，她呢？她怎么没来？"

　　"没找你姐啊？"其中一个同学接道。

　　"她怀孕了？"黄蓉立刻反应过来。

　　"都快生啦，老公给腿上拴了条链子，在家看着呢，伸手衣来张口饭来，楼都不让下一步，金贵着呢。"

　　黄蓉笑了笑："这么恩爱啊？热恋似的。哪天见了我损损她。"

　　"你呢？什么时候再找一个？"肖锐看着黄蓉，有意无意地问了一句。

　　"再说再说。好容易刚单了。"

　　提到这个话题，同学中开始有人八卦了："咱们班男的离了的其实也不少，大家都知根知底的，你不考虑考虑？"

　　黄蓉叹了口气："我宁肯去街上找条狗。别跟我提同行啊，烦都烦死了。"

　　这个回答，大家都笑了。

　　趁着大伙嬉笑的空当，肖锐冲服务员使了个眼色，服务员立刻走了过来。他侧脸低声吩咐道："来个荤的。就你们那个特色，乳鸽。"他是个有心人，从黄蓉说过不吃肉没意思开始，就一直惦记着黄蓉说过的话。

饭局开始没多久，大伙起哄玩起了游戏。这会儿，同学中一个膀大腰圆的光头男人独自站着，面前的桌上已经放了三盅白酒。他在一个个地确认着眼前这些同学的身份，这是考验同学友情最残酷的游戏，猜错了就得干掉一杯，化零为整，秋后算账。

光头男人用目光围着桌子转着，挨个地顺时针回忆着，手指头点完一个又一个："张晓东，北医三院，运动医学研究所；李春秋，安贞医院，疼痛科多少年了；沈洄……"

说到这儿，他有些含糊，想了想，然后很肯定地说："中华医学会，妇产科学分会绝经学组秘书，对不对？"

看着当事人大叹口气的表情，很显然他又回忆错了一个，旁边有好事的同学马上给他添了一盅酒。

光头端起面前的酒，擦了把汗："这肯定得怪你，调了单位也不告诉我。不够意思。等会儿你得替我一杯。"

接下来轮到肖锐了，光头松了口气："肖锐还用再说一遍吗？本班唯一改行的人，电商公司上市老板，现在要投资高级诊所，要不然也不把咱们班的人再召集回来——错不了了。结账的人我可忘不了。"

大家都哄笑。只有黄蓉在专心致志地对付着一只烤乳鸽，很显然，这是刚才肖锐单独给她点的。这么小的东西，她不知道该从哪开始吃、怎么吃，一时间，她有些无从下嘴。

光头接着对肖锐说："问句八卦，你现在还单着呢？"

肖锐笑着不说话，算是默许了。

大家来兴趣了，有人撺掇光头："猜猜，说说为什么，猜对了一杯酒都不用你喝。"

一旁的黄蓉没兴致听他们瞎扯，研究起怎么下嘴，她啃了乳鸽的头，觉得不对，又吐了出来。

光头接着说道："小看人。你们还别拿骨科大夫不当神医。这还用靠脑子猜吗？男人活到他这份上，还没结婚的人，只有两种情况。一，喜欢男的。"

大家都笑，饶有意味地看着他。而黄蓉则自顾自地盯着乳鸽，开始入门了。

光头卖了会儿关子，继续道："第二，没找着喜欢的女的。这后一种就复杂了，要么是没玩够，要么是眼睛长得太高，找不着合适的也不想将就，还有的是事业为主，不着急，挣够了钱再去大学里划拉划拉，反正最后无非就是找一颗健康优良的卵子，生个娃退了休当爹呗。"

同学里有人说："结论呢？肖老板是哪种？"

正说到这里，黄蓉瞅着乳鸽，忽然没头没脑地了一句："这么小个东西，吃得费死劲了，还不如鸡呢。"

肖锐听见她的话，忍不住第一个"扑哧"笑了。

而此时，黄蓉她们所在的这家私家菜餐馆大门口，郭靖骑着他的小摩托，一路找了过来。他把车停好，摘了头盔挂在车把上，看了看牌匾就要进去，却被门口一个穿着内务府朝服的门卫拦住了："快递外卖都走后门。"

郭靖没说话，拿眼睛看看他。

门卫马上有些明白了，立刻换了口气说："不好意思，这是私家菜会所，不接待散客。"

"同学聚会，临床系，算散客吗？"郭靖头歪着看他。

门卫一脸抱歉："饭已经开席了，我以为都到了。您请进，跟我来。"

郭靖挺了挺胸，拉着声音说："都开席啦？怎么这么不懂事呀……"他一路跟着门卫往里走，一前一后，像头回进宫的老百姓和带路的小太监。

就在走到能够看到包间的门口的时候，郭靖突然站住不走了，门卫奇怪地看着他："先生，前头到了。"

郭靖叹了口气，道："真是没脸进去啊。"

"为什么？"门卫是个直愣愣的小伙子，瞅着他。

郭靖看看他："你上过学吗？"

"上过呀。我们老家的技校。"

"那就有共同语言了。班长知道吗，我从上学一直当到毕业，原来说句梦话都好使，现在呢？里头坐的都人五人六，最差的也是副主任，我呢？我不让医院开除就不错了。"

门卫瞬间全明白了："哥，不瞒你说，刚毕业来北京，在保安公司我是队长。现在我还看门，原来的小兄弟都开洗车铺子当老板了。我也没脸见他们。"

郭靖左右看看，见不远处有一个凉亭，回头问："你们这儿有面条吗？"

"有啊，宫廷打卤面。"

"给我来一碗。再来两瓶凉啤酒，一盘宫廷猪头肉，都挂包间里头账上。我在那亭子里等你，你也来，咱俩好好唠唠。"

"得嘞！"门卫高兴地转头就朝厨房走去。

包间里，已酒过三巡。这酒喝到一多半，有人开始微醺，位置也已经喝乱了，有人开始打圈，寒暄热闹此起彼伏。

肖锐举着一杯红酒，对着黄蓉敬酒，他永远是一副彬彬有礼的样子："别人都变了，老的小的，男的女的，都变了，就你一点也没变，模样没变，性格也没变。"

黄蓉笑了笑："你们肯定都觉着我还那么二。"

"这叫不忘初心。这种品质现在可不多了。"他低声说，"看看身后咱们这帮同学，有几个还能说句大实话？都是属鱼的，一个比一个滑，抓都抓不住。"

"你想抓谁啊？"她也不管肖锐的反应，自顾自地说，"我太知道你们了，牛了，有身份了，说话就得端着了，这儿也不是学校的食堂，谁也不是为了一口鱼香肉丝就能求人帮着排队打饭的人了，知道，有身份了，得装着。"

她八卦地问："想抓谁，你不好张嘴的，我去替你问。"

肖锐嘴角轻扬："你怎么知道我想抓谁？"

"刚才你们不都说了吗，单身的这么多，谁知道你有没有想法。有了就说，过了这村可就没这炕了啊。"

肖锐直视着她："我想抓你。"

黄蓉看了看他，呵呵笑了一声："真能开玩笑。"

肖锐没承认也没否认，他端起酒，在她的红酒杯上轻轻地碰了一下，笑着等她，黄蓉却没拿起红酒杯，而是把桌上的一罐可乐端起来，一口干了。

"能加个微信吗？"肖锐问道。

黄蓉想也没想，转手拿过自己的包，从里面找手机，包的拉链有些不太好用，疙疙瘩瘩的，肖锐正要伸手帮忙，黄蓉打开了："开了。费劲儿。"

肖锐把这些都看在了眼里。

包间外，凉亭里，郭靖坐在一个石头凳子上，抱着一壶菊花茶，有一搭没一搭地喝着。他占据着视野的制高点，进可攻退可守，眼睛一直紧紧瞄着包间的门，这模样，仿佛给他端把枪，他就能成狙击手了。

没多久，包间里的一众同学都收起了自己的东西，乐呵着三五成群地往门口边聊边走。显然，他们的聚餐结束了。

服务员拉开了包间门，黄蓉第一个率先走了出来，她一眼就看见了凉亭里的郭靖，郭靖见她出来了，三步并作两步跑了过去。

黄蓉有些不可思议地看着他："怎么哪儿都有你？你怎么找过来的？"

郭靖打了个饱嗝，而后扯着嘴笑："问你姐了。"

"我姐能告诉你这个？"黄蓉不信。

"我雇了个人打听的，说是你的病人，从乡下坐了一夜的火车专门来找你复诊，来晚了十分钟，多住一天路费就没了，今天死活得找着你。"

"卑鄙。"黄蓉白了他一眼，撂下两个字转身就要走。

郭靖一把拉住她："不卑鄙我也找不着你呀，你听我解释一句行不行？"

"有必要吗？老天爷这么安排也挺好。昨天我要是真跟着你走了领了证，我现在绝对肯定会后悔的。"

"为什么？"

"因为你卑鄙啊。"

说话间，同学们都出来了，有好几个认识郭靖的同学见到他很是意外，凑了上来："哎？这不是郭大侠吗？"

"呦，还记着哥们儿呐。"郭靖自来熟，笑着应道。

光头挑了挑眉，乐呵着："忘了谁也不能忘了郭大夫。上学的时候天天楼道里半夜唱情歌，吉他断了弦都挡不住你骚扰我们睡觉，那《钟鼓楼》，那《花房姑娘》，那雪地上撒那野，那劲头，是吧？"

郭靖点着头："今天来这儿撒点野，又碰上了，咱们这缘分也太深了。"

正说着，肖锐走了过来，客气地冲他打了个招呼："郭大夫。"

"这位是？"郭靖也不知道是真忘了还是装的，一脸狐疑的表情。

黄蓉也不看郭靖，招呼着别人："你们还走吗？"有人开始往外走。

肖锐对郭靖伸出手："肖锐。当年也是你的歌迷。一起去唱个歌吧？我到现在还记得你的摇滚嗓。"

"好啊，那就一起？"

黄蓉没搭理他们，不客气道："那你们去吧，我回家了。"

见黄蓉这副态度，郭靖赶紧说："我开玩笑呢，瞧把黄主任吓得。你们去你们去，我还有个大手术得上，护士麻醉，一助二助，她们都等着我呢。"

这时候门卫小步快跑地回来了，手里还提着一个暖壶，这是回来给郭靖的茶壶里添开水的。他喝得脸红红的，走过来也打了个饱嗝儿，对着郭靖问道："哥，要走啦？"

郭靖搭上门卫的肩，看了看大伙，给大伙儿介绍道："我兄弟。多年前非洲认识的，没想着在这儿碰上了——先走了啊，回见回见。"

说完，郭靖走了，偌大的门厅，只有门卫一个人挥手相送。

黄蓉和一众同学往外走着，光头看了看黄蓉，问了一句："郭靖这是追你来的吧？"

黄蓉只管往前走，没有回答。这时，人群里有人意味深长地说了一句："黄大夫的姐姐，是他的科主任。"

"噢……"大家顿时都心照不宣了。

肖锐把他们的话听在了耳朵里，他开玩笑似地低声对光头说："现在医院里的江湖道道都这么复杂啦？"

说完，一伙人热热闹闹地去了KTV，在那待了一个下午。

临近傍晚时分，一行人从KTV出来，貌似还没尽兴，起着哄，嚷着一个都不要走，晚上继续晚餐，黄蓉却婉拒了。肖锐贴心地让大家不要强人所难，并主动当起了黄蓉的司机，送她回家。

车里，肖锐专心致志地开着车，道路两边的景物从车窗两旁一一闪过，黄蓉似乎有些不认识这条路，她探着脖子使劲儿地看着外面："我怎么记得上回不是从这儿拐的呢？"

"导航说这边不堵车。都这么多年了，你还不记路吗？"肖锐握着方向盘回答她。

"有时候也想记，就是记不住。也许是没操过这心。除了家里和医院，哪儿也找不着。"黄蓉说这话的语气有些自嘲。

"那你平时怎么办？"

"姐姐姐夫，跟着谁都能到单位。不会骑车，公共汽车也挤不上去，她们要有事我就打车，有的司机特别烦，总要我自己指路，我指不了就给我绕路，所以我就直接给司机看卡片。"

"卡片？"肖锐有些疑惑。

黄蓉从包里翻出一个塑封着的卡片，递到他面前，他接过去一看，正面印着三个大字："别绕路。"他把卡片转过来一看背面，上面写着："请把我送到市医院第一宿舍小区，门口有摄像头，二十四小时保安，进出登记，安全第一……"

他把卡片还给她，笑了："这卡片有点意思。你姐夫弄的？"

黄蓉摇头："他哪会弄这么没溜的东西。郭靖做的。"

"噢，郭靖。"肖锐语气淡淡的，没再说什么。

车子很快驶到了黄家楼下，肖锐停下车，从驾驶室里出来，打开车门，体贴地照顾黄蓉下车。而此时家里的阳台上，黄彩云正面无表情地看着楼下的二人，把这一切尽收眼底。

***

晚饭时间，黄彩云喝完了碗里的汤，放下空碗，吴汉唐马上过来要给她添汤，却让她拦住了："饱了。不喝了。"

"每天都是两碗，今天怎么少了？"吴汉唐有些意外。

"是啊，每天都是一碗米饭，怎么今天就吃了半碗？"黄彩云没看他，反而把目光转向了黄蓉，很明显，话里有话。

黄蓉听出来这是在说她，她放下碗，回道："中午吃多了，下午又灌了一肚子的水果，吃不下了。"

"同学聚会固然高兴，也不能耽误了病人。要么就别约，约好了就得等着。"

黄蓉知道她说的是郭靖找的假冒的病人，本来想解释，但话到嘴边又觉着无聊，算了，索性把这锅背了。

吴汉唐见黄蓉放下碗，在一边给黄蓉的碗里添汤："汤不占肚子，来。"

黄蓉刚端起碗，听见黄彩云又问："今天送你回来的那个男的是谁？"

黄彩云这话一出口，吴汉唐愣住了，随后他饶有兴致地看着这俩人，很明显，他对这个话题颇有兴趣。

黄蓉喝了一口汤，回答道："肖锐。"

"肖锐是哪个？"黄彩云继续问。

"我们系原来那个倒数第一，现在弃医从商，当CEO了。"

听她这么说，吴汉唐认可地点了点头："倒数第一不当大夫，也算是造福了。"

"我说我怎么没印象。"黄彩云一副了然的神情。

见黄彩云对肖锐送她回来一事并没有苛责，黄蓉反倒好奇了："学渣您也不反对不反感？以前除了硕博连读都不让我多说话呀，怎么回事？"

黄彩云看了她一眼："只要不是郭靖就行。"

黄蓉不说话了，黄彩云把吃完的碗筷往吴汉唐面前一推，伸手从一边拿过一张写好了一二三四步骤小字的纸，递给黄蓉："明天我有手术，你姐夫去下乡义诊，没人给你做饭，你自己叫外卖吧，单子上的步骤都给你写好了。"

"又没饭吃？早知道不倒休了。"黄蓉叹了口气。

第四章

翌日清晨，住院部大楼里，几个护士一起轮番做着床铺清洁，郭靖已经给郭郭打好了饭，见暖瓶空了，又拎着暖瓶去开水房打水。

郭郭盘腿坐在病床上，"吸里呼噜"地吃着郭靖给她带来的粥，狼吞虎咽的样子像是已经有半年没有吃过饭。

郭靖打好水推门进来，把手里的暖瓶放到一边，问她："韩浩月还没来？"

郭郭像是自动忽略了"韩浩月"这几个字，把脸上的粥碗拿下来，直接问郭靖："有干的吗？饿。"

"流食，半流食，非流食。你得走完这个过程，韩浩月呢？怎么不来？"

郭郭舔了舔嘴巴："我又不是他，我怎么知道他为啥不来？黄蓉呢？联系上没有？"

"把手机打没电了也不接，算了。"郭靖耸耸肩。

"真算了？"

"那可不算了，还怎么弄？她比你还轴，我跪地下去磕头也没用啊。"

郭郭不以为然："女人是什么，你还是不懂。她要心里真没你，那天也不会答应结婚了。嘴上越刁心里越软，你晒她两天，保准哭着来找你了。"

郭靖没吭声，但他把这句话听到心里去了。

黄蓉今天轮休，难得休息，这会儿正一个人窝在沙发里，看着电影，一边看，一边被电影情节感动，肝肠寸断地哭着，脸上的泪水止不住地流下来。

哭够了也哭累了，她抽泣着拿过昨天晚上姐姐递给她的外卖单子，拿过手机，按着上面的攻略步骤打电话，刚拨了几个号，电话忽然响了，她愣了一下接起来："肖锐？"

电话另一头的肖锐，正戴着蓝牙耳机开着车："有空吗？"

"干吗？"黄蓉红着眼睛问道。

"郊区开了一家馆子，野生鱼苗，现捕现烤，有兴趣吗？"

"又聚呀？还有谁？"

"就我，就你。"

听他这么说，黄蓉直截了当地问了一句："你这是在追我吗？"

肖锐愣了一下，他没想到黄蓉会这么直接，顿了顿才说："你要是不讨厌，我确实想试试我有没有这个运气。"

黄蓉想也没想就噼里啪啦地说："受伤了，重伤，痊愈之前谁都不考虑，富二代也不好使，更别说同事同行同学了。先这样啊，我还得叫饭呢，挂了。"

啪，她把电话挂了。肖锐听着电话里嘟嘟嘟的声音，半天都没缓过神儿来。半晌后，他露出了一副意犹未尽的神情，他觉得，黄蓉这个人有意思得很。

挂了电话，黄蓉点好了外卖，又去卫生间敷了一张面膜，扎起头发，索性在家拉弓开箭做起了瑜伽，等外卖。

不一会儿，"叮咚"一声，门铃响了，黄蓉习惯性地问了一句："谁呀？"

"外卖。"

黄蓉走过去，开门。熟料，门刚一打开，外卖员便一下子冲了进来，速度快得让黄蓉来不及反应，只听"咣当"一声，门被外卖员关上了。

随后，外卖员死死地抱住了黄蓉，她挣扎着乱叫，屋子里顿时一阵鸡飞狗跳、混乱不堪。黄蓉吓得闭着眼抬手一通乱打，面膜都被她打掉了一半，外卖员任由她乱抓乱捶，不管不顾地抱住她，再也不肯撒手。

"啪啪啪啪啪——"，黄蓉打耳刮子像是不要钱似的，嘴里一连声地求饶，又急又气，说得又碎又快："要钱你想要多少钱，多少钱我只要有我全给你，柜子里有烟有酒我姐夫不抽不喝你全拿走，全家里就放着两千出头都在电视旁边桌子的抽屉里，我平时衣来伸手饭来张口事儿全是我姐夫办，我连自己的工资卡都不知道在哪儿，骗你我天打五雷轰，不信你就搜个遍我保证。放开你的手臭流氓，你到底要什么你张嘴说话，我们家楼上就住着警察还是分局刑警，你再不放开我喊人了，反正我离过婚我也不在乎，你放手我他妈有病你劫色我就把你传染了，你……"

流氓外卖员被黄蓉一脚踹倒在地上，帽子也掉了，原来是郭靖。

"是你？！"黄蓉死死地瞪着他，一双眼睛里都快喷火了。

郭靖扬着下巴，一副愿打愿罚的模样："什么都管不了了，今天非得见着你，和你说开话。再见不着我就得死，死也死不了，还有心愿没了。我知道你心里有疙瘩，咱俩换换，我要是个女的我连户口本都偷出来婚纱都自己备好了，临了未婚夫来到了门口还转身走了，这事儿搁在我心里也过不去。这疙瘩我得解开，解不开，这辈子咱俩都解不开了。"

他一五一十，什么都招什么都认了："你姐有手术，我在护理站和医办都查过，还给手术室打过确认的电话，连着四台不歇息，三个剖腹产一个子宫肌瘤，中间不吃饭也得大半天。你姐夫每周一次雷打不动，下乡义诊回来还得去电视台养生堂做保健讲座，录像期间手机也没开。中间这么长时间你一做不了饭，二下不了楼你怕晒，你只能吃外卖。我从上午十点就在楼底下守株待兔，等得腿都麻了这才等着。一上午来了快递我就拦着，到现在问了十二个送外卖的，没招儿，我只能拦下来自己送。"

黄蓉看着他，先前害怕的情绪这会儿已经平复了，慢慢冷静了下来："恶棍。"

郭靖没说话，受着。

"泼皮。"

郭靖依旧沉默，任由她骂。

"无赖。"

"无赖当到底，我就想给你个解释。"

郭靖对上她的眼睛，黄蓉深深地看着他："臭不要脸……你说吧。"

"见过放鸽子的，没见过这么放的。这鸽子太肥了，换了谁都过不去这个坎儿。我不是当着你的面就这么演后悔，有时候我就在想，咱俩换换，我也受不了。我换好了衣服，我穿好了鞋，我连出租车的零钱都备好了，我就等着我未婚夫来了一敲门，我就跟他走，我这是要去结婚啊，脚步声都在门外头了他又转身走了……"郭靖露出一副伤心切切的表情，每一个字都说得情真意切，除了眼睛里没有泪水流出来，从语气到情绪，都特别像一个诚恳的忏悔者。

黄蓉听着，没有搭腔。

郭靖说得越来越动情："从妇产科到急诊室，两层楼，一百米，五十步，十四个门。我天天去找你，天天都走一遍，每天不知道有多少病人都等在这条路上。有的在这儿出生，有的刚来还没上急救台就死这儿了。那些陪着他们来的，有同事，有朋友，可再多都多不过家人。郭郭好好活着、她自己能好好过日子的时候，十个她也比不上一个你珍贵。她气我，花我的钱，骑我的车，用我的流量，占着我新买的照相机，连零食都偷着抢，从小我都恨我爸不计划生育。可到可能会死的时候，我就她这么一个妹妹，她也就我这一个哥哥。我要是个老百姓，我什么都不懂，我还能敲开门告诉你发生了什么事，拉着你等你换了衣服换了鞋，和我一起过去帮忙，可我偏偏是个大夫，我不知道哪怕一秒钟在抢救台上能耽误多少事，我也不知道一出小区就碰上交警把我手机给收走了，郭郭到底吃了多少药、洗了胃还能不能把她再叫醒了我也不知道。黄蓉，咱俩都是学医的，你和我都知道咱们谁都没有下辈子，这辈子要是见不着，那就再也见不着了，永远也没有见得着的那天了。"

他深深地望着黄蓉："要是有一天，你也快死了，这边天快塌了我也一样去。反正你死了，我也活不了。"

一时间，说者和听者都有些感动，两人都沉默了。短暂的沉默后，黄蓉首先打破了氛围："说完了？"

"说完了。"

"知道了。"

"你不信？"郭靖看着她。

"我信。"

郭靖察言观色道："那你的意思是？"

"就这样吧。"

"就这样的意思是？"

"你走吧。"

"然后呢?"

"然后回家,该干吗干吗。"

郭靖紧追不舍地问:"那重新求婚的事?"

"再说吧。"

郭靖赶忙摆手:"不行,绝对不行!你还没原谅我。先不说了,都怪我,你看都几点了,刚才我都听见你肚子里的蛤蟆叫了,外卖不健康,我先给你做饭去。"说着他起身就往厨房走。

黄蓉见他不走了,立刻说:"你不走我就打电话报警。"

"你知道号码吗?"

"我没那么弱智,我姐成天教的就是这个,居委会派出所刑警队的电话我比住院医师规范四十条还熟悉。我是笨不会做饭,生活自理能力差,不代表我就是根棒槌。"

"那你知道座机电话线拔了怎么插吗?"郭靖手里拿着一根被他拔下来的电话线,从兜里又掏出一部手机,"你的。进门的时候我就揣起来了。为什么刘邦赴了鸿门宴还能全身而退?唯一的原因就是他比项羽多长了半个心眼儿。"

黄蓉见他如此,什么也不说,直接迈步往窗户边上走。

郭靖见状,继续道:"我既然打定了主意要来,就没想着囫囵着回去。喊吧。左邻右舍都是退休了的双职工,离你最近的是耳鼻喉科老主任,耳朵本来就不好,你还得祈祷他今天戴着助听器,等他听见了找着拐棍儿,下了地吃了降压药推开门出来,哆嗦着上了楼把门敲开再破门而入,老人家会发现你完整无缺,本来以为是流氓强奸,搞了半天是小年轻俩人闹个笑话,我什么事没有,反正脸皮早就搁门外头了,你得考虑你姐,老黄家的脸可就全丢了。"

黄蓉这下彻底没招儿了,她定睛看了半天郭靖,点点头:"行,臭不要脸,是条汉子。做饭去吧。我还真有点儿饿了。"

一个小时后,桌子上已经摆好了四菜一汤,红黄绿紫,色香俱佳。

黄蓉左手拿着馒头右手拿着筷子,细嚼慢咽,认认真真地吃饭。郭靖在一旁伺候着,自己不吃,不停给黄蓉夹菜添饭、倒水剥蒜,一张嘴也说个不停:"世上无难事,就怕无聊人。把你放到非洲待三年,除了看病睡觉什么事儿也没有，你也能练成一代名厨。煎炒烹炸都是小事，关键是你得明白吃哪儿补哪儿，这个给你补气，这个给你补血，绿菜叶子没味道我就加了点辣椒，你就当药吃吧，这个纤维粗，吃了润肠通便，多难便的秘都给你通了，以后要是你乐意我就多来，别的不行做顿饭还可以吧，月经期间吃什么，感冒的时候吃什么，吃什么脸上会长小痘痘，日后怀孕了应该吃什么，这我都熟啊……"

黄蓉的筷子落到哪儿，郭靖的话就跟到哪儿，她故意不吃他点评过的饭菜，总是绕着他的话落筷，却总是绕不过去，她索性把筷子一放，干脆不吃了。

郭靖马上把筷子接起来捧过去："不说了不说了，人参仙丹也不说了。"

黄蓉这才又拿起筷子，见她继续开吃，郭靖又开始了自顾自地唠叨，眼睛也不看黄蓉了，瞅着自己的手，右手抠着左手的手指甲，头也不抬，像是在自言自语："其实太轴了也不好。我是说我们科的有些女病人，岁数不大，就因为性格太倔太犟，不留神就早更了，加上性生活也不协调，内分泌紊乱，不到三十看着就得有四十出头……"

"你少说一句，我就原谅你一分。"黄蓉实在忍不住了。

郭靖马上闭嘴了。

"嗡嗡嗡，嗡嗡嗡……"，安静的空气中，传来了小小的嗡嗡声，郭靖露出一副欲言又止的样子，张张嘴，想说什么又没说出来。

黄蓉看着他："怎么了你？"

"你听没听见刚才好像有什么声音？"

"没话找话呢吧？"黄蓉没好气地怼他。

郭靖不说话了。

"你知道我为什么烦你吗？"黄蓉准备打开话匣子。

郭靖看看她面前的碗，冲她抬了抬下巴："鸡汤趁热喝，凉了就有鸡屎味儿了。"

黄蓉的话匣子打开了："我就在想，咱俩现在不是同事，现在就是两口子了，那天我就稀里糊涂嫁给你了，现在我就是你老婆了，你给我做饭，伺候我吃喝，班也不上地这么天天陪着我，什么事也不干，这有意思吗？"

"天底下再没有什么比这事儿有意思的了。"

"你能陪我到什么时候？一个月？半年？一年？三年？再多了五年十年，你不烦吗？"

"不烦。谁烦我也不烦。"郭靖迅猛地摇头，他一说这个就来劲儿，"别的我还真不敢应你什么，你让我去当个中华医学会会长这事儿对我来说太难了，可就陪着你不变心，现在怎么对你、到老了我还能怎么对你，这事我不嫌烦。"

黄蓉打断他："可是我嫌烦。你怎么一天到晚有那么多的话？你不累吗？"

郭靖又摇了摇头："在别人面前我其实挺沉默是金的。真的，不信你去打听打听，上学的时候护理系那几个长得好看的，赵钱孙李、周吴郑王，挨个儿在食堂里挤着和我搭讪，你看我搭理哪个了？"

"郭京。"

"郭靖。"郭靖纠正她。

黄蓉叹了口气："那天我也是有点冲动，我向你道歉。"

听她这么一说，郭靖急了："别，千万别道歉，我不用你和我说对不起，你干吗要说对不起，这三个字后头跟着事呢吧？你别说了，我不听……"

黄蓉不管他，继续说："化验结果还没出来，我也不愿意去多想。该吃饭吃饭，该上班上班，过完了今天，明天该怎么样那是明天的事儿，你也不用再给我发几千字的微信安慰我了。"

她举起被割破的手："那天要真的是感染了艾滋，你安慰的越多我就越难过。病毒不是你，它不会和我们讲感情。我不能拖累你，我干吗要去拖累别人？你也犯不上。你别说话，听我说，我知道你什么意思，我也知道这个时候你向我求婚，那是你的心意你的态度，你仁义，可我越想越明白，我要是好好的，我要是没这个事儿，你向我求婚这才是平等的，我不想你在这个当口来求这个婚，你能明白我的意思吗？"

郭靖想说什么，黄蓉再次打断了他，自顾自地说："你不明白。你什么都不明白。从医学院我见你的第一面起你就不明白。你就是个孩子，一个长不大的孩子。我在你眼里就是个玩具，你得不到，你就一直想买，以前你没钱，就天天趴在橱窗外头看着，越看就越想要，突然有一天这玩具店打折了，不用你买了，说要免费送你，因为我这玩具裂了缝、它坏了，商场要免费赠送了。"

她平静地说："你拿到手，你怎么想，你还会不会像以前那么盼着这个玩具，那是你自己的事。可我不想我是在新年大酬宾的时候把自己这么送出去。这就好像以前我买的第一个手机，我喜欢的那款就剩了最后一个，它卖得再便宜、老板的态度再热情，我也嫌它天线上有个裂纹儿，那手机到头来最后还让你在非洲给……对了，我手机呢？哎，我手机哪儿去了？"

"嗡嗡嗡，嗡嗡嗡……"，屋里继续有小小的嗡嗡声传出。

"什么声音？"黄蓉四下里打量，想要寻找到声音的来源。

"是啊，我刚才就问过你，这什么声音？"郭靖明白了，他有些发虚地看着黄蓉。

"是不是我手机？"

郭靖点点头。

"你给我调震动了？"

郭靖又点点头。

黄蓉一下子站了起来："为什么？！"

郭靖也站了起来："怕有人找你，搅和咱俩的午饭。"说完，他马上小步快跑到一边，从沙发的一侧把手机给掏了出来。

这一看不要紧，上面有七个未接来电。原来之前一直嗡嗡嗡响的是手机的震动，俩人谁都没反应过来。急诊科大夫的手机上有这么多未接来电，这是大事，相当于士兵睡了懒觉醒过来才发现周遭都是打完的子弹壳。这下郭靖的汗也下来了："我是知道你今天轮休不值班，才敢藏手机的，这谁打的呀……"

黄蓉点开手机屏幕，只见未接来电全是一个同样的名字：李小京。

郭靖探头探脑，有点心虚地问："李小京？这不是你们班那个系花吗？会不会是找你同学聚会的？"

黄蓉看也不看他，拿着手机回拨，那边已经不接了。

这时候郭靖的手机突然响了，他一看来电显示是曾鲤，立刻接了起来，电话里面说了几句话后，他马上扭着脸看向了黄蓉。

黄蓉猜到这通电话一定是和自己有关系，直接问："出什么事了？"

"李小京在医院，在我们科。"

"赶紧走！"

黄蓉和郭靖手忙脚乱地穿上衣服和鞋子，急匆匆地往外走，但俩人走得太着急了，郭靖做饭时脱下的外套，被他落在了沙发上，安静地守着一桌子吃剩的饭菜。

近足月，子宫有压痛、有宫缩，未临产超过24小时，白细胞和C反应蛋白升高，胎膜胎盘感染，死亡率增加，这就是黄蓉的同学李小京目前的状况，为了防感染、防母婴并发症，黄彩云当机立断，亲自给李小京做了剖腹产手术。

刚刚做完剖腹产，麻醉药劲儿还没过去的李小京，这会儿躺在婴儿床旁边的病床上，昏睡着。她旁边的婴儿床里，一个头发还湿漉漉的女婴裹在襁褓里，甜甜地睡着。

黄蓉坐在一边的椅子上，陪着她。穿着白大褂的郭靖站着黄蓉旁边，像个刚刚实习的小大夫，两只手插在大兜里，也不敢高声说话，压着嗓子没完没了地对她小声嘀咕着。

而让黄蓉感到不解的是，娃都生出来了，李小京的丈夫却一直联系不上，就连方才的手术同意书，都是她黄蓉作为"家属"签的。

她在病房一直陪着李小京到家里来人，才安心地回了家。而晚上这顿晚餐也因为郭靖中午落下的外套，不再那么和谐。

黄彩云和吴汉唐坐在餐桌前，并不吃饭，黄蓉低着头自顾自地吃，黄彩云看着黄蓉，吴汉唐看着黄彩云，三个人围在饭桌前形成了一个三角之势。

黄蓉吃得很快，她想尽快结束这顿晚饭，这种氛围实在让她太难受了。

"外套都落这儿了，这意味着什么？如果不是他故意把衣服留在这儿，挑衅我，那他就是我见过最笨最粗心的一个医生。"终于，黄彩云冷着脸开腔了。

黄蓉吃得更快了。

"一个这么粗心的人，偏偏当了大夫，当的还是我们医院的大夫。丢不丢人？我不知道负责招聘的那些人都是怎么把关的！"

"扯远了扯远了。子曰食不言寝不语，有什么话吃完饭再说。"吴汉唐赶忙把碗端起来递给黄彩云，想要打个圆场。

黄彩云并不接碗，把他的手怼回去，然后转头继续盯着黄蓉："我问了这么多她回答过吗？我再问你一次，郭靖到家里都干什么了？"

"没干什么。"黄蓉依旧埋头吃饭，连头都不抬。

"没干什么把外套都脱了？"

这话黄蓉不爱听了，她倏地一下抬起头看向黄彩云："我再说一次，没干什么。"

黄彩云也没顾忌，口无遮拦道："没干什么衣服都脱了？进了门脱了外套光站着？在门口给你站岗放哨吗？你找他来当小时工吗？从进来到出去，除了呼吸心跳新陈代谢，一句话不说、一件事不干？"

"那您希望他干什么？"黄蓉索性把碗筷放下了。

黄彩云的脸色一下子不好看了。吴汉唐赶紧给黄蓉盛了碗汤，适时地递了过去，把话隔了一下："不凉不烫，刚刚正好。"

黄蓉没有接汤，看着黄彩云，平静地问："您就把话说透吧，什么意思？"

"我就一句话，你是不是打算和郭靖好？"

"什么叫好？"

"谈恋爱。"

"我没这个打算。"

"现在吗？"

黄蓉深呼吸了口气，站了起来："吃第一口饭的时候我就说过了，我暂时不打算谈恋爱。更不打算和同行、和同事谈恋爱，你们不信。我不负责你们信不信的问题。"

黄彩云没有作罢，仰头看着她，继续追问："你也是成年人了，作为关系平等的姐姐，我想再问清楚一点，郭靖呢？你打算怎么处理和他的关系？"

"一般关系。"

得到这个答复，黄彩云的脸色稍微地好看了一些："人而无信不知其可，诚信是从医者最重要的品格，希望你能恪守你刚才说过的话。"

话音一落，黄蓉就头也不回地走进自己的卧室，啪地把门关上了。

吴汉唐见黄蓉走开，把筷子递给黄彩云，平和地说："威逼有时候会起反作用。这孩子其实挺成熟，她知道自己要什么。"

黄彩云接过筷子，反问："你的字典里，成熟的定义就是连袜子都能穿反，洗衣服做饭这种生活的小事都不能自理吗？"

吴汉唐被她怼得无法反驳，最终只能作罢，好言劝着吃饭喝汤。

***

阳光炙热，上午的住院部大楼一楼收费结算处人山人海，郭靖带着郭郭和郭立业办完出院手续，汗流浃背地背着大包小包将他们送上了出租车。

经过几天的治疗，郭郭的身体已经好了，但她的心却没好，她不知道为什么这些天来，韩浩月明明知道自己出了这茬儿事却不来医院看望，而给他发的消息也石沉大海。她心里跟个明镜儿似的，现在老爷子在身边，她没辙儿，等回到家，趁他如厕的时候，她盘算着借机逃开，必须找韩浩月当面问个清楚，就算是要和她分开，也得像个男人一样和她说清楚，而不是跟个王八似的藏起来。

送走郭郭和郭立业，郭靖屁颠屁颠地跑去了急诊科。黄蓉见他来了，并不理会，一路朝休息室走着，郭靖像块狗皮膏药似的跟在后头。

黄蓉头也不回地说："该说的我都说了，你要再这么缠着我，咱俩连普通朋友也别做了。"

"说了有事儿，真有事儿，单是个约你吃喝我自己都觉着没劲了，你倒是听我说呀！"郭靖像是真有事，说话的语气也跟着急了起来。

黄蓉继续前行，头也不回。

"你知不知道李小京的丈夫在外头有人了？"

郭靖的这一句话让黄蓉倏地一下愣住了，她当即站住，转头目光凌厉地看着他。

郭靖这才完整地把昨晚在产科见到李小京老公的事一五一十地告诉了黄蓉："我猜的，昨晚我碰见他的时候，闻见他身上有香水味。你想啊，生孩子这么大的事都联系不到人，来了身上还一股子香水味，态度冷漠，这不是出轨了还能是啥？"

李小京原是黄蓉的同桌，是她的好朋友，听到自己好友可能被绿了，黄蓉气不打一处来，气呼呼地顿时掉头就往妇产科走。

"嘿，去哪儿你？"郭靖见她这架势，慌忙叫住她。

"我得去找那个王八蛋。"黄蓉一边说一边快步走。

郭靖紧紧跟在她身边："好，咱去哪儿找？他不在病房，我刚从那儿出来。"

"他在哪儿就去哪儿找！"

"对呀，他在哪儿呢？在家吗？咱们怎么坐车？地铁还是公交，打车也得有个地址，具体几楼几号你知道吗？他家在哪儿，电话多少，咱什么都不知道。"

黄蓉的步伐渐渐地慢了，她看看郭靖："那你说。怎么办？"

郭靖见她听进去了，这才又说："你听我分析啊。不管他出的轨是铁轨还是钢轨，这事儿没挑破之前，就算是装，他也肯定还会来。咱们哪儿都不用去，我拿金箍棒给你画个圈，看见没有，你就在这大厅里等着，守株待兔。"

"然后呢？"

"然后你听我的。其实计划我都给你写好了，你现在要做的就是找个地方，坐下来，挨得我越近越好，耐心地听我给你好好讲讲……"

黄蓉耐心地听着郭靖把计划说完，而后像是忽然想起了什么，道："完了，今天还有节课。"

"我以为什么大事儿呢，你忙你的，我替你去。"郭靖一脸小事一桩的表情，"你不说医学院那帮小崽子不听话吗？我去！对付学渣，还得学渣自己来。"

"我这个学期可没缺过课，你去一回，我得上教务处的黑名单了。"黄蓉极度不放心地看着他。

"放你的心，管调课的是我亲戚，上学时候认的干姑姑，抓谁也不会抓我。你踏踏实实地陪你朋友，安安心心地拔刀相助。其他的事都是我的，我这是修炼升级，攒积分，攒够了咱俩还好。别瞪眼睛，还有个事……"说着，他把黄蓉神神秘秘地拉到一边，找了一个人少的角落，不说话，从兜里往外掏着什么东西。

"你干吗呢？"黄蓉一脸莫名其妙，"我告诉你，你要是敢在这儿求婚，这辈子我不会和你说一句话,我说了不考虑这事儿!"

郭靖没搭话,自顾自地掏了半天,最终掏出来了一张检验科的白纸黑字化验单:"化验结果出来了,没事。别说艾滋了,感冒病毒都没有。"

见是化验单,黄蓉有些意外,她看了下化验结果,自己也长松了口气,这些天她没少担心,但好在这件事总归是以一个好的结果告一段落了。

"这些时候我天天祷告,佛祖上帝观音菩萨,能拜的我全拜了,也算没白辛苦。我爸替你去找人算过命,说咱俩要结了婚,你保准能死我后头。"

黄蓉没吭声,把化验单收进了白大褂的大口袋里,抬头看他。

郭靖接着说:"这婚你就当我没求过,咱重新来,我一点儿都不急。今天你就是盼着我求,我也不求。别说瓜了,强扭的什么都不甜。你什么时候觉得看我顺眼,看我不生气,看我是个靠得住的人,求婚这事咱再说,哪怕那天过了我头发都白了,哪怕我都七十了,哪怕我生日都不叫生日,叫过寿了,我也等着你。"

他说得很诚恳,黄蓉这次没生气,耐着性子听着。

郭靖继续说:"时间能证明一切。乌龟跑过了兔子,我不抽烟不喝酒不滥交,不吃咸的不吃油的不吃腌菜,我跑得不快,可我活得久,我等到你没人要的时候我要,我认了。岁数大点有什么关系?无非就是血糖血压高点,颈椎腰椎脆点,骨质疏松关节炎,血栓结石冠心病,现在的医学都能治,哪怕心梗都没关系,只要别是前列腺增生……"

果然,狗改不了吃屎,他还是一如既往地口无遮拦。黄蓉看看他:"你怎么这么臭不要脸呢?"

郭靖很认真地说:"这是科学啊。婚检都有这项,你怎么这么封建?我这是为你好呀。"

黄蓉头一扭,理都不理他,走了。

医科大学阶梯教室。

"咣咣咣咣",一堆心、肺、肝、胆的塑胶质地的标本被郭靖扔到了讲台上。

一具顶着骷髅头的人体骨架被丝线吊着,架在一边,眼神空洞地瞅着台下的学生们。就像黄蓉代课时候一样,很多学生也没把郭靖当回事,坐姿懒散，各干各的。

坐在第一排的一个穿着还有些学生气、戴着牙箍的女同学，正一本正经地看着郭靖，她叫陈小南，是那种看一眼就知道是个只懂得闷头学习的好学生。

郭靖翻开备课本，很小声地对底下说："今天我替黄蓉老师上一节。大家都把书放起来吧，反正我读书的时候这门课也挂过科。"

说话间，他看看底下有几个睡觉的学生，声音说得更小了："我这么低说话，不会吵醒他们吧？"

这话一出，教室里顿时笑声一片。

郭靖挑挑眉，在笑声中又开了腔："讲得不好，索性就不讲了，别耽误你们。今天咱们来聊聊怎么作弊。"

台下没睡觉的同学瞬间来兴趣了，身子都扭正了，目不转睛地看着他。

"学医苦，太苦了。这么多的东西都要死记硬背，怎么背啊，是不是？你们还得忙着谈恋爱，本来时间就不多。怎么办？作弊呀。"

这下更多人有兴趣了，有人把睡觉的同学捅醒了。

郭靖接着说："我上学的时候，代课老师是黄彩云，你们想想，黄教授，那是一般人吗？在她手底下不死也得脱层皮，可我就顾着睡觉聚会追女孩了，没时间看书背诵，又不能抄写作弊，还不能糟蹋我爸弯腰种地的学费，最起码的我挂了科补考也得过吧？咱就先不说实习和毕业以后上了班怎么看病的事儿了。"

陈小南坐直了身子，听得颇有兴趣。

"所以得找个偷懒的办法，能背书省劲儿，事半功倍。靠这招，我大学五年的挂科全过了。今天有挂过科的可以听，学霸们就别听了。"他看看底下，见大伙都纷纷坐直了身子，目不转睛地望着自己，咧着嘴角笑了："睡觉的同学都醒了？那我声音大点儿？"

众学生纷纷点头，都伸着脖子听着。

郭靖一拍那副顶着骷髅头的骨架："别拿它当标本，当你们的前男友和前女友。那些叫你咬牙切齿，最好是劈过腿的前任们。没谈过恋爱的，想想你那些讨厌的同桌、同学，再不行想想我，总之把它当一个你最讨厌的人，确定好了目标你再看它，这敌人脑袋上有几块颅骨，身上一共多少条神经，什么部位的哪些器官容易得什么病，哪些病能治好，哪些病治不好，要是换了你来治，用多少药，割多少刀才能把它救过来，就都好记了。不信你们就试试。"

包括陈小南在内的诸多学生，这么一听，全都跃跃欲试。

紧接着，郭靖从一开始拿进来的那些心、肺、肝、胆的塑胶标本里，一个一个挨个拿起来："器官也好记。狼心狗肺、肝肠寸断，想想搞对象期间让你们惊心动魄的事儿，发自肺腑的词儿，都在这儿了，开着你们的脑洞，联想去吧。哎，先说这个吧，想想看，遇着什么样的事儿，能让你大动肝火？"

台下学生更来劲了，抢着发言，课堂顿时热闹非凡，一节课下来，同学们收获颇丰。

而另一边，按照郭靖的计划，黄蓉果然见到了李小京的丈夫杨成刚。

一番对质下，黄蓉才知道，原来并非像郭靖说的那样，是他们误会了。杨成刚之所以在李小京生孩子时没来，是因为他当时在钓鱼，那里没有信号，一身的香水味也是他自己喷的，目的是为了掩盖自己身上的鱼腥味。

不过，他们两人之间确实出现了些问题，李小京爱狗爱到发狂，养了那么多年狗，疼爱了那么多年狗，却不知道自己的丈夫有哮喘，对狗毛过敏，严重时随时可能会出现紫癜。而杨成刚出于对她的疼爱，一直默默忍受着，没法在家待，他就选择外出钓鱼，但李小京不知情，却责怪他对自己冷淡不闻不问，二人相互埋怨，罅隙越来越大，但好在彼此心里还是有对方的，这事现在说开了，两人都表示往后好好过日子。

见二人和好如初，黄蓉打心底里为他们高兴。沟通，真的很重要，一个不说，一个不问，双方互猜心思，这是最可怕的事情，因为你不知道什么时候就会被自己最在意的人幻想成一个十恶不赦的人，一旦这种观念根深蒂固，那么就再也回不去了。

一解决完李小京的事情，黄蓉就接到了郭靖的电话，他那边课程结束已经在回家的路上，黄蓉听着电话里他没完没了的唠叨，嘴角向上扯了一个弧度，没看出来，这家伙课上得还满顺利。她撂了一句"李小京两口子没事"，就挂了电话。

一回到家的郭靖刚扒拉了两口饭，就被郭郭抓了过去。一天不见，她和韩浩月已经和好，两人正盘算着要给老爷子介绍个对象，好让老头腾出空来，撤销对他俩的监控。郭靖"啧啧啧"地咂着嘴，看着正等待他加入统一战线的郭郭，觉着丫这招儿可真够狠的，为了韩浩月把后妈都招来了。他对这事坚决不表态，也不能表态，随她闹去吧。

三下五除二吃完饭，不顾郭郭在背后的叫唤声，郭靖着急忙慌地出了门。今晚黄蓉在医院陪李小京，他得抓紧追媳妇去，趁这好机会，送黄蓉回家。

熟料他刚到医院，护士就告诉她，黄蓉已经被接走了，接她的人是一男的。郭靖顿时睁大了眼睛，懵了，他稀里糊涂地嘟囔着："男的？就这么半天都发生了些什么？"

而接走黄蓉的这个男人，不是别人，是她的姐夫吴汉唐。这会儿工夫，吴汉唐已经载着黄蓉开了一半的路程了。他开的是一辆电动车，减震不是很好，路上微微颠簸着。

黄蓉坐在副驾驶上，说："我以为你们都睡了。"

"李小京住院，于情于理黄蓉都该照顾照顾，这是多好的机会，郭靖那么贼，他就算是熬夜不睡觉也得送黄蓉回家，大晚上的孤男寡女，太容易出事了，你去，把她给我接回来。"吴汉唐目视前方，一改平日的温和，学着黄彩云，很严厉地说着。

黄蓉"扑哧"一声笑了出来："嗯，学得挺像。不愧是几十年的老夫妻，我闭着眼听，开车的这就是我姐了。"

"圣旨宣读完了，接下来是我自己要说的。"吴汉唐这才恢复了自己的语速和口气。

"批评的话跳过去，直接到表扬的那段儿吧。"黄蓉和姐夫的关系还是很舒缓的，不同于姐妹俩频繁的剑拔弩张，除了尊重，她和吴汉唐之间的关系比较松弛自然。

吴汉唐一丝不苟地两只手把着方向盘，看着前方："婚姻这件事，说复杂也复杂，说简单也简单。你比如我和你姐这种组合，典型的男弱女强，她说我两句，我就当听不见，要是我也较劲，这日子就没法过了。"

"反过来也一样。直男癌就得找个偏偏喜欢大男子主义的，是这意思吧？"

吴汉唐没正面回答她，接着说："所以我觉得你和陈锋离婚也是对的。他虽然看着闷，但骨子里也是个倔人。他不是那种肯服软、肯哄着你的男人。你们就是两把刀，难免赶上点磕磕碰碰，迟早就得崩火星子。"

"郭靖呢？"黄蓉突然问道。

"你随你姐，他呢，倒像是我的个儿子。从性格匹配上来说，你们俩倒是合适。郭靖是个乐观的人，什么愁事都想得开，从生命保健的角度看，他活得长，不争不恼不怒，要是真当了丈夫，英年早逝的概率也小。当然我这是从鸡贼的角度来看了。对了，这些话要是让你姐听见……"

黄蓉立刻点头："懂懂懂，您说过什么我都忘了，我脑子不好使您也知道，接着说。"

"你怎么想的？"吴汉唐目不斜视地开着车。

"没什么想法。"

"离过一次，确实得慎重。反正我就一个观点，好的男朋友乃至丈夫，最好的标准就是井盖，有坑的时候，它能托着你，给你当个垫脚石，心甘情愿的。井盖，明白吗？"

正说着，黄蓉的表情突然变了，她大叫了一声："姐夫！"

"嗯？"

黄蓉指着前头："哎哎哎哎——真有井盖！"

顺着黄蓉指的方向看过去，马路上一个下水道的井盖被撬了起来，咧着嘴躺在马路上，看着车来车往。

吴汉唐猛地一个急刹车，接着是一个急转弯，差点儿侧翻了。

紧接着，后面响起了一堆汽车滴滴乱响的喇叭声。

第五章

郭郭果真按照计划，鬼头鬼脑地给老爷子物色了一个老太太，老太太爱唱京剧，也算是曲艺界的同行，兴趣爱好一致了，话题自然就多。为了撤销老爷子对她的监控，她这计划还真是做的面面俱到、天衣无缝。

就连精明的老爷子都不知道，自己在跟踪女儿时，已经着了她的道。

为了策划和老太太"有缘分"的见面，郭郭导演了一出公园偷偷"约会"的戏，让老爷子误以为她是去私会韩浩月，实际上见的是老太太，然后再来个釜底抽薪，当着老太太的面戳穿郭立业的跟踪，就这样，郭立业结识了老太太，并且二人聊得十分投机。

自打认识了老太太，这一段时间，老爷子都一反常态，经常穿着郭靖颜色鲜亮的衣服去小公园锻炼身体，就连洗澡都用上了郭靖的沐浴露，郭郭对这状态甚是满意，可算是稍微摆脱了老爷子的监控，可以和韩浩月打得火热。

而郭靖，近来依旧一如既往地追着黄蓉东奔西跑。这不，他刚到急诊科一诊室，见黄蓉不在，便一路来到护士站，逮着小护士就问："我媳妇呢？手机也不接，人也不在，是不是给我打饭去了？"

"黄主任等你的好吃的等不着，出去了。"一天跑八趟，这儿的护士和他都熟了。

"去哪儿了？除了找我还能去哪儿啊？"

护士一副神神秘秘的模样："约会。"

郭靖往护士台边上一靠："喔，约会呀。这是体贴我，替我省钱呢。吃别人的喝别人的，完了一抹嘴再给我打包一份蛋炒饭地三鲜带回来，这是不是有点太不地道了？"

护士冲他努努嘴："你看，你还不信。等那边生米煮成熟饭了你可别哭。"

郭靖这下有点含糊了："真的假的？哪筐生米？"

还能是哪筐生米，不就是前段时间对黄蓉频频示好的肖锐。他借着想搭黄彩云合作的借口，约了黄蓉在离市医院不远的一家高档日式餐厅吃饭。

一个封闭而精致的日式包房内，肖锐正细致地调着一碟芥末酱油，一边调一边说："这儿是离医院最近的一个地方，开车五分钟，就算堵车，有急事我陪你走过去也不会耽误事。那天聚完会我问了几个跟你吃过饭的同学，知道你能吃海鲜，所以今天多点了些刺身，只有甜虾带壳，我都让服务员提前剥好了。"

黄蓉瞅瞅眼前的食物："上学的时候也没瞧出来，你是个暖男呀。"

肖锐把调好的酱油放到黄蓉面前，把之前一碟所剩无几的酱油替换拿走："暖不暖，离得近了才知道。慢慢吃，后面还有个小火锅，那个更暖。"

"这么热的天，我还是先喝点凉的吧。"黄蓉没顺着他的好意，转脸看了一眼旁边一个价值不菲的女式包，"你买这个干什么，给我的还是给我姐的？这么贵的东西，这算什么意思？"

肖锐轻轻地抿了一口清酒："你那个包的拉链坏了，万一伤着手，谁给全市的老百姓看病啊？"

"你怎么知道？"黄蓉愣了一下。

"只要有心，什么都能知道。"

"啪"，黄蓉把包拍回到肖锐面前："不要。"

"就怕你不要还得退货，发票我也撕了。我身边也没个女的，你不要，就替我给你姐吧。"

"你就是不请我吃饭，不送包，我也可以帮你介绍跟我姐认识，你们之间怎么谈合作是你们的事，打个电话就行了，别拽着我在中间收礼送礼的，我又不是个门房。"她看着那包，"这包是不是特贵？得好几千吧？这里头得装什么才能配着它呀？镀了金的听诊器？"

肖锐望着她："知道吗，黄蓉，咱们那一届三个班，将近一百个人，只有你还和开学那天一样。"

黄蓉轻笑一声："这是夸我呢，还是骂我呢？"

"骂我自己，都骂了多少年了。"没错，他不止一次骂过自己，而且这一骂，就是多年。他骂自己屄，骂自己懦弱，骂自己胆小得像只实验课上的小白鼠和兔子。"上学的时候，大家基本上都是大城市的，只有我从小地方来，那时候别说抬头看你了，连正视我都不敢。"

他深深地看着她，继续说："男人喜欢女人，不需要多久，一眼就够了。自从多年前在学校第一次看见你的那一眼开始，我就彻底完了。我是站着想你，坐着想你，走着想你，躺着也想你，干什么都在想你。黄主任，要是有台CT机，回到上学的那几年，你把我摁倒了做个头颅扫描，就能看见我满脑子里什么也没有，全都是你。"

黄蓉没有说话，低头小口吃着东西。

肖锐的话匣子打开，就没了合上的意思，他一股脑儿地将自己这些年想说的话全部倾吐了出来："可你总不是自己一个人，身边总有别人，不是同学就是郭靖。我知道我不起眼儿，可我也想成为一个让你看在眼里的人。暗恋的滋味很特别，就好像你饿了，面前有一口火锅，你越饿，这火锅的味儿越浓，咕嘟咕嘟，听声音你就要崩溃了。你想凑过去，可火锅旁边站着一个人，端着一锅开水等着，谁敢靠近，就泼谁一身。"

黄蓉知道，他指的是郭靖。

他微微一笑，笑容里别有意味："日子一天一天往下过，我真的快崩溃了，直到成绩下滑到了转学的那天。还记得那天，我请大家吃火锅，中途突然停电了，漆黑中你被人亲了一口吗？当时你不知道是谁干的，也没人承认。现在我告诉你，我干的。"

黄蓉微微顿了下手中的筷子，抬眼看向他。

肖锐接着说："这秘密就像个肿瘤，越长越大，没法切，也没有化疗放疗的办法。这东西长了很多年，直到今天我才有机会告诉你，我得绝症了，只有你能治。药方子就在你手里。你抬抬手，我就好了。黄主任，救死扶伤，你肯帮忙吗？"

黄蓉没有说话，已经上来的日式小火锅咕嘟咕嘟地冒着腾腾热气，气氛安静得只能听到这咕嘟咕嘟滚着汤水的声音。

"上学的时候你就直，不喜欢弯弯绕，什么话一兜圈子你就急了，要不然你也不会放着儿内科不去，两个主任都留不住你，非得去喊哩喀喳的急诊中心。"他给黄蓉夹了一只甜虾，"你喜欢简单直接，我就实话实说，这仇你想怎么报，我都受着。"

黄蓉放下筷子，莞尔："原来醉翁之意不在酒，不在我姐，在我。架着这理由请我吃饭，还留了绿水长流的后手，知道我姐不轻易出门，也不管你是不是真找她，反正大事小事都得揪着我，你这追姑娘的招儿都是跟谁学的？"

肖锐扬着嘴角："等你把我的绝症治好了，我慢慢告诉你。"

"你怎么就知道我肯跟你好？"黄蓉挑眉注视着他。

"不急，我可以等着，你什么时候愿意什么时候再答应。我等了这些年，等习惯了。"

"那你这辈子都得习惯下去了。你说得对，我喜欢简单直接，所以我必须告诉你，咱俩没戏。你这块纱布是方的，我的伤口是圆的，不搭对你知道吧。"

肖锐笑着点头："我知道你暂时不打算结婚，受过伤没关系，总会有痊愈的那天。"

黄蓉把手一抬，挡在面前："别。我这是内伤，好不了了。"

没等肖锐说什么，黄蓉看着满桌的饭菜，又说了一句："我还能接着吃吗，我把你给拒绝了，这顿饭你还请吗？"

肖锐笑了："别说这一顿，我还得请你吃一次。"他用话挡住了黄蓉的话，"别拒绝，先听我说。这顿饭的主角可不是我，是当年教你教我的卢教授，班里的同学都去，你觉着你缺席合适吗？"

"费劲巴拉地把老头都弄出来陪你唱戏，真的假的？你怎么请得动的？"黄蓉看着他。

"还是那句话，只要有心，总有办法。"他开玩笑似的补了一句，"别误会。就是聚聚。我要是有别的想法，怎么会请那么多电灯泡啊。"

黄蓉犹豫了一下，然后问道："什么时候？"

吃完饭，肖锐开车把黄蓉送到急诊中心大楼门口，车一停下，他便殷勤地下车为她拉开车门送她下车，之后和她挥手作别，直到目送着黄蓉进大厅，肖锐才回到车上驶走。

而这一切，都被像一尊雕塑一样站在急诊中心大厅的郭靖看在了眼里。见黄蓉走进来，他立刻就走了过去，跟在她身侧，一脸警惕地问东问西。

一直跟着黄蓉走到值班室，黄蓉都有一搭没一搭地回着他。她拿过挂在衣柜里的白大褂，在镜子前换下了外衣。

郭靖一脸狐疑地看着黄蓉，又开问了："同学的种类多了，这算什么同学？要不是大厅的玻璃挡着，他得把车开进值班室来，送女朋友送老婆都没这么热情的吧？"

他追着问："他想干什么？"

黄蓉对着镜子摆弄刘海："这跟你有什么关系？"

镜子里的郭靖看上去有些痛心疾首："怕你上当怕你受骗呀。你是什么人，你多单纯，你就是一张白纸呀，我是谁？我是墨汁里洗过澡的人，什么样的骗子我没见过，就刚才那样的，你是看不出来……"

"你看出来了？"黄蓉打断他的话。

"那可不。何止看见，我都听见了。"

见他这么说，黄蓉倒是挺有兴趣，她坐到一边："说说，都听见什么了？"

"你刚才先进来一步你是不知道，我在旁边听那人给租车行打电话，那车是租的，装门面充富二代，衣服手表，皮鞋皮包都是问人借的，专门骗你们这种涉世未深、什么陷阱都没踩过的人，哎，你什么表情，你现在是不是心里还挺得意的？"

黄蓉憋着笑，应着他："当然了，车接车送，吃得好喝得好，司机长得还不错，要不是我推辞过度，还要送我好几个装得下白大褂的名牌包，我干吗不得意？我要是难过伤心是不是傻姑啊？"

"我就知道。看见你从车里下来那一瞬间我就知道了。"郭靖有些气急败坏了。

"知道什么了，说说。你不是爱推理爱断案吗，赶紧说说我们都到哪一步了。"

郭靖看着她，还真推起来了："中午吃的火锅。"

黄蓉摇摇头："满身都是味儿，这个太简单了，猜点难的。"

"没说完呢。火锅不是涮羊肉，肯定是装蛋的小日本料理。不让穿鞋，跪着吃完了起身要走，腿都麻了，他肯定先人一步把门打开，让你先出，你出门的时候他顺势摸了一下你的背，有没有？"

黄蓉佯装回忆，道："没有没有，你猜错了，不是背，是腰。对对，是腰。"

郭靖气坏了："上车的时候，又摸了一把？"

"下车的时候也摸了，哎，你要不说我还真没注意啊，都是顺势的事儿，这不算揩油吃豆腐吧？咱大度不计较。"

郭靖又反悔了："不不不，不对。不是这样。全错了。你看啊，你出门总爱往后缩，不管谁给你开门让位，你都习惯性地拒绝，这是家教，我们老黄主任教得好啊。所以在饭馆儿他根本没有耍流氓的机会，下车的时候其实我也看见了，差一点就拉着手了，可你的动作快，他没摸着，你洁身自好，你是谁呀，你不是黄蓉，你是小龙女呀。"

黄蓉看着他，差点儿没笑出声来："怎么又都给推翻了？刚才叽叽叽的，不都猜出来了吗？"

郭靖见她这副想笑又憋住不笑的模样，说："故意气我。气死我，好报仇，报我结婚不在场的通天大仇，是不是？"

事情已经过了几天，话也说到了这个份上，黄蓉的气也消得差不多了："要是法律不管，我早把你宰了。约个会算什么，迟早我找别人嫁了，把你当场气死，心肌梗死急性发作，连抢救的时间都没有，该。"

"该该该，我活该！"郭靖点头如捣蒜，说完作势要下跪。

黄蓉见他这动作，赶忙阻止："你干什么？别跪，千万别跪。你今天要是跪了再说求婚两个字，咱俩以后连朋友都没得做。"

郭靖弓着腿，尴尬地定在地上，看她一副严肃的样子，问："不是已经消气儿了吗？"

"气是消了，别的……还是算了。"

"为什么？"

黄蓉深吸了口气："你说的，好多事都是命，这事我不着急了。你过了这个村，我这店也不等着，结婚这么大事都能放鸽子，我再信你我就是棒槌了。"

郭靖没再吭声，看来他还得琢磨着再加把劲了。

＊＊＊

市人民医院产科病房的楼道里，孕妇、家属、护士、医生人来人往，时不时还传出婴儿的啼哭声，好不热闹。从急诊中心回来的郭靖穿着白大褂，走路带风，正准备进值班室，身后由远及近传来了一阵脚步声，这脚步声的主人叫住了他："嗨嗨嗨。"

郭靖一回头，见来人是老于，有些疑惑地望着他。

老于看看左右，然后一把揽住他的肩膀："借一步说话，这边儿这边儿。"说着，他把郭靖带到了产科病房楼道的一角，小声地对郭靖耳语了一番。

"走穴？"郭靖听着他的耳语，觉着有些不可思议，"我？我一个小大夫，老黄连手术台都不让我上，我去走穴？"

"我也知道你不行。你不行是在这儿不行，对底下的乡镇医院来说，你可是三甲医院的大医生。真有开刀的也不用咱俩，就是下去做个孕期培训，说白了人家就要你这么一个身份，都是农村妇女，计划生育办公室叫过去学习的，听完了课回去还得忙着撒种子耕地，谁有工夫和你求医问药呀。"

"用跟主任说一声吗？"郭靖斟酌着。

"不用。卫计委都提倡多点执业了。怕什么，法律法规，院里科里，走哪儿都说得过去。"

郭靖瞪大了眼睛："真的？那我先准备准备，是不是得弄个电脑PPT什么的？"

"带着你一张嘴就行了，平时怎么跟孕妇学校说，到那儿还怎么说。走。"

"现在就走？"郭靖有些狐疑。

老于点点头，搭着他的肩膀就往外走，一副万金油的做派："要不是这么急，也轮不着咱俩挣这个小红包啦。"

两个小时后，两人来到了一处具有艺术气息的文化产业园内。这里，一间间工作室的门不停地开开关关，陆续有人进进出出，好一片忙碌的景象。

透过透明玻璃门，还能看见里面一些录音录影的环境和设备。

老于和郭靖坐在大厅的一角等着，郭靖看着面前的诸多工作人员走来走去，头也不转地问："不是说去乡卫生所吗？"

他俩旁边的桌子上放着一堆吃的喝的，老于过去拿了两瓶矿泉水和一袋饼干过来，递给郭靖："饿了就吃渴了就喝，这都是给你们这些讲师准备的。"

说完，他自己咕咚咕咚灌了几口水："开始我也以为是去乡里，路上接电话，肖总说都是手机互联，APP，咱们在这儿录好了，老乡们打开手机就全看见了，现场直播，还省得你大老远跑一趟。"

郭靖一副了然的表情："早说呀，我好歹化化妆，捯饬捯饬，换身西装啊。"

"别美了，一会儿给发白大褂，西装留着结婚穿吧。"

这时候大厅的门开了，远远地，肖锐走了进来，他接着电话，注意力都在电话里，并没有看见大厅里的郭靖，他只顾着对电话里说："对，晚上六点，都得准时，老教授不能晚睡，咱们得准点开饭。对啊，就合老人家，就在学校餐厅里吃，起码干净，有包房，我都订好了。当然，同学们都去，我都一个个通知的。"

他没看见郭靖，但郭靖可瞧见他了。他遥遥地看着肖锐，抬了抬下巴，问老于："这就是你说的那个肖总？"

"你认识他？"

郭靖摇摇头，佯装不认识："觉着像，闻着骚味儿了。"

老于刚要站起来挥手打招呼，郭靖就一把拽住了他，老于看看他："干吗？我给你介绍介绍呗，这么个大老板。"

正在这时，一间录影房的门开了，有人出来叫："孕妇学校的老师在哪？孕妇学校人呢？"

"差距太远，算了。"郭靖笑笑，摇首，他看看腕表，"产房里催孕妇了，抓紧录吧，一会儿我还有事呢。"

***

大学院校的餐厅包间通常都是半封闭的，用屏风一一隔开，幽雅、安静。

肖锐电话里所说的老教授，这会儿已经坐在医学院里的餐厅包间的主位上。白发苍苍，眼神纯净，这是个一辈子都没出过象牙塔的人，生活三点一线，最复杂的人生经历就是在学校门口和一个把自己撞倒的社会青年理论。行为举止，都自带着名医的威仪。

一众同学分列在老教授四周，肖锐则陪在老教授旁边，他的另一侧空着一个位子，显然是给一位迟到者特意留的。

肖锐一如既往地热情，笑容可掬地说："卢教授的千金现在和我一起创业，我也是问了她才知道，老人家的作息还和当年一样规律，晚九早六。所以就把吃饭的地方定在这儿了，除了专业，健康方面咱们也得跟着卢教授继续学习，今天吃完就散，没有别的安排，不耽误回家睡觉。"

卢教授对这样的安排很满意，一直频频点头。

肖锐继续说："菜也是素的多，下次体检，咱们的三高指标都得下来点儿。"

这时，有人揶揄了一句："有人可爱吃肉，今天不点啦？"

这话一出，大伙都颇有意味地看向了那个空着的位置。

肖锐笑道："点，一会儿点。"

卢教授知道他们说的是谁："小黄蓉还是这么爱迟到？"

肖锐马上说："她有个病人。我让司机在医院门口等着，一下班就接她过来。"说完，他看看表，"快了。"

正说着，医学院餐厅附近的院子里，一辆轿车开了过来，一直开到餐厅的门口停下，黄蓉从车里一下来，便匆匆进了餐厅。

不远处的一角，郭靖骑着一辆共享单车，嘴里咬着一根冰棍儿，一只脚蹬在马路牙子上，远远地看着黄蓉的背影。

黄蓉进去之后，他四处看了看，很快，他看见了肖锐的车正停在餐厅门口，横跨在一个库房的前面，挡住了小半个门。

他正在琢磨着什么，突然听见有人叫了一声："郭老师？"

郭靖回头一看，两个抱着足球、刚刚运动完的年轻小伙子，正满头大汗笑容灿烂地看着他。他们是临床系的学生，上次郭靖替黄蓉代课时，他们就坐在台下，他俩一眼就认出了郭靖："今天又来代课啦，老师？"

郭靖表情很严肃："什么老师，师生都是暂时的，以后就是兄弟。"说完，他冲二人招招手，示意他们走近点，而后又对他俩交代了几句，两人露出一副"包在我身上"的表情，走开了。

医学院里的餐厅包间里，餐桌上大多数的菜都是素的，唯独黄蓉的面前摆着一盘小粒牛肉，她是真饿了，拿着一根牙签，一下一下地戳着吃。

肖锐拿着自己的手机，给卢教授、顺便也是给大家介绍着，得体而谦逊："未来太远了，我不敢多想，最多就五年，人们就能在手机上看病。好比说千里之外有个椎间盘突出，不用舟车劳顿，病历传过去，直接视频五分钟，一对一，解决所有人解决不了的问题。"

卢教授听着挺有兴趣，正要问什么，包间半封闭的门突然开了，之前刚刚被郭靖称作兄弟的踢球男生走进来，在门上敲了敲："老师好，楼底下那辆牌子3953的车是咱这桌的吗？"

肖锐一听说的是自己的车，便问："有事吗？"

男生很礼貌地点点头："是这样，这车挡着门了，一会儿实验室要搬东西，您的车得劳驾挪挪。"

肖锐表示了解，然后很配合地和男生一起出去了。

走到院子里，肖锐站在车前头，把他叫下来的男生向他解释着："都是检验专业的旧设备，天黑之前要入库，您这车太大了，东西肯定进不去。"

"附近有还能停车的地方吗？"肖锐观察着附近。

"就这么大块地方，停自行车都费劲，停车得出校门。"另一个男生摇头。

肖锐有些为难了："问题是我现在挪开也不行，你们的车也不知道什么时候才来。"

男生接着说："要不你就这儿等等吧。"

"这样，上面有我电话，你们的东西什么时候来，我什么时候下来挪车，好不好？"肖锐掏出一张名片，递给男生，又拍了拍男生的肩膀，"帮个忙，谢谢啦。"

说完，他开始往餐厅里走。

正在这时，"咳咳，咳咳……"郭靖在餐厅外面楼底下，手持着电池小喇叭，对着小喇叭清了清嗓子。

"喂，喂，黄蓉黄大夫在不在？"

小喇叭的声音霎时间传到了包间里，之前还在和同学热聊的黄蓉听见了，她马上跑到窗边，一把推开窗户，只见楼底下的郭靖拿着喇叭，冲她隔空喊话："道歉。主要是说对不起，之所以来这儿，是要表明我的态度。哎？你真在呀？"

因为小喇叭的缘故，郭靖的身边这会儿已经围了不少人，都在目不转睛地看着他。

黄蓉的背后，一众同学马上开始小声嘀咕起来，黄蓉真有点急了，张嘴就对着他说："滚……"

刚说了一个"滚"字，还没喊完，郭靖便拿着小喇叭马上接话："滚蛋滚犊子，立刻马上这就滚。说完了话我就再见啦，哎，对了，记得替我向卢教授问好。"

说着话，他跳上了单车，小喇叭往车把上一挂，像条泥鳅一样滑走了。

黄蓉"哗啦"一下把窗户关上了，肖锐恰好这时走了上来，黄蓉又转过了脸来，之前同学们低声吵吵的议论声马上停止了，包间里瞬间一片寂静，场面一度有些尴尬。

卢教授扶扶眼镜，率先打破了沉寂："谁啊，是你男朋友吧？"

"您可别瞎说，谁男朋友呀。"黄蓉连忙摆手否认。

"他自己说的啊，上来之前我就碰见他了，是叫小郭吧？"卢教授的表情很认真。

听他这么一说，在座的各位表情各异。黄蓉还想说什么，肖锐淡淡一笑，端起一杯红酒，抢过话说："卢教授，要不，我提一杯？"

正说着，"叮铃铃"，他的手机响了，他刚一接通，电话里就传来一个大呼小叫的声音："挪车挪车，东西来啦！"这声音大得让肖锐直皱眉头。

而医学院门口附近的小馆子里，方才溜走的郭靖和几个学生吃得正欢。桌上摆满了肉串和签子，还有一大堆的啤酒和北冰洋汽水的空瓶子。这还不算完，不多会儿，一个服务员又端着一大盘子生蚝过来，咣地放到桌上。

其中一个男生看着这么一大盘子生蚝，说："郭老师这也太客气了，这么给我们补啊？"

郭靖举起酒瓶子："什么客气不客气，都是哥们儿，干了。"说完，杯子和酒瓶碰在一起，叮叮当当，顿时干杯声四起。

正干着，另一个男生从门外举着手机走进来："哥，哥，打转移了，车主的电话转移到呼叫小秘书那儿了。"

郭靖一脸尽在掌握的表情："没事，大老板那么忙，顶多坚持半个小时，看着吧，一会儿他就开机了，喝完了接着打。"

几个男生点点头，喜笑颜开地继续喝了起来。

那边，包间里，卢教授这会儿说得很深情："这世上再没有一个地方，能叫一个陌生人，和你见面不到一分钟，就把自己所有的隐私告诉你，她信任你说的每句话、每个字，你的一个眼神、一个表情都会让她再活一次，她在你面前可以摘掉尊严、脱掉衣服，她把自己所有的痛苦都告诉你，她能把自己的命都交给你，就因为你们是大夫。医生在病人心里是仅次于神的人啊……"

肖锐果然惦记着他日理万机的电话，一边听着应着教授的话，一边在桌下悄悄摁开了手机。

卢教授还在继续说着："你们去看看那些广播电台里的那些虚假医疗广告，都是因为钱。你们、咱们、我们不能这样……"

很自然地，肖锐把取消转移呼叫的电话反扣到桌上，顺手给黄蓉夹了一筷子菜。

"叮铃铃……"他的电话又响了，这声音把教授的话切断了，肖锐赶紧摁了拒接。

卢教授看看大伙儿，站了起来，一众同学不明所以，也都跟着站了起来。卢教授有些扫兴道："老了，就爱唠叨，你们不爱听，我也说不动了。血压高，我得回去了，再不回老伴也得打电话了。"

肖锐刚想说什么，卢教授已经起身离开了饭桌，黄蓉和几个同学赶紧起身去送，七嘴八舌地挽留着，卢教授很执着地往外走去，刚站起来的肖锐的手机再次响了起来，这饭局只能进行到这里了。

肖锐一脸扫兴，黄蓉心知肚明，她知道肯定是郭靖那混蛋玩意儿在给肖锐使绊，但脸上却表现得像没事人一样。

从医学院回黄蓉家路上，肖锐聚精会神地开着车，他的手机已经被设置成了静音，放在后视镜下面的车台上。手机屏幕的光持续闪烁着，映照着坐在副驾驶车座上的黄蓉的脸，屏幕上提示着：您有46个未接来电。

一直开着的收音机的电台频道里，一个女声在持续播报："……凡应征者，须211、985名校毕业，本硕连读，期间无跳级，无留级，无转校。医学院校毕业者优先考虑，仅限于临床专业。身高一米六五以上，无恋爱史，无生育史，无堕胎史。最多接受三年工作和社会经验，暂时只限应届毕业女生，真挚征婚，非诚勿扰。征婚发布人，肖锐，电话，一三四二六一五……"

啪！黄蓉伸手，一脸恼怒地把收音机给关了。

肖锐倒是毫不生气，也不知道是真大度还是装出来的，一副颇有兴趣的样子："其实，郭大夫倒是挺了解我的，他知道我喜欢的异性都是佼佼者。"

黄蓉一句话也不说。

肖锐笑着："他还和上学那时候一样可爱，像个长不大的孩子。"

黄蓉面无表情地目视前方，仍旧一句话不说。

把黄蓉送到了小区的院子后，肖锐前脚刚走，黄蓉就接到了郭靖的电话，一通对话后，黄蓉的表情不太一样了，她已经气急败坏了，对着手机骂："一桌子的人都拿眼睛贼着我，嘴上他们都不说，心里怎么想我还不知道？从今天起我就是个段子了，这段子会在同学之间传播到我们都退休那天，以后只要一聚，话题肯定都是这个。你算是把我给毁了。还有电台征婚那事，你缺不缺德？你说你什么意思？你跟我装什么？说话！"

等她骂够了，郭靖才在电话里慢慢悠悠地说："什么电台什么征婚？鉴别诊断得靠症状，抓贼审案要有证据，你说是我，他说也是我，怎么就是我了，这得有个说法呀。"

"上辈子没干好事呀我这是，要不怎么就投胎投着认识了你了！"黄蓉气得已经不知道要说什么了。

"我现在什么都不说，先等你冷静了。生气不好，容易内分泌紊乱，昨天你脸上刚长了一个痘还没下去，再生气它可就炸了。"

黄蓉咬着牙："我现在是看不见你郭靖，我要是能看见你我咬死你的心都有。"

"只要你乐意，反正是个死，让你咬死我也值了。什么时候咬，你说句话，现在吗？"

听他这么说，黄蓉有点懵了，她环顾了一圈四周，四处走着看："什么意思？你在哪儿？"

电话里传着郭靖的声音："走过了走过了。回头，这边，别看左边，别乱瞅，右边，左边右边分不清呀你，对对，往前走，看见我了吗？"

黑暗中，郭靖贱兮兮地挥着手，笑得一口大白牙都露出来了。

黄蓉咬牙切齿地匆匆往前走了几步，突然又站住了，她遥遥地对着不远处的郭靖，对着手里的电话说："别过来，站那儿。"

郭靖听话地站在原地，对着电话问了一句："不是咬我吗？我自己带了酒精棉球消毒，方便你下口。"

"你来干什么？"

"我就是看看你。"

黄蓉转头就走。

"哎哎哎，有事有事。找你有事。"

"还想怎么祸祸我？"黄蓉停了下来。

"汇报。今天有人给你送了一大束花，玫瑰花，蓝色妖姬，送急诊中心去了，落款是个先生，这病人姓肖，院里三令五申不让收礼，我怕你犯错误，替你做了主，扔了。"

黄蓉原地站着，深深呼吸了一口气。

郭靖继续说："乌龟王八蛋骗你。医务科和不正之风办公室来人了，专门问，这花是什么人送的，为什么要送，明天卫计委要来检查，为什么偏偏今天要送花？"

"他们怎么会知道？你举报的吧？"黄蓉斜睨着眼问。

郭靖倒是承认得干脆："实名制举报。我不能让你蒙冤，我得说清楚啊。哎，这么说话费电呀，我过去咱俩……"

"郭靖。"黄蓉打断了他。

"嗯？"

"你知道我想说句什么？"

"我不知道，我随你说什么，事到如今我都认了，今天的事儿都是我干的，花是我扔的，举报电话是我打的，再不举报我就又得参加你的婚礼了！眼看着那个姓肖的就要下手了，今天送花明天就求婚了！我没那么傻！你是我媳妇！你不嫁给我，我就祸祸你！喂，喂？"

黄蓉不想再听下去，一把挂了电话，扭头走了。

郭靖一双眼紧盯着黄蓉，腿脚不停，从路的另一边绕了过去，卡着点儿蹿到了黄蓉的面前，没等她把骂自己的话说出口，便猝不及防地一把抱住了她，黄蓉的眼珠子刚刚睁大，就听见郭靖问了她一句："有没有喝牛奶？"

黄蓉下意识地摇了摇头，下一秒，郭靖吻住了她。

不管黄蓉怎么打他擂他捶他踢他，郭靖都把自己的这个深情而悠长的吻进行完了，没等黄蓉把这口气换过来，他便一溜烟跑了，速度之快，快到黄蓉都没有反应过来。

而这个吻，却反而让她不那么生气了。

＊＊＊

一弯新月明晃晃地挂在空中，映照着星星点点的深邃夜空，显得格外好看，亦如黄蓉和郭靖，虽已各自分开回家，但二人都因为方才的吻，心情好了起来。

这会儿，黄家，吴汉唐正站在一边，给餐桌上大果盘里的瓜果梨桃分门别类，他挑着水果块往三个乐扣的盒子里装，这是给黄蓉第二天上班带的，像她的水杯一样，三个乐扣盒子上都贴着条儿，依次用笔写着："饭后吃；下午吃；如果第二盒不够吃。"

黄蓉则像个大孩子一样，坐在餐桌边，手里拿着一根牙签，扎着果盘里的水果块儿，现吃。他姐夫一边装，她一边吃。

"那个肖锐，今天找我了。"黄彩云坐在一边，看着手里的书，目光并没有落在黄蓉身上。

黄蓉看着水果，嘴里应着："他要干吗？"

"他说跟你提过了，要找我合作。合作什么讲课视频。"姐妹俩都不看对方，目光无交集地对话。

"您自己拿主意，别考虑我，我不掺和。"

"这个姓肖的，现在靠谱儿吗？"

黄蓉想了想，学着肖锐评价郭靖的揶揄般的口气："怎么说呢，还和上学时候一样，像个长不大的孩子。"

说完，她似是又想起了那会儿的吻，嘴角轻轻一扬，而这个扬起嘴角的动作，她并没有让黄彩云和吴汉唐看见。

而郭靖更是心花怒放，就连嘴巴边还带着点的口红印子也没舍得擦。

一回到家，他和郭立业就互相狐疑地看着对方。为啥说是相互？因为从不愿意染发怕掉发的郭立业今天不仅理了发，还染了头，整个人利索多了，就连胡子也剃了个干净，浑身还散发着郭靖平时用的浴液的味道。

郭靖大脑飞速运转，想起最近这些天郭立业一系列一反常态的举止，推断老爷子一定是恋爱了。他乐了，先是表明了自己的态度，表示只要是老爷子喜欢，他没有任何意见；而后又劝起老爷子，希望老爷子能捅破这张窗户纸，给他们找个后妈也好，不至于孤身一人。

几番劝说下，郭立业还果真动了念头，第二天一大早就收拾利索去找了老太太，但是结果却出人意料。原来这次是郭郭乌龙了，老太太有老伴，和郭立业聊得来，纯属是因为艺术。

我本将心向明月，奈何明月照沟渠，关键是信息不对等，老爷子找的是"猫朋"，人家老太太要的是"狗伴"，就这样，郭立业刚刚萌生的夕阳恋，就这么稀里糊涂地被扼杀在了摇篮里。

老爷子郁闷了一小会儿，转念依旧把重心放在了监控郭郭身上，一片怨声载道声中，郭郭只能认栽了。

第六章

经过昨夜的一吻，郭靖心情大好，在追求黄蓉的道路上更是鞠躬尽瘁，但凡是牵涉到黄蓉的事，他都事无巨细事必躬亲，做得面面俱到，这不，为了她评职称的事，他自己跑去定制了一面锦旗，这会儿，趁着急诊内科值班室里只有黄蓉一人，他已经将这幅定制好的锦旗平平整整地铺在了桌子上。定睛看去，锦旗上两行金色楷书赫然醒目，工工整整地写着："白衣红心迎来八方病友，精技良德化解万民苦痛"，锦旗的抬头上是一行小字："感谢急诊内科黄蓉主任"，落款是"患者家属享耳"。

黄蓉看着他铺开的锦旗，一脸疑惑："郭字，拆成了享耳，有姓享的吗？"

"有，云南阿坝州好多姓这个的，我查过。"

"这什么意思呢？"黄蓉不解。

"什么什么意思？"

"有没有姓这个的不是重点，你给我做一面假锦旗，这什么意思？"

郭靖津津乐道："评职称呀。这个很重要。哪个上职称的不用这个加分？再说了这也不是假的呀，真有病人要给你送锦旗，是你自己非不要你忘了？就那个老家云南卖过桥米线的小老板，你通宵熬夜救他一命，连锦旗都退回去那个？我就当是他送的不行啊？"

黄蓉没好气地白了他一眼："这是假的。你好意思吗？"

"应得的干吗不好意思，还有更假的。"说着话他掏出一份打印好的论文递给她，"论文也替你写好了，你熟悉熟悉，别到时候有人问你，还不知道自己写的是什么内容。"

"我自己能写，干吗用你替？"黄蓉对他的行为有些匪夷所思。

"谁叫你天天同学聚会那么忙啊。来不及了，论文评审时间提前了，我都替你交了，这是个复印件，让你熟悉用的。"

"交了？"黄蓉瞪大了眼睛。

郭靖点点头："是啊，昨天就交了。"

"昨天为什么不说？"

"亲了你你要打人，我不跑我就傻呀。"

"你……"黄蓉话还没说完，郭靖就把脸凑了过去："现在打也行，自家媳妇自家的汉，想打打，想骂骂。"

黄蓉推开他的脸，走到一边脱白大褂，收拾东西，要出门的样子："嘴欠。谁是你媳妇？"

"不是我媳妇，你想当谁媳妇？"

"当谁的也不当你的，瞧你办得这些事儿。让开。"

郭靖被她一把推开，有些疑惑地问："你干吗去？"

"教课。"

郭靖一听，来劲儿了，乐颠颠地跟在她屁股后面："你忙你就忙你的，教课的事我替你去，咱现在广受同学们欢迎了。"

"去什么去。再让你去一回，学生们都得退学了。"黄蓉推开他往外走去，带着恋人间嗔怒的劲儿。

自从昨天那个吻之后，俩人的关系更进了一步，郭靖和黄蓉心里都知道，距离俩人正式恋爱，已是指日可待，就差黄蓉松嘴点头了。不远了。

到了医学院教室，黄蓉才发现，还真如郭靖所说，他现在广受同学欢迎。方才她一推门进来，学生堆里就有人问了一句："郭老师怎么没来？"

"来不了了。撒谎旷工还收红包，被医院开除了。"黄蓉张口就来，台下学生听闻一阵哗然。

黄蓉看着底下，故意绷着脸一本正经地说道："上课之前有个小事。昨天有几个同学，在学校门口和郭老师喝酒，还疯狂地打电话，能举个手吗，我认识一下。"

台下，那几个和郭靖喝酒的男生，立马用书挡住了脸。

　　而此时，郭靖也已经跟着来到了医学院，并且满腹鬼主意地来到了医学院的信息中心广播站。

　　教室里，黄蓉滔滔不绝地开讲。房顶上，吊扇晃晃悠悠地转着，在它的下面，学生们像一茬茬的向日葵，昂着头听课。

　　黑板上黄蓉写下了"急性胰腺炎"五个字，黑板旁边，垂着一个投影幕布，上面的PPT页面用英文写着国际医学界对胰腺炎的诸多分类，黄蓉站在讲台上，通过麦克风讲课："……胰腺炎的分类，通常来说都以八十年代马赛会议的分类为参照标准，急性胰腺炎里有一项急性复发性胰腺炎，有人觉得这个说法也不太对，国际上也有争论，因为急性胰腺炎是不留痕迹的，以后如果再发，依然不留痕迹。它和慢性复发性胰腺炎不一样。"

　　陈小南在底下坐着，认真做着笔记。

　　黄蓉还在继续说："打个比方说，我们今天感冒一次，不妨碍下个月再感冒一次，也不妨碍明年还感冒一次。感冒就感冒了，谁也不会说急性复发性感冒。喂，喂？"

　　正说着，麦克风突然失灵了，她的声音变得干巴巴的。天花板上挂着的，用以扩音的小音箱里霎时间传来"刺啦刺啦"的声音。包括陈小南在内的学生们都一脸诧异地面面相觑。

　　黄蓉有些摸不着头脑，抬头看向小音箱："这是坏了吗？"

　　她的话还没说完，小音箱里却突然传出了郭靖的声音："不好意思各位同学，占用大伙儿十分钟，缺的课我来补。对，我就是上次替黄大夫讲课的郭靖，上回该下课的时候不下课，就是补今天的缺。黄蓉你别找了，我没在教室里头，我在哪儿不重要，你在我身边最重要。我想过了，我不等了，我也等不起了，再等我就把你给等没了，那我就是医学院建校以来，毕业生里最蠢的棒槌了，我有些话，想对你说，从哪儿说起呢，要不就从我为了你改名字说起吧，这话说起来就扯远了……"

　　见郭靖在这大庭广众之下公然示爱，黄蓉一下子急了，她马上拿出手机打电话给他，但郭靖留了后手，早早地就把电话关机了。

　　坐在底下的学生们情绪已经越来越亢奋了，窸窸窣窣的声音愈来愈高，郭靖的声音还在音箱里继续着，见场面即将要失控，黄蓉果断地啪地合上教材，大步往门口走去，她刚刚走到门口，一拉开门，便被吓了一大跳，惊得连连后退了好几步，学生堆里整齐地发出了"哇"的叫声。

原来，门口被摆放了一具顶着骷髅头的骨架标本。再仔细看，这具人体骨架是被人立在了门口，而立着它的那个人，正手捧着一束玫瑰花，这个人，正是郭靖。

没等黄蓉反应过来，郭靖已经单腿跪下了，黄蓉死死地盯着他，他顺手从旁边的人体骨架的枯手关节上摘下一枚戒指，捧过头顶，递到黄蓉的面前。

学生们的情绪都被拱起来了，头一天曾和郭靖喝过酒的一个男生带头喊了一句："嫁给他！"

这一声叫唤，所有的学生都沸腾了，陈小南的眼睛也亮亮的，大家一起有节奏地拍着桌子一起喊着："嫁给他！嫁给他！嫁给他！嫁给他！"

一片亢奋的声浪里，黄蓉想冲开往门外走，可郭靖和骨架都跪在门口，出不去，她马上转身往回走，却又听见身后的郭靖扯着嗓子大喊了一声："黄蓉！"

顿时，教室里所有的声音都没有了。

一片寂静里，郭靖对着黄蓉说："别想了，你今天哪儿都去不了。要么我不来，我来了就把所有的后路都封死了。你出不去，除非你过来，面对面，眼睁睁地看着我，告诉我你愿意，再把这戒指接过去。我就这么不要脸了，我豁出去了，什么脸面什么身份，什么我都不要了，我就是要让全世界都知道，我爱你。"

陈小南和所有的学生都听着，被这求爱场面惊呆了。

黄蓉终于回过头，看着他。

"说实话，我没把握你今天能答应嫁给我。那我也要来。你答应我那回，我让你等了我一天。今天我来了。还认识他吗？"郭靖拍拍旁边的人体骨架，"这副标本，就是我第一次在这个学校里头遇着你的时候，我扛着的那具干尸，这是咱俩的见证人，要是没他，我当时也不知道怎么上去跟你搭话，费了半天劲儿我才找出来，我把他也带来了，你不看我的面子也看看他。我就说一句话，你要是敢嫁给我，我这辈子不辜负你，我妈当初结婚，逼着我爸发过毒誓，今天我自愿立下誓言，要是我说了不算，就让我变成这副标本。"

黄蓉为他这番话动容了，她深深地望着他，眼里有光。

郭靖深情地看着她："今天我来了就没想退缩着回去。我想好了，你要是还拒绝，我马上报名继续援非，月底就去安哥拉，娶个黑姑娘，生一大堆的混血孩子，这辈子我再也不回来了！"

他往前一步："黄蓉，嫁给我，行吗！"

这一瞬间，黄蓉真真切切地被感动了，她往前走了两步，走到了郭靖面前。

教室里所有人都屏住了呼吸，包括郭靖在内的每个人都在期待着，期待着她能够接过戒指，说一句我同意。

站在郭靖面前的黄蓉真的在万众期待下伸出了手，而正当她要开口说些什么的时候，"吱呀"一声，门开了，一个两鬓斑白、不怒自威的系主任出现在了门口。

同学里，有人轻呼了一句："系主任！"所有人的脑袋齐刷刷地看向了系主任，黄蓉的脸唰地一下子白了。

系主任直接走进来，一路走到郭靖和黄蓉二人之间，他伸出手把那一枚戒指接了过去，然后直直地看着郭靖："什么情况？这什么？你在搞什么？你哪个班的？"

他推推眼镜，好像是认出来了，问："你不是郭京吗？"

"我现在叫郭靖。"郭靖冲他眨眨眼。

系主任没搭腔，指了指黄蓉和郭靖，示意道："跟我来。"

一片哗然声中，二人跟着系主任出了教室，来到了系主任办公室。

办公室里，系主任坐在办公桌前，从搭在鼻梁上的眼镜上端，看着面前的郭靖黄蓉二人："我不是个封建的人，年轻人的情感我理解，可干什么都不能违反校规，这是原则。"

郭靖和黄蓉低着头，站在系主任的桌子外边，像一对儿被抓了早恋的大学生。

系主任继续说："求婚不违反校规，占用课堂的时间，就违了。谈恋爱也不违反校规，在学生面前公开谈，就违了。"

他看看郭靖，再看看黄蓉："郭京的事情单说。黄老师你呢，我和你姐是同学，于公于私，请她定夺。"

听到黄彩云，郭靖和黄蓉顿时一齐颓了。

从系主任那儿得知郭靖当众求婚的事后，黄彩云怒了，这种违规有损名誉的事，也就郭靖那个混蛋玩意儿能做得出来。整整一顿晚饭的时间，黄彩云都在黄蓉面前数落着郭靖的不是。

好不容易艰难地吃完饭，黄蓉刚打开电视机，黄彩云就啪的一下把电视关上了，她把遥控器放到桌上："我说话的时候请你尊重我。不要看电视，看着我的眼睛。"

黄蓉坐在她对面，本来没看她，听黄彩云这么说，她索性一转头，昂首直视着她："说吧，接着说。"

黄彩云逼视着她，话音却是对着吴汉唐："刚才我说到哪儿了？老吴？"

吴汉唐这会儿收拾好餐桌，正在低头看书，头也不抬地提了一句词："郭靖的九个致命缺点。刚说完第四个。"

黄彩云明了地点头，继续对黄蓉说："你说你了解他，我才是最了解他的人，没有之一。郭靖是个住院医师，就算他不称职，一个月他也得有二十多天待在医院，从他实习那天起到现在，我和他一起相处的时间，超过了他的父亲和妹妹，你和他在一起才多久？"

"没多久，足够了。"黄蓉回答得掷地有声。

"你这话什么意思？"

黄蓉凝视着她，面容里带着十分的倔强："了解一个人需要几十年吗？我和他在一起同学了五年，这就已经够了。他是个什么样的人，有多少优点缺点，我很清楚。"

"然后呢？"

"该怎么然后就怎么然后。"

"之前是谁跟我说过，不考虑和他谈恋爱的？你怎么不看着我了？你什么时候学会撒谎了？"说完，黄彩云马上又补了一句："从认识郭靖那天起，你就学会骗我了。"

一旁的吴汉唐见势头不对，刚想插嘴，就被黄彩云一个直指压制了下去："你别说话——对吗黄蓉？认识他以前，起码你撒谎的时候还会脸红。现在呢？为了一个不靠谱不上进的小大夫，你张嘴就来骗你姐姐！"

黄蓉一听，顿时不乐意了："我就不爱听这句话，小大夫怎么了？谁一生下来就是名医的？您多牛啊，不也是从七毛钱做到特需门诊几百块钱挂号费的吗？我本来是想孝顺来着，妈没得早，您就是家长，我不想犟嘴不想反驳也不想和你对着干，我是实在听不下去了，小大夫怎么了，郭靖怎么就那么不受您待见啊？"

黄彩云让她的连珠炮说得眼睛都瞪大了，一旁的吴汉唐眼瞅着两人就快吵起来了，坐不住了，一个起身站了起来。

黄蓉倒是很耐心，继续说："姐夫你坐着，看你的书，没事。姐你也别瞪眼睛，我是个什么样的人，你才是比谁都了解，我是个成年人，我有说什么说什么，我就是这么个人。"

她站起身来："你刚才说得那些缺点太少了。郭靖就是个蜂窝煤，每个窟窿眼儿里都有毛病。可他起码有一条，他……"

"啪"，黄蓉话还没说完，黄彩云便一拍桌子，和她平视着："他就是有一百条打动你的，我也不许你们在一起！"

黄彩云是真生气了："还跟我叫唤上了。我告诉你黄蓉，只要我活着，哪怕你就是在家成了老姑娘，我养你一辈子，我也不让你让坏小子拐走了！"

黄蓉张了张嘴，想说什么，但顿了顿，还是把到嘴边的话撂下了，转而说："您要这么说，咱们就没得谈了。"

"你不想谈，我还没话呢！"说完，黄彩云扭头就走，走到卧室门边，啪的一声把卧室门关上，回屋了。

黄蓉有些烦闷地看看吴汉唐，吴汉唐把老花镜摘下来，一副见惯不怪的模样："前两天有个论文，说女性的更年期比十年前更不稳定了，或提前，或推后，很遗憾，咱俩都赶上了。"

黄蓉一脸无奈，索性洗漱之后，敷了片面膜，也回了卧室，悠闲地听起了歌。

半小时后，黄彩云再次低气压地出现在了黄蓉的卧室门外，隔着门板不停地唠叨着，黄蓉戴着耳机听着歌，对她的唠叨声充耳不闻。

不一会儿，她手机屏幕"叮咚"一声亮了，她瞅了一眼，是郭靖。她看着微信上郭靖发来的亲嘴表情，顺手回了他一个呕吐的表情包，但脸上却抑制不住地露出了甜蜜的神情。

窗外，小区内的路灯散发着明亮的光，放眼望去，整个小区乃至整个城市，已是万家灯火。

***

翌日一大早，黄蓉刚走出单元门，就看见了停在院里的肖锐的车。

一直盯着单元门的肖锐，见黄蓉走了出来，第一时间从车里钻了出来，绅士地为她打开了车门。

黄蓉愣了一下，并没有上车，她对他的到来感到很意外："我和你约好今天见面了吗？"

"上车。"肖锐微微笑了笑。

"什么意思？此山我开，此树我栽，强接强送啊？"黄蓉瞅着他。

正说着，黄彩云也随后从楼门里走了出来，她走得很慢，直接抢过肖锐的话："接我的。"

说完，她径直走进车里，转头看着黄蓉："上来吧。捎你一道。"

一旁的肖锐殷勤地等着发愣的黄蓉。事已至此，黄蓉也不好再多说什么，她面无表情地钻进了后排座。

待二人都坐好，肖锐返回驾驶座，将车驶离了院子，开向了医院。

路上，肖锐一边和黄彩云聊着，一边时不时地从后视镜里偷偷观察着黄蓉，而黄蓉则一直看着窗外，一声不吭。她千算万算都没想到，黄彩云为了阻止她和郭靖在一起，会想到找肖锐来这么一招。

"……我不是个老古董，世故人情都明白。只是录个讲课视频，你给的报酬不算低了，按理说我不应该拒绝，可我确实是太忙了。这种事，我可以给你介绍别人。"坐在后排座的黄彩云对着肖锐说道。

肖锐俯首帖耳："您说怎么办，我就怎么办。"

"别听我的。医疗科技这种事，我这岁数给不了好建议……"说着，她看了一眼后视镜里的肖锐，"你可以和黄蓉多聊聊。同龄人，好沟通。"

听黄彩云这么一说，肖锐立刻有反应了，她的这个态度让他很兴奋，但还没等肖锐说话，一旁的黄蓉便马上把一副耳机塞进了耳朵里，车里的空间小，耳机里的音乐声清晰可闻。很显然，她不愿意接姐姐的这句话。

见状，黄彩云冷下了一张脸："你看，我教的妹妹多好，连起码的礼貌都不懂了。"

肖锐连忙赔着笑脸："您平时太忙，还不如我们这些老同学了解黄蓉。多少年前她就这脾气。她要变成我这样，您怕是还不习惯了。"

将二人送到医院后，肖锐离开了。下了车的黄蓉跟着黄彩云，一路从大厅外面走进了门诊大楼大厅，方才在车上黄蓉没好对着姐姐发问，这会儿她追着黄彩云，劈头盖脸地就问："什么意思？"

黄彩云只顾自己往前走，不紧不慢地说："同学是你的，招呼是你打的，人是你介绍的，找我谈合作这件事的头儿，也是黄大夫你自己起的，你觉得我是什么意思？我没什么意思。"

"您要这么说就太没意思了，怎什么想法非得我说吗？非要得捅破那层纸吗？平时像肖锐这样的人，这样的事，您搭过话茬子吗？今天怎么不一样了？到底什么意思您就明说吧。"

话说到这个份上，黄彩云转头看看她："我就是觉得你别和郭靖走太近，我就这意思。"

"那就是说，除了郭靖，我找条狗你也愿意？"

黄彩云倏地一下站住了，她很认真地说了一句："宠物倒也不是不可以，就是天天得遛它，吃喝拉撒都得管，还得铲屎，麻烦了点。等你生活能自理了，可以试试。"

黄蓉一句话都不想再说了，她转头直接走了。身后，传来了黄彩云冷冷淡淡的一句话："宁可狗。就这么简单。"

黄蓉头也不回，径直走了。

每天一次的查房，黄彩云都像国王一样走在自己的领土上，她在最前头，一帮主治医、住院医、进修大夫和实习生在后面簇拥着她，从一个病房里出来，进入下一个病房。

郭靖走在最后头，他的手机是震动模式，在兜里嗡嗡作响，他赶紧走到一边，接起来："喂？"

电话里是个女声，一副慵懒的腔调："喂狗屁喂，走那么早也不说叫醒我，我现在还在床上呢。下了班干吗呢？来接我。"

郭靖听着这声音有点懵，他压着声音问："你谁呀？打错了吧？"

"你是郭靖吗？"电话那头问。

"我是啊。"他马上反应了过来，他琢磨着，估计又是曾鲤那个花花公子干的好事，以往曾鲤这家伙借着他的名号可没少泡小姑娘。

郭靖直接把电话挂了，一路来到病房门口，把人多得瘀在门口的曾鲤拽了出来，压着声音说："你是不是又给别的姑娘留我名字了？"

"对呀。"曾鲤倒是回答得干脆。

"电话怎么也留了？以前不都只留名字吗？"

曾鲤皱了皱眉，一副唉声叹气的模样："这次这个太缠人。亏得她睡得死，要不我还真没法把我电话修改成你的号。"

郭靖白了他一眼："你还是人吗？"

曾鲤皮笑肉不笑地瞅他："全科里就你一个单身，我有什么办法。替哥们儿擦屁股是美德，别那么小气。"

"问题是老得擦，擦多少回了，这月你拉几次稀了。你那儿姑娘多得老往外头溢，我这儿还缺着呢，这事儿让黄蓉听见怎么办？"

正在这时，黄彩云查完房，往病房外走了过来，郭靖和曾鲤见状马上闭嘴，让出一条路来。黄彩云和郭靖擦肩而过，自始至终，她都没有正眼看郭靖一下。

查完房交过班，郭靖迫不及待地跑去了急诊内科的值班室，正在换白大褂的黄蓉被突然闯进来就关上门的郭靖吓了一跳，她捂着胸口，没好气地白了他一眼："干什么你？"

郭靖伸出食指比在嘴上，做了个噤声的手势："嘘嘘嘘。聊点秘密的事儿。"

"你离我远点，问什么都行。停。就站那儿别动了。说吧。"

郭靖老老实实地站在原地，然后试探性地向她挪了挪步子："职称考试的事，是不是得离近点，说点悄悄话？怎么样，我给你弄的论文认了第二，没人敢当第一吧？"

黄蓉看看表："等会儿我就得去面试，我看看你吹的牛屁股能不能飞上门诊楼的楼顶。"说话间，郭靖已经挪着小碎步挪到了她的面前，她立刻话锋一转，遏制道："站那儿别动！我让你过来了吗，能不能别凑这么近，你是大夫吗，我怎么觉着你是个流氓呢？"

"叮叮咚咚……"正说着，黄蓉放在白大褂大兜里的手机突然响了。

郭靖手快，他顺着她的腰把手绕过去，将电话先她一步抽了出来，他一看屏幕上显示的联系人就急了："怎么没完没了了，这孙子？"

原来打电话来的是肖锐。

黄蓉也看了一眼屏幕，道："找我姐办事呢。我也烦他。"

郭靖给她做了一个嘘的手势，没等黄蓉反应过来，他已经把手机接起来了，客客气气地说："您好，黄主任有病人在急救室，我是她同事。请问您有事吗？好的，好的，不客气，再见。"

说完，郭靖把手机拿到眼睛前面，两只手上不停地快速按着，悄悄地把肖锐的号码设置成了阻止来电，脸上的表情却像发现了手机故障一样，自言自语着："嗯？这怎么挂不了了呢？"

郭靖的手速很快，等黄蓉伸手过来接过手机时，他的小动作已经完成了。

黄蓉检查着手机，再看看郭靖，一脸的不可置信："假装了一把同事接接电话就完了？没使别的坏？这可不像你啊。"

郭靖没说话，而是直直地看着她，眼睛里有光，黄蓉被他看得有些奇怪，她疑惑着问道："你怎么了？"

"早晨喝牛奶了吗？"郭靖忽然问了一句。

吃一堑长一智，黄蓉马上反应过来："喝了。满满一大杯，全脂的。"

郭靖的眼睛黯了下去，他哦了一声，嘟嘟囔囔道："补充蛋白质其实不一定非得喝牛奶，吃煮鸡蛋的蛋清，效果也是一样的。"

黄蓉伸手托着他的下巴，把他的脸转过来："知道你过敏我才喝。以后我每天都喝，喝完了再用牛奶刷牙，饿了吃奶片，渴了喝奶茶，零食全换成酸奶，全身上下但凡你能看得见的地方，全抹上牛奶润肤露，靠近我五米你就得呼吸困难，挨我一下你就得哮喘休克，从今往后你别想再近我的身了……"

正说着，郭靖把头一扭，转身就要走，黄蓉见他忽然走开，有些诧异：

"你干什么去？"

郭靖撇撇嘴："你就差往身上喷农药，拿敌敌畏洗脸了，我还待着干吗？这是要我的命呀。"

黄蓉把他拽回来："就是要命，你给不给？"

"当然不给了，我是你什么人呀，我又不是你儿子你丈夫，说要命就要命，我就这么一条啊，我还得留着找女朋友呢。"

黄蓉揪着他的头发，把他的脸扳到离自己很近的地方："再说一遍。"

"再说三遍也就这几句。"

"瞅你这尿样，喝了牛奶你就不敢亲我了？"

郭靖反而有点后撤："这大白天的，别让你姐再看见。黄蓉你先放开，哎，她会不会一直跟着你监视咱俩吧？哎哎不行不行——"

黄蓉揪着他耳朵："那个不要脸的你哪儿去了？耍完流氓你就不认账了？过来！"

说完，她嗖地一下，对着他的嘴唇亲了上去，郭靖也不甘示弱，铆足了劲儿回吻着她，"啵啵啵滋滋滋——"，亲嘴的声音悠长而夸张。

***

市人民医院会议室，悬挂着"第三批专业论文职称考核"的横幅下面，黄蓉呆愣愣地坐着，她在面试，但是很明显，她还沉浸在方才和郭靖的甜蜜里，有些心不在焉。不管从事什么职业，只要是打开了内心、陷入热恋的女性总会呈现出一样的状态。

三个面试官对黄蓉的走神不是很满意，其中一个面试官分言断句地又问了黄蓉一遍："聊聊你在省级医学杂志期刊发表的那一篇论文……黄大夫？"

"哦哦，对，一篇，就一篇。"黄蓉赶紧回过神，说起了那篇论文。

待黄蓉全部说完后，三个职称考核官脸上的表情有些微妙，其中一个放下手里的论文，说："你先回去吧。"

"这就结束了？"黄蓉有些奇怪，她不明所以地看着坐在对面脸色不善的面试官，解释了一下："我是说，好像时间挺短的，听我们科的说她们来面试都得半天呢。"

三个面试官无一人回答她，没人吭声，黄蓉落了个尴尬，她不知善恶，只得硬着头皮起身走了出去。

门刚关上，一个和黄彩云年龄相当的面试官，表情凝重道："这么大的事，要不，给老黄打个电话？"

另一个面试官说："她今天上手术，连着好几台，下来得晚上了。"

最后一个面试官拍了板："那就等到晚上。"

"郭靖！"入夜，产科病区的楼道里，值大夜的郭靖和老于正聊着，突然一个炸雷般的声音在俩人身后响了起来，正是郭靖最惧怕的一个声音。

他一回头，黄彩云那张怒不可遏的脸顿时映入了他的眼帘。

刚下手术台，就接到了面试官电话的黄彩云是真怒了，她咬牙切齿地把郭靖叫进了主任办公室，怒气冲天地猛拍了一下桌子，这股子愤怒的劲儿，都快把桌子上的水杯震碎了，杯子里的水纹嗡嗡嗡地猛烈荡漾着。

她努力地调节着自己的情绪，顿了顿，然后开口对郭靖说："降压药在第二个抽屉里，一会儿我控制不住了帮我拿一下。我先和你说说学校的事……"

"学校？"郭靖站在桌子外头，看她。

"求婚。你引以为豪的当众求婚。为长不尊，医科大从建校以来前所未有的荒唐事。恬不知耻啊，郭靖，你以为这样很浪漫吗？你有没有想过黄蓉的感受？"

"她挺高兴的啊。"郭靖硬着头皮辩解。

黄彩云的声音又高了："高兴？她那是被你胁迫的！她除了强颜欢笑还能怎么样？难道还要像一个毫不自立、哭哭啼啼的小姑娘一样，当众流着眼泪，跑出去向保安求救吗？"

郭靖很诚恳地说："您也说了，她是个自立的人，她有自己……"

"她有什么都是她自己的事情，和你无关。从现在起，我不希望你再干涉她任何事。我知道你想辩解什么，你不要说话，我问你，她晋职称的论文是哪儿来的？是不是你找的？"黄彩云根本不给他说话的机会，没等他说完，就压着他的话继续说。

"我……"

"这是黄蓉的耻辱，也是你的耻辱！"

听她这么说，郭靖脑袋一懵，顿时傻了："论文？出什么事了？"

"抄袭。作弊！"黄彩云气得发抖，"这也就是黄蓉，只有她会傻到用你买来抄的文章。她的职称考试被取消了，学校让她暂停代课，这就是你希望的，郭大夫？"

郭靖完全没想到："主任，主任我真的没想到……"

黄彩云摆了摆手，把他的话挡住，自己调整了一下情绪，尽可能舒缓地说："我们同事一场，我也不想翻脸。你要是体谅我，还算尊重我，告诉我，发个誓，你从今天起，再也不会去找黄蓉，再也不会和她说一句话了。来。"

郭靖不说话，沉默了。

黄彩云慢慢站了起来："你不说，我去说。"说完，她头也不回地出了办公室，径直往副院长办公室走去。

黄彩云前脚刚走，郭靖后脚就钻进楼道的角落里给黄蓉去了电话，电话一通，他马上说："你什么也别问，听我说，你姐已经找我了，学校和医院的处分她也知道了，人已经去找院领导了，我现在还在等着，现在最关键的是……"

"最关键的是职称污点。"电话那头，吴汉唐的声音突然闯入了郭靖的耳朵，郭靖有些诧异地眨眨眼睛，他没想到接电话的人竟然是黄蓉的姐夫。

吴汉唐站在家里的客厅里，看了看坐在餐桌前的黄蓉，拿着她的电话，一向性格沉稳的他这次也有些不悦："论文作假，这是一个医生最恶劣的影响。以后你不要再给她打电话了。就这样。"

说完，吴汉唐把电话挂了。

坐在餐桌前的黄蓉低着头，像个做错了事的孩子，一声不吭地喝着日复一日的五谷杂粮营养粥。

而一脚踏进副院长办公室的黄彩云，一进门就把来意和分管医风医德的陈副院长说了个清清楚楚。边说边把两颗降压药吞了进去，她的血压已经飙升。

气质稳重、鬓角浅白、颇有大医风范的陈副院长见她这副模样，戴上了听诊器，一边给她量着血压，一边苦口婆心道："还记得咱们上大学的时候吧，同学都快半年了还不敢和异性多说话。那时候上解剖课，我的红蓝铅笔断了，想问你借，也不敢开口。"

"你想说什么？"黄彩云揉了揉脑壳。

"年代不一样了，彩云。现在不是老院长安排相亲、介绍对象的那个时代了，郭靖要是没有性骚扰黄蓉，我们也没法干涉，开除和劝退都不行，关键他没有犯什么错啊。"

听到这个答复，黄彩云表情凝重了，她坐直了身子，直直地盯着陈副院长。

陈副院长被她看得有些尴尬："你别这么看着我。作为同事，我可以去劝一劝，别的我确实没法开口呀。"

黄彩云叹了口气，索性破釜沉舟："领导也不行。好，那我就找家长。"

第七章

骄阳似火，成群的知了拼了命地叫着。

郭立业提着一袋子发蔫的水果蔬菜，溜溜达达地从小区门口往家的方向走。这些时日，他没少为郭郭的事操心，那个没良心的闺女为了偷户口本和韩浩月私下领证，竟然连他缝起来的秋裤口袋都给剪了，幸好他多留了个心眼儿，早就把户口本放在了二姨家，否则，这会儿郭郭那小兔崽子指不定已经欢天喜地地抱着结婚证回家耀武扬威了。

炎炎烈日下，气质严谨的黄彩云已经来到了郭靖家的小区里，这会儿正在几栋楼底下四处张望着，她看见提着水果朝这边走来的郭立业，迎上去很客气地问："您好，麻烦打听一下，郭靖家，市医院的郭大夫，是住这栋楼吗？"

郭立业把电话收起来，虽然不苟言笑，但对礼貌有加的黄彩云印象颇佳，他很痛快："就这楼。他没在，夜班还没下呢，你是找他挂号还是加床？有事和我说。我是他爸。"

冤家路窄，没想到问个路正好碰到了要找的人，黄彩云调整了一下情绪，说："我叫黄彩云，是他的科主任。我来不找他，找你。"

郭立业提着菜看着她，一直听着。

"是这样，不知道他有没有和你说过，他在追求我妹妹——他在急诊科的同事。坦白说，我觉得现在已经不是正常的追求了，他是在骚扰，频繁的无休止地骚扰。我今天过来可能很唐突，但是昨天出了一件事，大事，所以我必须来。我们要在家长的层面上，做一次对话，我不知道我说清楚了吗？"

等她吧啦吧啦说完了，郭立业的脸上带着愧疚，特别诚恳地说："清楚，非常清楚，我全听明白了。不用说，这件事情百分百是郭靖的错，所有的问题都在他身上，必须教育，我自己生的孩子我自己管到底。这样，您稍等我五分钟，我把手里这些东西送到那边楼上，我二姨家，下来就请您上楼，回家里吃块西瓜，虽然我不知道昨天出了什么事，但是咱们一定彻底解决。"

这话说得到位，态度也特别恳切，黄彩云对他的印象非常好，气也比之前少了很多，客气地说："好。那麻烦你了。"

郭立业抱抱拳："实在对不起，马上回来。"说完，快步离去，转头走出了黄彩云的视线外，走进了一个便民澡堂。

他优哉游哉地存下了手里的蔬菜瓜果和随身物品，跟没事儿人似的躲在澡堂子里泡起了三伏澡，泡完澡，又在水雾蒸腾中找了个搓澡师傅，搓澡、敲背、捶脚、拔火罐一套系完完整整一个不落地做了个遍。

阳光太烈，黄彩云像一根冒汗的冰棍儿，苦等着，殊不知自己早已被郭立业抛到了九霄云外，她已经快被晒化了。

另一边，因为黄蓉的事情被陈副院长叫去谈话的郭靖，在知道黄彩云已经跑去找自己的父亲后，心急如焚，他一出了副院长办公室门便当即给郭立业去了个电话，但微弱的电话铃声在更衣室的小柜子里头响着，澡堂子里根本听不见这声响。

郭靖火急火燎地跑回了小区，终于在澡堂子里找到了郭立业，从老父亲那儿得知黄彩云还站在大太阳底下苦等着，他立马火力全开地找了过去，一路费心费力好言好语赔礼道歉地将黄彩云送回了家。

一回到家，黄彩云就遏制不住自己的火气，劈头盖脸地把这件事告知了吴汉唐和黄蓉。

客厅里，空调灯光不停地闪烁，电风扇也呼呼地吹着，吴汉唐贴心地手里拿着一把扇子，三合一，给她降温败火。

黄彩云手里捏着一个藿香正气液的空瓶子，气得脸都白了，几次想开口说话，都没组织好语言，骂狠了有失身份，说不够又泻不了火，所以几次都是欲言又止。

吴汉唐见她这副模样，劝慰道："想说什么就说，知识分子也能骂人。"

"与恶人居，如入鲍鱼之肆，久而不闻其臭。这就是郭靖的家长，什么叫近墨者黑啊老吴，我能和这种人成亲家？"她终于开口了。

黄蓉坐在一边，自觉理亏，用小勺搅着一碗绿豆汤，眼睛看着绿豆，不说话。

黄彩云长呼着气，继续说："我已经找了院长。黄彩云和郭靖，要么他走要么我走，反正妇产科是不要他了。这种人我跟你讲，敬而远之，离得越远越好，黄蓉，你要是还想让我多活几年，你就……"

正说着，"嗡嗡嗡"，黄蓉的手机忽然震动了起来。

黄彩云的耳朵尖，她立刻听见了，没等黄蓉把绿豆汤放下，抢先一步把黄蓉的电话抢了过来，直接关机了："老吴去把血压计拿过来，我感觉又高了。还有，给心血管科的老刘打电话，问问他我这种情况需不需要预防性地用点药。请问这是谁的绿豆汤请拿走，吃药需要白水，谢谢。"

黄蓉一声不吭，满脸无奈。

而回到家，给她打这通电话的郭靖，这会儿已经焦虑到不知所以了。他把手机从耳朵上拿下来，往茶几上一放。

"您自己听听。一个急诊科的大夫，手机也关机了。这要不是动了拉黑绝交的心，至于这样吗？"他转头看着正在吃冰镇西瓜的郭立业，"您可真是我亲爹，有事就说事，您怎么能骗人能躲呢？"

正在吃西瓜的郭立业吐出一颗西瓜籽，把这颗和之前吐出来的码成整齐的一排："慌什么？多大的事都不要慌。人一慌脑子就乱，就像这西瓜籽，好比这就是你脑子——"

他把西瓜籽拨散搅乱："你看，就怕乱，一乱就犯错，就被动。为什么不能躲啊？避其锋芒，就得躲。我活了这么大，得罪的人千千万，多少仇家找上过门来，要是每次都像你这么沉不住气，家也让人砸多少遍了。"

他看看在地上走来走去的儿子："来吃瓜，刚从冰箱里拿出来的，下下火。"

"我没火，火全在黄蓉她姐身上呢。"郭靖烦闷着。

"知道什么人最好对付吗？一戳就跳，一骂就叫。这种人容易着急也容易哄。她今天上门是为什么？国共谈判这是要撕破脸了你懂不懂？我不躲着，难道还和她讨论怎么让你和黄蓉和平分手吗？"

　　这话郭靖听进去了，他总算是安稳地坐了下来，继续听着。

　　郭立业循循善诱："怎么才能让她觉得，你并不是这个世界上最不靠谱、最不踏实的人？很简单，比较。找个更没溜的人出来，把她气个好歹儿，她就明白你还是不错的。她再急再气，不也还得靠着你把她送回家吗？一路上你那些赔礼道歉的话，都是一粒粒的速效救心丸。你唱的是红脸儿，得有一个人替你背锅唱白脸儿，这个人还能是谁，还不是你爹。"

　　"置之死地而后生，从不可能里找可能？"郭靖接过他递过来的西瓜。

　　"反正里外都不是脸，就看你是要认了尿马上死，还是搏一把再生了。"

　　"可以呀爸，这么损的招儿，你是怎么想到的？"

　　"简单。把你想成韩浩月，他是怎么治我的，咱就怎么治黄彩云。我为了拆散姓韩的和你妹妹，大半条命都快搭进去了，不攒点经验能行吗。"

　　郭靖冲他竖起大拇指："绝。我怎么没想到啊？"

　　"早想到你孩子都有了。我再不插手不管，你到我这岁数也还是光棍。"

　　"那接下来怎么办？"郭靖眼巴巴地瞅着他。

　　郭立业回看着他："你说怎么办，兵来将挡，今天息鼓休息，明天再战呗。"

　　郭靖吐出一颗西瓜籽："悬。明天我还能不能见到敌将都难说。"

　　郭靖说得没错，他确实连见到敌将都难。第二天一大早妇产科例会时，他就被黄彩云从大办公室里轰了出来，而她这一轰，直接把郭靖轰出了妇产科，准确地说是下放了，往后上午人流门诊，下午孕妇课堂。他一个男大夫处在人流门诊这么一个尴尬的诊室，几乎没一个女患者上门，只是刚去一个上午就已经闲得发慌。

　　不过，惨遭黑手的不仅只有郭靖一人，就连黄蓉也难逃魔掌。在黄彩云的委托下，急诊科主任严肃地找黄蓉谈了一次话，告知她以后上班时间禁止其他科室无关人员到本科闲谈聊天，虽然表示理解，但黄蓉觉得她姐姐的这种行为十分下作，她越这样，越是让黄蓉不爽。

　　好不容易挨到了午饭时间，百无聊赖的郭靖在食堂里打好饭，见曾鲤等几个同事已经入座，端着餐盘面无表情地凑了过去，坐下。

刚一入座，曾鲤就兴致勃勃地问他："怎么样，门诊上了几道鸭脖子？有河豚吗？"

"两个米粉，一个土豆丝，有这兴趣和闲心要不你也去吧，人流门诊最适合你这样的人。哪天你自己吃的河豚找上门，你捎带手就给做了。"

他这么一说，在座的老于和大康等人都笑了，旁边几个新来的男实习生却听得一头雾水，在一旁互相嘀咕着："什么是河豚？"

老于挨得近听见了，给他们普及："都是你们单纯正直的曾叔叔给编出来的，门诊上未婚先孕的那些女孩，如果是某个男人的女朋友，就管她们叫米粉，意思是饱得快饿得也快，一天好几顿吃个没够。情人怀孕来流产的呢，叫"河豚"，好吃但有毒，还危险。还有一夜情的，都不知道父亲是谁，这种女性叫'鸭脖'——吃的时候痛快，吃完了麻烦。来流产的要是老婆，就是'土豆丝'，男人嘛，吃得最多的还不是家常菜。"

几个实习生顿时明白了，一副恍然大悟的表情。

郭靖和曾鲤等人都听得颇有兴致，等着老于继续，老于却突然不说了，他冲他们使了个眼色，小声地说："米粉，米粉。"

他们转头一看，门口，黄蓉走了进来，郭靖正想站起来走过去，就见黄彩云拿着饭盒，跟在黄蓉身后也走了进来，他刚站起来一半的身子马上又坐了下来，而他身边的一众同事也全都埋头继续吃饭，顿时鸦雀无声了。

郭靖往嘴里塞了一块馒头，小声嘟囔了一句："什么米粉，这是厨子来啦。"

***

就这么如影随形、打压、阻拦的日子过了几天，不知不觉已经到了周五。

中午下班回到家，黄蓉一眼就看见了客厅当桌的饭菜，红绿黄紫，荤素冷热，一桌丰盛的家宴，丰盛的程度让她有些意外。她再一看，肖锐来了，此刻正坐在客位，黄彩云和吴汉唐相陪，这是唯独就等着她了。

肖锐见她回来了，立刻站了起来："我本来想去接你，黄老师包饺子需要有人擀皮，我就……"

"你怎么来了?"黄蓉没容他说完,直接打断他。

"是我请来的。快洗手吧,就等你了。"接过她话茬儿的是黄彩云,接着,她挥挥手示意肖锐,"小肖你坐。接着说,我觉得你的想法挺好的。"

他们边坐边说,一旁的吴汉唐热情地给肖锐添水沏茶。桃花点缀的鸿门宴,黄蓉算是明白了。

汤饭俱全,菜都上齐了,肖锐举着酒杯,彬彬有礼道:"平时我也不怎么会喝酒,今天特殊,我敬黄老师和吴主任,祝两位老师身体健康,琴瑟和鸣。"

黄蓉没搭话茬儿,只管自己埋头苦吃,一句话也不说。

吴汉唐和黄彩云满脸微笑地朝肖锐举起了杯,黄彩云看看吃得满嘴油的黄蓉,说:"黄蓉,你不陪一杯吗?"

"干吗要陪,我又不是陪酒小姐。"黄蓉继续吃自己的,面无表情地怼了一句。

黄彩云明显对她的这句话感到不悦,脸色不太好看,嘴巴一张,刚想说什么,肖锐马上抢在了她前面:"我先干了,两位老师抿一抿就行。"

黄彩云冲着肖锐微笑领首,抿了口酒,放下酒杯后,又给肖锐碗里夹了一块鱼:"社会关系纷繁复杂,只有同学是最单纯的。我和老吴就是同届同学,互相了解,过起日子来才能相互体谅。你们班也有同行同家的吧?"

"有。"肖锐笑着点头,转而看向黄蓉,"你还记得吧,黄蓉?班长和小柳,都留了校的老田和小钟,咱们还去参加过婚礼。"

黄蓉啃着一只鸡爪子:"后来都离了。"

"班长他俩不是又复婚了吗?"

"复了又离了。"

"是吗?"

"什么是吗,他俩二婚还是你给主持的婚礼,装什么不知道。不是一家人愣要进一家门,复一百次都得散伙。"

这话一出,黄彩云怫然不悦,绷着一张脸在桌子底下踢她,示意黄蓉说话注意分寸。

黄蓉被她踢得有些不高兴,直截了当道:"别踢了,我说的是事实,该散的你踢得回来吗?"

听她这么一说，黄彩云愣住了，吴汉唐也尴尬地清了清嗓子。

黄蓉眼睛盯着饭菜，嘴里却继续叨叨了起来："姐夫你也别咳嗽，都是成年人了，有话最好都摆在饭桌上。要不你辛辛苦苦一上午，班儿也不上做这么多菜，说不清楚不白做了吗？干吗遮遮掩掩的，不就是想撮合我和肖锐吗？"

黄彩云嘴巴张着，想说话，但黄蓉嘴快，说起话来跟机关枪似的，她怎么都插不进去。肖锐倒是习惯了黄蓉的性格，平静地听她接着说："不合适，真的不合适。一双三九的脚，非要穿一双四二的鞋，坚持不了一公里就得一拍两散。还有啊肖锐，之前我把你的号码设置了阻止来电，就是不想你老给我打电话，没有提前跟你打个招呼，抱歉啊，今天我以汤代酒，给你赔个不是。"

听到这个份上，黄彩云终于忍不住了，她啪的一声，把筷子拍到了桌上。

黄蓉丝毫没被姐姐的火气感染，继续说："您摔筷子没关系，别伤着手，也别气着自己。我好好说话您不听，我只能挑这个时候说个够。当年我和陈锋离婚，也是中午饭，也是这张桌子，也是这么些菜，我说得清清楚楚，不行了，就得离，要么你们和他过，要么我就住回来，您当时不听，和今天一样也摔了筷子，也是这张脸，我当时也是有些冲动，一下子没搂住把您给气着了，今天我一定吸取教训，不撒泼不顶嘴不摔门，我好好说，也希望您好好听，这个事要是从头开始说……"

话说到一半，黄彩云已经脸色难看到了极点，她突然站起身，拂袖而去，径直往卧室走去。

"哎，姐，您能不能听我说完？您老是这样，咱们根本就没法沟通，姐？姐？"

待黄彩云回了卧室，吴汉唐也慢慢放下了筷子，肖锐一时间不知道该吃还是该喝，还是该不吃不喝，场面一度十分尴尬。

黄蓉见状，给他夹了一只虾："愣着干什么。你吃你的。我姐夫在厨房里待了半辈子，做得最好吃的就是这道芙蓉虾。吃呀。"

肖锐不负好意地将她夹来的虾和饭吃完，然后寒暄了几句，准备回去。一顿饭，就这么尴尬地不了了之了。

黄蓉像个没事人似的，大大方方地送肖锐出门打车，打上车后，她的情绪也恢复了正常，对着车内的肖锐说："对不起是肯定要说的，今天是我唯一的机会，再不说，我在这个家里就得憋死。要不是你来，我也没这个口子。妹妹和姐姐打架，把你也误伤了，你原谅不原谅也只能受着了，改天请你吃饭吧。"

"择日不如撞日，要不就晚饭吧，也能显示你的诚意。"肖锐坐在副驾驶位上，看着她。

黄蓉也看他："我就是那么一说，你怎么还当真了……我刚才都那样了，我的意思你还没明白吗？"

"我明白，可是有什么关系？只要你还没有嫁人，我就还有希望，至少在理论上。"

"你为什么呀？这不是自虐吗？"

"怎么说呢，我妈的性格和你很像，她从小把我带大，我一直就喜欢这么拿得住我的女人。"

"这叫斯德哥尔摩综合征。这是病，得治呀。"

肖锐笑了："药就在你手里，就看你给不给开方子了。"

黄蓉看了看他："我先回去了。"

"哎——"她刚走两步，肖锐又把她叫住了，待黄蓉转过头来，肖锐又问了一句，"以后我还能约你吗？比如吃饭。"

"能啊，当然能，叫上郭靖一起就行。"

一送走肖锐，黄蓉就回到客厅窝在沙发里，悠哉地抱着半颗西瓜，用勺挖着吃。

从卧室里走出来的吴汉唐，坐在一边，他的态度和脾气和黄彩云完全不一样，对她循循善诱道："你姐控制情绪的能力有些差，但优点是她有自知之明，所以让我来和你说。"

黄蓉没有说话，依旧在大口吃着西瓜，硕大一个瓜，被她吃的只剩最后一层了。

吴汉唐见她没回应，只好自己说了起来："其实要说什么你也清楚，啰嗦的废话我不多说，我也不是复读机，但我同意你姐姐的一句话：'任何在非理智状态下做出的决定都会后悔。'吃一堑长一智，我希望你在选择第二次婚姻对象的时候，慎重。"

黄蓉吃完了，擦了嘴，深呼吸了一下，反问道："您觉得我现在算理智吗？"

"算。"

黄蓉舒了口气，直视着吴汉唐："我一直都很理智，我的青春期已经过了好多年了，姐夫，更年期嘛还没到。我现在所说的话，所做的决定，我的脑子都很清楚。你们不是仇人，为我好，这个出发点我明白也很感激，但，我特别反感我姐用软硬兼施的手段赶走郭靖。"

她说得诚恳，吴汉唐也听得认真。

"肖锐属于乱点鸳鸯谱，我当他是个插曲，就不说了。但郭靖的脸也是脸呀，一个条件还算不错，站起来能顶着门的男人，连脸都不要了，说什么骂什么他都这么腆着，我觉得他对我是真的。"

吴汉唐不置可否："死缠烂打，肖锐也可以做到。"

黄蓉摇摇头："真正的死缠烂打是把脸都彻底不要了，肖锐还真做不到。郭靖当着那么多人求婚，他不是要流氓，他是要让我知道，有一回我等他，他没有来，不是因为屄了怕了，是他要证明给我看，他就算是求婚再失败，他也不怕不在乎。"

"他替你考虑过吗，比如，你的感受？"

"抱着人体骨架去找我之前，他已经把所有的都考虑过了。包括他相当有可能当场遭到拒绝。这对我来说太容易下台阶了，可对他而言呢？他的脸往哪儿搁？他的脸不是鞋帮子。再没有像他这么真的人了。"

吴汉唐还想说什么，黄蓉却把瓜皮递给他，不给他说话的机会："我想说的就到这儿。您要是不嫌啰嗦不嫌烦，还可以接着劝。我和我姐的脾气都是我妈遗传，比倔最多是个平手。您是个明白人，您要是现在想出去，就帮我把瓜皮捎出去，谢啦。"

事已至此，吴汉唐没辙儿，只能站起来往外走了。

***

基本上各大妇产医院的孕妇学校（有的医院叫孕妇课堂）通常都设在门

诊楼的一层，一般都是会议室样式的格局，篮球场的大小，可容纳三十到四十位左右的孕妇就座。每名孕妇在医院建档以后，都需要强制性听课，前后共三到五次。

郭靖自从被下放后，就在人流门诊和这里安了营扎了寨，因为讲课生动，还自己增加了提问环节，所以他的每一堂课都气氛火爆。

而黄蓉则每天两点一线，照常上班、上班、回家，她以为上次乱点鸳鸯谱的事情会让黄彩云消停一段时间，但她错了，她怎么都没想到，就在今天，她的前夫——陈锋，竟然来了，很显然，是黄彩云打电话请来劝说她的。

此刻，市医院大门口对面的咖啡馆里，黄蓉看着坐在自己对面的陈锋，语气里有些嘲讽："不管多忙，只要我姐一个电话，风雨无阻，排忧解难，真孝顺。要不她那么喜欢你呢。"

"姐的话，我觉得还是有道理。看当下，看未来，都该谨慎，毕竟婚姻不是谈恋爱。当然这是我自己的态度，我指的是，她并没有教我怎么说。"陈锋倒是不在意她的话，他一向比较沉稳，语调也一如既往的温和，俨然一副谦谦君子的模样。

"原则这么清楚，你又这么聪明，具体的还用教吗，肯定自由发挥啦。"

陈锋没有正面交锋："你的性格，别人不清楚，我很了解。你是一个决定了就不后悔的人，不管什么事情，只要认定了，通常都不会改变。基于这一点，我从来都不会劝你更改决定，郭靖好不好，你自然会有评判，我也不想在背后议论别人，我想说的是，能不能不要那么快做决定？有没有缓一缓的可能？"

黄蓉喝了口咖啡："没听懂。"

陈锋耐着性子继续说："比方说，你想喝杯咖啡，隔着外面的玻璃窗，你觉得这杯咖啡非常好，色香味都符合你的审美，而且它有优惠，限时打折，所以你迫不及待要买单。你现在还没有尝到它的滋味，等真的入了喉，到底是甜的苦的，自己心里有了数，再决定也不迟。你是个急性子，加上和姐姐吵架的情绪化，我担心你的决定有些仓促。"

"说完了吗？"黄蓉拿着勺，搅了搅手中的咖啡。

"差不多了。"

"完了就是完了，没完就没完，什么叫差不多？我从你嘴里从来听不到个痛快话。含糊、磨叨，当然现在跟我也没什么关系啊，我就是说如果就是这么几句话，你打个电话就办了，这么热的天还跑一趟，没必要。"

陈锋端起面前的咖啡，喝了一口，品着，也不反驳，听着她说。

"谨慎、小心，走一步看一步，吃着碗里的看着盘儿里的，心里还惦记着锅里是什么，那是你们这些成熟人士的选择，我单纯我幼稚我傻乎乎，交个男朋友谈个感情我还那么瞻前顾后，这恋爱我就别谈了。你的好意心领了，我要是不出来，你跟我姐也交不了差，这事儿就到这儿吧，回头帮我给黄主任带句话，大家都忙，下一次就免了。要没什么事就撤吧。"

陈锋正要说什么，他的电话突然响了起来，他看了看屏幕，说："不好意思，我接个电话。"

黄蓉没说话，只管自己喝着快被她喝完的咖啡底子。

陈锋转过头，接起电话："嗯。我在医院门口，对，咖啡馆里，有个朋友有点事，坐坐。"

"我正好也在附近，我过去方便吗？"打这通电话来的是舒心，电话的声音稍微有点大，安静的咖啡馆里，黄蓉不可避免地多多少少听见了一些，她继续捣鼓着自己的咖啡，没有出声。

陈锋下意识地看看黄蓉，不动声色地说："好啊，我给你发个位置。"

黄蓉听他这么一说，咕噜噜地把冰咖啡用吸管吸完，做出一副马上要走的样子。陈锋见她一副要走的架势，挂了电话，给舒心发好位置，把手机收好，看着她。等黄蓉喝完咖啡，他正打算起身相送，黄蓉却把杯子一放，身子往沙发上一靠，没有任何要走的意思了。

陈锋被闪了一下，有些发愣，但他也不好下逐客令，毕竟是他约她出来的，只好坐正。

"怕老婆看见我误会啊？"黄蓉靠在沙发上，笑着望他。

"那倒不是。"陈锋转着手里的咖啡杯，回答。

"你来见我，都没敢告诉她，怕她以为咱俩旧情复燃，稀里糊涂再出趟轨吧。铁网缠身的滋味好受吗，陈大夫？肯定比以前我对你的放任自流要舒服吧？"她笑了，一边拿包一边说，"逗你呢，你一紧张手就爱转杯子，这习惯以后改改吧，谎都撒不好。知道你那位心眼小，自己抢了别人就老怕别人抢回去。走了。"

说完，黄蓉刚准备起身要走，但迟了，舒心已经到了门口，一只手已经推开了门。

冤家路窄，黄蓉已经没机会先离开了，她又坐了下来，看着陈锋："她这是在跟踪你呀，要不能这么快吗？"

黄蓉说的没错，因为舒心一进门连寻找陈锋位置的动作痕迹都没有，就径直朝他们走了过来，坐在了陈锋身边。

"好久不见啊，黄蓉。"舒心面带微笑地看着黄蓉，脸上故意露出一副见到她很意外的神情。

黄蓉没说话，舒心却又发了话："时间也不早了，要不咱们一起吃个晚饭吧。"

"行。"黄蓉面无表情地点点头，转手拿起了桌子上的iPad，看起了菜单。

舒心挨得陈锋很近，她拉着他的手，十指相扣，脸上带着热情的笑容："其实我们一直都想约你吃个饭，可咱们平时都忙，我听说你还升了副主任，今天在这儿遇着，真是太巧了，是吧陈锋？"

陈锋笑笑，没说话。

黄蓉哗哗翻着iPad上面的菜谱，头也不抬。

舒心继续说："早知道咱们今天能聚一起，我就提前订个吃海鲜的地方了。这家店吃了那么多年，口味都吃腻了，不过时间紧也只能在这儿了，是吧陈锋？"

黄蓉不想听她甜腻的声音，适时地喊了一声："服务员！"

"就在iPad上面直接点餐就可以了。"见黄蓉叫服务员，陈锋适时地提醒了一下她。

舒心笑靥如花地对陈锋说："她不会，你帮她点吧。"

黄蓉还真是不会，听舒心这么一说，她顺势把iPad递了过去，陈锋刚要伸手去接，但手被舒心握着没伸出来，舒心已经伸手过去接住，另一只手依然紧紧地握着陈锋，用一只手划着菜单，问黄蓉："我来点。你爱吃什么？"

"随便。"

舒心将菜单划到了一页推荐特色菜，陈锋目光落在了一道菜上，开口："就来这个鱼吧。"

"对对对，黄蓉最爱吃鱼了。"舒心笑着点上了。

黄蓉没说话，舒心继续点："再点个汤，陈锋就爱喝汤，男人就得靠汤补着。以前我也会几道，现在他天天都要，给都给不够，我都得去报个煲汤班了。"

黄蓉依旧一言不发，看了看腕表。陈锋把她的这个动作看在了眼里，他看了一眼iPad，说："这个也可以，上菜快。"

舒心娇嗔了一下："急什么，好不容易聚在一起，总得吃晚饭的呀。黄蓉回去也是一个人，你忘了呀。"

"你点菜总是纠结，我来吧。"知道黄蓉开口就没好话，陈锋赶紧岔了一句，作势要拿过iPad自己点，舒心却一下子抱住了他的胳膊，抱也抱不够的样子，埋怨道："什么你都不让我干，点个菜又累不着，老这样怎么行啊，惯得我什么都不会了生活都没法自理怎么办呀。哎呀，黄蓉，我不是说你，我说陈锋呢……"

黄蓉再也听不下去看不下去了，她"呼"地站了起来，尴尬的陈锋看着她，欲言又止。

舒心等的就是这一幕，她拽了拽陈锋，不让他多嘴。

黄蓉只看着陈锋，说："宠老婆惯媳妇，又温柔又体贴，不赖我姐喜欢你。你满身优点，什么都好，就是眼光偶尔有问题，除了我之外再没娶对过人。尖酸嫉妒小心眼，多给你扣分丢脸。另外今天的事情多谢你的好意，不过我自己的事情自己做主，就不劳烦你们记挂担心了。"

接着，她在气得直抱怨的舒心面前拿起电话拨号："郭靖，你在哪儿？"

黄蓉心里憋着气，叫来了郭靖后，和他一起来到了常来的医科大门口小饭馆里，两人索性把手机都关了，喝起了小酒。

灯光下，一大扎的啤酒杯壁上，映照着斑斓的色泽。

黄蓉将手里的啤酒一饮而尽，接着她咣的一声把酒杯放下，开始了她的抱怨："从幼儿园就控制我，几岁才能穿裙子，头发要不要刘海，什么都管。上了小学开始抓纪律，走得近的同学我姐都要审查，谁家父母坐过牢，哪个捣蛋不学好，跟谁一起做作业都得得到她的首肯。说怕影响学习，取消我的一切社交活动，我过生日不能邀请同学，别人生日也不许参加，什么都是为我好，晚上出门不行，早晨睡懒觉不行，迟到不行早退不行，重感冒想请假都不行，考试成绩必须前三，滑出第五就要和我谈心，压力最大的时候我得了肠易激综合征，每次考试前都失眠，一天腹泻十几次。"

郭靖听得感同身受，陪了一杯，然后端着酒扎给两个杯子里添酒。

"上了班就是个忙字，没日没夜地值班，上厕所都得小跑，半夜来的不是脑出血就是中风，被人踹门爬起来第一件事就是摸听诊器，这么拼命我姐姐还是不满意，她觉得我应该把自己种在医院，长在病房，拿锦旗当婚纱，嫁给每一个出急诊的病人。"黄蓉端起酒杯，继续抱怨，"上大学之前我连个闺蜜也没有，工作了还要干涉，我就开始叛逆，她中意的我就远离，她不喜欢的我非要混在一起，偏偏赶巧了遇到舒心，捎带手把陈锋给睡了，更成了我姐捏死我的话柄，你看，不听我的是吗，你迟早倒大霉。"

叮，黄蓉举起酒杯又和郭靖碰了一杯，喝了一大口。

"慢点喝慢点喝。"郭靖心疼地拍拍她。

黄蓉脸上已经有了些许红晕："我姐带孩子，和养狗没什么区别。她自己是什么样，我就得是什么样。客人来了要狗表演，客人不来狗也得表演，表演给她看。大学的时候我选修心理学才知道，她自己根本就不会教育孩子你知道吗？"

郭靖应和着点头："我懂我懂，整个妇产科，就我最懂。"

"早晚高峰连出租车都打不着，第一次买菜都不会砍价，我为什么会变成这个样子？我姐觉得这是爱。大学的时候我为什么老不理你，是因为我不知道该怎么开口说话。和你第一次约会我紧张得手心出汗，那天你说我矜持，其实我特别想告诉你，以后晚上要么别约我，要么就别吃蒜，哎，你别光听着啊，给我要一份烤蒜，倒酒呀你。"

"你先缓缓，喝不少了今天。"郭靖挡下了她举起的酒杯。

"你也控制我？"黄蓉瞪他。

"你看你。我知道你酒量多少，主要是现在有点超了。"

"还是控制。我没有一件事能自己做主，你们说什么，我偏不听。"

郭靖连忙应和："好好好，不听不听。咱不听。"

黄蓉指着他，目光有些涣散："我今天就想喝醉，谁也别拦我！你是不是男人，郭靖，陪着！"

郭靖立马照做，迅速地举起酒杯，猛地仰脖子一口干了。

见他二话没说，豪爽下肚，黄蓉满意了，然后继续开始了对黄彩云的抱怨。把黄彩云数落郭靖的话一个一个地说了个遍，郭靖入神地看着她，在他眼里，她什么样子都是美的，哪怕是喝醉了发牢骚的样子。

正说着，黄蓉突然停了下来，朝他勾了勾手，一整杯下肚，郭靖头脑也有些发晕了，他不知道黄蓉这个勾手指的动作意味着什么，慢悠悠地凑了过去，目光里却饱含期待。

"再近点。再近，还得近。"黄蓉身子前倾，看着凑过来的郭靖。

郭靖嘴角噙着笑，满目期待地看着她，就在他以为她会亲上来的时候，黄蓉突然伸出手，把他眼睫毛上沾着的一个断眉毛摘了下去。

"不是亲嘴呀？"郭靖眼里期待的光暗淡了下去，有些失望。

"我刚才说到哪儿了？"黄蓉坐正身子，问他。

"说你姐怎么骂我。"

"对，我特别同意她骂你的那些话，我也知道你是个混蛋，可我特别反感她们用这些方法来离间咱俩。她以为陈锋来了我就能听话吗？"

郭靖哈哈一笑："我一听说猴子搬来这么个救兵就放心了，反作用妥妥的。"

黄蓉叹了口气："其实我特讨厌你。真的。你怎么那么烦人，怎么那么讨厌呢。我特烦你，我烦我每天怎么就老要想你？每天，不管遇着什么事，我都想着如果是你，你都能把这些事给办了。如果你是我，你遇着我姐这样的，你肯定也不懵。"

"我就是孙猴儿，她们是玉帝，烟熏火烤，碎尸万段，打死我我也不怕。"郭靖听她这么一说，心里美滋滋的，目不斜视地凝视着她。

"我就喜欢你这副没皮没脸的样儿！我就把我想成你，你不尿，我也不尿。"她端起所剩无几的酒杯，将酒底儿喝净，"你干吗这么瞅着我？你想说什么？"

郭靖深深地望着她，出神地看着她一张一翕的嘴巴："实话吗？"

"你有实话吗？"黄蓉白了他一眼。

"你喝牛奶了吗？"

"喝了。"

郭靖凑到她跟前："喝了最好。别说区区一点过敏，就算你喝了毒药，也要亲，我要和你一起死。"

黄蓉看着他凑过来的脸，倏地一下，揽住了郭靖的脖子。

暖黄色的灯光下，黄蓉主动吻住了他，辗转而深情。多少年了，郭靖再也没像今天这样，心里温暖而甜蜜。

喝完酒，郭靖结了账，推开小饭馆的门，同黄蓉一起出了小饭馆，距离他们不远处有一家情侣宾馆，门口灯红酒绿，有学生模样的情侣进出。

郭靖喝多了，走路有些不稳。黄蓉看上去明显好很多，在旁边狐疑地看着他："装醉。又想你那些弯弯绕，还装呢，小心，你要是真崴了脚，我可背不动你。"

"我怎么可能装醉，我就没醉。我醉了吗？"

黄蓉指着他，醉眼惺忪地说："你没醉走个直线我看看。"

"黄蓉你还是不了解我，真的。就这么点酒。这些年我还是有变化的。度量酒量都有。走得怎么样，还算可以吧？"他努力地走着直线，走了几步还算直，身后却没声音了，郭靖回头一看，黄蓉才是真醉了，她扶着肚子，想干呕。

郭靖想过去扶她，无奈脚下一软，就那么软趴趴地摔坐在了地上，黄蓉连忙走过去扶起他，她旁边就是那家情侣宾馆，见郭靖已经走不动了，黄蓉想也没想，把他扶进了宾馆，开了间房。

两人一进房间，黄蓉就再也忍不住，冲进卫生间呕吐起来。郭靖一边给她抚着背，一边给她倒了杯白水来。等她都吐完了，郭靖把她扶到了床上，给她后背处搽了几个枕头供她靠着。然后，他坐在床上，对黄蓉开始了他没完没了的唠叨，把这些年的辛酸、等待、苦楚，一股脑儿地全吐露出来，偶尔说到深情处，声音还会有发颤，鼻涕也随之流了出来。

他顺手从床边拿过纸巾盒，从盒子里抽出一张纸巾，擤了擤鼻涕，然后将纸巾揉成一团朝地板上扔出了一道抛物线。

一边说一边擤鼻涕，不一会儿，地板上已经被他扔了一堆纸团。他揉揉鼻子，声音里带着点哽咽："三年，1095天，26280个小时，加起来多少分钟我也算不清楚了，在非洲我是论秒过的，没有一天一夜，一分一秒不在想你。碰上个谈恋爱的，当天晚上就别想睡觉了，失眠、抑郁，满脑子都是你和陈锋，不能看不能听也不能想，出门看见两只壁虎也觉得它们肯定是一公一母。"

黄蓉眼神迷离地靠在摞起来的枕头上，头发散着，手里握着水杯，一边缓酒一边听着他说。

"全医院就一本中国的日历，也让我给烧了，就怕看见良辰吉日。心里想着哪天你订婚，哪天你结婚，你们什么时候拍婚纱照，领了证又要去哪儿蜜月，什么都想，想着你和那孙子在婚礼上给人敬酒，你不会喝酒啊，你的酒量哪行啊，同学同事肯定要劝你喝，陈锋要脸怕失态，肯定想法儿推脱，给咱老黄家丢人，没人替你喝你可怎么办，我就想我要是在，我豁出去把裤子都喝尿了，我也得替你挡下来！"

黄蓉听得挺感动："我姐夫说喝酒伤身，那天大伙喝得都是果汁。"

"随便你们喝什么，已经和我没关系了。我最伤心的是这个，明明是我的女朋我媳妇，穿着婚纱站在婚礼上，挎的是别人的胳膊，端着不管是酒还是果汁，给我丈母姐和姐夫鞠躬磕头。我呢？这本来是我的事儿呀，你看我多忙啊，还得别人替我代劳呢。"他吸吸鼻子，"我为什么现在的酒量这么烂，就是你结婚那天，我把自己喝得姓什么都不知道了，喝伤了。要不然今天也不至于丢人，还让你把我给搀进来。你别离我那么远，没事，我现在软得连根面条都夹不起来。"

"你以为我想这么远吗，刚才我就想过去，手都抬不起来。"黄蓉软塌塌地靠着。

"早说呀，怎么不早说呢，别动，我试试。"他凑到黄蓉面前，看着脸色通红的黄蓉，刚想伸手过去搂她，忽然黄蓉表情一变："想吐。"

"别动别动，刚才吐了那么多不能再伤胃了。保持住，窝着，哎对，别动，闭上眼睛，缓缓，缓缓就好了。"

黄蓉依言闭上眼睛。

郭靖深深地望着她："你只管听，我还没说完呢，好容易有这个机会，我得往外倒倒话，早就快憋死我了。以前的苦都过去了，好在你离了，你离了还没拉黑我，还愿意跟我好，还愿意嫁给我，我就在想，我……睡着了？黄蓉？"

说话间，黄蓉实在撑不住，已经沉沉睡去。

郭靖用手托着下巴静静地看着她，看着近在眼前的心爱之人，又感慨又满足，看着看着，他的眼皮子也越来越沉，慢慢下坠，他眨巴着眼皮，一下，两下，三下……不消几秒钟，他也睡着了。

窗外的星光已经变成了晨曦，太阳晒在了郭靖的脸上，吧嗒，吧嗒，郭靖眨了两下眼睛，他的面前出现了一张脸，从模糊到清晰，是黄彩云。他吓得"啊"了一声，把旁边的黄蓉也吓醒了。刺眼的阳光照射在黄蓉的脸颊上，刺得她一下子睁不开眼睛，她迷迷糊糊地骂郭靖："要死啊，这么早吵吵什么，把窗帘拉上，困死我了……"

见郭靖没回答，黄蓉忽然觉得不对劲儿，她眨了两下眼睛，睁开一看，也吓傻了。

在这个墙上挂着大镜子，屋顶垂着圆形纱帘的情侣主题大床房里，两人衣衫不整，衣物凌乱地扔在地上，满地白色纸巾。

梦幻情调，红罗粉帐，令人想入非非，黄彩云仿佛看见了全世界最不堪入目的画面，她看也不看黄蓉，走向郭靖，死死地盯着他。

郭靖受不了这种令人窒息的眼神，艰难地说："误会，肯定误会了。主任，我们和您想的不一样。"

"什么样？"昨夜她上手术台前，拨打两人的手机都提示关机，她就猜到可能会出事，果不其然，如果不是让吴汉唐报警查到这里，她恐怕这一辈子都不会知道他们昨晚到底干了些什么龌龊的事情！

郭靖光着上身，一只手无力地挡着，他的裤子不知道什么时候也揉搓得吊在了胯上，赶紧伸手拽拽："没有那什么。"

"什么？"

郭靖顿了顿："昨天晚上黄蓉喝醉了，我也醉了，都醉了，进来就睡了。呃就是睡觉了，睡眠了。肌张力消失，肌肉松弛，深度睡眠了。别的什么都没有。真的。"

"你嘴里有多少真的？这些谎话你自己信吗？"黄彩云怒目而视，她一句顶着一句地问，"醉了可以回家，为什么在这儿？"

旁边的黄蓉反倒淡然了，她像什么事也没发生过一样，置身事外，开始自自然然地扎头发。

郭靖被她的怒气慑住，吞吞吐吐着："中枢神经兴奋转抑制，醉了嘛，脚底下软嘛，走不了路，天都在转。"

"天都转了？脚都软了？进宾馆的大门转不转？进房间的脚软不软？"

郭靖被骂得灰头土脸，一句话也说不出来。

黄彩云始终没有看黄蓉一眼，劈头盖脸地训郭靖："脏。你们干的这些事情叫我觉得羞耻。我宁肯你是个敢作敢当的男人，郭靖，也好过你骗我。敢做为什么不敢说？平时你不是天天吹嘘你是个爷们吗？你的男人气呢？欺负一个自己连家都找回不去的女性，这就是……"

"您到底想说什么？"黄蓉实在听不下去了，打断她问了句。

黄彩云终于等到了她开口，一下子转过去看着她："你说呢？"

"我怎么知道。要问你就问，用不着绕圈子。"黄蓉毫不心虚地与她对视。

黄彩云深深地望着她，半晌后，她咬着牙，怒问："你们是不是……"

"是。睡过了。"黄彩云话还没问完，黄蓉就面色平静地一口承认。

霎时间，气氛凝结。黄彩云得到了这个答案后，囤积在体内的所有怒气噌的一下达到了极限，瞬间爆炸了，啪的一声，她狠狠地掴了郭靖一个耳光。

第八章

挨了一巴掌的郭靖，灰头土脸地回了家。熟料楼道内的电梯门刚打开，他就一眼看见了自家的防盗门敞开着，他走出电梯，看见屋子里站着好几个穿制服的警察。

郭靖一怔，不明白自家这是出了什么事，一时间脑袋有些发蒙。

他再一看，客厅的地板上，撒落了一地的药片，大大小小，数以百计，两个民警正奋力地拦着郭立业，一个人掰开他的手，从他手里抢下企图吞下的药片。

郭立业带着哭腔挣扎着："没办法了呀，我也不想死，可人再找不着，我活不成了，活不下去了呀，警察同志，你们不知道我家的情况，我闺女这是让人拐走了，拐卖妇女呀……"

"爸？"郭靖慌忙走进客厅，郭立业本来已经渐渐稳下来了，一看郭靖回来了，急了，抄起手边的药瓶子，一把砸到他身上："你跑哪儿去了？你妹妹丢啦！"

郭靖这才知道，原来最近郭郭为了躲避老爷子和韩浩月在一起，无所不用其极，偷户口本未遂，干脆留下一封信离家出走了，打算和韩浩月事实婚姻，旅行蜜月，来个生米煮成熟饭。老爷子情急之下报了警，但警察得知情况后告诉他这不是绑架，也不失踪，无法立案侦查，实在没辙，老爷子一个急火攻心，在这寻死觅活了起来。

郭靖安抚下了老爷子，然后客客气气地送走了警察，客厅里瞬间安静了下来。他去厨房泡了两桶泡面，一人一桶，递给了坐在沙发上的郭立业。

郭立业有些消沉，但情绪明显已经缓和了很多。他叹了口气，缓缓道：

"正规军成了游击队，迂回战改突袭了。升级了。看着吧，十有八九这回是拦不住了。"

郭靖吸溜了口面，问："说去哪儿了吗？"

"换你这么笨的也不会说，何况你妹妹。说了也是假的。"郭立业用叉子挑了挑手里的面条。正说着，他突然不说话了，一个劲儿地盯着郭靖。

见老爷子盯着自个儿半天没说话，郭靖下意识地问了句："您没事吧？爸？"

"你脸怎么了？"郭立业这才开口，原来，他一直在观察着郭靖的脸，"挨谁的打了？"

郭靖下意识地摸摸脸颊，他的脸还有些发红，上面还残留着淡淡的手指印儿。瞒不住了，他索性一五一十地把从昨晚到今早发生的事情，向老爷子完完整整地交代了。

郭立业不怒反笑，起身去厨房弄了碟花生米，又拿了瓶二锅头，"沥沥沥"的，将清澈的酒落入酒盅，和郭靖两人小酌了起来。

咣的一声，郭立业把手里的二锅头放到桌上，端起酒杯，伸过去和郭靖手里的酒盅"叮"地一碰："好事。拿下就是好事。喝一杯！"

一杯下肚，郭立业放下酒盅："趁热打铁，必须拿下。"

"爸，您用词稍微注点意。事儿就这么个事儿，没别的乱七八糟。"郭靖有些尴尬。

郭立业剥了颗花生扔进嘴里："乱不乱你自己心里清楚，不必跟我解释。我也不问，我也不说你，我就说你舅老爷，当年多穷啊，要什么什么没有，就一个打铁的，家里除了他和一条饿狗，连把铁锹都没有，硬是把地主家的闺女拿下了，他靠什么？就是没皮没脸，这和你有点像，就要有这种精神。黄彩云怕什么，她一个接生婆子，能比过去的地主更坏更贼吗？"

郭靖听得直皱眉头："这些话听着怎么……"

"话粗理不糙，我有你妹妹拖着耗着，平时也没什么工夫教你，亏得你自己有天赋，可该拉的时候我也得拽你一把。话多了少了就这个意思，想想你妹妹怎么对付我的，这次要是错过，就不好弄了。"

郭靖点点头："这我知道。这次要是栽了，我和黄蓉都抬不起头来。"

"别尿别怕，关键时刻你得硬气。你这么想，我要是黄彩云，我会怎么办？大胆了想，放开了想。"

"辞职，不干了，医院要是不把我开除了，她就地退休。"

郭立业冷哼一声："这算什么？你想想郭郭再看看韩浩月，俩人快把我的人命都逼出来了，眼皮子都不眨巴一下，辞个职算什么？我要是黄彩云我也不傻，我怎么也得出个大招治你吧？"

"什么大招？"郭靖眉头一挑。

"要想出来我不早就对付韩浩月去了吗？这不是没辙儿才和你坐在这儿唠闲嗑吗？还没明白吗？你，得在黄彩云没想出绝招之前，就提前动手，事不宜迟，谁动手慢谁被动。懂我的意思吗？"

"好像懂了一点儿。"

"就一点儿？"郭立业锁着眉头瞪他。

郭靖眉毛都快拧成麻花了，他琢磨着："别催别催，来了，好像两点儿了。"

傍晚，夕阳映红了半边天，黄家还没有亮灯，客厅的地板被黄昏的光线照得泛着微微红光。

从一回家到现在，姐俩已经争吵了五次，情绪激动，斗争激烈，好不容易在吴汉唐的劝说下，二人才有所缓和。此时的姐俩各坐在沙发的一端，吴汉唐挤在中间，他左看看右看看，像个说和的太白金星，平息着随时爆发的战争。

黄彩云看着电视机，问黄蓉："别的既然说不了，不说了。说说医学的事情。昨天晚上，是不是安全期？"

"不是。"黄蓉看着自己的手指甲，漠然地回道。

"你对橡胶过敏，不能使用避孕套，他知不知道？"

"知道。"

"那你们，有没有采取其他的避孕措施？"

"没有。"

黄彩云呼的一下子站了起来。

吴汉唐赶紧拦住："她说了什么也没有发生，那就等于没有采取措施，这是逻辑问题。没有发生嘛。坐下，慢慢说。"

黄蓉继续抠着指甲："还有吗？没有我回屋了。"

"黄蓉！"黄彩云气急败坏地呵斥了一声。

黄蓉又换了一只手，抠着手指甲，并不理会她愤怒的情绪。

黄彩云已经快被气疯了，她指着黄蓉："我告诉你黄蓉，昨天就是你和郭靖见面的最后一次了。你要不给我去找肖锐，你不找你不喜欢，那就找别人，别人也找不着，就去相亲。我拼了什么也不干，也不能让你再这么下去了！"

话音刚落，门外突然传来了一阵"笃笃笃"的敲门声，三个人同时转头看去，吴汉唐站起来走了过去，他朝猫眼里看了看，门外，是郭靖一张谄媚的笑脸。

吴汉唐没敢开门，他回头看着黄彩云，顿了顿，还是说了："郭靖。"

"这还蹬鼻子上脸了！"黄彩云再次气疯了，没等黄蓉和吴汉唐反应过来，她一路走过去，一把拉开门自己就走了出去，拦也拦不住。咣的一声，门被她摔上了。

黄蓉和吴汉唐趴在猫眼里往外看，却什么也看不见，俩人对视一眼，侧耳听着，还没听到什么，黄彩云就打开门走了进来，面无表情地走到沙发边上坐下，像是什么都没有发生过。

屋里无一人说话，三个人都沉默着，黄蓉一脸疑惑。顷刻间，吴汉唐先憋不住了，他试探性地问："你没把他怎么着吧？"

而此时的郭靖，已经在黄家楼下的一片空地上撅着屁股往地缝里打起了钉子、扎起了架子，准备帐篷，有邻居路过，好奇地看着他。而他的屁股上，赫然多了一个脚印，不用猜，正是黄彩云端的。

黄彩云朝楼下瞥了一眼，看见那硕大的帐篷已经搭好，瞬间更是火大了，她二话不说，直接报了警，然后又拨打了物业电话。一路从阳台上走回客厅，举着电话，气得手直哆嗦："流氓。彻头彻尾的无赖。我已经报过警了，派出所的同志让我同时通知你们物业，请你们通知保安，通知所有能管这件事的人，再不来，他就要在小区里盖房子啦！"

黄蓉和吴汉唐看着眼前的情景，面面相觑。

不消一会儿，楼下就被物业、保安、民警，还有一些邻居围成了一个圈，而郭靖站在正中间耐心地解释着，奈何他声情并茂，用词恳切，像个单口相声演员，围着他的人越聚越多，倒像是来听评书的观众。

"大伙儿都看过武侠小说，郭靖是谁？成吉思汗的金刀驸马。他能入赘，我也能入赘，倒插门不丢脸。我不是要流氓赖着不走的混蛋，我是个大夫，市人民医院妇产科的医生，报警的是我们科主任，我女朋友就是她妹妹。"

他说得情真意切："我们俩从上学到现在，从同学到同事，认识这么多年，这是我第一次干这种不要脸的事，因为不这么做不行了，再不这样，我们这辈子也只是同事了。主任是好主任，姐姐是好姐姐，我不能说她不许自由恋爱就是封建，我管好我自己就行了。有的大姐阿姨都是邻居，黄蓉是个什么样的脾气什么样的人，大伙也知道，我要真是个泼皮她也不会跟我相处，我们是真心想在一起。"

围观众人表情各异，不乏一些人被他的真情打动了。

郭靖继续说，说到最后甚至眼圈一红："别的我也管不了那么多了，我就是喜欢她。她离了婚我也不在乎。要是以前我就这么豁得出去，她也不会嫁给那个不靠谱的出轨男人受委屈了。我追她这么些年，我今天来，就是想负个责任，男人说话要算数，说喜欢她就一辈子喜欢，说对她好就必须对她好，说要求婚，不管谁拦着我也要求婚，要不就别说，说了就要做，一个下了娶女朋友当老婆决心的男人不就该这样吗？"

他吸吸鼻子，看着保安恳切地说："我一不会扰民，二不会犯法，要是哪儿违反了小区物业条例，您各位尽管说，随时改。实在不行我现在就把帐篷拆了。"

说的在理，态度真诚，礼貌谦逊，没人说话了，一点反驳的声音都没有，楼下瞬间一片寂静。民警琢磨了会儿，然后返回了黄家门口，和吴汉唐聊了起来。

因为是片区的民警，相互之间也熟，民警调解时候的语气也像街坊相劝："天底下这种事都没个对错，你们双方都有理，小郭说得也在理，我看物业也没说什么。您进去呢也劝劝黄主任，没事就别打110了，这么热的天来回折腾，她这年龄也受不了。其实我们都觉得郭靖这孩子挺不错的。关键他也不违法呀，是不是吴主任？"

吴汉唐频频点头，聊了几句后，客客气气地送走了民警。

入夜，深邃的天空中，一弯皎洁的新月散着明亮的光。

帐篷没拆,人没走。月光下,郭靖身上围着围裙,坐在一把户外椅上,看着眼前摆着的一个平板电脑里郭郭和郭立业(是郭立业还是韩浩月?)说得对口相声的视频,一个美发师站在身后给他理发。

他旁边,一只酒精炉子上,支着一个小火锅,里面正咕嘟咕嘟地涮着肉片儿。

趁着理发师倒手的空,郭靖端起手里的外卖饮料,咕噜噜用吸管喝着冰镇可乐,这时候"吱呀"一声,一个骑着电动车,穿着上门送药LOGO衣服的快递小哥把车停在一侧,说话还有点结巴:"哥,是你点的防中暑藿香正气……液吗?"

吃喝拉撒,衣食住行,全解决了,看样子郭靖是要准备扎下来了。

而楼上黄家,正在气氛压抑地晚饭进行中。三个人埋头闷吃,细嚼慢咽,谁也不说话,只能听见细细的咀嚼之声。

突然"叮咚"一声,门铃响了,吴汉唐刚想站起身,黄彩云就先他一步,推开碗走了过去,黄蓉和吴汉唐都不安地盯着她。

门开了,黄彩云刚想骂人,一看来人并不是郭靖,而是一个穿着上门按摩LOGO衣服的男技师。她微微一怔,有些诧异地看着来者。

按摩师彬彬有礼道:"请问哪位是黄主任?郭先生为您点的上门按摩,颈肩推拿,腰腿放松,下单两个钟头,钱已经付过了。"

"咣——",黄彩云把门摔上了。

晚饭后,黄蓉一刻钟也不想待在客厅,洗漱完毕立刻回到了自己的卧室里,蒙着被子和郭靖视频了起来。

平板电脑屏幕上的郭靖,脸上抹着刮胡泡沫,正一边和黄蓉视频,一边在帐篷里刷牙。

卧室里的黄蓉蒙着被子,压着声音对他说:"你这是要干什么?怎么提前不跟我打个招呼?你疯了你?"

郭靖把嘴里刷牙的沫子吐了出来:"真疯了帐篷现在就扎在你们家里啦。我特别理智,除了这样没别的法子,先下手为强,不这么干不行了。"

"问题是你这么一弄,就被动了,没余地了。"

"我就没想着有余地。"

"好,依着你,没余地,不跳楼改堵门,分分钟守着我不离身,然后呢？你现在不要余地地站在悬崖边上，接下来呢？你怎么办？"

郭靖刷好牙，把牙刷涮干净："都想好了。今天夜里只要没有让蚊子咬死，明天早晨等你姐一下楼，我就在屁股后头跟着，从家跟到医院，从门诊跟到病房，拿刀砍我也不走，她想打人我就递板子，她想骂人我洗干净耳朵等着，一直跟到她原谅我。我知道她不会轻易原谅，可这么多年了，老上级老下属，我腆着这张脸在她跟前多晃悠几天，再恶心老人家也有吐完的时候，等看习惯了，她的气也就慢慢消了。"

"还说你不是无赖。这不是土匪是什么。当初我要是不答应你，是不是连门都出不去了？"黄蓉白了他一眼。

"强人所难的事咱能干吗，你比如昨天晚上，是不是，哎，昨天到底什么情况？"

"什么什么情况？"黄蓉被他问得一愣。

郭靖挠挠头："那什么，我不是喝多了吗，断片了，什么都不记得，我就是想确定一下，昨天晚上，咱俩就只是都睡着了吗？"

"你还想怎么样？"

郭靖咧嘴一笑："没有没有，我就是想确认一下。"

"怕自己的耳光白挨了？"黄蓉揶揄道。

"一个耳光算什么。主要是负责任。我这人别的不行，该负的责任绝对不逃避。我就是想确认了这事，好担着以后当爸爸的担子。"

黄蓉的眼睛都瞪大了："爸爸？你想什么呢？你没事吧郭靖？"

"你看你，你还是学医的，还是临床大夫还副主任呢，咱们都是医学工作者，优生优育，受孕分娩，临产宫缩这些事情我们不应该忌讳呀。你和黄主任生活这么多年，不该不知道妊娠的万一性是吧，万一要真有了咱还得到科里提前建档嘛不是。"

正说着，黄蓉忽然不说话了，郭靖见她没了动静，慌忙问："怎么了，是不是想吐了？没这么快吧。我跟你说要是停经超过十天，还有乏力嗜睡食欲不振，你可要当心了……"

不对劲！郭靖看见视频里的黄蓉突然把被子掀开，侧耳听了听外面的动静，随后画面一黑，接着就听到了黄蓉光脚跳下床去和开门的声音，紧接着黄蓉又"咚咚咚"地跑回来，着急的连声音都变了："快快快，我姐夫下楼了，还带着刀！"

郭靖倏地一愣，一脸紧张。

一把菜刀，临空而立，"呼"地剁了下来。"咣"，一劈两半，切开了一颗西瓜。

吴汉唐坐在一把小马扎上，他切好瓜块，把菜刀放下，然后递给郭靖一瓶啤酒，自己也拿了一瓶，把酒倒进酒杯里，与他对饮。

郭靖小心翼翼地举起杯抿了一口。

吴汉唐见他喝了一口，说："昨天的酒要是没醒你就少喝点，喝酒这事儿和谈恋爱一样，分对象，看心情。我懂。"

郭靖赶紧喝光了。

吴汉唐的情绪很平静："黄蓉的姐姐已经睡了，下来找你是我自己的意思。算不上兴师问罪，你到了家门口，毕竟是客人，我来看看你。凡事呢都有度，别太过了。这件事情我能理解，但是不妥。至于以后怎么样，再说。"

郭靖一躬到地："您深明大义，我向您郑重道歉。昨天我真是喝多了，什么都不知道，等会儿喝完了我就回家。"

吴汉唐点点头，给他添酒："按说这个点，肝脏和胃也得休息，不该喝酒，不过人生难得几回醉，喝点吧。

"黄蓉很小的时候就跟着她姐姐，我们也不打算要孩子，所以一直把她当女儿看，这个你也知道。"无论喜怒哀乐，吴汉唐都是一副沉稳的气场。

"明白，完全明白。"郭靖使劲儿点头。

"我呢，和她姐姐想法不太一样，我觉得嫁人是自己的事情，嫁的对象只要品德没有问题，那就和签术前同意书一样，这个手术你要愿意做，风险你自己承担。如果觉得还没准备好，那就再等等。她姐姐当了一辈子的主刀大夫，认真、细心、负责惯了，总想着给病人家属详细到家的建议，有时候难免反客为主。其实主意还是得自己拿。当然我顶多算是第一助手，说话也没人听。"

"我听我听，我就爱听您说话。"郭靖认真听着。

"从你上大学到毕业，再到两进医院，我一直都看在眼里，从感情上咱们也不算外人，今天不说两家话，你能这么执着地喜欢黄蓉，也不容易，我自己也很感动。你要是真的有这份心……"

郭靖把酒杯都端起来了，听到这儿动也不敢动，候旨。

吴汉唐摆摆手："缓一缓。用点温和的方法，不要这么硬碰硬。她姐姐脾气不好，现在说什么肯定都不行。"

"明白，完全明白。打不还手骂不还口，一有空我就道歉，时间就像一块抹布，多硬的桌子都能抹平。"

吴汉唐看看他："我知道你担心什么，我可以告诉你一点，黄蓉的性子只能比她姐姐还轴，如果她下了决心，谁都没法改变她。"

郭靖举杯，感动："不管这事成不成，我先跟着黄蓉叫您一声姐夫，我也不知道我有没有德行能给您当妹夫，要真有那么一天，我把您当亲老丈人。"

***

经过昨夜和吴汉唐的一番交心，郭靖喝完酒当下就撤了帐篷，老老实实回家去了。他打心里觉得吴汉唐昨晚的话暖了他的心窝子，他说的没错，这事急不来，还是得用温和点的方法。

回到家，郭靖可算是踏踏实实地睡了一觉。第二天一大早，还在和周公约会的郭靖就被一阵"叮铃铃铃铃"的门铃声吵醒。

"谁呀？别按了，来了！来了！"郭立业的声音从客厅传来，郭靖听见老爷子过去开门的声音，翻了个身，又安心地睡了。

然而，门开后，客厅一片寂静，过了半晌，郭靖都没再听见一声声响，他隐约觉得有些不对劲，猛地睁开眼睛，光着脚跳到地上，拉开卧室门一看，也愣住了。

只见，郭郭和韩浩月背着大包小包，灰头土脸的像两个野人一样站在门口，俩人裤脚上都带着泥巴，韩浩月头发上还挂着一枚树叶，已经狼狈不堪到了极点。

俩人站在门外，郭立业站在门里，双方对站着，当爹的不开口，他俩也不敢说话，就那么对视着。

郭靖赶忙缓解了下气氛，把俩人招呼了进来，郭立业什么话都没说，去厨房煮起了早饭。

挂面卧鸡蛋，郭立业给郭郭和韩浩月一人卧了五颗鸡蛋。小桌上，郭郭和韩浩月各抱着一个大碗，狼吞虎咽地吃起来。

原来，他们的"蜜月旅行"并不圆满，原本计划开车去尼泊尔，不料从租车公司租的吉普车才开出没多久就抛锚了，没辙儿，俩人只能临时改变计划，辗转去情人谷，但天不遂人愿，导航出错，俩人去的情人谷并非彼情人谷，最终错爬了个野山，不仅如此，在野山上的遭遇更是让二人不忍回首。

听完了二人的悲惨事迹，郭靖端着两杯牛奶过来，也坐在了小桌前："野山是你们这种人爬的吗？连北斗七星你们都不会看，冒充什么驴友啊？不是我絮叨，我向来不絮叨，你们干的这事让我实在没法听，锅摔了水洒了，压缩饼干都碎了，连点吃的都没有，要不是手机还有一格电，要不是警察去得及时，你们这种迷路了的就得死在山上，知道吗？"

一边说，他一边偷眼看站在厨房门口的父亲。郭靖这是投石问路，韩浩月和郭郭也发虚，三个人都在等着郭立业咆哮发作。

然而郭立业却一反常态，缄默寡言，沉稳低调，眼睛上戴着的一副老花镜，显得他更斯文了，等郭靖骂够了他才轻轻地说了一句："古人曰，教子七不责，吃饭的时候就别批评了，吃饱再说。"

吃饱喝足，韩浩月被郭立业叫进了卧室，纵使他认错态度诚恳，娶郭郭决心坚如磐石，但还是抵不过郭立业的咄咄逼人。

墙上的钟表"嘀嗒嘀嗒"走着，郭靖和郭郭守在父亲卧室的门外偷听，俩人都有些忐忑。

一顿呵斥、逼着发毒誓结束之后，郭立业打开门，把韩浩月放了出来，韩浩月看了看郭郭，然后在郭立业逼人审视的目光中，忐忑不安地离开了。

郭立业和郭郭坐在沙发的两端，彼此无言，郭靖看了看安静的父女二人，有些担忧这是暴风雨的前奏，但看了看墙上的钟表，见时间不早了，连忙收拾了下，往医院赶去。

今天是周一，又到了一周一次的早例会。急急忙忙赶到医院的郭靖直奔妇产科会议室，他一进会议室就自觉地坐到了实习生和进修医生的堆里，因为被下放，所以他只能从原先的位置上滚下来，坐在了这里。

会议室里，全体医护都早到了，都在等着黄彩云。

没多久，门开了，黄彩云大步走了进来，她习惯性地环顾一圈，看见郭靖像没看见，仿佛什么事都没有发生过一样，开口道："开会吧。"

半个小时后，例会一开完，大家都站起来，熙熙攘攘地往外走，郭靖逆着人群，朝着黄彩云迎过去："主任。"

黄彩云一脸严肃地看着他："说，如果是工作上的事。"

郭靖腼眉奉眼："我就是想跟您道个歉。姐夫昨天教育我了……"

话没说完，黄彩云听也不听，直接走了。

"主任？主任？"郭靖刚想追，电话却在这时候响了起来，他接了起来，电话那头说了几句什么，他的眉头便紧紧皱上了。

早上出门前，他还在担忧，果然怕什么就来什么，不出所料，这通电话正是郭郭打来的，早上他走之后没多久，她和老爷子就爆发了，但让他没有预料到的是，这次的暴风雨来得太过猛烈，从妈去世到现在再没打过他们的郭立业，这次居然气急攻心地打了郭郭一巴掌，却也因此眼前一黑，身子一软，倒在椅子上，晕厥了。

郭靖一边脱白大褂火急火燎地往外跑，一边对着电话教郭郭怎么急救。

晕厥往往是一过性大脑供血供氧不足引起的，引起晕厥的原因很多，具体到郭立业身上，就是精神性因素，应该是这次和郭郭之间的斗争火爆升级，受了强烈的刺激和精神打击导致的。

郭靖在电话里冷静指导着，终于，在他的指导下，老爷子苏醒了。

***

一个月后。

在郭靖细致入微的观察下，他惊人地发现，郭郭怀孕了。因为这件事，郭家一阵鸡飞狗跳，而气氛稍有缓和的黄家，黄彩云也有了绝不是一般的发现，她从黄蓉的作息、饮食、穿着等着手，再到最后在卫生间里找到的验孕棒，循着蛛丝马迹、无懈可击的推理，最终也得出了黄蓉已孕的结论。

勃然大怒之下，黄彩云要求她做人工流产，黄蓉反抗无效，黄彩云索性替她请了长假，封了她的手机，将她拘禁在家，并坚决地表示，这件事什么时候解决了，她黄蓉什么时候才能重获自由。

黄蓉就这样突然没了音讯，郭靖急得像热锅上的蚂蚁，只能召唤来亲妹妹替他上门传话打探。

"叮咚叮咚——"已经站在黄家门口的郭郭，按响了门铃。

客厅里的黄彩云走过去，从猫眼里往外看，见门口是个戴着眼镜文文静静的女人，把门打开了，她狐疑地看着郭郭问："找谁啊？"

"姐姐，您不记得我啦？"郭郭说话温文尔雅，像变了个人似的。

"你是？"黄彩云回忆着。

"啊！"她身后的黄蓉忽然尖叫了一声，"你怎么来啦？"

俩人心知肚明，配合默契，郭郭也不一惊一乍了，站在门口先礼貌地问黄彩云："姐姐，我需要换鞋吗？"

"进来说。黄蓉这是？"黄彩云对她印象不错。

"我是她中学同学，以前还在您家吃过饭呢，您忘了？后来一直就在上海读书，刚毕业回来探亲，过来看看她。"郭郭不卑不亢地回答。

黄彩云恍然，她对学霸有着天然的好感："现在才毕业，那你是博士还是博士后？"

"后不后的等会儿再聊，你是什么时候回来的，怎么也不联系我呀！"黄蓉过来一把拉着郭郭往卧室里走。

俩人演技都好，互相捅咕着，拉一下拽一下地往里走，真像一对儿许久不见的中学闺蜜，郭郭直埋怨："我给你打手机怎么都打不通，换号了你怎么也不告诉我呀？"

"别提了，特殊时期，手机被我姐锁起来了……"

黄彩云看着俩人边聊边往里屋走去，把门关上了。

下台退场，卸下粉墨，不需要再演戏的俩人一进了黄蓉的卧室，就开始小声嘀咕了起来，黄蓉把目前的情况完完整整地和郭郭交了个底，然后看着坐在凳子上的郭郭，说："你别坐着，上床去，靠着枕头，要不躺着聊也行，孕妇最大。你哥这也是让逼急了，要不然不能叫你来，他那么怜香惜玉的人是不是。"

郭郭"扑哧"一笑："还是亲媳妇，没过门就替丈夫安抚小姑子了。他怜的惜的都是你，不是我，我在家就差抗麻袋了。嫂子你别误会啊，我不是矫情，我是羡慕嫉妒恨呢，要是有人像我哥那么对我，我早嫁了。"

"你哥教的吧？"黄蓉挑挑眉，她听出来了，"背台词，没感情。这几句话从你嘴里说出来我信不了。"

郭郭看看她："算了算了，就是他教的，我就说骗不了你。他这人就这样，怂，你给他把孩子都怀了他还不踏实什么，我跟你说，他就是让你给吓怕了。"

她说着说着就要习惯性地盘腿儿，意识到怀孕赶紧又把腿放松，手护着肚子接着说："从你们俩上大学开始谈恋爱我就知道，那时候我哥不这样，自从他去了非洲回来，你背着他结了婚，他就落了个心病。嫂子你别解释，我这嘴快，我也没别的意思，背不背的反正你是没等他自己就结了。他胆子多小啊，从此就觉得女人是老虎，连我都防着。"

黄蓉的嘴说不过相声演员，几次想插嘴都插不进去，只能老老实实听着。

郭郭叹气："这次要不是我哥逼着，其实我也不好意思上门，咱俩认识也不是一年两年了，我心里真是把你当闺蜜看。以前的事，我先跟你道个歉啊。"

"你大人有大量，这事早过去了，我这心里还系着疙瘩呢。"黄蓉佯装叹了口气，她知道郭郭是为了这几年自己因为郭靖的事没少闹她，而道歉的。

"这不是负荆请罪来了嘛，我知道我哪儿错了，你结婚的时候我去闹，你丈夫出轨的事儿我到处去散，到处去说，我哥好不容易把你追到手，都要去娶你了，我不识时务吃药自杀，搅了你们的好事，让你穿着婚纱白等了一场。"

她说得很恳切："要不是我怀上了，我现在给你深鞠一躬。"

"行了行了行了，别假装了。"黄蓉摆摆手，满脸堆笑，"专门挑着大肚子的时候来，我就是想着也不好意思了。你说你把我当闺蜜，我有时候就在想，我要是有你这么个闺蜜，其实倒真挺好的，牙尖嘴利，一起逛街不吃亏，受了欺负还能替我出头。可你偏偏是郭靖的亲妹妹，我要真成了嫂子，你这小姑子得多不好对付呀。"

"现在换还来得及。"郭郭故意揶揄道。

黄蓉眉一皱："回头我就把你这话告诉郭靖。"

"要是怕他我也不这么说了。"郭郭哈哈一笑，而后一脸认真地望着她，

"真的，我说心里话，谈恋爱是一回事，真到了结婚生孩子的份上，你最好考虑清楚，他那么不靠谱儿的人，这也就是有血缘关系我没法儿挑，换了我是你，嫁不嫁他我也得慎重。别看我，真闺蜜才说这话呢，不领情你也别恨我呀。"

黄蓉一副咬牙切齿的模样："我怎么跟你就气不起来呢，我怎么就非要喜欢你这种没心没肺的傻丫头呢？"

"感慨万千的话留着和我哥唠吧。你说你一毕业就嫁了他多好，省得现在这么麻烦。你看我，瞅准了谁就这一锤子，谁都拦不住，决不让你们这种秋后算账的麻烦事儿发生。"

"所以你才是全中国第一块硬骨头呀，我是谁？我就一个受气包。我就是唐僧。外头两个金角大王和银角大王轮班看着，跑也跑不了，还得孙悟空派你来传话。看着吧，艰难险阻，九九八十一难，修成正果且早着呢。"

"那你跟我透个底儿，这事儿你打算怎么办？"

黄蓉故意深深地叹了口气："你说怎么办？除了你哥我还能找谁，也就是他了。"

正说着话，郭郭视线里的黄蓉忽然变得模糊了一下，她晃晃脑袋，揉了揉眼睛："怎么还眼花了？不是说怀孕只是会变傻吗？"

"眼花？"黄蓉有些疑惑。

郭郭定定神，再看看，在她眼前的黄蓉已经恢复了清晰："没事儿了，好多了。这几天老失眠，一宿一宿睡不着，熬的。"

"没事儿就行，怀孕可不要熬夜，要注意睡眠质量。"

郭郭唉声叹气道："什么时候我爸能同意了，我也就不失眠了。"

聊完正事，又闲聊了一阵子后，郭郭离开了黄家，前脚刚迈出去，黄蓉就扒在门边，故意冲着郭郭喊着："路上慢点儿，回头再聚会，你打我姐电话！"

待郭郭的身影完全消失在楼道间，黄蓉才转身回来。一转身，她就看见黄彩云戴着防烫手套端一碗温粥从厨房里出来，放到桌上。

"喝吧。"黄彩云看着她，言简意赅。

黄蓉看着眼前的这碗温粥，不禁有些疑惑："这什么意思？"

"供你一日三餐，给你生火熬粥，让你补充体力，还得看你有没有胃口。上辈子欠你的，你说什么意思？"

"我姐夫把您娶进门，这是我第一次见您下厨。不坐门诊不上班，请了假在家看着我、给我做饭，这是打算要退休了？跟我耗到底吗？"

黄彩云把防烫手套摘下来扔到桌上："我中学最后一年，爷爷死了，为了不影响我高考，妈连棺材都不让我见，这是家教。为了看着你一个人，我还不至于提前退休。粥是你姐夫起早熬好的，到了点让我给你热热。君子远庖厨，你以为我是郭靖的爸爸吗？"

听她这么一说，黄蓉坐下来，用小勺搅着粥："爱护胞妹是姐姐生来的责任，这是好事，用不着那么急着撇清自己，别觉得丢脸。你和我姐夫三班倒地看着我，我也同样很感动。等我尝尝，好喝的话您也喝点儿。"

说着说着，她忽然不动了，黄彩云看着她。

黄蓉只管看着面前的粥，头也不抬地叫住了黄彩云："黄主任。"

黄彩云表情微妙，等着她说下面的话。

"药物流产，指通过口服药物，终止早期妊娠，近年来广泛应用于临床，适用于终止49日以内的妊娠，通过药物使子宫蜕膜变性坏死、宫颈软化，同时子宫收缩，迫使胚胎排出体外。"

"背得不错。看得出来，大学时候下过苦功夫。"

黄蓉抬头看着黄彩云，继续说："适应人群：停经四十九天之内，确定为宫内妊娠，年龄在四十岁以下，自愿要求结束妊娠的健康妇女。"

说完，她把小勺从碗里拿出来，举到黄彩云面前，目光里有丝愠怒："自愿要求。这是自愿吗？"

只见小勺里几瓣裹着粥液的药片，赫然映入黄彩云眼帘。这是黄蓉在碗里的意外发现。

黄彩云面不改色地正视着这些被她掰碎成几瓣的小药片："非常时期，用非常手段。当年你在人流门诊实习的时候，没见过不懂事的孩子，让她们的父母带着来强行引产的病例吗？"

"药流有禁忌征，你不怕我有内分泌疾病，肝肾功能异常？"

"你每年的体检结果我都会仔细看，我比你更了解你自己。"

"你不怕我是可疑宫外孕？"

"异位妊娠的诊断和鉴别诊断，在你还不会写这几个字的时候我就开始研究，我相信自己有此把握。其次，我给你下的药量只是迫使你不得不终止妊娠，需要的时候，我不会忘记给你开各项诊断检查。"

黄蓉见黄彩云见招拆招，有些急了："副作用你考虑过吗？服药的过程中万一出现问题，怎么办？"

"黄副主任，我以妇产科负责人的身份、从医数十年的经验，请你放心。它的优势和危害，相信没有人比我更了解。于公于私，如果没有十足的把握，你觉得我会冒险吗？"

黄蓉深深地望着黄彩云："下作。"

黄彩云忍着怒火，一字一句道："在你亲姐姐身上用这个词，你觉得，合适吗？"

黄蓉不再说话，空气像是瞬间凝结了一样，客厅里安静得可怕，两人仿佛都能听见彼此咬牙切齿的声音。

正在这时，门外一阵钥匙声响，不消两秒钟，门开了，吴汉唐提着公文包走了进来，他一眼就看见了对峙中的姐妹俩，愣了愣，道："我是不是进来的，有点儿不是时候？"

没人回应，吴汉唐看了看放在桌子上的勺子和那些醒目的药瓣，瞬间全明白了。他看看黄彩云，又看了看黄蓉。

黄蓉被他的这个目光点燃了，她压着心里的火，起身回屋收拾起了行李，见状，吴汉唐赶忙过去劝阻。黄蓉丝毫不理会，自顾自地收拾着衣物，一收拾好，便拽着背包就往外冲，头也不回道："谁也别拦我，我这就走！我就去找他！我就这么不孝顺不懂事，什么我都不管了！"

黄彩云很平静地看着她一路杀了出去。

咣的一声，黄蓉摔门而去，吴汉唐在后头紧追慢赶。

"不用追。她能跑到哪儿去？最远认识两条街，迟早自己返回来。"黄彩云抽回目光，平静地说着。

"你这么逼她……"吴汉唐看着黄蓉离去的身影，有些担忧。

黄彩云揉了揉太阳穴，白了他一眼："反正孩子不能生。回头万一再长得像了郭靖，我还活不活了。"

第九章

黄蓉这一走，完全出乎了黄彩云的预料，一连半个月她竟连黄家的门边都没沾过。

虽然只是待在医院哪儿都没去，但这半个月，对于她，对于郭家来说，都像是经历了一场巨大的浩劫。

为何这么说？因为她刚回到医院的当天，郭郭就因抽搐被送进了抢救室，也因此郭郭假孕的事情败露，原来，她和韩浩月计划着以怀孕为由来胁迫郭立业同意二人的婚事，但不曾想孩子都搬出来了，老爷子仍旧无动于衷。

但，这不是主要的，重要的是，在一系列的排查后，郭郭不幸被诊断为恶性脑瘤。郭立业因此一下子苍老了许多，郭靖也难以接受，他和黄蓉忙前忙后，几乎找遍了相关科室的医生，而韩浩月则一直不离不弃地照顾在郭郭病床前。

然而，就在大夫准备给郭郭安排手术时间时，事情出现了转机，在郭靖的细心追查下，发现郭郭被误诊了！她不是得了恶性脑瘤，而是在和韩浩月爬野山时，感染了寄生虫！

就这样，郭郭劫后重生了，并且因祸得福。因为郭立业在这次的事件中对韩浩月大有改观，他亲眼见证了在生死关头，韩浩月对郭郭的不离不弃，哪怕韩浩月各方面都不如他意，但光凭这一点，他就已经土崩瓦解了。他表示，往后不再干预，算是认了韩浩月这个女婿。

而黄彩云，在跟黄蓉的冷战中，也算有了让步。用她对黄蓉的原话来说："我答应你把孩子生下来。再怎么说，她也有我们家的血缘。生下来，我给你养。孩子不管男女，跟着我们姓黄。时代也宽容了，没关系，我支持你做一个未婚妈妈。至于你和郭靖，早点分手吧。"

听到黄蓉复述的郭靖气急败坏了："太狠了啊你姐姐。宁可让你当单亲妈妈也不许咱俩结婚。孩子生下来你当妈妈，那我呢？我算什么？邻居啊？隔壁老王吗？"

"急也没用。小火炖汤慢慢熬吧。"黄蓉倒是气定神闲。

"不能熬啊，你看吧，从大学毕业到我去非洲，从我回来再到今天，多长时间，弹指一挥间呀，跟做梦似的。这种事情得抓紧啊。得想办法。"

"这事快不了了，孩子他爹，听我一句话，做好持久战的准备吧。"

"那得多久？"郭靖有些沮丧。

"医学院的知识你都白学了。这几天我姐更年期加生理期，内分泌还有点不调，空气又闷天又热，她的涵养再高也压不住心火。你非要一句句顶着问，你就不能缓缓等几天？"

郭靖眼前一亮。

"从下礼拜起就是降雨季，凉风一吹，早晚连空调都能停了，我姐夫给媳妇熬的消暑汤也正好到了一个疗程，等生理期一结束，这股无名心火再哗地一灭——珍惜你现在孕妇课堂的工作吧，你离回病房值夜班的时间，也可以开始倒计时了。"

郭靖这才想起自己的调岗时间也快到了，猛地一拍大腿，啧啧赞叹："什么叫贤内助呀，厉害厉害！"

黄蓉莞尔一笑："时间就像一块抹布，只要有耐心，它能抚平所有的东西。你说的。"

时间能不能抚平不知道，但郭家老爷子在郭郭和韩浩月的事落定之后，坐不住了，郭郭一出院，他便决定，为了儿子的幸福，主动登门向黄彩云道歉，为此，他今天特意打扮了一番，穿上了衬衫打起了领带。

赶到医院的时候，黄彩云恰巧在开会，郭立业闲着无聊，便在门诊大厅里溜达了起来。

门诊大厅一溜挂号窗口的上方，有一个巨大的液晶显示屏，上面密密麻麻写着各科专家的名字和挂号情况。位列第一排的是就妇科专家，特需号，黄彩云，那一栏里，显示着当前挂号数：已满，剩余挂号数：0。

郭立业从液晶显示屏下面走过，溜溜达达地走到了等候区，一个小伙子眼尖，主动起身给他让座："大爷您坐这儿。"

郭立业坐下，揉揉腰："别说还真有点酸了。谢谢你啊小伙子。你看病啊？"

小伙子点点头："我陪媳妇来的。等她呢。"

"媳妇，妇科产科啊？

"妇科。门诊。"

"那巧了。遇着麻烦找我来。我不看病，我来找我亲家，看见墙上那名字了吗，第一排，专家黄彩云，我儿子也是妇产科的，以后就接班人了。"

听者有意，人群里有一个穿戴讲究、衣着不菲的中年男人听见了郭立业的话，转过来，客气地说了一句："家有良医，真好。"

郭立业脸上有光，被中年男子这么一说，甭提多高兴了。

见郭立业笑容可掬，中年男子悄摸着坐到了郭立业旁边，希望他能帮着给挂个号，见郭立业有些犹豫，他簇着郭立业来到了等候区的一角，递给了郭立业八百元钱。

"这不太妥吧？"郭立业眉头一蹙。

中年男把八百块钱钞票塞进郭立业的手里："大哥帮帮忙，我们外地人，一天一宿的硬座进北京，吃也贵住也贵，不容易。一个号六百，多出来的就当我给您买两匣子点心了。"

郭立业看着手里的钱，想了想，说："哦，外地来的？勿以善小而不为，这个忙我得帮帮呀。"

***

妇产科例会开完，大家乌泱乌泱地往外走。

郭靖从人群中挤出来，紧紧地跟着黄彩云："主任，您看，我是不是就不用在人流门诊待着了？我的调岗时间到了。"

"到了吗？这么快？"

"说时迟那时快，这都好几十天了。"郭靖点头如捣蒜。俩人边走边说，郭靖一路跟进了主任办公室。

"例会上您也说，病房的人手太少，我就想着是不是回来替您分分忧。"

黄彩云一直低头翻着一些病历："孕妇课堂最近怎么样？"

"不能再好了。轮转过去的同事讲得都精彩，孕妇们听完了都不肯走，问这问那，再不用以前那么强迫着才来，下了课也没人走，都延时好几回了。"

"我在问你。你讲得怎么样？"

"我是那几次延时里头，时间最久的。大家太热情，我就建了一个孕妇学校微信群，自由加入，免费分享，俩小时就满额了。您要是觉得靠谱儿，回头我再多建几个。"

黄彩云听到这里才抬起头来："干得不错。"

郭靖期待地望着她。

黄彩云继续说："天将降大任于斯人也，必先劳其筋骨。既然孕妇们那么喜欢你，那就多待一阵子吧。东边日出西边雨，在哪儿发芽，你都算科里的一朵红花。"

郭靖愣了："主任我……"

黄彩云看看腕表："还有十分钟我就得进门诊了，给我留点时间看看积压的病历，可以吗，郭大夫？谢谢。"

这话再容不得半句反问了，郭靖只好悻悻地转身出去，小心地把门关上。

过了也就一会儿，敲门声响起。黄彩云下意识地以为是郭靖，隔着门说："孕妇学校也是学校，人流门诊也是门诊，攒经验对你有好处，不用再说了。"

这话摆了出去，敲门声却依旧还在继续，黄彩云不高兴了，她提高嗓门，喊了声："进来！"

门开了，进来的是郭立业，他满脸堆笑地看着黄彩云，唤了声："黄大姐。"

"你？"黄彩云有些没想到。

郭立业走到她面前，深深地鞠了一躬，异常诚恳："今天来没有虚话，您说什么，我答应什么。不想郭靖骚扰黄蓉，我看紧他。孩子生在谁家随哪个姓，全听您的。您愿意听我就多说几句，不爱听我这就出去。一切听您的。之前都是我的不对，正式向您道歉。对不起。"

听他这么说着，黄彩云一脸惊讶。

在她惊讶的目光中，郭立业已经落了座，但身子前倾，屁股的一半都搭在了椅子外面，他和黄彩云面对面，躬身而恳切："想过给您打电话，又怕您忙，看病出诊，手术查房，不知道什么时候才方便，没敢打。想过上门道歉，又怕您一见着我就生气，挨几句骂我没事，这么热的天要是把您气着，去，真的不如不去。也想过让郭靖传话，也想请黄蓉代我转达，都不妥，都不好。"

时间的冲刷，郭立业的诚恳，让黄彩云的火气渐渐平息。

郭立业继续说："之前来过两回，您都忙，一次在手术上，一次去了下乡义诊，也等来着，没等着。咱俩差不太大，什么岁数能干什么活儿，这点我清楚。您的身体比我再好，就这么累也吃不消。刚才我问过护士，您一天的门诊最多要看上百个病人，这么辛苦这么忙，还在我家院里的大太阳底下晒了两个钟头，我还是个人吗？"

"你也不用这么说。不至于。"黄彩云礼貌地开了口。

"我这人胆小，不敢见您，是怕把黄蓉和郭靖的事给搅黄了。我没什么文化，有啥说啥，俩孩子都是同学，虽然不够门当户对，算我们高攀一回，可我就是觉着他俩在一起高兴，脾气性格也互补，这就比什么都强。大妹子，我单身了半辈子，他妈没死的时候我们天天吵，说句不该说的话，她没了我反倒落个清净。我的意思是，茫茫人海，找个能搭对的人过日子不容易。当然这事又扯远了，道歉，还是说道歉的事。"

黄彩云看了看表，见快到上门诊的时间了，客客气气地说："郭先生，是这样，我得马上去门诊了，时间到了。你上次的做法我确实有意见，但事情都过去了，我也不计较了好吧。你先回去吧。"

郭立业赶紧站起来："那您这算是原谅我了？"

黄彩云顿了顿，然后说："以后啊，有什么你就直说，有问题要面对问题，我们去解决就好了对不对，不要逃避。"

"不逃避不逃避，听您的，以后咱们就有话直说。"郭立业顿了顿，犹豫了一下，还是说了，"我还有个事情想请您帮个忙。"

"你说。"

"我有个亲戚，老家来的，好几宿的火车，一直挂不上您的号……"

黄彩云很痛快，拿起笔，在一张白纸上写了"请加号"三个字，签好自己的名字，递给他："去加号吧。"

"刀子嘴豆腐心，我就知道您是个好人！"郭立业很感动，笑容满面地说着。道完谢，他出了办公室，目不斜视地一路前行。而先前那个穿戴讲究的中年男子不远不近地跟在他身后，随着他一起走进了卫生间。

郭立业从兜里掏出黄彩云给他加的号，递到中年男人手里。

"好人有好报，谢谢大哥。"中年男人小心地把号揣好。

郭立业千叮咛万嘱咐："记得说是我家亲戚啊，可别漏了！"

给完号，郭立业直奔人流门诊找郭靖，一到门诊，他就目瞪口呆地看着郭靖把一个年轻的九五后小姑娘送出门去。这个小姑娘不是别人，正是曾鲤曾经一夜情的那个，小姑娘陪朋友来看病，朋友去诊室了，她闲的无聊，来这里找郭靖聊了几句。

"见着我们主任了？"送完小姑娘，郭靖回来，问道。

"刚才那小姑娘，什么情况？"郭立业一本正经地瞅着他。

"你看你什么表情，想哪儿去了。复诊的病人。"

"一个病人你跟人家嬉皮笑脸的？我可告诉你，最好别什么想法，有想法你也别叫黄蓉看见，你忘了她怎么跟她前夫离婚的了？"

郭靖做了个噤声的手势："小点声吧，没事儿也让你说成有事儿了。您到底见没见着黄蓉她姐？"

郭立业白了他一眼："见不着我能下来吗，就算是遇到地震疏散，我也得先堵着她。顺利。比我想得还顺利。"

"她原谅您了？"郭靖有些惊讶。

"非要留我中午在这儿吃饭，看着吧，用不了一星期你就能上门提亲了。我说良辰吉日是不是得早点看看了？"郭立业这吹牛的毛病可是一点都不含糊。

"您越这么自信我怎么越含糊啊，效果有这么好，速度有这么快吗？"

"当我今天没来。"郭立业没好气地起身就走。

"别别别，我这不是被幸福砸晕了嘛。关键是早晨她还对我爱答不理呢。"

"你也说了是早晨，早晨，现在是什么时候？早晨我还没来呢。还有，既然这事已经定下了，我刚才说的话你可得记住，跟黄蓉处你就好好处，别勾三搭四，老郭家可不许你歪门邪道。"

郭靖有些好笑地频频点头："哎呀放心吧，我属藕的，出淤泥不染，濯清涟不妖。亲爹就别给当儿子的造谣了。"

正说着，郭靖的电话响了，打这通电话来的是老于。电话接了没几秒钟，郭靖的眉头就皱了起来，他转头看向郭立业，然后挂了电话。郭立业被他看的有些不明所以，满腹狐疑。

"爸，您是不是卖了黄主任的号？"郭靖一脸郑重地问。

"是啊。"郭立业显然还不知道发生了什么。

得到这样一个答案，郭靖只觉得脑袋嗡的一声就要炸了，他连忙往产科专家门诊赶去，郭立业意识到事情不妙，赶忙跟着儿子一起快步赶过去。

"您怎么能干这事呢？咱家差那几千块钱吗？你不救人也别在我背后开枪呀！"郭靖这下是真急了，他压着声音，"您知道您卖给的是谁吗？是号贩子！有病患说拿了三千块买的您的这个号，以为能看上病，谁知道要排到下午，正在门诊大闹呢！"

"我就拿了八百啊，怎么转手变三千了呢，骗人呢嘛这不是！"郭立业颇为愤怒。

"那就是一号贩子您还没明白吗？"

"他说他不是啊，他说自己有钱不爱排队，说外地人坐一宿火车不容易……"

"噔噔噔噔"，郭靖顾不上管他，顾不上坐电梯，直接自己往楼上跑去。儿子都跑远了，郭立业最后的话尾巴才说出来："还是硬座儿……"

郭靖前脚刚走，郭立业就愤怒地四下寻找那个号贩子，终于，让他在门诊大厅找到了，人群中，郭立业鹤立鸡群，他死死地抱着号贩子，像个相扑运动员一样。

围观的人群表情各异，旁边有人不怀好意地边拉边劝，不管号贩子怎么拼命挣扎，郭立业都死死地揪着不肯放手，直到保安带着两个警察分开人群进来。

郭立业揪得更紧了："就是他！号贩子，坐一宿火车来医院骗人贩号，你们快管管吧！"

而此时的产科专家门诊门关着，屋内的气氛凝重得令人窒息。

赶到的郭靖无比难堪，他急切地解释着："钱我已经退了，我知道我爸找过您，可我不知道这个事儿，老于打电话的时候我才明白是怎么回事，我刚才问过我爸了，这是个误会，主任。当然我知道这事儿其实也不是误会，怎么说呢……"

黄彩云看都不看他，脸色前所未有的难看。

郭靖继续说："您和我爸还不是很熟悉，时间长了您就知道，他其实没有恶意，他就是有时候太善良，容易让人利用……"

"啪"！黄彩云把笔摔了。

一直站在一边的老于赶紧把郭靖往外推："错了就错了，说什么说。出去出去，等主任消了气再进来！"

门一开一关，郭靖被老于推了出去，老于转身回来，对着黄彩云说："投诉撤回了，钱也给回去了，患者的情绪也平息差不多了，这事儿我来处理。您别生气，喜伤心怒伤肝，对自己不好。"

黄彩云一言不发，她在调整着情绪。

老于给她的杯子里添好水，放到她面前："这事好像跟郭靖确实没什么关系……"

"外面还有几个病人？"黄彩云开口打断了他。

"上午的号都看差不多了。一个临时有事改了下午，剩了一个去超声科拿检查报告，一会儿就回来。"

"我去个厕所。病人要是回来，让她稍等。"说完，黄彩云起身就要出门。

老于眼疾手快，过去把门打开："您去吧，我盯着。"

门诊大厅里，人山人海，尤其是医保报销结算处的窗口，每一个都排着长长的队伍。

从卫生间走出来的黄彩云，正准备回门诊，路过这里时，无意间听见了一个略显耳熟的声音在和另一个姑娘吵架。她定睛看去，一眼就看见了郭郭。很显然，她认出了郭郭，她转身走了过来，打算看看怎么回事。

原来，今天来结算住院费用的郭郭，见前面的一个年轻姑娘对外地老乡出言不逊，看不过去，和姑娘吵吵了起来。

年轻姑娘本身自己的声音就很高，对着郭郭嚷着："声儿别高，高了没素质。别跟我吵吵啊，我跟你们这些闲的没事在这儿抠这点钱的人没话说。"

这话说得有点过，辐射也太广，人群里顿时有些哗然。

郭郭也不含糊，上下打量着年轻姑娘说："您不抠您有钱，手表带都磨成那样了还戴着，拿个VL的假包在这儿干啥呢？视金钱为粪土您倒是别报销啊？"

"我这是给朋友来办的、你以为我看得上这么点钢镚儿啊！还得跟一帮农民在泥巴里混着。"

"那不管。你是不是城里人都得排队。我哥我嫂子都在这医院上班，产科的郭靖急诊的黄蓉，我一样要在这儿排队，这是规矩。家里没人教你我教你。你着急你去私立医院，你有钱你别报销啊。装什么有钱人呢？"

年轻姑娘气得脸都白了，不少人劝这个拉那个，俩人也被分开了。

郭郭一脸胜利者的满意，无意中往旁边一看，黄彩云正看着她，四目相对，郭郭一下子愣住了。

郭郭想躲已经来不及了，她赶紧过去打招呼："姐。"

黄彩云一言不发，别有深意地望着她。

"姐，我那什么，和不良风气做斗争，是吧，仗义执言，路见不平呢嘛。"郭郭结结巴巴地主动解释。

"郭靖，是你哥？你是他妹妹？"

郭郭木木地眨了眨眼睛，黄彩云意味深长地凝视着她，郭郭看着别处，不敢直视她，硬着头皮感受着她的目光。

黄彩云走后，郭郭赶忙给郭靖去了个电话。正在伏案抄写检查的郭靖听了不到几秒钟，一下子从桌子里抬起头来，再次傻眼了。

黄彩云怒不可遏地直奔急诊科值班室，一进值班室，她冲着黄蓉就发泄道："骗子！一窝的骗子！以后嫁了这家人，再生一窝小骗子！"

黄蓉见姐姐正在气头上，赶紧把门关上。

"为所欲为，他们家这是犯罪，诈骗罪啊！不能再沾这家人了，否则传帮带，基因论，带有遗传讯息的DNA片段叫基因，你和这家人一组合，老黄家奋斗了几代人的优秀基因，断了，完了，全灭了。"黄彩云火冒三丈地在地上走来走去。

黄蓉根本就插不上话。

"不能再这么下去了。必须得有所为！"黄彩云忧心忡忡，说着话，就开始脱白大褂。

"姐，你去哪儿？你要干吗？"

"救你。"黄彩云边说边往门口走去。

"你要去找他们吗？"黄蓉想拦不敢拦。

"找他们？这辈子我也不想再见到那家人！"黄彩云冷哼一声，她走到门口拉开门，而后像是忽然想到了什么，回头盯着黄蓉："还有你，串通郭靖的妹妹合伙骗我。从犯！"

"咣——"门被黄彩云摔上了，黄蓉被声响震得一哆嗦。

出了急诊科，黄彩云风一样地走进电梯，直接摁下了大楼顶层的数字，直奔院长办公室。得知院长还在开会，黄彩云索性坐在办公室的沙发上静等着，闭目养神。

院长办公室的环境不同于任何一个普通的办公室，大而静。

不一会儿，门外有脚步声传来，黄彩云回头一看，院长从门外走了进来："你坐你坐，不好意思啊，这个会有点久。血压最近怎么样？我怎么听说上次体检你没参加呀？"

全天下的院长都是这副样子，精力充沛，永远有说不完的话，也不管对方回不回答，只管自己一通问一通说，手也不停，麻利地沏茶倒水递过去："咱们这个年龄都得注意了，不能大意，上海二院的老许，那时候咱们那一届他最壮吧，一天打三场篮球，还要去隔壁农大游两千米，前天的消息，瘫了。"

黄彩云一直听着，没说话。等他的这段时间，黄彩云已经调整了自己的情绪，这会儿心绪已经稳定了下来。

院长觉得黄彩云的反应有些偏慢，他又重复了一次："老许，瘫了。"

"他们医院的脑梗死治疗是特色学科，不会耽误病情。至于预后，坏死的程度那么高，就得看他的造化了。"黄彩云显得很平静。

"哦，你都知道啦……"院长察言观色，"你找我，有事啊？"

"有个小事。想麻烦你签个字。"

"什么？"

黄彩云云淡风轻地说："辞职。"

＊＊＊

入夜，郭家客厅里的灯大亮着，餐桌上，一人一碗打卤面，气氛寂静而压抑。父女三人围坐在餐桌前，郭立业和郭郭在默默地埋头苦吃。

而郭靖则在接着电话："下乡支边，一走半年？这是每个科都有指标啊，还是全院就派我一个人去？我能问一下这是谁的意思吗？办公室？院领导？具体哪个领导，能说吗？"

他的语气一直很平静："哦哦，明白了。既然不是命令是建议，这样，辛苦帮我转达给甭管是哪个领导吧，不去。开除我也不去。不是不当雷锋，是雷锋自己岗位的事情还没干好，再见。"

电话挂了，他像个没事人一样，拿起桌上剥了一半的蒜，剥了几瓣，给父亲和妹妹碗里各自扔了一瓣，又给自己的面条浇上醋，拌好了，这才"呼噜呼噜"地大口开吃起来。

待他吃了几口，郭立业憋不住了："要攮你去哪儿？"

"不去哪儿。"

"那以后会怎么样？"

"不怎么样。"

"不怎么样是什么样？"

"人流门诊待到退休呗。"

郭郭看着郭立业，捣了捣他："我哥的信誉度现在已经成负数了。你就别烦他了。"

"那能赖我吗？大热天出门，上天入地我图什么，还不是为了他。是不是？"郭立业嘴硬。

郭靖有滋有味地吃了一口面条，说："吃饭。"

和郭家相比，黄家的晚饭就显得异常丰盛了，牛羊肉片，豆腐海鲜，各色蔬菜，满满一桌。吴汉唐有意要调节气氛，吃的是电火锅，汤锅架着，水"咕嘟咕嘟"滚着，电视开着，吴汉唐招呼着，热闹。

黄蓉吃得不亦乐乎，嗯嗯啊啊地应着吴汉唐夹来的菜："吃呀姐，你怎么不动筷子？"

黄彩云坐在一边面无表情，没有回答她的话。

黄蓉献殷勤地从火锅里挑了一根长长的粉条，给黄彩云碗里夹，这根粉条太长，黄蓉不得不站起来挑好，对准了碗，垂进去："吃呀。你爱吃粉儿，趁热。"

黄彩云伸手一挡，粉条"啪"地抽到了桌子上，热油和芝麻酱溅了黄蓉一手。

黄蓉见她这副做派，索性把筷子放下，说："不吃了。说吧。"

吴汉唐见状，赶忙递过来一张纸巾，她接过纸巾，擦了擦手，对着姐夫说："您别紧张，吃您的，姐夫。话说不出来，我姐这顿饭咽不下去。"

"我是这口气咽不下去。黄蓉，那家人怎么骗我我都不生气，但到现在你像什么都没发生过一样，自欺欺人，这才是我最伤心的。"

"咱们都是理科生，不是文科生，难免用词有些不当。自欺欺人这话我觉得不太准确，当然您接下来要是还打算说什么迷途知返悬崖勒马，那我也就不多说了。姐，你说你的也别不吃饭，给，木耳海带都熟了，还有土豆片，要是再不捞可就化了。"黄蓉一直平心静气地说着话。

"这件事你就打算一直回避下去？"相对黄蓉的好言好语，黄彩云就显得不那么平易近人了，她冷眼相对着。

"我连耳朵都洗了，这不是打不还手骂不还口地听着呢嘛，不回避，正面面对。您啊就是绷得太紧了，您放松点，不管什么事儿，咱慢慢说行不行？姐夫帮我递一下芝麻酱。"

吴汉唐应声将芝麻酱递了过来。

黄彩云看看黄蓉："你觉得自己没做错。所以你根本不把今天的话题当回事儿。"

黄蓉摆摆手："好了好了，都是我不对，惹您生气。刚才那粉条掉了不算，我再给您捞一根儿。啧啧，这芝麻酱都凝固了黄主任，您说您的，我都听着呢，那也得吃一口呀。您看我姐夫都憋不住要劝您啦……"

黄彩云终于忍不了了："黄蓉！"

"我怎么了？"

"你说你怎么了？"

"我不知道。我夹根粉条我做错了吗？"

"从小你就这样，转移话题，顾左右而言他，你以为自己很聪明吗？"

黄蓉放下了手中的筷子，转头望着她，气氛一下子降到了冰点。吴汉唐把火锅关了，盖子盖好，他像个炊事员，等着战争平息之后再起炉灶。

"我没资格给自己判断智商。在你眼里，我就是全门诊楼最愚蠢的笨蛋，别说我了，您那高贵的眼睛里瞧得起过谁？"

黄蓉的这句话彻底惹急了黄彩云，她的嗓门一下子变高了："你这是什么态度！"

"我应该是什么态度？我得怎么说才不是顾左右而言他，我该说什么才能让您满意、让您觉得我没有转移话题？我怎么了？我不想吵架我想好好把这顿饭吃完我错了吗？我姐夫费半天劲弄这么一桌子就是怕你不高兴、怕你发作怕你血压爬上去，我们俩处心积虑，句句小心，不接你的话好好哄你这怎么就不行了？"

黄彩云脸色发白地看着她。

"郭靖他爸干的事确实二，这怪得了他吗？这算什么，父债子还吗？假设您不高兴出去把别人房子点了，警察就该到家把我戴上手铐抓走吗？有这道理吗？冤有头债有主，您干吗总跟他过不去啊？我知道结婚不是两个人，而是两个家庭的事，那您觉得站在郭靖的角度上，您用辞职去逼院长把他调走，这就是君子的干的事吗？"

吴汉唐在默默地调着芝麻酱，不插话。

这时候黄蓉的手机响了，姐妹俩对峙的正在气头上，吴汉唐赶紧拿过来，一看，是个不认识的手机号，怕耽误事，他接了起来，听了几句之后对里面说："现在不方便，一会儿再打吧。"

正说着，黄彩云站了起来，吴汉唐赶紧把手机放下，过去安抚她坐下，不曾想自己忘了把电话挂了，手机就那么一直躺在桌上，听着黄蓉的话。

而这通电话是郭郭打的，她把电话递给郭靖，两人都听见里面黄蓉和姐姐对峙的激动声音。

郭靖瞪大了眼睛，听着里面的黄蓉继续说："妈没得早，从小到大我都得听你的，你说什么就是什么。我只要辩解一句就是造反，我敢违抗就是大逆不道，我要是敢撒个谎，这就是品德败坏了，我都大学了谈个恋爱接个吻还是不守妇道。什么都听你的你还是不满意，我都让你养成寄生虫了你当然不会满意，我自己都对自己不满意！你老跟我说别人家的妹妹怎么就都那么听话那么乖，你怎么不看看别人家的姐姐呢？"

黄彩云的脸色越来越难看。

"大学的时候您就不理解我为什么偏偏喜欢郭靖。他爸怕他学坏，除了饭钱多一毛都没了，为了给我买生日礼物，他自己不吃饭，省着，食堂师傅问他怎么吃这么少，他说他糖尿病。怎么这么小？他说遗传的。这话传出去他妹妹好几年找不着对象，差点和他绝交了。我知道他这么做很缺心眼，你也可以说他年轻幼稚不懂事，上学的时候难免傻缺，这么做不难，难的是郭靖到了现在对我还能这样。这都什么时代了，陌生交友约炮一夜情都遍地都是，不容易啊。依着你，我去找个事业有成的大人物，一年出差三百天，我连他躺在谁的床上都不知道。郭靖这么知根知底从小长大的你不要，叫我到哪去找一个比他还对我好的？"

"说完了吗？"黄彩云怒目切齿。

"我本来不想说这些。今天其实我连替郭靖向你道歉的草稿都打好了。一千多字声泪俱下，我可以张嘴就说，可现在我不想说了。我不想这么虚伪，累，不是不让吃饭吗，不吃了。我的态度就这样，说开也好，反正早晚得有这么一回，就当长了个囊肿，疼点没关系，早点发现早点割，还能早点好。我去值班了。别给我打电话，别找我。"说完，她起身直接往门外走去，走了两步，她又折回来，拿起自己放在桌上的手机，头也不回地走了。

目视着黄蓉啪的一下关门而出，吴汉唐忧心忡忡地看着黄彩云。火锅灭了，电视关了，黄蓉也走了，之前所有的声响都没有了。

郭靖挂了电话，和郭郭面面相觑。

而那边，黄彩云看了看吴汉唐，他不知道她要说什么，有些不安地等着。

许久，黄彩云才轻轻地说："上主食吧。"

吃完饭，黄彩云把自己关在卧室里，看着母亲的黑白照片。照片上的黄母是一个教授气质的利落女性，正在相框里微笑地看着自己的大女儿。

独自面对亡母的黄彩云卸下了平日的威严，她显得有些疲惫，轻轻地对着照片说："管不了啦。饭也不吃就走啦。您当年怎么管的我，我现在就怎么管的她。不听，不管用啦。您别光教我怎么看病，您这小囡女该怎么管，也教教我吧。"

说着，她有些哽咽了，原来，再坚硬的黄彩云也有柔软的时候。

急诊中心医生值班室的门开着。回到了这里的黄蓉，背对着门，像是已经迅速地从之前的情绪中挣脱出来，冷静而理智地伏案写着病历，笔尖唰唰，字写得既工整又流利。

写着写着，她突然不动了。顷刻间，她的肩头开始一抖一抖地颤动，她哭了。

而郭靖，不知道什么时候已经站在门口，深深地望着她。

"还好吗？"

这一声唤，似是摧垮了黄蓉的最后一根神经，她转过身，看见郭靖，想也没想，一下子就扑进了他怀里，泪流满面。

这样子的黄蓉让郭靖动容了。他紧紧抱着她，等她哭完，安抚好，他做了一个令她有些无法接受的决定，黄蓉想要阻止，但郭靖还是走了出去。

安静的医院走道里，她就那么眼睁睁地看着郭靖头也不回地走了。

第十章

早上的空气分外清新，湛蓝的天空中偶尔有鸟飞过，发出清脆的叫声，阳光穿过云层，透过树叶的罅隙，投射出斑驳的光影。

晨起上班的黄彩云和吴汉唐，从单元楼里走出来时，一抬眼就看见了等在路前的郭靖。黄彩云不回避不绕路，昂首挺胸，按着既定路线往前走去，一直走到了他面前。郭靖刚刚张嘴叫了一声"主任"，还没等后面的话说出来，黄彩云已经和他擦肩而过，走了。

和黄彩云一起走过去的吴汉唐走到他面前却停了下来，他定定地看着郭靖："有事？"

"有事。"郭靖点点头。

"有什么事？你但说无妨。"

郭靖看了看已经走远了的黄彩云，想了想，还是说了："黄蓉让我来替她向主任道个歉，昨晚是她不对，希望主任消消气。"

吴汉唐舒了口气，看了他一会儿，拍了拍他的肩膀："走吧，咱们上去说。"

"唉，好。"说完，郭靖跟着吴汉唐一起上了楼，回到了黄家。

进屋，落座，吴汉唐去厨房泡了壶茶，倒了一杯递给郭靖，有些意味深长地看着他："郭靖。"

"哎哎。"

已经起了个头，吴汉唐就大大方方地说下去："这么说吧，我了解黄蓉，比了解我父母都多。从和她姐姐结婚到现在，我们在一起生活的时间，确实超过了我和其他任何亲人在一起的总和。我的意思是，吵架这种事情很正常，尤其是女性和女性，我和她俩生活了这么久，早习惯了。你没必要来骗我。"

"吴主任，我……"

郭靖刚想解释，吴汉唐就打断了他的话，继续说："不用解释，我当然知道你是好意。怕黄蓉和她姐姐闹掰，她脾气又倔，不肯服软，事情因你而起，所以你来编个谎言，说她要你来代替道歉。但是很多事情不是光靠撒谎就能解决的，你明白我的意思吗？"

郭靖顿了顿，很诚恳地说："其实我知道不一定就能瞒住您。但我还是得来。我和您一样了解黄蓉，她性子轴，说句难听的，脾气比小区里的狗都臭，要不然也不会因为对方出轨就和陈锋离了婚。您说的话我全明白，我全懂，因为我，你们全家都快散了，姐姐不是姐姐，妹妹也快不是妹妹了。不好。我不想让事情闹成这副样子。"

话里有话，吴汉唐看着他，等着他继续说完。

"我想通了，不追了。再过五年，黄蓉要是还没结婚，我再来。"

这话完全出乎吴汉唐的预料，他眼睛里露出了些许诧异的神色。

"这段时间给您、给黄主任、给您家里造成的麻烦事，都赖我，对不住了。"郭靖说得特别恳切。

吴汉唐深深地望着他："上回见面，管我还叫姐夫，今天来，叫吴主任了。"

"没办法呀。我再厚着脸皮耗着黄蓉，姐妹俩就要断绝关系了。"郭靖的眼圈也有些红了。

客厅门口的楼道处，黄蓉不知道什么时候已经回来了，她站在门外静静地听着，郭靖和吴汉唐的对话，隐隐约约地，基本都入了她的耳。

话说到这个份上，吴汉唐也掏了心窝子："我没想到你会这样。真的。其实小郭，我本人对你并没有意见，这个态度我之前就跟你讲过。至于你的父亲……既然你做了这样的决定，我们也没有再谈论他的是是非非的必要了。但现在的情况是，黄蓉把劲儿别在这儿了，下不去。她现在没有台阶可以下，你懂吧？"

"我现在给她搬来了。台阶。"郭靖频频点头。

"那她也不下。九岁那年，她因为一句重话，四个月没有在饭桌上开过口，小半年都没有理过她姐姐你晓得吧？她这样的性格其实是有问题的，这一点你是知道的。"

"您的意思是？"郭靖往前探了半个头，直直地看着吴汉唐，探着口风。

吴汉唐与他对视："现在我们家的呢，像一个健康的大脑，你是个入侵者，我只是举个例子，你不要误会，好比你就是个肿瘤，生长速度很快，不停地加压，导致颅内压越来越高，昨天的吵架只是一次小小的爆发，再发展下去，无非两条路，死亡或开颅。所以你们分开一段时间，这是好事。有利于缓解僵局。"

郭靖偷看了眼吴汉唐，眼神狡黠，但这份狡黠仅仅只有一瞬间，一瞬间后，他飞快地恢复了感慨唏嘘的样子，接着听。

"我的意思是，郭靖，你能不能，用一个不要太激进的方法，让黄蓉认为是你真的和她分手，而不是我们、尤其是她姐姐逼的？"

"姐夫，您的意思是……"郭靖眨了眨眼。

"吴大夫。叫我老吴也行。"吴汉唐纠正道。

"吴大夫，我是说，从您心里头来讲，以前您不是还挺支持我们俩的吗？"

"你是个住院医，你肯定明白，每个患者的病情都不是一成不变的，时时刻刻有变化，你用的药好、准、早，它就好得快，你用药差、偏、迟，它没准儿就完蛋了。你和黄蓉现在的问题已经到了不动刀不行的地步了，晓得吧，我支持你现在的决定。我觉得你们分开一段时间比较好。"

郭靖摆摆手："不不，不是，我的意思本来是说……"

吴汉唐拍拍他："我知道你的意思。难受是肯定的，你养个猫养半截它跑了你也不舒服，何况是个人呢。时间就像一块抹布，对不对，抹布，它可以抚平任何伤痕，你说的。年轻人就该当机立断。"

说着话他站起来了："那今天就这样？"

"姐夫……"

吴汉唐直直地望着他，眼睛里别有深意。

郭靖有些慌了，他知道，自己刚才那番话的意图暴露了，他艰难地说："我还是得叫您姐夫。其实您早就看出来了。我这也是没办法的事儿，像您说的，我和黄主任之间，长了个肿瘤，得切，可是没地方下手动刀子，不切还不行……"

吴汉唐重新坐下来，洗茶泡茶，眼睛看着杯子："抛砖引玉，以退为进。接下来是什么？"

"声东击西，欲擒故纵。"郭靖索性和盘托出。没错，先前那番话，完全是他的计策，为了能和黄蓉在一起，他什么办法都要尝试，以退为进，也不失是一种手段。

"《孙子兵法》。太孙子了。这三十六计用的，比你写病历还娴熟。坐。坐下聊。其实坦白说，你确实够执着。不过这事你得想清楚，婚姻关系很重要，举个例子，你就像我，家庭地位这种事，窝囊一天，就窝囊一年，十年，几十年，窝囊一辈子，事事都得忍着让着。你最好想清楚这点。"

"我可以，我完全没问题，我喜欢这种地位，我就喜欢被虐。"

吴汉唐挑挑眉，停下了手里的动作，看着他："想清楚了，所以就无所不用其极，只要能把黄蓉带走，你什么办法都可以用。包括欺骗。"

被他这么一说，郭靖傻了："不是不是……"

"执着是一回事，欺骗是另一回事。相比这种小聪明，我反倒更欣赏你之前的行为。"他把郭靖面前的茶水倒了，重新倒了一杯，推到郭靖面前，"来，一直光说话了，也没尝尝我的碧螺春。喝了这杯茶，我就不送你了。"

郭靖更不敢接了，尴尬间，门开了，一直都在门口听着的黄蓉走了进来："这是我的主意。我们不该骗您，可是没办法，病急乱投医，只能下猛药。我给您道歉，我已经想好了，不想再改了，我妈的墓前，我去说。"

郭靖刚想说话，黄蓉一指他："闭嘴。你先下去等着。"

郭靖立马住嘴，灰溜溜地下了楼。

上午十时许，太阳开始毒了起来，蝉鸣声不断。郭靖已经在楼下等了一个多钟头，炙热的太阳烤得他汗如雨下，他去买了根冰棍，坐在路牙子上，有一口没一口地吃着，烈日下，继续耐心等着。

楼上，黄蓉已经把自己想说得对着吴汉唐全盘托出，说完，她将面前一杯已经凉了的茶一饮而尽："这就是我要说的。口干舌燥，多余的话我也不说了，知我者谓我心忧，不知者谓我什么，什么何求，反正就这意思，您要是理解，我谢谢您，以后孩子出生，我会告诉他，要不是当初你姨夫支持，我就不会嫁给你爸，也不会有了你。所以你别谢我，你谢你姨夫去。"

吴汉唐只管泡茶，不作声。

黄蓉继续说："我不是叛逆，我的青春期早过了，我知道我在干什么。郭靖是有缺点，他不完美，身上毛病多了去了。这些我都知道。可你们不能因为一颗蛋上沾了鸡屎，就去否定它的营养价值。有屎洗干净呗。"

吴汉唐默默地给她添上新茶，听着她说。

"我姐总想给我找个完美无缺的。那不是人，那是机器。那都是她想象出来的。我说句不是拍马屁的话，除了她自己找的，全世界哪还有第二个挑不出毛病来的好丈夫？可能吗？"

吴汉唐"扑哧"一声笑了："我其实想一直保持沉默，但实在听不下去了。你不要这么吹捧我，哪怕我觉得你说的都有道理。"

"你看看，我就知道您理解我。拜托了，您和我姐都是监护人，您投我一票，这就是过半数的支持啦。"

吴汉唐伸手挡在黄蓉面前："甜言蜜语你先等等。我们先不说别的，说点实际的。你想结婚，我就问你们怎么住？你姐总不可能答应你们去和郭立业住在一起。你明白我的意思吗？"

"当然。独立。必须独立。"黄蓉眼神坚定地望着他。

"所以说你们还是幼稚。婚姻不是光靠激情和想象力就能解决的事情。这么高的房价，独立更像是一句口号吧？"

黄蓉贼贼地一笑："房子肯定买不起了，租呗。"

"租？"吴汉唐有些懵了。

"一室一厅，精装修，拎包就能住，偶尔去个亲戚朋友也能留宿，离医院又近，省时间还不堵车，就算起晚了跑着最多五分钟也到了。"

吴汉唐泡茶的动作停住了："听这意思，你们已经把房子看好了？"

黄蓉莞尔："天气这么热，就怕您跑前跑后，劳心费力，我们全都办好了。"

"已经租了？"吴汉唐不可思议地看看她。

黄蓉点点头："您千万别表扬，头一回自己做主办事，我怕我会骄傲的。"

吴汉唐急了："这不是先斩后奏吗？"

话虽这么说，但吴汉唐还是在黄蓉的糖衣炮弹下，跟着他们一起来到了他们的出租房里。

一进出租房，黄蓉就热情地给吴汉唐介绍着这间房子的房屋构造，吴汉唐四下打量着，一会儿看看空间格局，一会儿看看屋子里的天花板。

黄蓉继续孜孜不倦地介绍着："还有这边，姐夫，您看这客厅，虽说不大吧，俩人住足够了，您再看那窗户，这格局现在不多见了，通风啊，夏天您这进来凉不凉快？我们都没开空调，还有这边，厨房，厨具刀具都是新买的，楼底下就是菜市场，您要是有时间有兴致下个厨，咱们以后中午都能来这儿吃饭，是不是郭靖？"

郭靖一直在旁边提着吴汉唐的保温杯，拍着胸脯道："往后一百年的锅碗瓢盆都归我刷了。"

吴汉唐背着手，视察一般，跟着郭靖和黄蓉，参观着俩人新租的房子，一室一厅的小房子，很快就转完了。吴汉唐在客厅里停住脚，左右看看，准备开口。

郭靖和黄蓉见他要说话，相互对视了一眼，二人都有些微微的紧张。

"房子倒是还凑合。问题是，这是你们什么时候租的？"吴汉唐终于开口了。

"昨天。"没想到吴汉唐开口的第一句话竟然是这个，黄蓉连忙回道。

"连夜？"吴汉唐惊讶。

郭靖揉揉眼角，点了点头："一宿没睡，跑了十二家中介公司，加了一个月中介费，赶巧遇着房东就住旁边小区，也是个夜猫子，十二点之前就办完了手续，后半夜上网添置东西找打折款，手机下单一早就到，去您家之前，这儿就都归置好了。"

吴汉唐看看郭靖，又看看黄蓉，顿了顿才说："背水一战呀。"

郭靖不好意思地笑笑。

参观完毕，郭靖忙前忙后地张罗着，买菜、洗菜，整起了火锅，在出租屋里第一次开了火，恭请他们的贵客吴汉唐在这温馨小窝里就了第一餐。

电火锅"咕嘟咕嘟"地冒着泡，黄蓉给吴汉唐添酒："昨天自律性不够，没忍住又跟我姐吵了架，闹得您也没吃好，今天补上。锅碗瓢盆都是新的，国宾待遇。"

吴汉唐喝得有些高，虽然神志清醒，但显然已经微醺了，他看看杯中酒："这什么酒？这么快就上头了。"

阳光下，杯子里的鸡尾酒因光线映照，呈现着五彩斑斓的魔幻色泽。这是郭靖勾兑的混合酒，他曾用这种酒试图在小酒馆喝倒黄蓉，不过被她识破了。

郭靖系着围裙，端着一大盘蔬菜，从厨房里走出来，接着吴汉唐的话："我兑的。您尝尝对不对味儿，要是爱喝往后我全包了。"

黄蓉点点头，继续给吴汉唐灌着迷魂汤："以后我姐再欺负您，您就来这儿。喝酒看球打牌，郭靖三陪。"

"富贵利诱，威武相逼，连特务策反的手段都用上了。这也就是我，换别的任何一个人过来，早让你们给糊弄住了。"吴汉唐又喝了口酒，"放心两位，饭我吃，酒我喝，话我可不松口。黄大夫郭大夫，别指望从我这儿说出来同意你们同居结婚，你们再举着我这鸡毛当令箭，找你姐姐说事儿去。"

黄蓉笑得如沐春风："看看，自己就心虚了。谁让您松口了？老同志就是想得太多，吃饭就是吃饭，没那么多弯弯绕，我这儿也没有录音笔窃听器，放心吧，黄主任回头清算起来，我自己一个人顶着。"

"今天什么都不说，没主题，只说吃喝。姐夫我敬您一杯，没理由，就是敬。我先干了。"说完，郭靖举起酒杯，作势就要干了。

吴汉唐醉眼惺忪地斜睨着他："你们越这样我越怀疑。别人我不了解，全医院的鬼主意加起来，也顶不住郭靖这颗小王八蛋。这话可不是我说的，这是你们老主任说的。我听老人家的。我信你们？我傻呀我。"

"不傻不傻，小王八蛋陪您喝一杯。"郭靖举着酒杯目光真挚地望着吴汉唐。

"喝酒行，别的，不行。"说着话吴汉唐端起了酒杯，杯口却对不准嘴了，他晃晃脑袋，努力调整着平衡，"这什么破酒这是？这么晕。"

郭靖和黄蓉狡黠地对视一眼，不消三秒钟，吴汉唐咚的一声，醉倒在了桌子上。而此时的黄彩云，毫不知情，正在给一名肝病产妇做着剖腹产手术。

***

区民政局大门口附近的一座过街天桥上，灌醉了吴汉唐的郭靖和黄蓉，此刻满脸洋溢着幸福笑容地出现在了这里。他们拿着各自的结婚证，怎么看也看不够。

黄蓉哈着气，小心地吹着上面红色的"婚姻登记专用章"，怕上面的新印泥沾到页面上，郭靖则捧着结婚证，靠在黄蓉身上自拍。

"给我姐夫发个微信，叫他也高兴高兴。"黄蓉一边配合着，一边说。

郭靖狡猾一笑："发过了，估计还睡着呢，醒了就看见了。"说完，他按下拍照键，"咔嚓"一声，照片定格，两张笑脸分外幸福灿烂。

醒来的吴汉唐在看到照片的那一刹那彻底蒙圈了，他一脸悲愤地回到了家。他算是明白了，原来这两个小兔崽子是故意灌醉他，趁他醉得不省人事时，偷了户口本去婚姻登记处领了证！但事已至此，他再懊悔也没用了，只能想尽一切办法琢磨着接下来要怎么应对自己的老婆了。

正在这时，"叮咚"一声，门铃响了，吴汉唐赶紧振作了一下，匆匆往客厅走去："来了！"他知道，这是黄彩云黑着脸回来了。

已经知晓了一切的黄彩云血压飙升，她坐在沙发上，像颗定时炸弹一样，一言不发地看着吴汉唐手机上郭靖和黄蓉发来的结婚证照片，仿佛只要轻微的一句话就能瞬间点爆。

而郭靖和黄蓉已经辗转到了楼下，但并不敢上来。

吴汉唐看了看一直沉默不语的黄彩云，小心翼翼地把手机拿走，赔着小心地说："他俩怕你把自己气着，没敢上来，躲着你，在楼底下等着，叫我先告诉你，等你的血压平稳了，他们再上来。"

黄彩云依旧一声不吭，她站起身，慢慢往卧室里走去。

"彩云？"吴汉唐很是担心地看着她，黄彩云头也不回地摆了摆手，直接进屋。

而楼下的郭靖和黄蓉虽说是在等黄彩云血压平稳，但两人站在单元门门口却也没闲着，不停地和过往的邻居们打着招呼，散着喜糖。二人都穿着白衬衫，郭靖还打着一条红领带，正是在民政局领证时的标准衣着，喜气洋洋，像一对在婚礼现场迎来送往的新人。

之前曾围观过郭靖驻扎帐篷的一个邻居提着菜路过，剥了颗他们的喜糖，对黄蓉说："上午还看见你男朋友在楼底下等着呢，吃顿午饭，就变丈夫了。"

"结个婚嘛又不是做手术，简单，领个证盖个戳，一分钟的事。我这二婚了，更有经验。"黄蓉拎着一袋喜糖，嘻嘻笑道。

"我是头婚。"郭靖伸过头，嘴一咧，补充。

邻居看看他，愕然。

黄蓉笑眯眯地接话："几婚不是婚，一样。对了二姐，以后我就不常回来啦，咱没事得常联系啊！"

棋高一筹，已婚消息这么一散，街坊四邻喜糖这么一吃，算是把后路直接堵死了。这招，太狠！

夏日的夜晚来得总比其他季节晚一些。晚饭后，天才蒙蒙暗了下来，小区内的路灯"唰"地齐刷刷地亮了起来。

楼下，早已不见了郭靖和黄蓉的影子。

吃过晚饭后的黄彩云坐在沙发一边，闭着眼，身后的吴汉唐给她做着头部按摩。经过一下午，她的情绪已经平静，像安排属下医生去值班查房一样地吩咐着吴汉唐："她们的婚礼怎么安排？有没有定？"

"这个没说，还不清楚。要不我去问问？"吴汉唐一边问一边说。

"不用。不管她们这个仪式怎么搞，我不参加。你也别参加。如果有人问，不回应、不解释、不深聊。"

吴汉唐嗯嗯嗯地应着。

"要是上门来请，不管是郭靖还是黄蓉，不让座、不答应、不开门。"

"明白。"

黄彩云继续吩咐："明天照常上班，该出诊出诊，该下乡下乡，开早会的时候告诉你们科的同事，不传谣、不信谣、不听谣。"

吴汉唐放轻了手里的动作："他们领了证，法律上，好像就不是谣言了。我是说，真的不管了？"

"我就当捡了条小狗，养了这么多年，别人给块骨头就骗走了。狗丢了，你以后还养吗？我是不养了。"

吴汉唐还想说什么，黄彩云又跟了一句："手稍微重点儿，对，这里。降压药晚上多备一颗。吴大夫你夜里也帮听着点，要是呼吸和心跳有问题，就起来给我倒杯水。受累。"

吴汉唐暗自叹了口气，一脸感慨。

相比气氛阴郁的黄家，郭家可谓是一片喜气洋洋，得知了消息的郭立业喜上眉梢，乐得嘴巴都快咧到耳后跟了。这会儿，吃过晚饭的工夫，他就已经拿出了家里所有存放着的电话号码本，整个茶几被他铺得满满当当，他对着上面的名字，一个一个通知了亲朋好友郭靖和黄蓉的喜讯，不仅如此，他连郭靖陈旧的同学录都翻了出来，一个一个电话告知同学二人已领证的消息。

郭郭抱着半颗西瓜从厨房里走出来，看到这个景象，顿时傻了。郭立业一边继续拨号，一边说："这么大的事，必须昭告天下。先把消息散出去，就是老黄家后悔她也来不及。"

而两位当事人，这会儿已在一家夜间自助餐的酒店吃到肚子快要爆炸了，俩人面前桌上的一堆空盘子冲天而起，摞得老高。

郭靖扶着墙，慢慢地往起站，一下，两下，三下，还是不行，他放弃了，黄蓉坐在一边，捧着肚子看着他。

郭靖慢慢坐下，又给裤带松了个扣儿："暴饮暴食，我不会得急性胰腺炎吧？"

"谁知道拿多了吃不了真罚款呀。"

半小时后，二人揉着圆鼓鼓的肚子推开了酒店的门，头也不回地离开，回到了自己温馨的小一居。

良辰美景，洞房花烛。

整个出租房里都弥散着情欲的味道，卫生间里，郭靖全身上下只穿着一件印着米老鼠卡通图案的性感裤头，气喘吁吁地在做着俯卧撑，检查着自己胳膊和胸部的肌肉。他涨红了脸，额头青筋暴起，终于，他撑不住了，轰然倒地。

歇息了几秒之后，他冲了个凉，擦干了身子，随后"噗噗"地把一瓶香水喷在空中，脑袋一扬，身子一扭，将香水洒满了全身，香喷喷地走出卫生间，打开卧室的门，心急火燎地爬上了床。

穿着睡衣的黄蓉见他朝自己爬了过来，故意翘起了脚尖儿，顶住了郭靖的额头，不让他继续前进："好好说。你要骗我一个字，今天晚上就让你睡沙发。说，大学的时候为了和我上床，你们宿舍的出过多少鬼主意？"

"晓之以理动之以情，把高中的日记本用涂改液换几个名字，女主角统统安到你身上，见面抱着你就哭，哭到缺氧窒息，哭到撕心裂肺，哭到喉咙沙哑，还要拼命挣扎，不信感动不了你。"郭靖的鼻子尖上都冒着汗，语速又急促又快。

"接着说。"

"还不行就再整个大的。我们宿舍的老田，当初让我去订做一个横幅，上面写七个字：'不爱我我就去死'，直接挂到你住的宿舍楼门口。老田说给他五十块，他替我扛横幅。再把他的水果刀带上，要是你不从，我就当场伸手，割出点血来让你看，不割动脉，往小静脉上划，死不了人。"

"你怎么说？"黄蓉直勾勾地盯着他。

郭靖喘着粗气："我说我给你一百块钱，能不能划你的胳膊？"

黄蓉笑得花枝乱颤："一帮流氓。还有什么损招儿，快说快说。"

郭靖又往前了一步："他们说了，要是所有的招儿都没戏，就让我放乙醚，把你熏倒之后直接拿下，虽然像是体检女尸，好歹也算梦想成真了。"

"你们怎么那么不要脸呀？什么叫女尸？乙醚呢，快拿出来。"黄蓉一把推住他的肩膀。

"当初我发过誓，要是有这么一天，我决不用乙醚。"郭靖深情地望着她。

黄蓉看着他的眼神突然变冷了，郭靖愣了一下，没等他反应过来，黄蓉一下子揪住了他的头发，一把薅到了自己的面前，鼻子对鼻子："说！你是不是跟麻醉系的女生谈过恋爱，怎么就知道用乙醚？"

这么近的距离，郭靖有些把持不住了，他往前一凑想亲她，黄蓉机敏地一躲，他扑了个空。

黄蓉含情脉脉地用眼睛勾着他，嗲着："早想啦？早说呀。"

一滴汗从郭靖的鼻尖滴落，他顿时什么都不管不顾了，猛地扑到了黄蓉的身上，突然门口咣的一声，有人捶响了门。

黄蓉和郭靖愣住了，面面相觑。

郭靖定格在半空中，他小声地问着："谁呀？"

"我怎么知道是谁？"黄蓉压着声音。

"咣咣咣"，捶门声更急了。

"谁呀！"郭靖大声问了一句。

"咣咣咣咣咣。"捶门声继续。

"不会是……"郭靖有些担忧地看了看黄蓉，黄蓉心下一紧，难道是她姐？

郭靖光着脚一路从卧室来到客厅门口，打开猫眼往外一看，顿时愣住了。

"是不是我姐？"黄蓉小声问道。

郭靖摇头。

"那是谁呀？"

郭靖还没来得及回答，郭立业的声音就在门外响了起来："干啥呢，快开门呀，郭靖！你看看都谁来了！"

五分钟后，郭靖和黄蓉都穿戴整齐，恢复了白天的模样，俩人并排坐在沙发对面的两个小板凳上，正襟危坐，神情都有些不自在。

而他们对面，是郭立业和七八个男女老少。一堆的郭家亲戚或坐或站，聚光灯一样地看着他们。

"叫人啊。"郭立业坐在沙发的最中间，眉开眼笑地示意二人。

这些亲戚，有好几个郭靖只有小时候见过一两次，并不是太熟悉，他看了一圈，先捡着熟悉的二婶，咧着嘴叫了声："二婶。"

黄蓉也咧着嘴跟着叫："二婶。"

二婶会心一笑，递给俩人一个红包。既然从二婶开始了，那么按照顺序来，就轮到了二婶旁边的四叔。

"四叔。"郭靖咧着嘴继续。

"四叔。"黄蓉不容马虎地，笑着跟上。

四叔也笑眯眯地递给俩人红包。

四叔之后，郭靖看看下一位男子，有些犹豫了，他看看郭立业，试探性地问："这是……三姨夫吧？"

四叔旁边男子的脸马上掉了下去。

郭立业一拍大腿:"什么三姨夫,这你二老舅!"

"对不起,二老舅。"郭靖点头鞠躬,嘴巴尴尬地咧着。

"二老舅。"黄蓉也跟着点头鞠躬。

二老舅不太乐意地把一个红包递给黄蓉。

郭靖艰难地辨认着下一个亲戚,所有人都在等着他。黄蓉的脸都笑僵了。

红包发完,七大姑八大姨热情地拉着黄蓉絮絮叨叨地聊起了郭靖小时候的点点滴滴,等他们聊得差不多了,离开的时候,已经快夜里十一点了。

送完客,黄蓉疲惫不堪地趴在床上。郭靖砰的一声,扑倒在黄蓉身边:"可算走了,都走了。"

"走了怎么了?"黄蓉变得有些冷漠。

"你说怎么了?"郭靖腻腻乎乎地搂着她,想把她整个身子翻过来面对着自己,"哎,你别这么僵硬,你软点儿,放松,我这掰都掰不过来你。"

见黄蓉不动,他觉得有些不对劲,察言观色地看看黄蓉:"怎么了?"

黄蓉坐了起来。

郭靖也跟着坐了起来:"有事啊?"

"有个问题,想问问你。"黄蓉一脸严肃地盯着他,"我就一个问题。你到底哪天生日?你每年要过好几次生日,骗我去吃饭。到底哪次是真的?为了追我你能把名字都改了,身份证我也不信。刚才你四姨说你小时候早产,生出来又黑又丑,全屯子就数你身体最虚最差,你们全家所有人都觉得你活不到夏天。你之前不告诉我你就是夏天生日吗?"

"是吗?"郭靖有些尴尬地摸摸后脑勺。

"是个屁。说,你哪句话是真的?"

"过去的都过去了,那也都是为了编个幌子,能把你多约出来几回。今夜我对着天花板发誓,往后我绝不骗你。再骗你,叫我以后也戴个绿帽子。"郭靖说得特别诚恳。

"你几月生日?"黄蓉问。

"二月。"

"什么星座?"

"双鱼。"

"双鱼？"黄蓉瞪大了眼睛。

"怎么了？"

黄蓉摇摇头："不可能。不像。双鱼没你这么骚啊。"

"我？骚？我骚吗？"说着，郭靖扑向了她，黄蓉一个劲儿地躲着。"你躲什么，我这么骚你躲得了吗？还躲？还躲！"

"啊！！"他终于扑在了她的身上，黄蓉一声尖叫。

这下，再没人打扰他们的洞房花烛夜。

窗外，月光如银，皎洁而妩媚。

***

翌日清早，黄蓉慢慢地睁开眼，睡眼蒙眬地伸了个懒腰，她将胳膊往旁边一搭，却搭了个空，她转头往旁边一看，发现床上空空如也，郭靖已经不在床上了。

"哎？人呢？郭靖——"黄蓉慵懒地叫了一句。见没人回应，她迷迷糊糊地爬起来，穿着一件颇为性感的睡衣，光着脚一路来到卧室的门口，她拉开门，往客厅一看，顿时愣住了。

只见，客厅的沙发上，自己的亲姐姐正像太后一样端坐着，一言不发地看着她，而郭靖则像个小太监一样站在边上，静候。

黄蓉一个激灵，马上清醒了。

荤素凉热，满满一桌子的菜。郭靖一上午没闲着，也算是使出浑身解数，做出了这么一桌子的诚意之菜。

他戴着防烫手套，将餐桌上的一个盆盖揭开，香气顿时扑面而来。他和黄蓉一左一右，小心翼翼地看着坐在中间主位上的黄彩云拿着一把小勺，喝汤品尝。

喝了一口后，黄彩云放下小勺，摇摇头。郭靖和黄蓉有些紧张地相互对视了一眼。黄彩云又夹了几筷子还在冒着热气的几个菜，品了品，不满意地将筷子放下了。

黄蓉见状，赶紧道："姐，你先热热身，后边还炖着一只老母鸡呢，走地鸡，吃虫子长大的，那个味道比这些都好，也是郭靖的拿手菜。主要是今天您来得太早，他都没时间准备，是不是？"

郭靖马上接上话茬儿："是是，当您的面我不敢瞎说，不过今天确实只发挥了三成功力，好多调料也没凑齐，您先凑合凑合，下回哪天来您提前……"

黄彩云清了清嗓子，俩人都不说话了。

黄彩云不看郭靖，也不看黄蓉，对着空气说："炒菜做饭，营养是第二步，味道首先得过关。好吃，谁来吃都爱吃。不好吃，自己做的也不爱吃。你说对吗？"

郭靖有些不明白，也不敢乱问，应着："对对，您说的都对。"

"三个凉菜，一个盐多了，一个醋多了，剩下一个鸡精味太大太浓，我没法给你打及格分。六个热菜里头，有一半都过了火候，你自己看看，那个鸡翅，飞行肌和后翅之间那个部分，是不是糊掉了？还有其余这三个菜，都是细节上的问题，摆盘这种仪式感的东西我从来不讲究，我们只说味道，西红柿炒鸡蛋里为什么要放糖？这道菜放不放糖，和吃粽子吃的是甜的还是咸的一样关系重大，至于汤……对了，主食你做了吗？"

郭靖和黄蓉脑袋一懵，糟了，忘了！

"馒头，我姐爱吃馒头！"黄蓉连忙提醒。

"两分钟，微波炉一热就成！"郭靖马上拔腿往厨房里走。

"微波炉对身体不好。"黄彩云头也不转道。

郭靖马上脱围裙："我下去买。"

"馒头分硬面软面，形状有刀切手圆，原料还有粗粮杂粮，高粱玉米，你爱吃哪个？"黄彩云似乎有意刁难。

黄蓉的脸色渐渐地有些不好看了。

郭靖毕恭毕敬地问道："您爱吃哪个？"

"我和黄蓉爱吃的一样。"

郭靖有些意外："啊？她不爱吃馒头啊……"

"她爱吃什么？"黄彩云继续问。

郭靖下意识地回答："烙饼。"

"鼓楼西边有一家，老板是山东人，每天早起五点开门，一天就卖一千个烙饼，你现在出门坐地铁过去，或许还能赶得上。"

黄彩云刚说完，郭靖便两步冲向了门口，鞋也没换，穿着拖鞋，手脚并用，几乎是抢着出了门。咣的一声，门被郭靖关上了，屋里只剩下了姐妹俩。

黄蓉拉着脸，只管自己用勺子在汤碗里搅和，没看黄彩云。

黄彩云严肃着一张脸，看着黄蓉，半晌后，说："新郎走了，新娘就不理人了？"

"什么时候动手？"黄蓉答非所问。

"我为什么要动手？"

"鲁提辖消遣镇关西，臊子不要臊子，馅儿不要馅儿，您和鲁智深的区别是刚才没动手，这都是因为郭靖这个镇关西步步忍让不顶嘴。别铺垫了。您打算什么时候发作？"

黄彩云也不理她，起身走到一边，翻起了自己的包。黄蓉见她这样，有些紧张，用余光偷偷瞄她。

黄彩云背对着她，在包里鼓捣了半天，拿出一样东西，放到沙发上。黄蓉看过去，才发现，竟是一大包小婴儿的新衣服。

她惊讶得下巴都快掉下来了。她走过去，拿起一件小衣服，举在半空中端详着。阳光下，小衣服柔柔软软，她的情绪也跟着软了，她两只手举着这件婴儿服，看够了才放下来："打个巴掌给个枣，您这什么意思呀？"

黄彩云走回到餐桌旁，慢条斯理地吃饭喝汤："我反对你嫁给郭靖，这是我的态度，我把态度摆出来，你不听，别后悔就是了。我管不了你一辈子，嫁都嫁了，孩子都有了，就算是妈妈还活着，我想她也认了。"

黄蓉一件件地举起小衣服看着，怎么看也看不够，她没想到黄彩云是这个意思，意外至极。

黄彩云喝了口汤，继续说："我的脾气不好，但也不是个泼妇。你以为镇关西很好当吗？大清早地跑过来在郭靖面前唱白脸演戏。他可以不知道我爱吃馒头，但是得知道你最爱的早点是烙饼。西红柿炒鸡蛋不能放糖，粽子剥开不能是咸的，不管炖什么汤都要多放一块胡萝卜，这都是你这么多年的生活习惯。我和你姐夫知道，你丈夫也得知道。"

"姐……"黄蓉是个聪明人，她马上明白了姐姐的这番心意，心里有些感动。

"味精和鸡精对身体不好，别说你是个孕妇了。郭靖虽然不靠谱，但是脑子灵，有记性，什么事我只要敲打一次，他都能记住。这满桌子的菜都是点给你的，荤素搭配，营养均衡，你姐夫弄了十几年，郭靖只要会做，差不了。"

黄蓉听得感慨万千，心里满满的，被温暖填满了。

黄彩云接着说："做饭刷锅洗衣服，你什么都不会，这都是我惯的。你和陈锋离婚以后，我也反省过，等你把孩子生下来，断了奶，自己也要学着做家务。当然这是以后的事情了，现在就当好你的准妈妈吧。别看郭靖学术上不拔尖，心倒是够细，住院部的每个病人都喜欢他，把你托付给这样一个人，我也放心。"

黄蓉把手里的小衣服放下来，一字一句地听着，眼里却已经开始有了点点泪光。

"以前你和陈锋结婚，他老值夜班老忙，你还是在咱家里住得多。在我们身边这么多年，一夜之间，你就搬出来住了。夜里我去厕所，走路绊到椅子，还怕把你吵醒了。早晨过去喊你起床，敲了门才想起来。你姐夫的心那么细，他都没有反应过来，早饭盛粥，勺子和碗还是三个人的。我知道早晚会有这么一天，没想到会这么快。你说咱们也没办个仪式，说走就走了，我们都有些不习惯。"

黄蓉抿着嘴，在竭力地控制着自己的情绪。

"这些话，来之前，我都不知道我会说出来。很多时候都是话赶话，好听的是这样，不好听的也一样。以前有些让你翻脸恨我的，其实我也不是那个意思，不知道怎么说出来就变了样子。看在我照顾了你这些年的份上，就别和我计较啦。"

"姐……"黄蓉一下子哽咽了。

黄彩云关切地注视着她："孕妇在怀孕期间，特别容易情绪波动。这很正常。偶尔流流眼泪也不怕。但是别的要注意，你们刚结婚容易激动，但是你怀孕了，要克制，别的事情也要克制，你懂我的意思吧？"

"我懂……"黄蓉哭得更厉害了,眼泪就这么啪嗒啪嗒地掉了下来。

黄彩云看着她也是有些感慨,起身走过去,摸着她的头发:"好了。不让你嫁人你非要嫁,如今真结了婚,就好好过,以前咱俩的那些书,都翻过去了。别哭了。太伤心对胎儿也不好。"

黄蓉是真感动了,抱着姐姐的胳膊,哭得一抽一抽:"我没伤心,我是对不住你。我不该骗你,姐,我没怀孕……"

轰的一下,黄彩云愣住了:"没怀孕?"

"没怀。假的。呜呜呜……"

黄彩云眉头一皱:"怎么可能是假的?检查结果会做假吗?卫生间里你的那根验孕棒,也是假的?"

"不假,它是别人的……"黄蓉流着泪摇头,然后,她把整个事件和黄彩云完完整整地讲述了一遍。原来,那根验孕棒,是郭靖在人流门诊坐诊时,想办法拿的别人要丢掉的,出此下策他们也是迫于无奈。

黄蓉说完,黄彩云不再说话了。

出租屋里一阵寂静,除了窗外知了的叫声,屋子里就只有电视机里发出的声音。

黄蓉不安地看着姐姐,黄彩云一时间竟然不知道该说些什么,欲言又止的她无意中看到了电视机里的一个画面,眼睛睁得更大了。黄蓉顺着她的视线看去,发现电视机里正在播放着一档关于当事人婚姻的新闻节目,屏幕上,赫然出现了结婚证的镜头。

黄彩云看看黄蓉,再看看电视,再看看黄蓉。

"怎么了?"黄蓉让她看得有些发毛。

"你的结婚证,拿出来看看。"

"结婚证怎么了?"黄蓉有些不明所以。

黄彩云站了起来,她指着电视:"你的和那个为什么不一样?"

黄蓉愣住了:"不一样吗?有吗?"

因为办假证,郭靖被黄彩云举报了。

警察将他带进派出所笔录室时,郭靖还是穿着那双还没来得及换的拖鞋,手里攥着一包烙饼。他头发凌乱,狼狈不堪,一脸委屈道:"假证。谁知道做个假结婚证都能让人看出来呀。那人说他平时都是做假文凭，入行以来就没做过和婚姻有关的，我还以为他谦虚呢……"

民警抬头看了他一眼。

"错了。我的错。我坦白我受罚。"郭靖不敢往下说了。

"结婚都来真的了。你办这么个东西干什么？买房吗？"一时间，民警有些感慨。

郭靖一脸尴尬地老老实实地全部交代了。原本，他是想着用假证先骗过去，之后都等到大伙都承认了，再拿着户口本偷偷补上，来一个偷龙转凤，那他和黄蓉就顺理成章地真成了。他们一不谋财二不害命，说到底还不就是为了两人的幸福爱情添砖加瓦，上个双保险……

做好笔录，郭靖提着一兜子烙饼从笔录登记室里走了出来，等在一边的黄蓉拎着盒饭，迎了上去。

郭靖看见她手里的盒饭，有些疑惑："你带着盒饭干什么？"

"给你送饭呀。"

"为什么要送饭？"

"《中华人民共和国治安管理处罚法》第五十二条，买卖或者使用伪造国家机关、人民团体、企事业单位的公文证件，情节较轻的，处五日以上十日以下拘留。咱这算情节较轻吧？"

郭靖有些感动："痛哭流涕，入木三分。民警同志看我悔过得特别诚恳，加上也没造成什么后果，不拘了，罚款一千，写一万字的自我检查。不过饭我还是吃点吧，一大早到现在我还一口没吃呢。"

黄蓉贴心地把盒饭打开，递给他："假怀孕假结婚，洞房第二天就进派出所，全医院的人估计都传遍了吧。"

郭靖拿着筷子，狼吞虎咽地扒拉了起来："全卫生系统都知道了我也不怕，我就怕你姐，她没有放把火再走吗？"

"我都不知道该怎么去见她了。"

郭靖一脸大义凛然："你别去。我去。大小就这一条命，她想弄死我就弄死算了。"

第十一章

　　"滴答，滴答……"产科主任办公室门口楼道墙上的钟表规律地走着。老于、大康、曾鲤，还有几个进修大夫，有的抱着病历片子，有的拿着检查报告，各有所需地在门外等候。老于凑近听了听，屋里寂静无声。

　　而门里面，郭靖正双手捧着两个档案袋，笔直地站在黄彩云面前，毕恭毕敬地将档案袋递给她。

　　黄彩云看了看他，面无表情地接过档案袋，然后"哗啦啦"地一股脑儿将其中一个档案袋里的东西全部倒在了办公桌上。

　　她陆续拿起这些文件看了看，这些文件里，有在职研究生报名表、中国医师进入RCOG专科医师教育培训计划（MTI）申请表（驳回）、子宫颈疾病规范化筛查与诊治学习班申请表（驳回）、海外医学进修申请书（驳回）、中国医师协会北京分会入会申请（驳回）、北京医学会妇产科学分会第四次继续教育沙龙资格申请（驳回）……

　　看完这些，她又拿起一个档案袋，再次将口子朝下一倒，工资卡、奖金卡、体检证明、租房合同"噼里啪啦"地全部掉了出来。

　　"啪——"，最后掉出来的是一本普及男性结扎术的医学知识小册子。

　　郭靖不卑不亢地看着黄彩云："工资卡和奖金卡我是问黄蓉借来的，从她答应我求婚那天起，我就全给了她。您右手边是我的体检证明，从耳鼻喉到普外，从泌尿系统到遗传病，我没有漏掉一项。将来我们生孩子，我的基因里不会给孩子添任何麻烦。现在不说孩子先说大人，以我的健康状况，短期内不会有大病，结了婚也不会拖累黄蓉。没人逼过，这些都是我自己想交代清楚的。"

他深深地望着黄彩云："您的择婿标准不看人品，看水平。比学历，我不如您带出来的师兄师姐，但是论勤奋，我不比他们任何一个人差。不管在人流门诊还是住院病房，我每天都是第一个来，最后一个离开，一年到头除了生病，我连除夕和过年都会出现，我能保证每个病人找我的时候，我随时都在医院。大学毕业我偏偏分到您的科里，跟在您的手下，我唯有更加努力拼命工作，您左手边都是我这两年来的各类学习机会申请书，被驳回不要紧，只要我有这份心，我会没完没了地接着来，虽然成绩不算最优秀，但我敢说我是产科最敬业的一个人。"

黄彩云没说话，但她听进去了。

"您总觉得我话多，没正形，可您看咱们医院那栋门诊大楼，从上到下几十个专家诊室，那些白头发的教授名医全都是碎嘴子。那些乌泱乌泱的病人，他们千里迢迢从外地坐车过来，排一天的队才能看上门诊，就想让我们多说几句话，我现在还觉得我说得不多。有些病人的症状难以启齿，我只能和她们开开玩笑，这样是最快拉近距离的方法。您要是嫌我话痨，以后在您面前，我尽量少说。"

听郭靖说了这些，黄彩云的眼睛里渐渐有了不一样的东西。

"我知道您喜欢陈锋要超过我。可他的学历再高，事业再好，也不能盖过他犯过错的事实。多大的名医也不能带别的女人回家呀，他工作干得再优秀，也不能三个人躺在一张床上。我不如陈锋的文凭高，但我比他对黄蓉好。我努力工作的同时，我会比任何人对你妹妹都要细心都要好，黄蓉对橡胶过敏，我知道总是口服避孕药对身体不好，只要我们有了孩子，我可以马上就去结扎。"

黄彩云虽然依旧面无表情，但她的内心已经有了些许触动，她瞥了一眼《男性结扎术》的小册子，她没想到郭靖可以为黄蓉做到这一步。

郭靖继续："为什么有人被鱼刺卡过喉咙，拔出来以后还要吃鱼？为什么有人被狗咬了被猫抓了，伤口好了照样喜欢宠物？那么多的孩子满口蛀牙，一样还戒不了吃巧克力，为什么，喜欢啊！我喜欢黄蓉，从见她第一面开始就喜欢，一直喜欢到我死那天。世事难料，您也不必相信我刚才说的每个字。那份租房合同我们签了一年，您也可以给我一年时间，就当是试用期，一年后的今天，不管是生活还是事业，只要我吹了一个字，打了自己的脸，我马上离开黄蓉，反正我们也没领证，离婚加辞职，我肯定不再惹您心烦。如果我干得好，您再认我这个妹夫，行不行？"

"说完了？"黄彩云深深地望着他。

"完了。"郭靖扬着下巴，毫不退缩。

"还有要说的吗？"

"没了。"

"那就这样吧。"

郭靖痛痛快快地答应了个"好"，不拖泥不带水，起身就准备走出去，但没走几步，他忽然想起了什么，又转回身，看着黄彩云，问："那什么，主任，您刚才说'那就这样吧'，意思是行，还是不行啊？"

黄彩云头也不抬地说："试用期一年。你说的。"

郭靖眼睛噌的一下亮了，嘴角就差没咧到耳后根了。

几秒后，郭靖昂首挺胸地走了出来，门口等着的几个进修大夫见他出来，纷纷敲门进屋签字，老于和曾鲤关心的是郭靖，马上迎过去："怎么样怎么样？"

"什么怎么样？去哪儿请你们喝酒庆祝一下吗？"郭靖很潇洒。

几个人对视一眼，不明所以。

郭靖接着说："人流门诊到此为止，明天正式回归病房，当然回来也待不了几天，马上就得休婚假，我跟黄蓉还没蜜月呢。看什么看？丈母姐当家就这么潇洒，嫉妒啊？"

说完，他在几个人一脸震惊的目光中，笑逐颜开地走了。

黄彩云这关，算是就这么正式通过了，结婚证也重新拿了个真的，对于郭靖来说，没有什么事情可以比这个更值得庆贺的了，就算是收红包，也比不上这件事儿来得高兴。不过话虽这么说，但红包还是要收的，谁还能嫌钱多啊。

这不，晚上下班一回到家，郭靖和黄蓉就把红包铺满了一床，一个拆，一个记。

"我一摸就知道这是老于的，全科他最抠。五百八十八。"郭靖拆了一个红包，念叨道。

黄蓉往小本上记："不少了。再说人家也不打算再婚了，给你多少都算实亏。"

郭靖又拆了一个："大康。你看大康一个进修的都八八八。我们科怎么不正之风到处蔓延呀，曾鲤也这么抠了，也这么薄？"

"脸皮别那么厚。咱又不搞仪式不摆酒，收这么多我已经不好意思了。"

郭靖摆摆手："结婚随份子这种事，就是刺刀见红，你今天不宰他，他们明天磨刀霍霍向猪羊，宰你的时候心可不软。你等着看曾鲤这样的，到时候发请柬，连退休的那帮老大夫们都不会放过。哎，这谁呀？"说着，他刚拿到手里的这个厚厚的红包上，"陈锋"两个字赫然醒目，映入了他的眼帘。

黄蓉瞥了一眼："不认字啊？"

"虚情假意。明天还他。情敌的红包咱不收。"说完，郭靖把这个红包扔到一边。

"装。接着装。"

"没装。这不是争口气嘛。他跳槽去了私立医院，据说现在超有钱。有钱到别的地方嘚瑟去，包这么厚这么多，什么意思，刺激我吗？"他一边说，一边顺手拿起了旁边的一个红包，"哎，这是谁的呀，比陈锋的还厚？"

黄蓉凑过去一看，上面写着肖锐。

郭靖用手背打了打红包："肖总。肖总挣的都是黑心钱，得要。都留下。以后等他结婚也不还回去，这就算是为民除害了。"

"无耻。"黄蓉鄙视。

数完全部红包，郭靖一脸满足："洞房花烛夜，回归病房时，斗完地主休婚假，带着女神去旅行，人生怎么这么圆满呢？我上辈子肯定是日行一善，积了多少德呀我？"

"你最积德的是能说服我姐。我本来以为你连产科的门都进不去了。"

"三打白骨精，唐僧那么冤枉孙猴子，多大的怨恨多大的仇，猪八戒一样能把大师兄请回来。事情好办不好办，关键得看谁去办。"郭靖一副得意扬扬的神情。

黄蓉倒是好奇了，她捣了捣他："说说，进去第一句话是怎么说的？大师兄就没把你踢出去？"

郭靖刚准备开口，想了想，还是故意卖了个关子："保密。"

*　*　*

笔直的高速路上，一辆辆轿车飞速驶过，郭靖驾驶着一辆特别小的迷你轿车，也混在了这些轿车之中。

车窗外的风景飞速地向两排掠过，玻璃车顶开着，微风吹着戴着墨镜的郭靖和黄蓉的头发。车内，动感的音乐声震耳欲聋，黄蓉惬意地半躺在副驾驶上，大声地问："门儿你三保险了吗？"

"里三层外三层，就差门口栓条狗啦，我办事你还不放心啊。你怎么结了个婚变这么操心啦？"郭靖扯着嗓子回答。

"头一次搬出来住，我怎么知道外头是不是到处都是你这样的坏人？楼底下派出所贴的告示你没看吗？最近好些小偷，都是技术开锁！"

"小偷？什么小偷？"音乐声太大，郭靖有些听不清楚。

黄蓉朝他喊："你把那玩意儿小点声！"

郭靖听话地拧低了音响的音量，车里马上安静了，他这才问道："你刚才说什么？"

"就算车是租的，也不能这么可着造。耳朵震聋了可是自己的。"黄蓉白了他一眼。

郭靖挑了挑眉，神采飞扬："气氛很重要。咱们现在在干什么？蜜月旅行啊。安安静静那是夕阳红旅行团。不这么折腾，对得起咱那两本真正的结婚证吗？"

不提还好，一提黄蓉就来气："结婚都是假的，骗子。跟着你我算是把脸全丢干净了。"

"现在不就成真的了吗，以前的经历你就当演习了。一定要对你丈夫有信心。你姐铁板一块，我不照样磕下来了吗？"

黄蓉更好奇："你到底跟我姐说什么了？"

郭靖嘴角一扯，自鸣得意，眉飞色舞地把那天早上和黄彩云说的话，一字不落地告诉了她。

"怎么样，词儿硬不硬？你姐纵然铁石心肠，照样听得她感天动地，一把拿下。"

黄蓉斜着眼瞟他："早有这些词儿早你干吗去了？以前怎么不说？"

"以前光想着甜言蜜语了，谁知道老人家只吃实话实说这一套呢……"正说着，郭靖看了看路，忽然大叫道，"哎哎，光顾着聊天差点走过了！快，帮我重启一下导航，这手机地图怎么半天不说话呀，林志玲呢！"

黄蓉赶紧重启导航，"林志玲"的声音再度响起，郭靖按照指示，猛地拐弯右转，轿车发出"吱"地刹车声，从旁边的一条匝道拐出了高速主路，开往了怀柔，一直开到了怀柔郊区的一个吃住游娱一体的农家乐度假村。

日光毒辣，度假村的一处桃园里，郭靖已经爬上了一个高高的梯子上摘着桃子。一群蜜蜂"嗡嗡嗡嗡嗡"地围着他的脸乱飞，他脖子上套着一个塑料袋，这会儿他正一边伸手摘桃，一边驱赶蜜蜂，忙活得汗如雨下。

"摘几个了？"黄蓉的声音从下方遥遥传来。

郭靖已经快爬到了树尖上，他往下一看，这个夸张的高度，让他一阵眼晕，他赶紧坐稳："十五个，够不够？"

"是不是晕了？你要低血糖赶紧吃一个，又不是孙悟空，非要爬那么高。"黄蓉关心地问道。

"太阳晒得最多的桃儿最甜，我这是为了谁呀，你看看。"

"差不多就下来吧，你是要在这儿待到天黑吗？还让我带着泳衣和泳镜，咱不是去普吉岛吗？"

郭靖一边摘桃，一边说："必须的。沙滩会有的，浪花会有的，大海也会有的……"

是的，浪花会有的。一摘完桃，郭靖就带着黄蓉来到了一处公共的露天温泉。

"哗啦啦……"波纹荡漾，一股小到不能再小的小水花翻了个跟头，打在了温泉的池子边上。整个池子里满满当当的都是人。

郭靖和黄蓉穿着泳衣，将泳镜别在头上，缩在池子的角落里泡着。黄蓉一直盯着对面，表情极度厌恶，像是看见什么道德败坏的事情。

而他们的对面，是一个膀大腰圆、满脸恶相、满胸口都是文身的留着板寸头的男子，他正蹺着腿，用一只手在脚上揉搓着。

黄蓉看不下去了，正要开口说话，郭靖眼尖，赶紧拦在她前头，客客气气地说了一句："兄弟，这里头不能搓脚。这么多人，很容易交叉传染脚气啊手足癣啊是不是？"

板寸男子理都不理他。黄蓉见他这副不理人的模样，再看看郭靖，郭靖轻声又唤了句："大哥，哥？"

板寸男子这才眉毛一横，看了看他，郭靖硬着头皮回望着。终于，板寸男子把脚放了下去，紧接着，他伸手一探，从池子边上摸了一盒烟，抽出一根，"啪"地点燃了。

"哗啦"——黄蓉一下子站了起来："这是公共场所，禁止抽烟。知道吗？"

板寸男子仿佛没听见，深深地吸了一口，然后将灰色的烟雾徐徐地吐了出来。

郭靖紧张地看着黄蓉，一秒后，黄蓉气急败坏地出水走了，他赶紧起身追了过去。黄蓉头也不回地一路径直走到客房，收拾起了自己的衣物，郭靖这下急了，他一个劲儿地在旁边劝着。

黄蓉理都没理他，继续打包，她每把一件东西装进包里，郭靖就再把这件东西飞快地拿出来。

"还让我带着泳衣和泳镜，咱不是去普吉岛吗？"黄蓉终于开口了。

"普吉岛肯定会去。我说话你还信不过吗，我说了去，咱就一定去，时间早晚的事情，你先停一停，先听我说，这回这件事确实是我们家不对，我代我爸向你道歉。"

"别道歉，千万别。我可不想落个刚进门就埋怨老公公。"

郭靖又从包里拿出一件东西："老公公也分靠谱不靠谱的。像老郭那样的必须大力批判。哪有把儿子的存款连招呼都不打，就取走了押在股市里的？关键我的钱我自己都不知道，要不是拿交租房的钱，我现在都蒙在鼓里……"

他越说越激动："他跟我说什么，就一天的工夫，买了就赚，买多少翻多少，那也不能自作主张就把我和我妹妹存在他那儿的钱全给取了呀！赶上个领证结婚我也不敢跟你说，我怕你们家知道了又觉着老郭家的人不能信任，搞得现在我带媳妇度个蜜月连六环都不敢出，这种事能忍吗？换你你能忍吗黄蓉？"

黄蓉停下了手里的动作，察言观色道："真生气啦？"

"别拦着我。我这就打电话。该说的话我一个字也不拉，全突突出去！你别拦我……"

黄蓉摊摊手："我没拦着啊，郭大夫你看，我的手就在这儿，根本就没动，快接着演。"

郭靖软了："当然老头也是好意是不是。不管他听到的绝密内幕消息是真是假，不也是想挣点给咱们未来买房子的首付吗。他自己押得更多，据说把棺材本也搭进去了。"

"那怎么办啊？"黄蓉当真是个善心的姑娘，一听这个，首先担心的还是公公。

"押着吧，万一以后真再涨起来呢，现在割肉不成残疾了吗，失血过多咱们还得挽袖子给输血呢。好了，别生气啦，来，包给我，咱不走，咱们买的可是通票，晚上还有篝火晚会呢。"

黄蓉把包一扔："要篝你自己去篝。几个月之前我刚刚来过，中华医学会第二十一次全国急诊医学学术年会，吃的住的玩的就是这一家，先采摘，后吃饭，泡完了温泉晚上围着篝火傻唱。和今天的一模一样，老板连午饭的热菜和主食都没更新过。"

郭靖眨眨眼，一副恍然大悟的模样："你怎么不早说呀？"

"你问我了吗，什么都不让问，问什么也不说，只告诉我是惊喜，大惊喜，就差找块纱布把我眼睛蒙上了，昨天晚上我还问你去哪儿，你告诉我去普吉岛，幸亏我没带救生圈啊，我连泰铢都找人去换了你知道吗？"

"所以你就急了。"郭靖臊眉耷眼。

"我急不是因为你不带我出国，郭靖，你看着我的眼睛，我一点都不因为这事生气，人人结婚都要去蜜月，说是月，其实最多也就是几天，出趟国不到一星期就花好几万，我宁可买来喂你嘴里全吃了。再说一次，我生气不是对这趟郊区之旅不满意，我生气是因为那个人搓脚，你也知道我有洁癖，我就烦这种没素质的。"

"就是。要不是我打不过他，早上去摁着他喝洗脚水了。"郭靖顺着她的话说。

"你——！"

郭靖一把握住她的手："我尿。我胆小。我认了。老混在你们急诊科，我见的轻重伤病人太多了，打个架不算什么，万一打起来没轻重，一拳一脚捶下去弄个脾破裂，不管我是打人的还是被打的，都麻烦。现在不尿不行了，以前我怕过谁？郭靖是什么人？侠之大者，潇洒的大侠们都是孤家寡人啊，谁来谁也不怕谁，现在不一样了，我结婚了，我是别人的丈夫了，我得为你负责，见着那些垃圾人，我得尿。"

黄蓉轻轻砸了他一拳："我早晚死在你这张嘴上。让你骗死。"

"别老死死死的，虽然你是学医的，咱还在蜜月里呢，说点吉利的。"

"打贼骂偷踢流氓，吉利话我多得是，就看要跟谁说了。"

郭靖轻柔地拍拍她的手："走，穿鞋，带你去个好好说话的地方。"

"去哪儿？"

"还愿。"

"当——"红螺寺里传来了悠扬而庄严的钟声。林木丰茂，古树参天，早在明万历年间，红螺寺就被誉为"怀柔八景"之一，并冠以"红螺呈秀"之称。

几炷香冒着袅袅青烟，郭靖跪在大殿外的蒲团上，嘴里嘀嘀咕咕着，念念有词。旁边的黄蓉已经拜完了，跪着等了他半天，他却还在双手合十，没完没了地嘀咕，她捅了捅郭靖，小声问："还没说完？"

郭靖只管自己闭着眼睛默诵，忽然睁开一只眼睛："和菩萨好久没见了，有话要说。别急。"

十分钟后，郭靖和黄蓉一前一后走了出来。

黄蓉好奇地追问："足足嘀咕了十分钟，你和菩萨聊什么来着？我的腿都跪麻了你还没说完。"

"都说这儿是最灵的，为了求一个和你的好姻缘，以前我老来，总许愿，来一次许一次，说多了连自己具体许了什么愿都忘了。心诚则灵，我真把你娶回了家，今天诚心诚意给菩萨解释道歉，表表我诚恳还愿的心意。"

郭靖说得严肃认真，黄蓉看看他，眼珠子转了转，说："佛祖面前不能撒谎。是不是？"

"那当然。"

"好。我问你。你上山不照着一个愿望许，怎么老变来变去的？许的愿每次都不一样？怎么回事？"

郭靖眨眨眼睛，下意识地回头看了看大殿里的佛祖。

黄蓉凑近他："佛门净地，你要是敢胡说……"

郭靖郑重地说："因为每次许的具体细节都不一样。有时候想把你顺利地约出来，有时候祈祷能叫你原谅我，进展不同，求签也不同，有时候我烧了香下了山，觉得灵，自己还会临时调整一些东西，调了就和之前求的有区别，我得和菩萨说清楚。"

"调整？"黄蓉追问道，"你偷偷调什么了？说具体点。"

"排班啊，送饭啊，我爸别催你姐别拦，陈锋啊你离婚啊什么的，你怎么问这么仔细？这些都是不能泄露的天机，露了就不灵了。"

"怎么这么多我没听过的。"她挑挑眉，睨着他，"这里头怎么还有陈锋呢？"

"我不得盼着他先跟你分了我才有资格追你吗？心想事成了，你看看。"

"没了？"她拍了一下他的胳膊，"接着说呀，我就爱听你这些阴谋诡计，我看看你背着我和菩萨都干什么见不得人的事了。说呀！"

郭靖皱着眉头："你这女施主怎么这么八卦？"

二人一边嬉笑着一边回到车上，驱车回去。车窗外，山景向两旁掠去。副驾驶上的黄蓉双手合十，闭着眼睛，嘟嘟囔囔。

"嘀咕什么呢？"郭靖一边开车一边看她。

"和你一样。许了个愿。"

"我能听听吗？"

"你是佛祖吗？跟你说了有用吗？"

"不说我也知道。"

黄蓉一脸不相信："那你说。"

"我说，你看对不对啊。无非三件事。第一，晚上的篝火晚会有点新意，这趟别白来。第二个，减肥顺利，体重向你们科新来的小实习生们看齐。最后一个，调级涨工资，早点挣钱买房子，早点搬进咱自己的小窝里。"

"庸俗。"黄蓉冷哼一声,"郭靖你好歹以前也是个艺术青年,现在怎么这么庸俗?我的愿望就全是这些东西啊,柴米油盐酱醋茶,我能有点追求吗?"

郭靖嘿嘿一笑:"咱们现在都是已婚人士了,黄副主任,俗点没什么不好。过日子就是这些东西,得习惯。你要不要现在发个朋友圈,P个图,就说你出国蜜月,到了南极,没想到这儿也有农家乐。"

"笨蛋,那是北极。南极冻得你鼻子都得掉了。"

郭靖点头附和:"以后攒点钱,南极北极咱都去。哎,你刚才许的到底是什么愿啊?"

"你这男施主怎么也这么八卦?"

郭靖伸出右手,握住了她的左手,十指相扣:"肯定许的是我。上辈子不容易,这辈子才等到你。好好过日子,咱俩都好好的,要不然到了下辈子,就算面对面再见着,谁都不认识谁了。我没法理你,你也不会多看我一眼。往后就这么几十年,为了你,我什么都愿意,为了我,你也要好好的。"

黄蓉的手微微用力,也握紧了他的手。

前方红灯,车速渐渐慢下来。两个人互相看了看对方,心照不宣,各有灵犀,两人同时往前凑去,飞快地吻了一下。

此时此刻,二人都沉浸在新婚的蜜罐子里,仿佛连呼吸都是甜的。他们和每一对刚刚修成正果的情侣一样,以是因缘,如痴如狂。他们丝毫都不知道,因果相连,今天说过的话,做过的事,会在未来的某个时间,以一种谁都无法预料的方式,再次出现在他们的面前。

***

怀柔蜜月之旅一结束,郭靖和黄蓉就来到了郭家蹭饭。郭郭和韩浩月好事将近,为了当一个合格的后妈,郭郭最近经常细心打扮和韩浩月一起去探视他的儿子,所以家里只有郭立业一人。

老爷子见儿子儿媳妇回来了,进厨房三下五除二就做好了四菜一汤。饭菜一上桌，郭靖和黄蓉提着筷子，有些惊愕地看着眼前的这四菜一汤。

不分凉热，盘子里的菜都是素的，并且都是丝状，土豆丝、萝卜丝、海带丝和蚂蚁上树，就连汤锅里也是丝状的，虾皮粉丝汤。

郭立业大口扒拉着米饭，吃空了碗，一抬头才看见俩人没动筷子："吃呀，怎么不动筷子？"

"我们又不是一窝兔子，怎么全是菜呀，没肉吗？"郭靖提着筷子，在菜盆里寻找着。

"肉都在股市里，咱们勒勒裤腰带，等过两天涨起来，我给你们炖排骨，整只猪都搬锅里。别愣着了，吃呀，你看看黄蓉就不挑食，你看吃得多香，来黄蓉，喝汤。"

黄蓉一边"嗯嗯"地应着，一边吃着饭。

郭靖嘴一瘪："早知道您这么艰苦，就不回来蹭饭了。身体也很重要，老同志，别省吃俭用再弄个营养不良，晚上带你们下馆子，吃火锅去。"

"不去。贵。要想吃等我去割点肉，咱自己切，家庭自助餐。"

黄蓉和郭靖对视了一眼，郭靖立刻心领神会："要是一般的也就不去了。游泳馆门口新开了一家，牛骨锅，听说味道特别好。"

"打完折也挺便宜的。"黄蓉也在一旁撺掇着。

"都是圈套。记住孩子，过日子不是搞对象，钱都是这么一分一毫省出来的。他们不是慈善机构，不会看你们好看就白打折的，办卡充钱，买一赠一，这都是套路知道吧？一顿饭轻轻松松花好几百，什么都吃不饱，回来我还得下一碗方便面，咱图什么？听我的，省下钱来交房租，在家吃。"

郭靖把粉丝汤舀进米饭的碗里，汤泡饭："省二十顿也不够一个月的租金，我们好歹还是蜜月期嘛。这都提前结束婚假，明天就要上班了，今天吃顿好的。说得过去。"

"二十顿都不够？租那个小房子怎么这么贵？"郭立业比着一个二的手势，瞠目结舌。

"当初怕你心疼拦着，事儿又急，我就没告诉您，先斩后奏了。"

黄蓉低声补刀："那片都一个价，离医院近，贵点也值了。"

"那么多钱，能买多少粉丝呀。"郭立业看着碗里的汤，很是心疼。

午饭过后，郭靖和黄蓉待了会儿，就回了自己的小窝，二人前脚一走，郭立业就拿出了一个计算器，坐在沙发上"滴滴答答"地摁着，悄悄地，心里的算盘已经打了起来。

婚后第一天上班，一到妇产科，郭靖就发起了喜糖。见他吆喝着发喜糖，一众同事都围了过来，把他围了个圈，一个一个一边道贺，一边接过他的喜糖纸袋。

"早生贵子早生贵子，等我媳妇顺产的时候就多仰仗各位啦。"郭靖脸上还洋溢着新郎官的喜悦。

曾鲤接过喜糖纸袋，打开看了看："不摆酒席不宴请，挣了那么多红包就发这么几颗糖，还挑着血糖高的发，本来刚刚降下去，一吃又多一个加号，郭大夫你不能一结婚就变这么抠呀。"

郭靖皮笑肉不笑的："我这是怕大伙儿低血糖。先拿这个沾沾喜气儿，就你们这些铁嘴，喝酒我敢不请吗，不请你们能叨叨我半辈子。拿着拿着，糖袋背后的地址就是吃饭的餐厅，周末中午咱不见不散，谁敢不来我可拿小本记着，替我写十本病历，顶十八个夜班。"

老于就是低血糖，他平时总咬着一根棒棒糖，这会儿拆开包装纸，往嘴里塞了颗糖："我们这算什么，埋汰你两句到头了，最铁的嘴们都在门诊呢，赶紧去，喜糖发晚了他们连门都不让你进。"

"瞧瞧这点出息。你们和我不一样，你们可好歹都是名医呀。"

发完妇产科住院部，郭靖直奔门诊大楼。

白日里的门诊大楼，接踵摩肩，挂号大厅一如既往地乱乱哄哄，液晶大屏幕上滚动显示着各个科室专家号的情况，黄彩云的号永远是飘红满额，挂不上她号的患者都是一副垂头丧气的模样。

郭靖一路喜气洋洋地走着，途遇的不少同事都和他打着招呼、道贺、发糖，不亦乐乎。

公立医院的门诊楼道里永远都是人满为患，郭靖像是挤在春运的绿皮火车上，在人群里前行。

前方不远处，有几个患者围观着一个在吵吵嚷嚷的人，郭靖往前看去，只觉得那个吵吵嚷嚷的人很是眼熟，他定睛再看了一眼，可不正是那个他们在郊区度假村碰见的在温泉里搓脚的留着板寸的男人嘛。

因为有些距离，郭靖只能听见他嚷嚷着"黄彩云"的名字，一副着急上火的样子，不少人在围着看，郭靖拎着儿袋喜糖，赶紧过去问："怎么了？"

怒气冲冲的板寸男看到他身上的白大褂，一下子锁定了目标："黄彩云在哪儿？"

"什么事？"

"你他×管我什么事，我找黄彩云！"板寸男骂骂咧咧的。

"有话您可以先跟我说，我是她同事。"

就像在温泉里一样，板寸男理都不理他，转头开始乱喊："黄彩云！出来！"

郭靖过去拍拍他："能跟我说说吗？我是她妹夫，这行吗？"

"妹夫？"

郭靖一晃喜糖袋："巧了。刚刚把她妹妹娶回家，少安毋躁，来，吃块喜糖。"

"呼——"没等郭靖反应过来，板寸男突然一拳砸了过来，带着风声。咣的一声，郭靖应声倒地，围观众人"哗"地一片惊呼。

产科门诊区其中的一间诊室里，被打后的郭靖这会儿已经来到这里擦着碘酒，而那名板寸男子在郭靖的要求下，被保安一起带了进来。

郭靖的伤口一遇碘酒就钻心地疼，他疼得"嘶嘶"直叫，一边叫，还一边看着板寸男子，指着医生介绍栏让他往这里看："看好了！这是你找的人吗？是她吗？"

板寸男子瞪大了眼睛，看着墙上的医生介绍栏，黄彩云作为主任，位列第一，她的照片和介绍摆在了显要位置。

郭靖指着墙上的黄彩云，更激动了："看、好、了！这可是位女同志！给你媳妇看病的是个男的，你连性别都搞不清楚就找人看病，骗子不宰你宰谁呀！黄彩云这名字你听不出来是男的女的吗？"

板寸男子自知理亏，看都不敢看他："谁能想到这家医院门口还会有人冒名骗钱，胆子这么大的骗子，你不好防呀。"

郭靖摸着有些发青的嘴角："不好防也得防呀，防不住就打人啊？再说你老在公共温泉里搓脚也不对啊！"

　　板寸男子知道是自己不对，一个劲儿地给郭靖道着歉，郭靖见他一副哑巴吃黄连的样儿，询问了他遇见骗子的来龙去脉后，大手一挥，让保安放他走了。

　　接下来，他要好好会一会这个所谓的"黄彩云"了，敢打着他丈母姐的旗号四处行骗，胆儿也太肥了！

***

　　市医院大门口，人来人往，熙熙攘攘，许多患者和家属或站或坐，或走或停，怀着各自的目的，在这个象征着命运关口的医院门外等候着。

　　换下了白大褂，穿着便衣的郭靖，在板寸男子的指点下，在医院的大门口见到了所谓的医托。这个医托是一个三十多岁、长相淳朴的男人。郭靖见到他的时候，他正掏出一包烟，借着借火的名义锁定了一个外地老乡，一番聊天后，外地老乡警惕地摇摇头，走了。他把烟摸出来，又开始继续寻找下一个目标。

　　郭靖把这一切都看在了眼里，随后他在那人身后叫住了他，一脸诚恳地看着他："师傅。打听一下，这儿的专家号得提前多久挂呀？"

　　医托看看他，把烟揣了起来："瞧什么病啊？"

　　"这种地方，什么病的号也不好挂，连着早起三天了都没戏。"

　　"吃过全聚德吗？"

　　郭靖不解："什么意思？"

　　"后厨的大师傅，休息的时候也去别的饭馆子颠勺。大夫也一样，这叫走穴。全国人民都要去全聚德，你就别跟着往里挤啦。明白我的意思吗？"医托说得头头是道。

　　"这儿的专家，也去别的医院出诊？"

　　"有的还是义诊。挂号费都不要。先说你找谁吧？"

　　郭靖见他着了道，立刻搬出丈母姐："产科黄彩云，有路子吗？"

　　"老黄呀，上礼拜我媳妇才找她看过。"医托一副老相熟的模样。

　　"真的？她也出诊啊，在哪儿呢？您给帮帮忙打听打听。"郭靖佯装出一副喜出望外的表情，眼神迫切，演技满分。

医托立马上钩，还自以为是地认为自己又钓上了一条大鱼："哪天要看？"

"今天看得上吗？"

"今天？"医托犹豫了一会儿，说，"今天不行，时间太紧了，明天吧。明儿个一早，还在这里，我带你去。"

第二天一早，郭靖按照约定在市人民医院大门口等来了医托，医托一路带着他山路十八弯，来到了城乡接合部的一个地铁站附近。郭靖亦步亦趋地紧跟着他，穿过马路，往一条人迹罕至的小路走去。

医托边走边嗑着瓜子，郭靖左右张望着："还没到啊？"

"快了。"医托只顾磕着自己的瓜子，头也不回。

"到底在哪儿啊？"郭靖有些急了。

"好大夫能在大马路上给你号脉吗，小隐隐于村，国医堂。"

郭靖有点含糊，他站住了，医托见他不走了，回头看他。

"要不还是算了。"

"真要心虚你就回去。挂号费都不要你的，想不明白呢？"他又补了一句："想想家人。走这段路算个啥。"

二十分钟后，郭靖来到了一条土路上。他的面前是一座两层的小楼，楼门是一个仿古建筑的大门。

小楼门口的牌匾上镌刻了三个大字"国医堂"，这本来是一个历史悠久的中医堂老字号，偏偏旁边还有两个竖排小字"第一"。

郭靖站在门口，抬头望着这栋建筑，随后，医托带他走了进去。

而这个"第一国医堂"的大门，就像是一张巨大的嘴，把俩人吞了进去。

第十二章

　　第一国医堂一楼前厅，人倒也闹哄哄的。一个写着中药房的窗口，一些人正等着抓药，方子进进出出，药剂师吆五喝六，像个传菜的厨子："回去一定要用铁锅，随时熬随时喝，戴眼镜那大姐说什么，我听不见你大点声——都不用忌讳，我不说了吗，随时喝，当茶喝，喝掉了色就再来！"

　　医托拍了拍四处张望的郭靖："最里头那个屋子，看见了吗，黄主任就里头呢，去吧。"郭靖还没"道谢"，医托已经转身走了。

　　按照医托的指示，郭靖走到了一楼最里头一间屋子的门口，这间屋子门口上挂着一块小木牌子，上面写着"专家诊室"四个字。门口一堆人在等候，这里没有自动叫诊的电子系统，秩序有些乱，也分不清谁是真患者谁是医托，一帮患者也不排队，都在门口挤着，伸长了脖子往里看，让人有了一种僧多粥少的心理氛围。

　　"怎么这儿也这么多人？"郭靖从人群后面挤进来。

　　"挤什么，你得排号。"一个患者不满。

　　"排了排了，我就是看看。我不着急。"

　　另一个外地中年女患者相对朴实，也热心："一个一个来，黄主任说了，今天的义诊都要给看上。"

　　顺着这个人的话，郭靖往里看去，一个背头银发、确有名医气质的中年男人正坐在椅子上，他背后的墙上挂着众多锦旗。此时，他面前坐着一个假模假式的患者，往桌上摆了一个锦旗，正在对他诚恳致谢，名医温颜听着。

　　患者拍拍自己的腿："……门口的小旅馆住了一礼拜，好容易逮住您。我必须得当面感谢。要不是您那两服药，我连床都下不利索。就这条腿，走路还行，就是不能上下楼，都说是膝盖的毛病，到哪儿也查不出来，老天爷叫我遇着您，两服药吃完，我都能自己骑车来了。"

"两千八一服药，贵不贵？吃之前你还嫌贵呢。现在来感谢我啦。"假黄彩云腰挺背直，语气笃定，一副国医的派头，边说话边在他腿上按来按去。

"不知道是不是心疑的。药吃完，原先的总咳嗽的老毛病也好多了。"假患者笑容惭愧。

"看病吃药，钱不分多少。你花一块钱，治好了病，这一块钱就花的值。你花一分钱，没治好，这一分钱就浪费了对不对。这药买二送一，一次就相当于你半个疗程，还送你个磁疗枕，划得来啊老乡。"他摆摆手，"效果好就接着吃。那就这样，不要耽误后面的人。"

假患者把锦旗恭恭敬敬地放到一边，千鞠万躬地走了。郭靖看着那面锦旗，若有所思地琢磨着。

紧接着，一个一直在门口和大伙聊天嗓门很高的大姐坐了过去，郭靖伸长了脖子，继续看着。

假黄彩云看着大姐："你声音可以小点。有家族史吗？懂什么叫家族史吗？"

"大夫，上回你给我看过，这些都问过，我是来抓药的，您说要重新开方子……"大姐有些急切。

假黄彩云摆摆手打断她："你说话声音高，这么半天也没歇着，体力应该很好。但是从皮肤来看，尤其是脸上那片黄斑，以前没这么大吧？往后还会再增大。"

大姐不自觉地摸着脸："有吗？"

"别紧张，我就是看见什么说什么，病人是你吗？"

"不是，病人在……"

假黄彩云根本不听："你看，病人不是你，可你也会变成病人。你的斑不能不管呀，我在医学院的时候选修过内分泌，这个也是很麻烦的事情。从妇科的角度看，斑就是疾病的先兆。"

"什么病啊？"大姐有点紧张。

"当然原因很多了。比较常见的是因为长期服用避孕药，你这个年龄要控制一下呀。"

人群里有笑声，大姐很尴尬，假黄彩云一脸平静，低头开药："良药苦口。胃口先不要太大，先照着两个疗程吃，吃完再来。你不要说话，知道你说什么，别心急，这方子的量不小了。"

郭靖听不下去了："不小是不小。不过不是方子，是胆子吧？"

假黄彩云和众人循着声音回头看，郭靖已经挤进人群往里走来了："姓黄是吧，黄教授。我是个小大夫，也不会看全科病，不过从医学的角度，我还是建议你去做个彩超，大医院小诊所都行，主要看看您那副胆囊，胆子太大了。得治。"

假黄彩云看着他："排号了吗？没排号先等着。别人比你更需要我。所以……"

"所以这是你免费义诊的目的。把我们都蒙来骗来，不管是谁都是那半个疗程两服药，吃完肯定不行，肯定还得再来，挂号不要钱抓药要钱，你拿了提成的钱走人，也不管那些药靠不靠谱，会不会给人留下后遗症，对吧？"

听他这么一说，大家一片哗然。

这时，一个面目可疑的人凑了过来，郭靖眼尖，一只手揣在兜里，像揣着一把手枪，另一只手指着他："别过来啊，动我就报警，我这手指头就在110上摁着呢。录音录像我都有。对，别动，听我先说完。我作为同行和这位教授只是切磋一下，你们怕什么？"

"你是哪个医院的？你们院长是谁？"假黄彩云脸色有些难看地问道。

"你们把我从哪儿诓过来的，我就在哪儿上班。欢迎随时莅临指导。哪天去的时候记得要预约，咱们其实一样，别看一方治病救人一方不治病害人，可都挺忙的，时间还真不多。"

假黄彩云的脸色越来越难看。门外楼道里，不少患者听见了专家诊室里气氛不对的声音，有人转头看，也有人往里面走，一看究竟。

"你也叫黄彩云是吧？身份证拿出来我看看行吗？全国知名专家，我怎么在网上搜不到你呢？"郭靖语速颇快，假黄彩云想插话总是插不上，"其实我本来不认识你，说井水不犯河水有点不合适，但确实没什么交集。要不是你今天说得多漏得多，把自己的馅儿全给抖出来，走在街上碰上，我还真不会把你当骗子。算了，既然都是义诊，我今天也厚道点，给你几个建议。"

围观众人又是一阵哗然。

郭靖继续说："第一，你说面部长斑是疾病的先兆，到底是什么病，麻烦你说出来。别张嘴咿咿呀呀想打断我就是没词儿，脸上长斑除了最常见的雌激素水平失衡，女性的盆腔炎、子宫肌瘤、精神压力大、神经功能紊乱和肾上腺皮质功能下降都能引发，你知道什么叫肾上腺皮质功能吗？所以要么以后多做功课，要么就别信口胡说。"

假黄彩云一张脸苍白如纸。那位高嗓门的大姐和诸多患者表情各异，很显然，她们都听进去了。

"第二，干这行得有托儿，我理解，可是托儿你们也稍微敬点业，就算不读剧本，是不是也得提前对对词走走戏呀？好歹合理性得有吧？刚才给你送锦旗那位老兄呢？"郭靖一眼看见那个不知道什么时候又混进来了的托儿，他站在角落里，表情凝重地观察局势。"刚才不是走了吗？又回来啦？你刚才说你不但腿不行，还咳嗽，可身上都是烟味，右手都是熏黄的，呼吸都不好你还抽那么多烟，不好吧？"

托儿被他这么一说，脸上的表情甚是微妙。

郭靖继续："你说你自己是外地来的，住了一礼拜，就等着当面感谢黄主任，好，又吃饭又住店，还要做锦旗，我先不说你这份心意换成钱有多贵，我是奇怪你的皮鞋，这么黑这么亮，一礼拜了，风餐露宿，这可不是相亲，大哥。我就算你心情好刚买的皮鞋，可你那钥匙链上那小区的门禁卡算怎么回事？我替你编，亲戚在这儿住？借住的房子？可你刚才不是说一直在住旅馆吗？自相矛盾啊，大哥。第三……"

"啪！"假黄彩云急了，他站起来一拍桌子，有些失态："胡说八道！胡说八道你要负法律责任的你懂不懂？"

"懂啊，当然懂了，不懂敢来骂？我为我说的话负全责，我敢，你敢吗？别那么瞪着我，我不是你的骗子同行来砸场子，看见我的嘴吗，因为你骗人，让我挨了打。本来也没想着这么跟你当场较劲，可我是实在看不下去了，关键你要治坏了人，这得担责任啊！还问我是谁，我先问问你是谁？"

众人的情绪都被郭靖拱了起来了，本来想有所动作的托儿看着大伙的情绪和反应，也不敢轻举妄动。

郭靖的嘴很快："路上我听那个带我来的人讲，说你是首都医科大学毕业的业，那咱俩是校友呀，你是哪一届哪一系哪一班哪个专业的？当年的系主任叫什么？男女宿舍楼之间隔着几米远、食堂的后门开不开、热水房里星期几才有热水，你天天把自己开的中药汤当茶喝，保养得这么年轻这么好，肯定还都记得吧？我问你，解剖室有几个门？食堂的楼有几层？说呀。"

假黄彩云尴尬至极，一整张脸都变了。

"还有，你是个大夫呀，还是这儿的顶梁柱，怎么自己都不信自己的医院，桌上还放着外面大药房买的维生素，干吗不吃你自己开的那副神奇的中药啊？买二赠一，还送磁疗枕呢。"

假黄彩云似乎有些不舒服，额头上已经冒起了细细的汗珠。

"要真是如你所说，节约时间想多看几个病人，要真是义诊，哪怕就光是卖药，也得赶紧把刚才那个从外地赶来专门感谢的人打发走，是不是，抓紧看病啊，时间就是金钱，刚才那大姐多问一句你都嫌烦，对感谢者为什么会那么有耐心呢？除非你们俩是说相声，逗哏捧哏，配合得是好，可就是默契过头了，好几句话你还没说完，他那边就抢答了，好几个字他没说完，你也抢答了，你看你都忘了吧？下次记得好好排练。"

郭靖走到满墙的锦旗底下："还有啊，名医，再给你普及一个常识，国医堂坐诊，一般都是挂号费贵，药便宜，你这免费坐诊免费看病，卖药还是医院的事儿，你是雷锋吗？最粗心就是你们这墙上的锦旗，一样的标语，一样的格式，一样的字体，这是在搞批发吗？拜托你们能不能稍微专业一点，为什么不去获诺贝尔医学奖呢？"

郭靖看看围观的众患者，挥挥手："别看啦，各位，都散了吧！"

正说着，突然，假黄彩云的脸越来越白，他的呼吸越来越快，猝不及防地倒在地上，昏厥了。

围观的众人皆吓了一跳，一时间议论纷纷，郭靖也有些紧张："大伙儿得给我作证，我可没动手啊——"

第一国医堂专家诊室隔壁的抢救室里，之前带着郭靖来到这里的医托，正穿着白大褂给假黄彩云量着血压。

"呼哧呼哧"，血压计里的水银汞一上一下。量完，他把听诊器从耳朵上拿下来："血管迷走性晕厥。没大事。"

郭靖在一边看着："真没事？"

假黄彩云似乎真的好多了，呼吸也平稳了，正在闭目养神，而屋外的患者也都散得差不多了。

"很常见，天气太闷了。你走吧。"医托收拾着听诊器和血压计。

"你看他的手，在抖啊。"郭靖看着假黄彩云在微微发抖的手，好心提醒道，"真的在抖啊。要不给他做个检查吧，你们这儿能做什么检查？"

医托把听诊器往床上一摔，之前曾扮演外地感谢者、说着含糊口音，此时守在门口的托儿很不客气，一口流利的京片子对着郭靖嚷道："走人。姆们这儿不欢迎你。没听懂吗？"

就这样，郭靖在两个保安不客气的眼神下，离开了第一国医堂。

郭靖刚走没多久，假黄彩云就站了起来，忽然，他眼前一阵眩晕，一时间站不稳，晃了起来。没等身边的医托有什么反应，他倏地抱起垃圾桶开始哇哇地呕吐起来。

医托顿时急了，大叫道："来个人，来人！帮打个120！"

假黄彩云被120一路送进了市医院急诊中心，好巧不巧，接诊他的正是黄蓉，从郭靖口里得知他就是那个骗子后，她一脸惊讶，但既来即是病人，所幸他只是假性眩晕，并无大碍。

最终，郭靖报了警，彻彻底底还了他丈母姐一个清白，这件事也算是就此落幕，但郭靖和黄蓉不知道的是，让他们头疼的事，才刚刚开始。

***

黄昏，橘红色的夕阳浸染着白云，放眼望去，一片火红。

还了丈母姐清白的郭靖心情无比愉悦，一高兴就多买了些食物预备庆贺庆贺。出租屋门口的楼道里，他两手环抱着一堆瓜果梨桃、菜肉米面，这么多东西堆在他怀里，已经让他无法看见前面的路，只能用脚探着往前走，黄蓉走在他前头，快步来到门口，掏出钥匙开门。

半晌后，见门还没开，郭靖在一堆塑料袋子后面叫着："怎么还开不了啊？是不是钥匙拿错了？"

"就一把呀，怎么开不了呢？"黄蓉依旧埋头开着锁。

"往左拧，你不是往右吧？"

黄蓉往右边拧着："我是往左呀……"

突然，"吱呀"一声，门从里面开了，一对情侣出现在门口。郭靖黄蓉，还有这对待在屋里的人，四个人顿时八目相对，同时吓了一跳，先后一齐叫着："谁啊！你们谁啊！我要报警了！你们谁？你们是谁？"

郭靖看看门牌号："我们在这儿住啊！"

情侣里的女人把眼睛瞪得更大："我们也是啊！"男人跟着补了一句，"今天才租了搬进来的！"

"今天？"黄蓉煞是惊讶，"你们是不是弄错了？房东人呢？"

"没有房东，二房东。"

郭靖和黄蓉相互对视了一眼，黄蓉问道："二房东叫什么？"

"郭立业。"

"嘭——！"郭靖手里的一堆袋子全部掉到了地上。

出了单元楼，在黄蓉怒不可遏的目光中，郭靖拨通了郭立业的电话。而电话那头的老爷子正在超市里注册新会员，领免费花生油："对呀，是我转出去的，东西我都搬回来了，搁家呢，放心，一根毛线也丢不了。你们上班那么忙，我就没打扰你们，我哪知道你俩谁在手术台上。你看你，黄蓉不懂事，你怎么也不懂事了，蜜月不都结束了吗，洞房新居那都是给亲戚们看的，咱家那么宽敞的地方，干吗在外头花钱住？喂？喂？"

挂了电话，郭靖提着那些买的东西，一路小跑追着黄蓉："生气生气，必须生气，换了我我也有烧房子不过了的心。太过分了，我知道这不是一般的过分，我要是换了你我连上门打老头的心都有。可这不是爹吗，还是亲爹，这要是后的继的干的也就算了，偏偏遗传投胎DNA我就跟着他姓了郭了，黄蓉你先等等，我这胳膊都快断了……"

黄蓉一下子站住了，郭靖一个急刹车，差点撞上她："我也没想到，但凡有所预料，我拿把刀站在门口，他敢靠近一步我就割自己的腕。"

黄蓉怒火中烧地看着他，一言不发。

"是，之前他是提过，但我真没答应过，骗你我比王八蛋还多一蛋，我没那么混蛋。老头有老头的意思，他来北京多少年，为什么就买那一套房子，除了没钱，也为儿孙绕膝，凑在一起热闹……"

"热闹我也不干！"黄蓉终于开口了。

"我也不干呀，打死我都不干，年轻人不能和老年人住在一起，要不分分钟都是鸡毛蒜皮的大事，我还没傻到喜欢天天给你们调解婆媳矛盾的份上，电视上那些戴着面具撕破脸的节目我也看过，咱不干，想办法，你给我点时间，行不？"

黄蓉一脸颜色地盯着他："多久？"

"一宿。"

"这一宿去哪儿？"

"酒店，大酒店，今天也奢侈一把，五星级，你挑。"

黄蓉咬牙切齿："你先去把床单被套都洗了，我有洁癖我不去。"

"要不，回你姐家？"

"没脸。"

"那咱去哪儿呀？"

最终，黄蓉万般无奈地回到了医院，住进了值班室，而郭靖则老老实实地回了郭家，答应了黄蓉一宿解决，就言出必行，必须解决！

回到郭家已经是夜里十点了，郭靖一进屋就见郭立业正拿着一把漏斗，把领回来的花生油挨个分瓶储装。郭靖一脸不高兴地往沙发上一躺，双手抹了把脸，正要说话，郭立业抢在了他前面开了腔："多大个事，说不回来就不回来了，回娘家了？"

"怕丢人，不敢回去，住值班室了。"

郭立业目光笔直地盯着漏斗："这也就是你媳妇，搁我媳妇，天大的事也得跟我回家来。"

郭靖一听急了，从沙发上猛地坐直了身子："爸，你是不是嫌事不大还要拱火呢？这要不是黄蓉，没准我俩就闪婚闪离了你知道吗？"

郭立业努努嘴："最多吵个架拌个嘴，要真离哪么容易。因为个房子就不过了？那这婚姻的基础也太脆弱了。三只小猪盖个房子，老狼来了吹口气就倒了？"

"您要这么说我就睡了。"

"那你说，我不睡了，我听你说。"郭立业转过身看着他。

"我……"郭靖刚准备开口，郭立业就指着抽屉打了个岔，卖惨道："哎，你帮我递一下血压计，这两天不知道怎么的，我觉着又有点上头了。没准也是累的，给你搬家一搬一天，床单被褥，针头线脑，大的小的一件件我都得过数，垃圾桶也给你背回来了，还得和搬家公司砍价，行了，你说你的。"

"我就说呀……"

郭立业继续卖惨："差点忘了还有心率的事，这几天也有点不齐，比平时快，快不少，《动物世界》上说新陈代谢快的动物死得快，是不是真的？行了，你说你的，你看着我干什么，说呀？"

郭靖喟然长叹，手干脆地一挥："不说了。再说下去您心脏病都得当场犯了。您老弄完这些油瓶子赶紧去睡吧。"

"你呢？你还不睡？"

"睡，当然睡。睡了做个梦，等醒过来我还在租好的房子那儿，时间又回到昨天了，我班也不上，哪儿也不去，我看着我的门，您就是拿着炸弹也休想进去。"郭靖心力交瘁，言语里都透着悔不当初的劲儿。说完，起身往卧室里走去。

"我知道你怎么想，倒了大霉投了个不着调爹的胎。"郭立业嘴上说着话，手上又继续开始了分油的动作，"我也没闲到不干活就痒痒地犯贱的时候，一个月那么多租金，白扔了可惜，省下钱给你买房子，以后凑首付，我给你添一半。"

已经走到卧室门口的郭靖，一下子站住了。

郭立业继续说："那些没打招呼借了你们的钱，都在股市里头，你爹精明一辈子，不能白白割肉，等曲线一起来，连汤带肉都给你。"

"这话早点说，我不就把媳妇带回来了吗？"郭靖明显心情有所好转，话音都不一样了。

"我哪知道你那么窝囊。得改。韩浩月可以，你不行，咱家保持有一个窝囊废的配置就够了。"

郭靖摸摸下巴："那我还就不去哄她了。三天之内，叫她自己乖乖回来。"

郭立业冷哼一声："吹牛你倒是随我。"

打脸来得太快，第二天中午，郭靖就带着一堆饭菜跑去了急诊科值班室，连哄带骗，好不容易挨到傍晚下班，总算是借着郭立业生日的这个借口，把黄蓉给哄回了郭家。

华灯初上，整个城市都被灯光簇拥着，车水马龙，流光溢彩，这是即将到来的夜幕带来的最炫目的礼物。

人来人往的人行道上，黄蓉捧着一只面粉蒸的大寿桃走在前面，郭靖提着一个生日蛋糕紧跟着她，一边走，他一边苦口婆心地劝："老头迷信，轻易不过寿，怕惊动了阎王爷。说底下要是不查不看，判官那边一马虎，他还能多活十几年。所以三年才吃一回生日蛋糕，天大的事，今天也不说了，都顺着他。"

"明白。就算把我姐家的房子也租出去，我也笑脸相迎。"黄蓉直视着前方，看都不看他，面不改色地说。

"冷嘲热讽可不是咱家的传统。敢不敢打个赌？"

黄蓉脚步一顿，转过头看向他："赌什么？"

郭靖小心翼翼地提着蛋糕："我爸怎么跟你说房子那事儿。你输了你就搬回来住，我输了我跟你一起去住值班室。敢吗？"

"不敢。我脑子没你灵，不敢进你这圈套。"

"哪有圈套，你可以先挑，你先说。"

黄蓉想了想，说："照你爸的习惯，肯定会嘴硬到底，打死不认自己错了。信不信？"

郭靖狡黠一笑："行。那我就赌今晚老头肯定会跟你道歉。"说完，二人加快了步子，往右的岔路口一转，一同进入了郭家所在的小区。

一进郭家，准女婿韩浩月就已经准备好了一桌子的可口佳肴，正和郭家父女等着郭靖二人。见二人进屋，三个人慌忙招呼着落座，然后这个小型的生日聚餐就这么开席了。

酒过三巡，坐在上首的郭立业戴着一个蛋糕店赠送的有些可笑的纸帽子，端起酒，看看左边的郭郭韩浩月，再看看右边的郭靖黄蓉，颇有感慨：

"我干了。"

他一干，其他四个人也跟着干了。

韩浩月一直拿着酒瓶，准备添酒，郭立业从他手里把瓶子接过来，起身拿过黄蓉的酒盅，给她倒酒，谁劝都劝不住："坐下，都听我说。黄蓉，把酒端起来。"

在四个人面面相觑中，已经有些微醺的黄蓉依言将酒端了起来。

郭立业看她端起了酒盅，这才开口继续道："六十多岁的人了，不能不懂道理。为什么要把你的房子转租出去，这事我得给你个交代。"

黄蓉刚想说话，郭立业用手一拦，接着说："这杯酒向你道歉。别拦别站起来别说话。就算我是你爹也不该先斩后奏，这事确实是我不对，必须道歉。"

郭立业把酒盅里的酒一饮而尽，坐下来："你们吃，我说。你们手里这筷子，都是新换的啊。郭郭说我太抠了，一筒筷子从青春期用到更年期，还在用，说你来了肯定嫌弃，全换了。郭靖说你闻着油烟味呛鼻子，我把厨房里买了根新的软烟囱，接好了。怕你嫌热，空调的氟利昂我和韩浩月刚刚也都加上了。"

"爸……"郭立业这番话听得黄蓉是又感叹又感动，也不知道该怎么接话才好，只好也将酒盅里的酒一口干了。

"爸老了，你们年轻，我知道咱们有代沟，我全能改，这沟我肯定能填满。你们周末睡懒觉，我醒了我也憋着。你们夜里不早睡觉，给我买个游泳的耳朵塞就行。"他说得特别诚恳，"单位再好也是单位，回来住吧，实在不行先试住一个月，不满意了你再搬走。郭郭马上就嫁人了，过不了几天婚礼了，说句难听的，老了我一个人死在家里，你们谁都不知道。"

话说到这里，所有人都将目光投向了黄蓉，黄蓉被架到了这一步，不说不行，但又不知道该怎么说，有些为难地看着大家。

郭立业一声唏嘘，接着说："这也是你妈的意思。她又给我托梦来着。她说，你要是还生气，她就自己去劝你。"

说完，他又站了起来，左右手各捏着一盅酒："我一杯，你妈一杯。我替她全喝了。"他将两盅酒都放到了嘴边，一饮而尽。

黄蓉见这架势，慌忙也给自己的酒盅满上，郭立业看见黄蓉也端起了酒盅，让郭靖拦："拦着她点儿。黄蓉，不行你就别喝了，都好几轮了。你行不行？"

黄蓉已经完全被感动了，从开席到现在，她也喝了不少酒，脸有些红扑扑的，话也开始多了起来："别说是我了，这就是我姐也得喝。喝完了也得住下。爸你给我满上，再满点，茶七饭八酒十分再满点……"

她拨开郭靖的手，端起酒杯："以前都是我不懂事，您别往心里去。值班室以后我再也不住了，回来给您端茶倒水，下半辈子您就是我伺候了，干了。"

说完，她一仰脖，眼也不眨地将酒盅的酒一饮而尽："以后顿顿陪您喝酒。"

郭立业喝得不少，高兴，他端起酒盅正要又喝，突然停住了。他把酒盅往桌上一放，走到柜子前面，一个接一个地拉开抽屉和小盒子，从里面拿出了一根金灿灿的项链，倍儿粗，上面泛着时间的光泽。

他把这根项链放到了黄蓉的面前，郭郭和郭靖见他这个举动，没有说话，相互对视了一眼。

郭立业指着项链，对黄蓉说："祖传的。郭靖他妈临死的时候交代过，找了靠谱的儿媳妇，拿出来。我这儿子闺女都不如你，他俩都憋着出去住呢，别看我老我都知道。黄蓉，接项链！"

黄蓉下意识地看看郭郭。

郭郭会心地点点头："传儿不传女，我知道。"

生日聚餐结束已经九点多了，等韩浩月回去，郭郭入睡，他们全部洗漱完毕躺在床上的时候，已经是半夜了。然而小区周边的声音却比白天都嘈杂，热闹非凡。

隔壁卧室的郭郭此起彼伏地打着呼噜，愈来愈响，还有几次打得差点背过气去；客厅里的郭立业起身上厕所，虽说蹑手蹑脚，可还是险些被绊倒，小凳子叮叮当当摔到了一边；楼上还没睡的孩子在疯跑，楼下小狗乱叫；窗户外头，除了嗷嗷直嚷的知了，还有隔壁邻居开着窗户看电视的声音，八三版的《射雕英雄传》里，翁美玲正在用普通话配音没完没了地呼唤着靖哥哥；一楼之隔的单元楼下，小区的下水道坏了，施工抢修，通宵达旦……各类声音糅杂在一起，声声入耳，喧闹非凡。

黄蓉脖子上戴着一根金灿灿的金项链，一脸呆滞，她和郭靖一样大睁着眼睛，毫无睡意地躺在床上。

铿锵有力的《铁血丹心》歌曲断断续续地传来，黄蓉绝望地看着天花板："这都什么年代了，怎么还有人看这种老片子？"

"是不是知道咱俩今天回来了，特意配合一下？"

"那我是不是还得去敲开门感谢感谢人家？"

"要去我去，你赶紧集中注意力数羊，实在不行数数我的头发也行。抓紧睡觉。要不我给你唱个摇篮小曲儿吧？"

黄蓉看看他的脸，叹口气："你也不容易。我理解，老头我也能理解。我也不是抱怨不是矫情，可我得睡觉吧，明天还得值班，从早晨顶到天黑，看病的时候走神打盹儿可不是闹着玩儿的，你说怎么办啊？"

"穿衣服。咱去宾馆。"

黄蓉努了努嘴："一天住宾馆，不能天天住宾馆吧？"

郭靖想了想，起身穿衣服，下了床："等着。"

"你干什么去？"黄蓉叫了叫他。

"找枪。我先出去把树上的知了怼下来！"

皓月当空，夜色里的小区，除了偶尔的几声蝉鸣，真的安静了下来。

渗着月光的卧室里，一片静谧。郭靖打开门，走了进来，冲黄蓉比了个手势，已经在耳朵里塞了好一会儿棉花的黄蓉看着他的动作，明白了，她把棉花揪了出来，听听，四周真的没什么声音了。

"什么情况？那些乱七八糟的声音呢？"黄蓉一脸不可置信地望着他。

"说了有枪。拿把枪我说句话谁敢不听？"郭靖脸上露出一个神秘兮兮的笑容。

哪里有什么枪，不过是他把窗户严丝合缝地用透明胶带封紧，轻手轻脚地把郭郭的枕头抽走，将自己的新枕头塞到她头下，高枕无忧，郭郭再不打呼噜了；而后，转身自己仿制了金庸的签名，送了隔壁正在看电视的小伙子一套《射雕英雄传》的"签名"丛书，小伙子欣喜若狂地把电视按下了暂停键，废寝忘食地看书去了；接着他又把自己的一个旧款手掌游戏机递给了楼上正在玩球的孩子，孩子抱着游戏机趴在被窝里，玩得不亦乐乎，不跑了；再来，他把一根骨头放到狗窝门口，小狗啃着骨头，也不叫了；最后，他和一楼之隔的几个修下水道的工人交涉，告诉他们楼上有孕妇和要吃奶的婴儿，工人们离开了。

房间里，瞬间就一片寂静了。

黄蓉听他说完这些，一脸崇拜地看着郭靖："靖哥哥，你真棒。"

"蓉儿，别这么说。你可以再肉麻点。"

"我就喜欢你这副不要脸的劲儿。离我远点。你干什么？"黄蓉嗔笑着，正说着，郭靖已经爬到了她身边，两个人的脸距离越来越近，安静的卧室里，仿佛能听见两人此起彼伏的心跳声。呼吸越来越快，眼看就要吻到一起……

"黄彩云！"隔壁的郭立业突然大叫起来，一墙之隔，清晰可闻。

他显然是喝多了，哇啦哇啦地说着梦话："我怎么啦，我干啥事都是为孩子好，知道你在背后嘀嘀咕咕嫌三吵四，黄蓉到头就得回来，我儿媳妇我说了算，著名专家怎么地，老子照样不尿你！"

黄蓉一轱辘从床上坐起来，一脸崩溃。

＊＊＊

"嘀嘀，嘀嘀……"闹钟发出清脆的响声。

郭靖"哗啦"一声将窗帘拉开，黄蓉睁开眼睛一看，他正手忙脚乱地穿衣服："起床了黄副主任，抓紧吃饭，要不赶上堵车又迟到，你姐得骂死我！"

"又没睡够。今天又得一天的门诊，熬死我算了。"黄蓉睡眼蒙眬地坐起来，顶着两只熊猫眼。

郭靖过来给她穿衣服："咬牙咬牙，坚持十个小时就又下班了。今天晚上再不会像昨天那样半夜搬家挪窝了，听话听话，赶紧穿衣服起床啦！"

原来，昨天半夜他们最终还是因为受不了各种突如其来的噪音，连夜回到了黄家，躺在了黄蓉梦寐以求的床上。

"吱呀——"黄蓉卧室的门被郭靖打开了，他探头探脑地走了出来，往客厅一看，餐桌上的早饭已经准备好了，红白黄绿黑，五谷杂粮粥，小青菜小豆丝。

吴汉唐和黄彩云正坐在餐桌前，一齐静等着他们这对小夫妻。

在郭靖后头出来的黄蓉走得比他快，一屁股坐到桌前，开始吃了起来，嘴里吃的东西太多，话都说不利索了："好吃好吃。这个你爱吃，哎，郭靖，昨天半夜你不都喊饿吗，抓紧的。"

郭靖小心翼翼地坐下："不好意思起晚了。明儿我做饭啊，姐夫。"

黄彩云平静地喝着一碗白粥，没有言语。

"好啊。听黄蓉说你现在厨艺也大有精进，近吃者胖，你们俩的脸好像还真都圆了。"吴汉唐给大家舀汤盛饭。

黄彩云立刻接着他的话用疑问的口气反驳道："我怎么觉得黄蓉瘦了？"

郭靖和黄蓉只顾着埋头吃饭，没吭声，也不敢吭声。

黄彩云端起粥碗，喝了一半后，继续说："天天住值班室，吃食堂，就差端个碗啃泡面了。这是结婚以后该有的生活吗？"

"食不言寝不语。子曰的。先吃饭。"吴汉唐一如既往地平心静气。

黄彩云放下粥碗："我没孔子那么多时间，只能抓紧说完。昨天回来也好，租好房子之前，你俩哪儿也别去了，就住这儿。"

这下，郭靖和黄蓉吃得更快了。

第十三章

时间过得飞快，这些日子郭家可没闲着，为了筹备郭郭的婚事，郭立业忙东忙西，四处奔走，酒店、婚庆、主持人、邀请宾客，该张罗的，他几乎一人全张罗了。韩浩月秉持着只要老爷子和郭郭高兴，钱都不是事儿的理念，把整个婚礼的财政大权全权交给了郭立业，里里外外全由他一人说了算，老爷子对这个做法颇为满意，全部安排得称自己心如自己意。

婚礼如期举行，为了礼金，上至七大姑八大姨，下至十几二十年杳无音讯的朋友，就连没见过面的亲戚，郭立业都请来了。

丽晶国际大酒店大门口，一辆卡车开过，尘土飞扬。

对，你没看错，就是卡车开过尘土飞扬。虽然挂的是国际的牌子，但丽晶国际大酒店充其量也就是位于城乡接合部的一个县城级别的小酒店。灰头土脸的酒店门头上，"酒"字的三点水都快掉光了。四个易拉宝式的结婚照摆在门口，都是女强男弱，郭郭痛殴韩浩月系列。

郭立业头一次打上了领带，带着郭靖在门口迎宾，眼疾嘴快地招呼着："二嫂往这边来，留神脚下那坑，来来，先进去坐啊，三哥，这是女婿吗？上回见面不是这个呀？我说怎么以前没见过，往里往里，先坐啊，一会儿我过去找您，哎哎里边请……"

郭靖脸上挤着笑容，等人都进去了，才低声对郭立业说："好多人都迷路了，导航都找不着这地方。怎么跟说好的大酒店不一样？"

"自家的钱，省到谁兜里都一样。就是一顿饭，长安俱乐部和北京饭店天天都开着，去那儿有意思吗？"

"关键这里头连饮水机都是坏的。您请了这么多人，我是怕人戳咱们后脊梁。"

郭立业压着声音："眼睛里净沙子。你怎么不说好停车呢？全北京市你到哪儿找这么大一片空地，开坦克来都放得下，我还给大伙儿省了停车费呢。再说饮水机坏了你去找经理呀，你认识，我师哥的小舅子，快去。"

说话间，黄蓉带着黄彩云和吴汉唐，先后从一辆出租车里钻了出来，抬头看看酒店，也有些没想到。郭靖父子赶紧迎了过去，吴汉唐一如往昔地寒暄着，黄彩云只礼貌性地点了点头，就直接走进了酒店。郭靖一拽黄蓉，赶紧也跟了进去。

还在为了他们小两口的房子被转租出去的事情不高兴的黄彩云，这次能来，完全是郭靖和黄蓉凭着三寸不烂之舌软磨硬泡，再加上吴汉唐添砖加瓦才给游说来的。她来这儿的目的有二，一是来祝贺，二是趁着这个档口打算再和郭立业协商下租房的事情。

然而，他们谁都没想到，这场婚礼就像是一场闹剧，洋相百出。因为空调坏了，一众亲朋好友个个热得快要中暑，怨声载道，音响效果也差到不堪入耳，时不时地还会发出尖锐刺耳的杂音，这些都不说了，最重要的是，此次婚礼的主角——二位新人一直迟迟不到场，这就让在座的宾客有些受不了了。

郭立业急得直冒汗，他不停地给郭郭打着电话，在美发店里一直苦等着新郎官的郭郭也早就坐不住了，她穿着婚纱四处溜达，一手拽着裙摆，一手举着手机接打着各种催命电话。

而此时带着车队去接新娘子的韩浩月，正堵在通往城乡接合部的路上，西装革履的他抱着一捧花，探头探脑地等着。

烈日当空，花束最上头的一个花骨朵都有些蔫儿了，婚车才慢慢往前又挪了几米。

韩浩月站在车座上，举目远眺，他一只手刚挂了郭郭的夺命连环CALL，叮叮咚咚的，电话就又响了起来。他看也没看就接了起来，然而，电话那头并不是郭郭，韩浩月愣了一下才问："哪位？你说什么？现在？"

婚车缓慢地挪到低矮的桥洞底下，韩浩月的衬衫已经被汗水打湿了，他顾不上管，看着手里电量已经所剩无几的手机，心急如焚，他实在等不了了，一个转身，放下捧花，从婚车上往下一跳，冲司机喊了一句："别等我了，你先替我去接人！"随后，一路穿过纹丝不动的车流，就这么抛下了去接新娘的车队，逆着车流往回跑去。

而此刻，婚礼现场的亲朋好友早就不耐烦了，哗然声一片。本来就有不少人是郭立业厚着脸皮请来随份子的，意见更大，好几个人都在说着风凉话。突然，喧闹声里有人喊了一声，有人真的中暑了，脸色苍白地软到了椅子上，黄蓉赶紧跑过去检查救治，现场一片混乱。

看着这一切的黄彩云受不了了，她一拉吴汉唐，直接绕过人群，走到躲在角落里打电话的郭立业身边："下午还有手术，我们先走了。有个事，方便的话说两句？"

郭立业满头汗，指指手里的电话："肯定不方便，这一堆的事儿，回头说吧。"

"就两句，说完我们就走。"黄彩云往前一步拦住了郭立业。

吴汉唐出乎意料地冷眼旁观，这是他破天荒的，第一次没有出言相劝。

大厅里人来人往，黄彩云尽可能地克制着自己，斟字酌句："己所不欲勿施于人。每个人都有自己的生活方式，我们不该强行干涉孩子们的生活。"

郭立业热得把衬衫的扣子全解开了，从一个红包里把钱抽出来，放好掖好，用红包的皮儿扇着风："是不是黄蓉跟你说什么了？"

吴汉唐站在一边，看着郭立业毫不认真的态度，他有些抑制不住的恼怒。

黄彩云一脸严肃地看着郭立业："我们家从来不在背后说人。这是我自己的意思，她和郭靖理应有自己的空间。"

"我家三居室，空间也不小，我和她俩都说好了，随便住。"

"巧言令色！"没等黄彩云说什么，吴汉唐突然插了一句，他似乎忍了很久，终于憋不住了："你这什么意思郭立业？客气点咱们是亲家，你要老这么装傻打哈哈，我就跟你理一理。当初为了娶黄蓉当儿媳妇，是哪个老公公觍着脸把什么话都应下来的？"

他突然这样说话，黄彩云和郭立业都有些意外，郭立业嘴快，回了一句："我都应什么了？"

吴汉唐一反常态地咄咄逼人："人而无信不知其可，你这么说话不算数，还是不是个男人？房子不买我们也认了，小两口租个房子你都能私下转出去，他们还是三岁孩子吗？他们要独立。看看你今天找的这饭店，说句难听的，你怎么不把儿媳妇的工资卡都收了？"

黄彩云有些懵了，她慌忙劝着吴汉唐，但却怎么劝都劝不住，她完全没想到吴汉唐会有如此激烈的反应。

这句话点燃了早就烦躁不堪的郭立业，相声演员的嘴皮子又快又损，他张口就来："我收的也是我儿媳妇的，不是你的，你急什么？以前我看你也是个老实人，今天这是怎么，趁着我嫁闺女的时候来上门溜缝撒泼啊？"

他步步紧逼，吴汉唐节节后退："我闺女眼看着就嫁出去了，家里两个房间还不够他们折腾的吗？干吗，干吗，打上门来了？你说我应了什么话，拿字据出来瞅瞅，没有就别瞎嚷嚷，说句不好听的吴主任，要混蛋你还真像。"

"姓郭的！你再说一遍！"吴汉唐又急又气，已经快要恼羞成怒。

嗓门越来越大，郭靖和黄蓉远远地看见这边的动静，赶紧跑了过来，郭靖劝姐夫，黄蓉劝公公，被遗漏在原地的黄彩云看看这个，看看那个，一句话也说不出来。

这边，郭靖拉着吴汉唐，来回来去地看，说："你俩怎么还吵起来了？姐夫您是什么人，您怎么也吵上架了？是不是我爸说什么了？"

那边，黄蓉劝着郭立业，她也觉得荒唐："是我是我，爸是我，今天可不是一般日子，郭郭眼看就来了，咱别让亲戚们看笑话，有什么话回去说好不好？"

郭立业绕着胳膊探着手地骂："听听你妹妹说的，敢情你也知道今天是我嫁闺女的日子啊，吴汉唐，一个破房子的事说个没完没了，你们什么意思？"

"房子，不是破房子，意思，就是这意思，今天说不清楚就没完！"吴汉唐还真就急了，上堂子就杠上了。

"我是瞧出来了，这是故意打我脸来了，这就不是租金的事儿。"

"就是租金的事儿。我还告诉你郭立业，平时你鸡贼你扣下孩子们的房钱不往出拿，这钱我可以出，说到现在还就不行，你必须把这钱吐出来！"

他俩越说越激动，一人一句，这边说完那边接，语速极快，别说黄彩云了，就连郭靖和黄蓉想插句话都插不进去。

"我是吃撑了还是喝多了我要吐？吐不吐是我家的事，这事姓郭不姓吴。听明白了吗？"

"你退是不退？"

"不退不退不退。"

"好！"吴汉唐大喊一声，"黄蓉——走，再往后也别回郭家了！"

婚礼被他们这么一闹，更混乱了。新人迟迟不来，酒店又闷热得无所适从，亲朋好友实在坐不住了，纷纷起身离开。

人都散得差不多的时候，新娘子终于来了，但也仅仅只是新娘子一人来了，新郎官仍旧不见踪影。

郭靖和黄蓉就那么看着郭郭在郭立业的唠叨声中，一言不发地穿过酒店大厅，穿过了他们一干人等的担忧目光，来到了订好的宾馆的单间里。

原来，半个小时前，郭郭找到了手机没电关了机的韩浩月，而当时的韩浩月已经头也不回地抛下婚车，跑了。他跑的原因是儿子在考场上突然低血糖晕倒，而他的前妻恰巧在飞机上，老师联系不上。

他不能不管儿子，这点郭郭能理解，但她不能理解的是，为什么他本应该在飞机上的前妻又突然出现，并且在自己和他前妻言语上有所冲突的时候，他的第一反应是伸手拉住了她……看着维护着妈妈的儿子还有韩浩月和他的前妻，那一刻，郭郭觉得他们才像是真正的一家三口，她的好心情一瞬间全都幻灭了，就那么倔强地一个人头也不回地跑了回来。

来到了单间的郭郭脱掉婚纱，卸完妆，坐在卫生间的马桶上，从一边的卷轴里往出扯着纸，抽着抽着，一行眼泪就从她的眼角流了下来。

这，是她第一次如此伤心地流泪。

而她所不知道的是，当她离开酒店后，韩浩月回到了酒店，此刻正身心俱疲地站在空无一人的酒店大堂里，打着她永远不接通的电话。

***

已入夜。郭家的屋顶和墙上原本粘稳贴牢的气球和彩带全都被扯下来了，喜庆的气氛全都没了，平静得一如往常。

黄蓉并没有在吴汉唐的要求下离开，因为担心郭郭，她选择了留下来安慰她。在黄蓉看来，事情其实并没有那么严重，应该只是因为韩浩月的前妻把郭郭气着了，这口气堵在她胸口出不去，仅此而已。

其实，早在这之前，郭郭就和韩浩月的前妻见过几面，他的前妻叫袁媛，是个心理医生。在郭郭的印象里，袁媛是个极度理智、循规蹈矩、喜欢剖析别人心理的女人，她的生活永远一成不变，永远自诩能够看透他人，说得好听是能够洞悉他人，说得不好听其实就是自以为是。

她和袁媛有过一次正面交锋，而今天，算是第二次。虽然袁媛也许并无恶意，只是想解释自己在飞机上怎么又会突然出现的这个误会，但是郭郭就是不爽她袁媛凭什么当着她的面，说要替韩浩月解释，难道他韩浩月自己就不能解释吗？说到底，还不是那个"替"字，激到了郭郭的软肋。

在黄蓉的一番苦心劝解下，郭郭终于软化了，见郭郭情绪稳定恢复容光，黄蓉这才回到郭靖的卧室。

正在她细致地铺着床铺的时候，突然，郭靖从客厅里跑了进来，手里捧着她的手机，像捧着一块烫手的烤红薯："快快快，你姐电话。准备好怎么说了吗？"

"把门关上。我演戏的时候不习惯有观众。"

郭靖摆摆手："我算编剧不算观众，抓紧说。只要照着我给你写的词儿，声泪俱下，活灵活现，你姐肯定同意咱俩今天就住这儿。"

黄蓉看了看他，然后深呼吸了一口，接起了电话："姐，您听我说，我……"

话刚说到一半，她就一下子愣住了，郭靖在一边等着，压着声音问道："怎么了？说话呀！"

突然，黄蓉什么话也没说，一下子站了起来，郭靖吓了一跳，没等他再问，黄蓉"啪"地挂掉了电话，一把抓过衣服就要往外走。

郭靖急了："你干吗去？"

"你也走，跟我回家！"

用"满地狼藉"这个词来形容此刻的黄彩云家，一点也不为过。客厅里，已经乱成了一团，满地的散乱书页和碎成了渣的手机零件被摔得到处都是，更别提已经被摔得粉碎的瓷碗了。

郭靖和黄蓉站在门口，踩着这满地的狼藉，看傻了。

脸色苍白的黄彩云一句话也不说，正拿着一个印着"中华医学会全国妇产科学学术会议"字样的大包，往里面一件件塞着东西，表情决绝。

卫生间里传来吴汉唐愤怒不堪的叫声："说了多少次，你上完厕所就把马桶圈扶上去，天天说周周说月月说，说了多少次就是不听，我在这个家到底是户主还是你的保姆？我说话还有没有意义？"

黄蓉刚来到黄彩云身边，还没来得及劝她，马桶冲水的声音便轰隆隆地响起，卫生间的门"咣"地开了，吴汉唐从里面走出来，继续吼："尽管收拾，尽管拿，想拿什么你拿什么。我是什么人，我就是一个受气包，我就活该听你数落听你训着，我就多说一句话你就不乐意了，一辈子这么长我说什么了，就你敏感就你气性大，就你是个气球，一戳就破？"

性格极端的黄彩云只管往包里塞东西，一声不吭。

要出事！刚刚手忙脚乱把地板上的东西捡起来的郭靖赶紧去拦住吴汉唐："姐夫姐夫，少说两句，我可从没见过您两位拌过嘴，怎么了这是？"

吴汉唐一抬手就把他推到了一边，自己气呼呼地坐到沙发上，口无遮拦，语速比平时也快多了："没拌嘴那是因为我都忍着。她什么样啊？说不得碰不得。骂我一天了我还句嘴怎么了？黄蓉嫁给你这事还怨得了我了？这要不是我你看看谁能受得了她？扪心自问啊黄彩云，做人是不是不要太过分了？"

"别说了！姐夫你怎么了这是！"黄蓉急了，大声嚷了一句。

而黄彩云已经把东西都塞满了，她把包上的拉锁一拉，说："疯了。几十年了第一次，他这是不想再过了。"

吴汉唐端起茶几上的一杯水要喝，因为情绪激动，他的手也在微微发抖："我是不想过了。在你那儿就是随口一说，到我这儿就是不想过了。怎么什么话都得依着你说？想走就走。谁也别拦她。"

话音刚落，黄彩云就拿起包往外走。

黄蓉死死地拉着姐姐，嘴里叫着："姐夫我可告诉你，我姐轻易不发毒誓不说话，说出来她可就覆水难收，你忘了因为放不放香油的小事，她就跟你念叨半辈子？今天她要一走就真不回这个家了！"

黄蓉拉也拉不住，她是真急了，叫了一声："姐夫，你今天是怎么了——姐夫！"

吴汉唐把水杯放下："叫什么都没用。天下雨娘嫁人，随她去吧。"

天王老子都拉不住黄彩云了，黄蓉眼睁睁地看着她一路走到了门口，拨开郭靖，拉开门，出门前最后看了吴汉唐一眼，尽量克制着自己，说了一句："往后就你自己了，再生气，也记得吃降压药。"

吴汉唐依旧纹丝不动，黄彩云等了等，等不来吴汉唐的一句挽留，她终于绝望了，拉开门就要往外走去。

"姐！"黄蓉像是突然想到了什么，猛地叫了一声黄彩云，然而，黄彩云已经走了出去。

"我姐夫不是故意的，他有病！他是个病人！"黄蓉冲着门外放声大喊着，郭靖和吴汉唐全都愕然地看着她。

黄蓉快步走到吴汉唐的面前，凝神地看着他的眼睛和脖子，一句顶一句地问："您最近有没有称体重？是不是瘦了？夜里出汗怕热，白天出门遇着堵车说急就急？看见什么都来气，自己都控制不住自己？是不是？上厕所次数变多，您没有查查是为什么吗？"

"你怎么知道？"吴汉唐下意识地点了点头。

黄蓉直视着他："听我说，您得做个甲状腺功能检查，越快越好——我怀疑你是甲亢！"

门口，黄彩云不知道什么时候已经回来了，她表情意外地看着黄蓉。

翌日。市医院化验室，一根针头插进了吴汉唐的静脉血管里，褐红色的血液流进检验吸管中。

化验室外面的楼道里，陪着吴汉唐的黄彩云疑惑地看着黄蓉："甲亢，你是怎么想到的？"

黄蓉看着她，道："当局者迷是您，旁观者清是我。坐门诊的时候你最常说的一句话是什么？"

"什么？"

"江山易改本性难移，是什么才能改变一个人的性格？是疾病。"黄蓉转头看了看化验室里的吴汉唐，"我姐夫脾气那么好一个人，突然变得这么暴躁，发脾气发得连你都不要了，如果不是外头有了别的人，那就是生病了。"

化验室里，吴汉唐已经抽完了血，正一手压着抽血的针眼，郭靖陪同在一旁。

黄蓉继续说："甲亢的诊断其实不难，难在于没往那儿想。所以回头再看，我姐夫很多地方都符合它的症状。比如，脱发，我最近发现姐夫头发掉得比较多，姐夫说老了正常，也就没多想；再来是多汗、心悸，甲亢患者的心率多数都会增快，这一点我姐夫应该也很清楚，除非他错误地认为这是因为来自于吵架的正常反应；另外还有食欲亢进，体重却下降，以及大便次数增多，在家的这段时间，姐夫上厕所的频率我们都是有目共睹的；如果仔细观察，还有症状里最典型，但在轻度时期并不显眼的甲状腺肿大，这点也是刚才我在你们吵架时仔细观察才发现的。如果姐夫真的是甲亢，那么他还会出现皮肤潮热，双手细颤以及情绪激动，甚至性格改变。因为他没有突眼，这一点不明显，我们大家都生活在他身边，却谁也没有注意到，不过八九不离十。"

正说着，化验室里的大夫拿着化验单出来了，大夫把化验单递给黄彩云和黄蓉，叹了口气道："是甲亢。没有治愈之前，未来一段日子可能情绪都不太稳定，病人家属不容易，黄主任。"

黄彩云点点头："是病就好说了，明白。"

从医院一回来，吴汉唐就待着阳台上恼火着，郭靖一路把他从阳台上劝回来，他边走边不乐意："你说，我骂它骂得对不对？"

"对对对，它那都是些什么毛病。不骂它都不知道自己什么错儿。该骂。"

"好吃懒做，打小脾气就大，受不了半点批评，以前自尊心就强，现在更年期，小崽子也不生，成天吵吵嚷嚷，轰又轰不走，你不知道，从我住这儿来就烦它！"

郭靖不停地应和着点着头，而阳台上，被吴汉唐批评的是一只懒洋洋的老猫。

客厅里，吴汉唐气呼呼地坐到沙发上，一摸杯子是凉的，又不高兴了："老猫都知道不喝凉水。我这身体能喝这么冰的东西吗？你们是不是想让我再胃痉挛了？"

"那是我的杯子，你的在这儿。"黄彩云端着一杯热水从厨房里出来，看着吴汉唐问道："你刚才那是骂谁呢？"

吴汉唐"哼哼唧唧"地把杯子端过去，"吸溜吸溜"地喝着。

"猫。骂猫呢。"郭靖怕她误会赶紧解释。

"我怎么听着有点像骂我呀？"

吴汉唐吐出一口茶叶沫子："骂你我还用借古讽今，还用借着猫吗，我直接就骂你了。不是我说你彩云，你就是敏感，好好的我骂你干吗？你还不爱听了，你回来我跟你说……"

"你说吧，我去躺会儿，我听得见。"黄彩云手一摆，往卧室里走去。

吴汉唐见她这样，更不乐意了："回避。这叫回避问题。生活里的很多细节就像病人，再危重你也得面对它，动不动就走，这叫什么态度？"

黄彩云头也不回地进了卧室。

吴汉唐转过头看着郭靖，道："两口子过日子，言来辞去难免有针有刺，只要是无心的就用不着上纲上线，我说人还是说猫都听不出来吗？有些话就像伤风感冒，你不理它，一星期也就好了。风吹草动你就要上抗生素，恨不得就要输液了。林黛玉是怎么死的？我说得对不对郭靖？"

郭靖嘴角一阵抽搐。

傍晚，厨房里，火苗温吞，郭靖端着小锅拿着小勺，精细地翻炒着一些蔬菜。

橱柜上，放着一个精致的天平，一头放着一粒小小的粗盐粒，黄蓉用端着一个带有精致刻度的小勺，往上添着可怜的盐末儿。

天平终于平衡了，黄蓉扶着腰站直了："熟了没有？"

"马上就好，油盐酱醋都准备好了吗？"

黄蓉看着面前一份份小得可怜的佐料："你可千万算好了，平时什么样现在就什么样，炒错了味道，这顿饭咱谁也别想吃好了。"

不一会儿，饭菜做好，郭靖和黄蓉小心翼翼地端上了餐桌，吴汉唐往脖子里掖了一块白布，像美食大赛的总评委，面前五六个菜等着他来入口。

郭靖小心地候在一边，黄彩云和黄蓉站在他身后，有些紧张地看着。

"呸呸呸呸呸——"吴汉唐皱着眉头逐一把每道菜都吐了出来。

郭靖赶紧递上去一张纸巾，吴汉唐擦擦嘴，开始挨个点评："果仁菠菜。重要的不是果仁也不是菠菜，是老醋。醋不够，你用的还是白醋，不行。番茄豆角。不是把番茄和豆角放在一起，它就能叫番茄豆角。你明白我的意思吗？算了算了，这什么？红烧小排，嗯，红烧看着还可以，小排不是小排，这是大排。大排它味道根本就进不去，我都懒得说了……这什么？"

郭靖看着吴汉唐用筷子指着的那道菜，点头哈腰地回答："白菜丸子粉丝煲。"

"白菜丸子还凑合，粉丝我也就不说什么了。"吴汉唐用筷子"当当当"敲着碗边，"煲呢？什么叫煲？壁较陡直的锅，叫煲。这不叫煲，这叫碗。煎药为什么用砂锅不用玻璃杯？杀牛又为什么不用宰鸡的刀，都有讲究啊郭大夫。就好比做手术不戴口罩，你在嘴上蒙张纸能管用吗？"

"那这些菜？"郭靖愣了愣，有些犹豫地探着他的口风。

吴汉唐把筷子一放："不好吃，不好喝，不好看，不好闻。没个好的——不吃了。"

黄蓉和黄彩云没说话，都颇为无奈地相互对视了一眼，郭靖端着几个菜准备去倒了，走到黄蓉身边时，黄蓉将他拦了下来："全倒了？那也太可惜了。"

郭靖瞅了瞅盘子里的菜，眼珠子一转，忽然想到了什么。

郭家，婚礼上韩浩月成了落跑新郎的事情已经告一段落，没心没肺的郭郭没过多久就想开了，和韩浩月和好如初，新婚燕尔，两人腻歪得不像话，开开心心地度蜜月去了，郭家也就只剩下了郭立业一人。

餐桌上，一个个饭盒像小山一样堆在桌上，郭立业挨个打开，探头探脑地看："这么丰盛？怎么大晚上想起给我送饭了？"

郭靖皮笑肉不笑地在旁给郭立业递着筷子："孝心还分个黑夜白天。吃饭的时候一看那边的酒瓶子，睹物思人，想着郭郭也嫁人了，家里就剩了你自己一个人喝闷酒，没想到这儿也就算了，想到了，就得有动作。全小区第一孝子不能光架着个名儿啊。"

黄蓉实在听不下去，她往厨房里去："我给您取酒去。"

自己的儿子自己了解，郭立业白了他一眼，接过了郭靖递来的筷子："编得不错。饭店打包的，还是自己做的？"

"家做的。"

"谁做的？"郭立业夹了一块肉一尝。

"问那么细干吗，有了就吃呗。"

郭立业嚼了嚼："肯定是吴汉唐。一看这少盐寡油的劲儿就是他。"说完，他指了指桌子上的菜，"去，给我回回锅，多放点盐。别说话，知道少盐好，可你姐夫做的这也太难吃了。狗都嫌淡。"

郭靖一脸尴尬。

待老爷子吃完饭，躺在沙发上听京剧的时候，郭靖和黄蓉坐在阳台上，头碰着头地剥花生。

电视里咿咿呀呀的京剧声音回荡在整个客厅里，老爷子沉醉地跟着唱了起来。

黄蓉用额头抵着郭靖的，在老爷子洪亮的歌声中，压低着声音宽着郭靖的心："顶多一个月。内科老刘说的，甲亢好治。再说我姐夫也不是矫情的人，过了这个劲儿他就好了。"

"本来是个写诗的，一夜之间变李逵了。这比我爸都难顶。要不咱们先在这儿躲会儿吧？"郭靖剥了个花生，往碗里一扔，正说着，黄蓉一把摸上了他的胸膛，他一阵错愕，"你摸什么？"

"摸你还有没有良心，良心是不是被自己给吃了？郭靖，做人不能这样，过河拆桥，你这连搭桥的砖头都给拆了。要不是我姐夫，你能娶着我吗？"黄蓉放在他胸膛上的手使劲一掐，郭靖顿时疼得龇牙咧嘴。

"开个玩笑你还真急了。我要是那么不讲究，你会嫁给我吗？肝脑涂地在所不惜，我就是觉得做饭这个事儿有点愁人，我是个大夫我也不是厨子，现学也来不及呀。"

黄蓉拍拍他刚才被掐的地方："忍忍，等吴主任病好了，你求着给他做饭都不用你。"

***

两个月后。

因为甲亢，吴汉唐已经提前病退，这段时间，黄彩云一直忍气吞声，很多次想发作，但考虑到他是个病人，终究还是把火压了下去。

很多人退休前后都判若两人，吴汉唐也一样，变得唠唠叨叨，不仅如此，可能是生病的原因，他连口味也发生了重大转变。

这不，今日的晚餐，他又将一个重油重色的深锅摆在了郭靖和黄蓉之间，郭靖和黄蓉二人探头看去，只见锅里，鲜红的辣椒已经快把锅铺满了，里头扎着无数个串串。

郭靖和黄蓉各自捧着一碗米饭，有些瞠目结舌地对视了一眼，而黄彩云此时正在厨房切着土豆丝。

系着围裙的吴汉唐走进厨房，不消一分钟，又端着一碗油腻腻的红烧肉从厨房里出来，往桌上一放："光穿串儿就差点累死我，嫌不好看就别吃。"

"谁也别跟我抢，这锅都是我的。"黄蓉赶紧拿出一根串串往嘴里放，接着说，"我就是有个小问题，最近重油重辣，没有辣椒都不上桌，姐夫咱以后不管营养搭配啦？"

"只要料好，营养遍地。"说完，吴汉唐头也不回地往卫生间走去。

郭靖也吃了一串，嘴都快被辣肿了："这些东西以前别说上桌了，都不让进屋。老头变化怎么这么大？"

正说着，突然咣的一声，厨房里不知道什么东西掉到地上了，正在卫生间里洗着抹布的吴汉唐，瞬间冲进了厨房，又是一阵不乐意的唠叨。黄蓉一搭郭靖，起身往厨房走去。

厨房里，吴汉唐已经唠叨完出去了，而黄彩云正拿着菜刀，看着刀下的半颗土豆和参差不齐的土豆丝，努力压抑着自己的情绪。半晌后，她转头对着方才进来的黄蓉说："说翻脸就翻脸，说教训就教训，管三岁孩子也没这么能唠叨的，要不是看他有病，我真的——我的手是不是也在抖？我觉得我也快甲亢了。"

"我来。"黄蓉轻轻地把菜刀接过来。

"脾气太大了，动不动就发作。这两个月来，天天夜里说梦话都在教训人。有时候我都怀疑自己身边躺着的是个生人。"

黄蓉费劲地切起了土豆:"我也不管这话该不该说了。是病,就有痊愈的时候。就怕不是一般的病,脾气还和平时一样,床上躺俩月,管子一拔,你想听什么话,全没了。"

她看看外头,小声说:"我知道这么说话不孝顺,可道理就是这么个道理。咱们都是学医的,透过现象看本质,您心情憋屈的时候,就想想这个,咱妈唠叨那劲儿不比我姐夫差吧?听不着了。"

黄彩云看看她,不说话了,把刀又接过来,开始切丝。

黄蓉拍拍姐姐,像哄小孩一样:"就当他更年期了。"

饭菜做好,吴汉唐和黄彩云坐得距离挺远,各自把着一头,只管自己埋头吃饭,一句话也没有,饭桌气氛全凭郭靖和黄蓉调动。

两个人已经吃差不多了,郭靖举着一枚啃得精光的鸡骨头,又像投篮又像飞镖,瞄准了远处墙角的垃圾筐。

黄蓉给他计时:"五四三二一,走!"

话音一落,郭靖就将手一扬,鸡骨头在半空中划出了一个抛物线,掷了过去,就差一点点,"啪",掉在了垃圾筐的外面。

黄蓉高兴地起身:"愿赌服输,一个月的碗你洗。"

在吴汉唐忍不住的唠叨里,黄蓉走到了垃圾筐前,把鸡骨头捡起来,正要扔进去,她愣了愣,似乎在垃圾筐里面看见了什么。

吃完晚餐,吴汉唐戴着老花镜坐在沙发上看书,黄彩云穿上了衣服准备出门去医院值夜班,平日里不食人间烟火的妇产科专家,这段时间以来变得像个无微不至的保姆,她边穿边说:"我看天气预报说夜里有风,你记得关窗户,明天下了夜班我要是能早回来,就给你带豆浆,回不来你就熬点粥吧,豆浆机坏了,郭靖说不好修,这几天就不动它了,别再漏了电。昨天我看你的药就快没了,今天还够吃吗?老吴?"

"说完了吗?"吴汉唐连头都不回地问道。

"我说你的药。"

"要记的你记不住,不用你记的你怎么这么碎叨。高蛋白饮食你晓得吧,海虾呢?又忘了?"

黄彩云嘴巴一张："哎呦，你看我。赖我赖我。黄蓉你给我发个信息，发我手机上，明天我一出医院大门就去旁边买。那么远你可别跑了。我先走了，有什么你随时给我打电话啊，记住了吧？老吴？"

吴汉唐不耐烦地挥了挥手。

坐在一旁的黄蓉一直在静静地看着俩人的对答，等黄彩云刚刚出门，黄蓉看了郭靖一眼，捣了捣他，道："辛苦你一件事，下楼去买颗瓜吧，我姐夫想吃。"

郭靖"哎"地应了一声，起身望向吴汉唐："想吃沙的还是吃脆的？"

吴汉唐从老花镜后面看了看郭靖："上次你买的瓜，我的意见你忘记了？"

郭靖一拍脑袋："明白了！"说完，他打开门，出去了。

郭靖一走，整个黄家就只剩下了黄蓉和吴汉唐二人。黄蓉起身直接走到吴汉唐对面，坐下，什么也不说，就那么直直地看着他。

"这个眼神不友善。什么意思？"吴汉唐看她一直盯着自己，放下了手里的书，问道。

"你什么意思？"黄蓉不但不回答，反而语气不太友善地问道。

吴汉唐察言观色："你姐又找你诉委屈了？"

"问你话呢，你什么意思？吴主任？"黄蓉一句比一句冲。

吴汉唐被她的这个态度气着了，他猛地一拍沙发："你在说什么？"

黄蓉"呼"地站起来了，她一句顶一句地问："这两个月我姐那么辛苦，你有完没完了？你知不知道她最近多了多少白头发，你什么意思，你想怎么样？"

吴汉唐下意识地缩了，他条件反射地说了一句："你别生气别生气，坐下，坐下说，我道歉我……"

他突然意识到了什么，把表情一收，刚瞪起眼，黄蓉已经坐下了。

"反应过来啦？道什么歉呀，本就应该直接生气瞪眼睛。知道为什么我把郭靖支走了吗？还趁着我姐上了夜班才跟你说？"说着，她从兜里摸出一个小药瓶，"垃圾筐里捡的。你知道你的病已经好了，还在装。不装就是孙子，装了就是大爷。一扭脸就翻脸，句句话噎人，颐指气使，发号施令，这种感觉很爽呀老同志。"

吴汉唐有些虚，把眼镜从鼻子上摘下来："黄蓉你，你这话是乱说啊。"

"药片减量，也不是一天两天了。最近验血的单子每次都不让我们看，你怕什么？甲亢病人严格限烟禁酒，那天我看你都偷偷喝上小啤酒了，姐夫，您这戏演得真够好的呀。"

吴汉唐顿时哑口无言了。

几分钟后，吴汉唐恢复了往日的松弛和谦逊，他开始了自我检讨："当惯了衙役，从没感受过青天大老爷的地位。出来进去都前呼后拥，平时喊破嗓子也没人听话，现在抬抬手就有人伺候。架上来容易，确实有点儿不太好下去了。"

"那就变着法儿地折腾我姐？"黄蓉不乐意地直视着他，口气里满满的都是质问。

"我没想折腾她，其实不也是折腾我自己嘛。"说着话他叹了口气，"人不能闲着。原来好歹还有一天几十个病人围着，上一天班回来，倒头就睡，端饭就吃，什么都没空想。现在待在家里，午饭还在食道里呢，又要吃晚饭了，我连个消化的地方没有。不折腾，我干什么呀。"

听他这么一说，黄蓉也软了下来，她想了想，觉得他说的其实也没错，忙碌了一辈子，突然就这么退休了，自己一个人在家连个说话的人都没有，也确实有些适应不了。语气也自然缓和了下来："也怪我们。平时各忙各的，没人顾得上关心你。是得想想办法，您以前那些业余爱好呢？"

"踢球，短跑，跳高，不想摔骨折就只能搁在以前了。滑冰还没到季节，小时候还喜欢打猎，行吗？再打你就得去看守所去给我送饭了。"

"还有吗？还有没别的什么事，又有意思又能忙起来的？"

吴汉唐不说话了，他别有深意地看着她，黄蓉被他看得有些不自在，她摸摸自己的脸："干吗这么看着我呀？我脸上有东西？"

吴汉唐咂了下嘴，思考了片刻，说："要是你和郭靖有个孩子，我倒是能替你们看看娃。"

"打住吧，这还不如去打猎呢。"黄蓉连忙做了个停止的手势。关于要孩子这件事，黄蓉一直拒绝，虽然郭靖想要，但没辙儿，黄蓉不妥协，要娃这件事就没戏，并且自打婚后开始，她就一直在服用避孕药，那是她对自己生育观念的坚守。"咱能不再说这个话题吗？再说我可跟郭靖跟我姐那儿揭穿您装病的事了。"

　　这话一出，直接把吴汉唐后面要说的话给剪断了，吴汉唐就那么硬生生地把想说的话全部憋了回去。

　　深夜，吴汉唐躺在卧室的床上，翻来覆去地睡不着。他习惯性地只睡在床的右侧，而床的左侧，一大半都留给了黄彩云。他看了看空了一半的床铺，又看了看床头上他和黄彩云的合照，想起了这些日子以来黄彩云的转变和对他点点滴滴的关怀，心里暖暖的却又带着一丝于心不安的愧疚。

　　第二天晚上，黄彩云下了夜班，一手提着一个挤满了蔬菜的袋子，回到了家。她一路进来走到餐桌边上，刚要放下，就看到了满桌子已经做好的用盘子反扣的饭菜。

　　听见黄彩云回来的声音，还在厨房里的吴汉唐就开了嗓："汤热了四遍你才回来。没在门诊住下呀？"

　　黄彩云掀开盘子，看了看丰盛的饭菜："怎么做了这么多？郭靖和黄蓉今天不是不回来吃吗？"

　　吴汉唐端着一个刚热好的砂锅，从厨房里走出来："手手手。手也没洗就捏那黄瓜。鞋，你的鞋，医院里的细菌病毒全踩回家来了。"

　　人都是被磨圆的，这段时间以来黄彩云已经习惯了他的口气，听话地过去乖乖换鞋："把洗手液都快用没了，就怕跟不上你这洁癖。他俩人呢？"

　　"他俩不回来你就不吃了？你和我又不是他们的小时工。当惯了保姆，给你自己做点吃的你还不习惯了。"吴汉唐一边说一边拿着碗给黄彩云盛饭，他还习惯性地瞪着眼睛，说话总是听着像骂人："动什么动。别动。坐好了吃你的。别往外拨啊，这碗米饭都给我吃干净。看看你最近瘦了多少。坐着。我给你盛盛汤还不行了？"

　　黄彩云不再抗拒了，拿起碗，开始吃饭。

　　"知道你辛苦了。也难为你。我知道你这阵子不容易，里里外外的，还得就和我。我和黄蓉也说好了不发脾气，我以为好得差不多了，可还是有些忍不住，就当我是个病人你就多担待吧！"

　　黄彩云吃米饭的动作越来越慢，她有些感动。

吴汉唐打开黄彩云带回来的袋子，一样一样地往出捡菜，他还是忍不住唠叨："看看你买的这些东西。土豆没一个不是蔫的，还有这绿叶菜，看看，叶子都耷拉了，不让你买你非买，这这些年你都没进过菜市场，你会买菜吗你？"

"老吴……"听着听着，黄彩云的眼圈红了。

"说。"吴汉唐头也不抬。

黄彩云轻轻地说："以前，平时，我不该那么骂你。和我结婚这么些年，辛苦你了。"是的，自从他生病这段时间以来，她来到了他的位置，才切身体会到这些年来，他是有多不容易。

吴汉唐在极力地控制自己的情绪，但还是有些没控制好，他一瞪眼，道："吃你的饭！"黄彩云依言乖乖吃饭，眼里却不知不觉地已噙满了温暖的泪光。

客厅里的灯把整个屋子照得亮如白昼，但这清冷的灯光却让人感到了千丝万缕的暖意。

第十四章

香烛纸钱、水果素酒、鲜花，郭家客厅的桌上摆满了这些东西。今天，是郭家给郭母扫墓的日子，郭立业前一天晚上就已经把所有东西都准备好，就连自个儿的衬衫都熨得整整齐齐，一个褶儿都没有。这会儿他已经把衬衫上的每一颗纽扣都系好，连鞋都换好了，他瞅着墙上的钟，急得坐不住了，在地上不停地溜达。

"您再急也得等路通了。堵车这事儿谁都没办法。坐下等会儿。"坐在沙发上的郭靖劝着老爷子。

"我昨天就提醒过韩浩月，堵车谁都怕，怕就早点出门呀，我不信早晨四点半出发，现在到不了楼底下？韩浩月就是磨叽，干啥啥磨蹭，等着看吧，往后要再生孩子都是晚产。"郭立业一脸不乐意地坐到沙发上，捡起扇子一摇，顺其自然地问了郭靖一句，"你们俩呢，什么时候要？打算了吗？"

"什么呀？"郭靖打了个哈哈，坐在他旁边的黄蓉却有些虚了。

"孩子呀，你说什么。"郭立业剜了郭靖一眼。

黄蓉略有深意地瞅了一眼郭靖，郭靖马上回答："不急，暂时没这计划。我们考虑……"

"考虑好就行，不用跟我说为什么。年轻人的事情我不管。"郭立业摇着扇子打断了他的话，"哎，你说路上不会一直堵车吧？你妈可最讨厌别人迟到了。"

紧赶慢赶，郭家老少终于到了墓园，摆好香烛纸钱、水果素酒，郭立业蹲在前排，点香点烛："路上太堵，这也是提前下了车小跑着来的。知道你气性大，活着的时候一句话不对就能把自己气缺氧了。今天人都齐了，小细节就别跟小辈儿们一般见识了，听话啊。"

老爷子说完话，郭靖黄蓉，郭郭韩浩月，挨个把鲜花放到了墓前。

正放着，郭立业突然叫住了黄蓉："黄蓉你留一下。"刚刚放下花的黄蓉愣了一下。

郭立业接着对着墓碑上亡妻的照片说："你昨天给我托的梦，都记下了。趁着还没老年痴呆，赶紧把话给你捎到了。黄蓉你来，别紧张，就是几句话，当你妈面，我给你转达一下。"

"爸你路上也没说呀。"黄蓉迟疑地往前站了一步。

"你们当大夫的，有些话不也得对着当事人说吗，光跟家属叨叨也不行是不是。没别的就一件事，小事。"郭立业转过脸看着黄蓉，眉头挑了挑，"你打算什么时候给你妈生孙子？"

郭靖刚要说话，郭立业一指他："婆婆问媳妇的事情，你别插嘴——黄蓉你说。"

站在一旁的韩浩月和郭郭相互对视了一眼，没有吭声。

"家里咱不是聊过了吗，我们暂时没这打算。"黄蓉嘟嘟囔囔道。

"没打算不怕，现在打算。迟早也得要，说个时间就行。你妈喜欢当面锣对面鼓，说清楚，要不她夜里又找我问。"

"非得说？"黄蓉看着咄咄逼人的郭立业，深吸了口气。

"说。"

"不要了。"与其藏着掖着，她不如索性直说。

前些日子吴汉唐把脚给崴了，颇有感悟，也借着这个机会再次和她聊起过这件事，他对自己年轻的时候不想要孩子的这个决定有些悔不当初，试想着假如以后动不了了，要是没她和郭靖在身边，他们连个说话的人都没有，据他所说，她姐姐嘴上虽然不说，但心里其实也有个疙瘩，所以他们一直把她当闺女养。不过就是他们说得再痛彻心扉、再天花乱坠，她不想要也还是不想要。

这下轮到郭立业愣住了，他半晌才反应过来，笑道："这孩子还是小。你看看，说话都不负责任。什么叫不要了。你爹你妈那时候也不要，你从哪儿来的？是不是？"

黄蓉礼节性地笑了笑，她伸手从兜里掏出墨镜，戴上了，再不吭声，这是在表明她的态度。

郭立业摸摸墓碑上的照片，又开始了自言自语："我说什么来着。婆媳问题不好处理就在这儿，婆婆不在，媳妇怎么会听老公公的？你也看见了，我说话不好使啊。"

郭靖处在中间，有些尴尬："爸，你这么搞突然袭击的后果，有时候就会很尴尬。"

"嗯，媳妇管不住，开始管爹了。"郭立业叹了口气。

郭郭见状马上说："你们要是吵架，我就先走了。"

"别别，都别走，这是我扫了大家的兴了，我给大伙儿道歉。"郭立业转过身来，说道歉就道歉，他真的给众人鞠了一躬。

四个人顿时有些难以置信地面面相觑。

扫完墓，五个人来到了墓园附近的一个农家乐餐馆，半露天的棚子下面，郭家老少围坐着，今天是韩浩月请客，菜一上桌，郭立业就立刻提起筷子站了起来，对着桌上的饭菜挑挑拣拣，指指点点。

"一盘炒鸡蛋，就敢要三十。有不有机，谁知道？我又没亲眼见这鸡吃虫子长大。这什么？水煮肉，牛肉还是猪肉？韩浩月你挺有钱呀，什么都点，你给我五十，我给你买五斤肉，做五盘子菜。"

韩浩月恭恭敬敬地在一旁听着，郭靖和黄蓉只管埋头吃饭，不闻，不答。

郭立业接着说："要是没看错，这个肯定是猪肉。我看看是公的还是母的。像母的。这老板也够狠的，也不说等这猪下个小崽子再杀。目光短浅，只能看见眼前这点小利益。这要是生了小崽子……"

郭郭先听不下去了，说了一句："你先吃饭吧老郭，吃完了再叨叨。别瞪着我，我是好意，回头低血糖你再把自己撂了。"

郭立业这才坐下："吃。还是我闺女会疼人，没白生她。告诉你们啊，你，郭靖，好好跟你妹妹学，现在好好孝顺，别光嘴说。别以后子欲养而亲不待。看我干什么，人生不就这么几十年？等我死了，也埋这儿，和你妈一起，啧啧，风水好啊，对你们子孙后代也好。"

他看看远处的青山绿水："再往后，郭靖黄蓉你们，你们百年之后也埋这儿，团聚。哎，有个事，你要一直不生娃，往后没人扫墓了，咱们一家子在底下，连个烧零花钱的都没有，怎么办？"

"从现在起，每年多烧一万多个亿，就算通货膨胀，也够花了。"郭靖闷头吃饭，头也不抬地回道。

"我说的重点是多少钱的事吗？嗯？黄蓉，你说呢？"

郭立业话锋一转，转头望向黄蓉，黄蓉被他这个突如其来的问话吓了一跳，一口饭噎在了食道里，慌忙喊道："爸，您把那汤递我，我噎着了，谢谢谢谢。"

郭立业顺手将汤递给她，随后转脸叫道："韩浩月。"

正在专心吃饭的韩浩月马上"哎"地应了一声。

"别吃了。你自己请客你等会儿再吃。你说说，要是你现在还没孩子，你怎么办？你不用看郭郭，这事你个老爷们你自己不明白什么意思吗？你表个态。"

"我不一样，我已经有儿子了，当然我知道是假设，这事儿一家和一家不一样吧，我就是觉得郭郭的意见也很重要。我比较尊重她的意见，这您也知道。"韩浩月小心翼翼地回答着，生怕得罪了他们其中任何一个，旋即把这个难题丢给了郭郭。

郭郭白了他一眼，手一摆："我没意见，别问我。吃个饭也这么累。我什么都不知道。我饿了，我要吃饭。谁也别烦我。"

郭立业还是将目光投向了韩浩月："说重点。人这一辈子，不留个后代，说得过去吗？"

"您说呢？"韩浩月就是不直面回答，绕绕弯弯，最终还是把问题丢回给了郭立业自个儿。

郭立业见他不接茬儿，气得一扔筷子："不吃了。回家。"

＊＊＊

夜幕降临。医院里，病房和楼道里灯火通明，下了班的黄蓉并没有走，而是留在了急诊中心的医生办公室里。

她最近刚学会了用手机点餐，正兴致勃勃地拿着手机点外卖，她看看几个写病历的同事，问道："肉夹馍套餐有折扣，买双份还能优惠。还有没有人要？小柳你不要吗？"

被叫作小柳的是一个年轻的女医生，她摆摆手，说："不啦。写完了跟男朋友吃火锅去。"

黄蓉环顾了一圈，见大伙都没反应，有些扫兴："我这刚学会点餐，你们也不捧个场。算了，我自己来。"

"今天不是你夜班吧黄姐，怎么不回家了？"小柳有些奇怪地顺口问了句。

"调了。多上个夜班累死，也比听家里老人唠叨强。"不管回哪个家都是唠叨，不是郭家老爷子唠叨，就是姐夫唠叨，两个人都在催她生娃，听得她耳朵都快长茧了。

而此时的郭立业，正在自家附近的公园里等着人，空荡荡的一片青石广场上，他孤零零地站在一个小石阶上。

不消一会儿，一个老头牵着一个四岁左右的孩子，朝他远远地走了过来："老郭！"

"可不是我爱批评人啊，老王，这都几点了，咱们队不迟到的铁律你都忘了？别的人呢？"郭立业有些不满。他是他们队广场舞的领队，铁打不动地每日都来，组织、领舞、拉人样样包揽。

老王有些不好意思："活动重复了。幼儿园今天有汇报演出，都去给孙子孙女加油去了。"

"那你怎么来了？"

"这我孙子，在舞台上尿尿，被刷下来了。要不是不让上，我也来不了。我俩参加咱这队。"说着，老王指了指在一旁扒开裤子，正在露着小鸡鸡尿尿浇树的孙子。

郭立业眉头一皱："广场舞不是过家家，你俩参加算什么意思？下个月就要全街道比赛了，你们一个个都不来，以后咱们还混不混了？老太太都跟别的队走了。"

"你没孙子你不知道，天大地大孩子最大，我能来就算不错了，要不然你挨个找他们去？"

"孩儿奴。因为孩子连艺术都不要了。看看我，我都瞧不起你们。"郭立业嘴硬，心里却更不是滋味了。他看了看热衷于尿尿浇树的老王孙子，琢磨着必须得给儿子儿媳下点猛料了。

隔天，下了班的黄蓉和郭靖一回到郭家，就看见了饭桌上一盆还在冒着热气的粥。而郭立业和郭郭正在给花盆换土。

客厅里，电视开着，播的是《动物世界》。

"红肠配白粥，看着就好吃。你们都吃了吗？"黄蓉一边洗手一边探头看着饭桌。

"吃了吃了，就剩你们了。爸专门给你熬的营养粥，趁热抓紧。"郭郭依旧专心致志地换着土，只有声音从阳台上传了过来。

黄蓉和郭靖明了地点点头，二人一起来到饭桌前，迫不及待地盛好粥，喝了起来，孰料一口下去，两人都觉得味道有些奇怪，相互对看了一眼。

"什么味儿？"郭靖把勺从嘴里拿出来，有些奇怪地问。

"好像有点腥，是不是放鱼片了？"黄蓉又喝了几口，"吧唧吧唧"地又尝了尝。

"我再尝尝。"郭靖也又盛了一勺。

俩人又连着喝了几口，还是有点腥，郭靖忍不住，抬头问了一句："今天这什么粥啊？爸？"

郭立业刚翻好土，这才慢悠悠地从阳台上走出来："蝎子蚂蚁粥。"

黄蓉举着勺子的手一下子顿住了。

郭立业见状，道："愣着干什么，喝呀。营养价值比海参都高，滋阴壮阳，对你们要孩子有好处。"

霎时间，黄蓉和郭靖一句话都说不出来了。

客厅里，顿时安静了，只有电视机里的背景声，声声传来，赵忠祥浑厚的嗓音缓缓地诉说着蝎子的一生："雌蝎可从生殖孔娩出仔蝎。雄蝎体内只有两根精棒，一生只能交配两次。但雌蝎每交配一次，可连续生育四年，直到寿命结束。蝎子为卵胎生，受精卵在母体内完成胚胎发育……"

听到这儿，黄蓉一阵作恶，捂着嘴往卫生间里奔去。

"哗啦啦……"她一鼓作气,把方才吃进去的粥,一口不剩地全吐了出来,顺带还吐出了些中午没消化完的食物。

吐完,她洗了把脸,一头扎进了郭郭的卧室。整好花盆的郭郭此时已经回到了卧室,正在收拾衣服,她看着黄蓉,一脸无奈地笑着,摇了摇头。

黄蓉蹑手蹑脚地把门一关,压低着声音,说:"解剖室的标本我也见多了,没一样像这么恶心的。我也不是个矫情的人,换了你你吐不吐?"

郭郭手一挡:"我别和你换了,我和我爸先换换,我也觉得奇怪想不通,生孩子有那么难吗?我要不是宫寒一下子怀不上,夹泡尿把二胎都生出来了。你就当养猫养狗了,至于那么害怕吗?"

"心理。关键是心理没准备好。有人怕打针有人怕坐船,人和人的恐惧不一样。我就理解不了为什么有人看见老鼠会晕过去,别人也没法理解我怎么就不愿意要孩子。你明白我的意思吗?"

郭郭弯下身子,又开始收拾起了衣服:"不明白,我告诉你,丈夫可以是后的,孩子必须得有个亲的。我对韩浩月那儿子多好都没用,关键时刻小王八蛋还是护着亲妈。算了,不跟你说了,你们的事情你们自己解决,我先走了。他前妻出差,韩浩月去开家长会,我还得去当好后妈带他吃夜宵……"

她刚要走又回来:"别说妹妹没良心不帮你,就这么耗下去不行。我爸是个轴人,为了捧哏转逗哏,他能把他师傅耗死。总之一句话,你不能这么被动,得出击。"

说完,她一开门,出去了。黄蓉看着被她打开的门,一个人静静地坐在郭郭的床上,若有所思着。

厨房里,咔的一声,郭立业手起刀落,切开了一颗西瓜。

生怕隔墙有耳,他压着声音教训儿子:"我省吃俭用,把你送去受高等教育,毕了业结了婚,就是让你能明白事理。韩浩月和你妹妹生了孩子,姓什么?姓韩他不姓郭。明白这意思吗?"

"小学毕业我也能明白。问题这事它急不得。您越急效果越差。"郭靖在一边洗锅,一边回他。

"我就问你一句,你想不想要?"

"我当然想了。我要不喜欢孩子我去妇产科干吗?这一点您放心,不会让老郭家绝了后的。"

郭立业咂了咂嘴："你的志向我放心，我是不放心你说了算不算。谈恋爱的时候我也没觉得你窝囊，我还以为你那是迷惑黄蓉呢，怎么现在这么尿？饭桌上连句话你都不敢多说？"

郭靖继续洗着锅，把里里外外都刷得干干净净："说不说不重要。什么时候说，说什么，才关键。对付轴人你得讲究技巧，李逵为什么听宋江的？你找鲁智深和他硬碰硬，那只能两败俱伤。这事我想过了，不能莽撞，得斟酌好。"

郭立业正要回答什么，厨房门口突然有人影一晃，接着，黄蓉探头进来，问道："爸，现在有空吗？"

郭立业警惕地看看她："干什么？"

已经琢磨好对策的黄蓉，把郭立业拉到了小区门口的马兰拉面面馆里。

他们坐在面馆一个不起眼的角落里，小桌上，花生米、拍黄瓜、酱牛肉，下酒菜一个也不少，郭立业面前摆着他们二人已经喝空了的好几个小二锅头的酒瓶。

黄蓉豪迈地干了一大口："郭靖怎么没随了您啊。那酒量，半瓶啤酒就能抱着桌子说唱hiphop了。还得是郭郭，您别不承认啊，您也喝不过她。"

"你的量也可以。别看你不是我闺女，黄蓉，我了解你。你和郭靖搞对象那么久，我太了解你了，这顿酒不白喝，这些话也不白说，你想说什么？"郭立业带着点酒意，看着她。

"您要这么说，我也不遮着了。孩子。我想过了，与其斗智斗勇，不如开门见山。您别起来，坐。坐下先听我说完，说完了您要是再有什么话，我也保证不打断。刚才咱是不是这么约定过？"黄蓉坦然。

刚想坐起来的郭立业又坐了下来，洗耳恭听。

黄蓉接着说："从医学的角度讲，为什么郭郭的酒量比郭靖强？为什么？其实我也不知道，但我知道优生优育，不能盲目不能着急。您爱听评书，曹操为什么最喜欢曹冲？因为他聪明。聪明人会说好听话，换了谁都会喜欢。曹冲，郭郭，都是您和曹操最成熟的年龄段生下来的。"

郭立业没打断，耐心地听着。

"我没说我永远不要，什么时候要？我也不知道，我只能说我不知道。灯就在咱俩头上，爸我完全可以骗你说我和郭郭一样宫寒，我怀不上，你不懂医骗你跟玩似的。但我不愿意这么做。为什么？我和陈锋就是因为撒谎，就因为不诚实才离的婚。我和郭靖结婚的时候我们说好了，小事不拘，大事不虚。我哪怕挨您几句说，我也不愿意蒙人当骗子。"

郭立业喝了一口酒："这话我爱听。在理。是个爷们办的事。"

黄蓉继续说："为什么现在不想要？我还没做好准备，这准备不是尿布奶瓶的事情。韩浩月为什么能把郭郭娶走？因为您想好了，想通了想透了，这事就成了。您要是心里没想明白，郭郭是个大活人，您能把她放走吗？孩子也是个大活人，他不是小猫小狗，我得对他负责。"

她说这话，郭立业听进去了。

"这事只能一对一这么沟通。我就一句话，生，但不是现在。具体什么时候，您和我妈再容我一年。一年后的今天，我保证把时间拿出来定好。您要是同意，这杯酒我干了。您要是不同意，这酒我也干了，那就对不住了。"

"叮——"郭立业举起酒杯就碰上了黄蓉的酒杯："说得好。郭靖要是有你这两下子，我也不至于白瞎了买蝎子的钱。说得真好。你也就是早不说，早说了咱也不会闹那么些别扭。好了，就八个字，万岁理解，理解万岁！"

"爸。"黄蓉有些感动了，她没想到自己这番话真说动了老爷子。

"别叫爸。对待孩子的问题上，你的想法比我更成熟，你是我的老师。黄老师，我干了。您随意。"

黄蓉也豪爽地一饮而尽，而后对着吧台叫道："服务员，再来俩小二！"

一夜酒醒。清晨，一阵"叮叮咚咚"的门铃声响了起来，被吵醒的郭立业睡眼蒙眬地过去开门，是快递。

"怎么现在都这么早了？"郭立业开门签收着，他看了一眼快递盒子，见上面密密麻麻写的都是英文，有些奇怪："谁写的什么这是？黄蓉，黄蓉——"

郭靖卧室的门开了，黄蓉出来接过快递盒子一看，一脸笑容："郭靖，来，惊喜到了！"

"怎么都是英文字母？"郭立业指着快递盒子问。

"海淘。爸，回头我给您也买一个啊。"说完，她把盒子递给郭靖，"看看，郭靖，是不是你喜欢的那款？"最近黄蓉网购学得很溜，什么都开始尝试着上网买了。

郭靖打开快递盒子一看，是一款钱包，他乐不可支地说："就这个，这儿还有个暗扣，颜色也正。爸你看看，怎么样，不错吧，我把我那旧钱包送您。"

黄蓉送了他一个大白眼，转而看向郭立业："别理他，跟您开玩笑呢。就冲您昨天晚上那么通情达理，我也得送您一个礼物。说吧，大到冰箱彩电，小到针头线脑，我必须表达一下心意。咱把买奶粉的钱给您孝敬了。"

"我一点都不生气，衣服鞋子旧钱包，我一直用的都是郭靖淘汰下来的。要不扔了多浪费。"郭立业说着说着，突然眉头一皱，眼神不对了起来，"你刚才说什么？"

"什么？"黄蓉不解。

"通情达理，奶粉钱？"郭立业一脸的茫然不知，"我昨天晚上说什么了吗？"

黄蓉看看郭靖，又看看他："不要孩子了。您答应的啊。理解万岁，忘了？"

"不可能。"郭立业手摆了摆，露出一副很认真的表情，"我怎么可能说这种话？我得脑子让一万头驴踢了才能说这样的混蛋话吧？黄蓉这就是你的不对了，你不能趁我喝点酒就讹诈我，告诉你，就算喝多了我也记着我说过什么，没说过什么。你爹要是连这么点警惕性也没有，早让人给卖了。"

黄蓉懵了，她看着郭靖，郭靖也看着她，目瞪口呆。

"爸，您真的说过。真的。"

"证据。有录像吗？谁能证明？"

黄蓉彻底懵了……

***

其实想要他们生娃的，真的不止是郭立业和吴汉唐，就连郭靖自己对要孩子这件事，也同样是迫切的，他是打心眼儿里喜欢孩子，只是，婚前他答应过黄蓉，在生孩子这件事上，要和她统一战线，所以直到现在，他就那么直愣愣地站在那条线上，下不来了。

夜色渐浓，郭家阳台上，郭靖这会儿一边扶着梯子给韩浩月当下手，修着阳台上绕了线的晾衣架，一边和韩浩月诉说着自己现在的处境。

韩浩月站在上头，口手不停："人和人情况不一样。我最早其实没计划要孩子，要不是袁媛，我现在还和你一样。"

"你们家女人说了算，反正你照办。"郭靖叹了口气。

韩浩月接着说："她喜欢自己拿主意，做事又果断，要不是需要我配合，想必都不会结婚。生孩子也一样，她直接把避孕套扎漏了，肚子都大了才告诉我。"

郭靖听他这么一说，惊到了，不自觉地由衷赞叹："这个绝。女的这么干，更绝。"

韩浩月哼笑了一声："事后我问她为什么这么干，她说时间宝贵，不想冒被我拒绝的风险，也没空坐下来分析说服讲道理。说那段时间是她一辈子里头最适合生孩子的年龄，不能再等了。"

"那为什么单找你呢？"郭靖有些不解。

韩浩月一边修着晾衣架，一边说："我有户口，不抽烟不喝酒，那时候还天天打球和游泳，肺活量很少有人比我强。加上身体也好，家里没高血压没糖尿病，血型O，不近视也没少白头，符合她对孩子遗传的所有的要求。"

郭靖嘴角一抽，笑："感情照着书选机器人也就这样了。"

修好了这边，韩浩月从梯子上下来，挪了个位置："你也觉得，我也觉得，可她不觉得。也有人说她是属藕的，心眼儿太多。怎么说呢，要不是她这么办，我现在也没儿子。有时候有心机也不是坏事，看你从哪个角度去想了。"

"塞翁失马。"

韩浩月看看他："趁着嫂子还没下班，这话也就咱们哥俩说说。有时候不能光听女人的，别看我老做不了主，可我要想办的事儿基本也跑不了。你要喜欢孩子，就得上手段，得磨，得豁出去。"

"怎么豁出去？"郭靖颇有兴致。

"想想袁媛，是吧。"韩浩月贼贼一笑，"人要是拿定主意，另一半的意见根本不算个事。"

郭靖抿了抿嘴，细细琢磨了起来。

夜深人静，窗外一轮圆月羞赧地躲在了云层之后，只露出了一小道银边，月光透过云层轻轻柔柔地撒下，漫天星辰闪烁，夏季的夜晚就是这么的赏心悦目。

卧室里，"哗啦"一声，被子被掀开了，郭靖和黄蓉的脑袋露了出来，喘着气的郭靖倒在一边，他刚刚用完了所有的力气，瘫软在了枕头上。

黄蓉裹着睡衣起来，光着脚走到柜门前，拉开一看，平时她放着避孕药瓶的地方空空如也。她转身望向郭靖："东西呢？别装死。说话。"

"什么东西？"郭靖装傻问道。

"口服避孕药。只要识字就能看懂。"

"喔，那东西呀，藏了。"

"什么意思？"黄蓉一脸意外。

郭靖倒是很坦诚，直说："射雕大侠光明磊落，我也不差。咱俩之间，我绝对不当那种扎避孕套、叫你怀孕的骗子。我也当不了，你对橡胶过敏。所以我就直截了当，一个弯弯绕也没有，你那药我扔了。"

黄蓉有些不高兴了："扔了买去。"

"我不买你也别想买。这么说吧，今天就当我喝多了，今天我就无赖了，从现在起二十四个小时我看着你，什么后路我都给你堵死了，你翻脸也没用，不信你大可以试试，说难听点，你就是抡圆了抽我，我也不反悔了。就这一次。怀上你就生，这次要是怀不上，我也认了，听天由命，我说明白了吗？"

他说得又急又快，坚定无比，黄蓉看在眼里，也不急了，坐稳了看着他，问："受什么刺激了？"

郭靖喘了口气，想了想，说："我想了想，觉着人不能对自己的身体冒险，再过几年，你换了想法，准备要孩子，不行，高龄产妇了。我不能让你冒那个险，雌激素都不对了。那是对你的不负责。"

黄蓉更平静了，她拿起放在床头柜上的瓜子嗑了起来，问："还有吗？"

"当然有了。前天我一个中学同学去医院看病，带的那小伙子不是他弟弟，那是他儿子。我们一个班几十个人，就剩我没孩子了。往后送孩子上幼儿园，别的孩子都以为我是爷爷呀。再有就是医学角度，这个你是能理解的。人类繁衍，这是人性，很多雄性动物都这样，活着的意义就是传播后代，到处留精。我不能不如个动物吧？"郭靖说得非常诚恳。

黄蓉嗑完了最后一粒瓜子，拍拍手："行吧。反正你也铁了心，算了。就这么着。滚去洗澡吧。"

郭靖心下大喜，一下子跳到地板上，提高了个八度哎的一声应道，转身就麻溜地滚去洗澡了。

然而，当他洗好澡，用浴巾擦着湿漉漉的头发从卫生间里走出来的时候，愣住了。

顺着他的视线看去，黄蓉正坐在沙发上大口大口地吃着喝着，茶几上摆的满满当当的，全是红酒咖啡、可乐饮料，还有一堆麻辣鸭脖，她见他出来了，不怀好意地看着他，"咕咚"又是一大口红酒。

"嗨！"郭靖喊了一声："孕妇不能喝酒精！"

他刚要冲过去，黄蓉一下子就站了起来，窗户不知道什么时候已经被她打开了，一阵风吹进来，吹起了她的发丝，黄蓉一只脚踩到了窗台上："别过来，过来我就往下跳。你的话还给你，今天我就无赖了，你翻脸也没用，说难听点，你就是抡圆了抽我我也不反悔了。"

郭靖站在原地，飞快地琢磨着。

"我知道你在想什么。眼睛一眨巴你全是鬼主意。你知道我不会跳的，我确实也不跳，我又不傻，跳下去腿断了疼的还是我自己。我这么干就想告诉你一件事，别说你把我的药藏了，就算今天晚上我就验出来已经怀孕了，我也会找个高处往下跳，一直跳到进人流室。这个不信你大可以试试。"

郭靖蔫了："我信。不信谁我也信你。"

"一句话。我还是颗蝌蚪，你让我做青蛙，不会。等我什么时候自己想通了，你压根儿也不用逼我。我这人吃软不吃硬，这么干也是你逼的。"黄蓉直勾勾地凝视着他。

郭靖长叹了口气，认尿了："下来吧。再逼你我就是你孙子。"

黄蓉满意地嘴一咧："过来扶一把奶奶。"

"下来我再抽你。"郭靖只能乖乖地过去把她搀下来。

被搀下来的黄蓉一脸的心满意足："取药去。不取我就高声喊，喊得全楼的人都来砸咱家玻璃。"

郭靖没辙儿，只好一脸沮丧地穿好衣服出门买药去了。

翌日上午，还沉浸在奸计未得逞的失落劲头里的郭靖，买完早餐，一路小跑地从外面赶回来，刚巧在楼下碰上了刚出单元楼的郭立业。

他有些意外地看着手里拿着小红旗、头上戴着小黄帽、提着一个很有年代感的背包的郭立业："您这是要去哪儿啊这是？"

"江南。华东五市六日游。来，帮我把包背上。"

郭靖十分诧异："怎么也没听你说过啊？跟谁去呢这是？没事吧您？"

"年近古稀膝下无孙，空巢老人太寂寞了，呼朋引伴，跟着广场舞的队员去参加个夕阳红旅行团，自己花自己的钱，找找乐子，这很过分吗？"郭立业满脸的埋怨。

郭靖挠挠头："我不是那意思。我是说太突然了，您倒是提前几天打个招呼，我……"

"你陪我去吗？"郭立业脑袋一探，"不去就帮我把背包挂上来。我也是刚做的决定，旅行嘛，说走就走嘛。你也不用送我，门口就有大巴，我们说好了都不用孩子们来送别，黑发人送白发人，兆头不好。"

"这不迷信吗？"郭靖"哼哧"了一声。

郭立业理都没理他，而后神秘兮兮地凑到他耳边，悄声说："我把郭郭也支走了，这两天咱家里没人，给你和黄蓉腾腾地方，繁衍后代嘛，蝎子也得有个窝。你明白我的意思。一周后见了。站那儿，别跟着我，烦人。"说完，郭立业头也不回地大步走了。

郭靖震惊得下巴都快掉了。

第十五章

郭立业走后的这几天，郭靖可谓是下足了功夫，屋子里里外外都被他重新布置了一遍，就连窗帘都换了，即便现在已入夜，他仍旧将每扇窗帘都严丝合缝地拉上。

餐桌上，他换了块新的桌布，精心准备了一顿烛光晚餐。此刻，客厅的灯没开，只有餐桌上两盏精美的烛台和屋里点缀着的一些小灯泛着星星点点的光，音箱里不断地响着压不住骚的蓝调音乐，气氛被烘托得浪漫到了极致。

现在，万事俱备，只欠黄蓉。

刚洗完澡的郭靖心情甚好地吹着口哨从卫生间里走了出来，一路来到墙边柜旁，拿起了一瓶香水，丝毫不讲究地往头上脸上脖子上一通乱喷，正要把香水放回去时，"叮咚"一声，门铃突然响了。

郭靖一愣，他看了看墙上的钟表，有些意外地冲着门外说："你不是小夜班吗？这么早就回来了？"

说话间，他已经走到了门口，他故意把短裤往下拉了拉，拨弄了下头发，这才把门打开。打开门的一瞬间，他的笑容立马僵住了。门外站着的不是黄蓉，而是郭郭。

没等他反应过来，郭郭就把手里的背包往地板上一扔，挤开他径直走了进来，踢踢打打地走向了自己的卧室，接着咣的一声把自己卧室的门摔上了。

原来她和韩浩月吵架了，又是因为他前妻。

不一会儿，门铃又响了。郭靖把门一把拉开，外面站着的仍然不是黄蓉，而是上门来哄老婆的韩浩月。

一进屋，韩浩月一看到屋里的氛围，立刻心领神会，他有些不好意思，但没法儿，老婆得哄，于是，他将满怀恳求的目光投向了郭靖："哥，拜托，给点时间和空间，一哄好郭郭我保准把她带走，不耽误您和嫂子的好事。"

"得。"郭靖手一挥，穿上衣服，出了门。

不多会儿，下班回来的黄蓉，被郭靖拦在了单元楼楼下，两个人就这么坐在楼底下的石凳上苦等了两个多小时，而楼上的两人还没有丝毫要开门的意思。

已经十点多了，方才抢救完十六个食物中毒病人的黄蓉，一脸倦意，眼皮子止不住地往下沉。

"睡着啦？"郭靖怀里抱了个切了一半的瓜，轻声叫了声同样怀抱着一半西瓜的黄蓉。

"睡着了吗？没有吧？"黄蓉被他这一叫，醒了醒，她吃了一口瓜，"他俩什么时候才下来？我快困死了。"

"快了快了，再坚持一会儿就行。"郭靖给她捏着肩膀。

"嘀嗒嘀嗒"，腕表的表针走着。黄蓉靠在郭靖身上，闭着眼睛："什么时候才能进家呀？早知道回我姐那儿了。"

"这不是想着家里没人，自在点儿吗，谁知道她这鸟占了窝不走了。"

"这么半天了，打个电话吧？"

郭靖比了个六的手势："我已经打过六遍了，不接呀。"

"敲门呢？"

"也不给开。"说完，两人忽然同时想到了什么，猛地相互对视了一眼，郭靖下意识地说："不会出什么事儿了吧？"

黄蓉顺着这话往下猜："殉情？"

郭靖吓了一跳，他赶紧掏出手机："别吓我。报警。不能等了！"

他刚一掏出手机，"叮咚"一声，一条微信闪了出来，郭靖打开一听，语音里传来了郭郭嗲嗲的声音："哥，感谢你的精心布置，浪漫搞定。千万别打扰我们，谢啦。"

郭靖就这么被放了鸽子，没辙儿，谁让他好心让了窝，现在想回也回不去了。他一脸无奈地搂着黄蓉来到了小区附近的一个快捷连锁酒店，奈何他俩身份证都不在身上，只能又辗转到了一家昏暗的小旅馆里。

简陋的标间里，黄蓉实在是太累太困了，打着呼噜，睡死了过去。

窗外的知了叫声连天，一个破空调"嗡嗡嗡"地晃着，根本感觉不到凉意。

满头大汗的郭靖坐着靠在墙上，摇着一把扇子，听着从隔壁传来"吱吱呀呀"有节奏的床摇板晃的声音，苦不堪言。

他看了看还在熟睡中的黄蓉，眼珠子一转，想了想，一个翻身过去就想亲她。

正在这时，门外突然传来了敲门声，熟睡中的黄蓉被这声音吓了一跳，"噗通"一声就坐了起来，正巧撞上了郭靖的脑门，两人不约而同吃痛地叫出了声。

又是这该死的敲门声，郭靖已经彻底崩溃了，门外的敲门声还在激烈地持续着，他不耐烦地喊了一声："谁呀！"

老板的声音这才从门外传来："有人报警，派出所的来了，快开门！"

刚从睡梦中惊醒的黄蓉一脸诧异地看着同样不知道发生了什么的郭靖。

郭靖过去将门打开，探出半个脑袋扒在门边左顾右盼，发现不少住客都出来了，和他一样都在左顾右盼。黄蓉也走了过来，扒在门边和他一起看。

只见，昏暗的楼道间，一个姑娘，把在楼道门口，手里提着一个茬口新断的拴狗绳，和一男一女两个民警激动地说着什么。旅馆的老板拿着一根棍子，挨家挨户地敲门，敲开了再在门口敲敲打打，查狗。原来，姑娘的狗丢了。

正查着，远处有个被查房的客人不乐意了，透过影影绰绰的人群，那个客人挡在门口，嚷嚷着："丢只狗就要查房？说进就进说查就查，谁是贼呀？有没有人管过我们的作息时间？刚睡着连梦呼噜还没好好打呢我，查什么狗？你这是把我们顾客当贼了吧！"

郭靖和黄蓉也听到了这声音，黄蓉觉得有些耳熟，转头问了郭靖一句："怎么听着那么像你爸呢？"

郭靖也觉得像，挤出去往前走了几步一看，就是原本该在江南旅游的郭立业！他惊讶地叫了一声："爸？！"

郭立业倏地一下愣在了原地。

正在这时，郭靖的手机"叮咚"一声响了，是郭郭的微信，她满腔满足的声音传进了郭靖的耳朵里："哥，我们撤了，你们可以回来睡啦。"

郭立业住在一间三人间里，他睡在中间的床上，另外两张床则被他用来堆放各种生活用具，桌椅床凳的位置也被他挪了。

他就像在自己家一样大大咧咧，指挥着郭靖和黄蓉："随便坐随便躺，就跟咱家一样。水在那边，我借了电饭锅，饿了想吃挂面就自己下，还能卧鸡蛋。"

"您没去旅游。夕阳旅行团，都是假的。"郭靖环顾了一圈，心里有点不是滋味。

"起初是想去来着。后来这不觉着贵嘛，人都出门了，东西也全带了，那就干脆在外头住几天，就当散心了。"

黄蓉看着放锅碗瓢盆的地方，一口还没刷的锅里还残留着方便面的汤汁，而那旁边放了一堆吃空了的方便面袋子，她心里也有点酸："您每天都吃方便面？"

"就为了给我们腾房子。不是我说你……"

郭靖话还没说完，就被郭立业打断了："你什么都别说，有钱难买我愿意。你们还有事吗？没事回家，我要睡觉了。"

"你呢？"郭靖瞅着他。

郭立业往床上一躺："我不回。我掏了钱了。房钱只交不给退，说是有优惠。钱都花了，我肯定得把剩的这一宿住完。虽说小了点吧，其实还行，还有二十四小时免费洗澡水，你们要不要也洗洗？"

郭靖和黄蓉有些不知道该说什么，无奈之下，他们只能出了旅馆。

一路上两人并肩走着，都有些慨叹，一时间都沉默着。走了一会儿，黄蓉站住了，她看着郭靖，说："别回家了。我是不行了，压力太大了，为了抱孙子，你爸宁可自己憋屈在小旅馆里头，就差吃糠咽菜了，你叫我怎么能住踏实啊？"

"那怎么办？"

黄蓉像是做了一个艰难的决定，想了半响，她趴在郭靖耳朵旁耳语了好一阵子，郭靖悉心听着，随后点点头，笑了。

隔天，叮的一声，郭家门口的电梯门开了，郭立业拎着一兜子锅碗瓢盆、吃喝拉撒的生活用品，从里面走了出来。他一抬眼，看见家里的门敞开着，还有三三两两的工人提着工具，来来回回地出入，他疑惑地走进去一看，只见家里的地上放着很多半封半拆的东西，都是新的，有饮水机有按摩椅，还有一台精巧的电风扇。

郭立业一时间以为自己走错了，他循声再到卫生间一看，里头更热闹，有人在装热水器，而黄蓉和郭靖则蹲在马桶旁边，一个拿着说明书，一个在给马桶安装智能马桶盖。

郭立业走到他们身边，他的影子遮住了光线，俩人抬头一看，霎时间，三个人六目相对，郭立业把手里的兜子往地上一放："不做大夫，当上小时工了？"郭靖咧嘴一笑，算是回应了。

等家电全部安装好，工人都走了，客厅里也收拾得干干净净后，郭立业坐在郭靖黄蓉对面，审讯似的问："谁的主意？"

"我的。"黄蓉回道。

郭立业看向她："什么意思？"

"于心不忍。忍无可忍。为了我们你省吃俭用，什么钱都舍不得花，昨天在小旅馆看见那么多的方便面袋子，出来我就告诉郭靖，安度晚年的东西，全买。热水澡随便洗，冬天坐到马桶上，屁股底下也是温的。"

"都我们出钱。"郭靖连忙补上一句。

郭立业瞅着他们："你们挺有钱呀？"

黄蓉对上他的目光："哪怕再少，也得让您享受高质量的老年生活，不能比那些带孙子的弱，出去到小区院子里看看，一个个累累巴巴，椎间盘突出了还得弯着腰替儿女们给孙子喂奶粉，保准都特羡慕您。"

"何止羡慕，那肯定得嫉妒。"郭立业虽然嘴上说，但打心眼里觉得窝心，只不过……"我的意思是你们买东西不能一件件下单，买多了有折扣，你们不懂也不知道问问我，现在都买完了，怎么让店家送你们婴儿床？"

郭靖笑道："尊老爱幼，先说前头俩字吧。后面的还早……"

"早什么，也就是下个月的事。婴儿床奶瓶尿不湿，该买的都得买了。"

郭靖和黄蓉被老爷子这句话弄糊涂了，相互看着对方。

郭立业见两人面面相觑，转脸看向黄蓉说："可能郭靖没跟你说过，除了我，他其实还有个大伯，就是我大哥，他叫成家，我叫立业。只不过打小夭折了，我就成了单传。从这儿往上捋，我爸和我爷爷也是单传，往下看呢，我又是郭靖一个。"

郭靖刚想说话，郭立业伸手一拦，接着说："我知道你现在顾虑多，心里没准备好，还怕影响身材，没事，我没逼你们非得生，领养也行。我已经去过民政局了，咱要一个。"

黄蓉还没说话，郭靖先急了："不行不行，我不同意！"

"我知道你们不同意，所以不是叫你俩去，我去，我领养。等我以后死了，她也是你们的孩子。到时候叫你爸还是叫哥，你们自己商量，我都行。反正往后不是我替你们带孩子，是你们替我带妹妹吧！"

黄蓉一脸的不可置信："这不是胡闹吗？"

郭立业看看表，赶紧起身："不说我差点都忘了。下午还约了个正事，先不和你们胡闹了。"说完，起身回屋收拾去了。

郭立业所说的重要的事，其实是去医院找急诊科的主任，拜托主任别给黄蓉安排夜班，因为她正在计划怀孕，在他看来，要孙子的事儿大于天。

得知了这个消息的黄蓉，已经崩溃了，她头发乱糟糟地坐在卧室的床上，气得一句话也说不出来。

郭靖给她摩挲着后背，压着声音："听我的，不行先糊弄过去。你就先答应着，拖一天是一天，要不谁知道以后还有什么过分的事儿等着？别这么呼吸，我知道你委屈你生气你想砸东西摔手机，你想把这床都用斧子劈开了，劈开了以后呢？当柴火烧了？再然后怎么睡觉？不还得再买个新床吗？日子该过还得过。"

看她有些平复了，郭靖小心地又问了一句："你平心静气地问问自己，咱们能和郭立业断绝关系吗？"

"能啊。你能我就能。"黄蓉的胸口还在起伏着。

"这是气话。还真不是我小瞧你，就你，还真干不出这种事来。"

"反正我不会撒谎，这是我的原则。打死也不撒。"

"我撒呀。这种事儿让我来。我已经替你答应了，生。"

黄蓉愕然，她一本正经地看着他。

郭靖对上她的目光："这是撒谎。我知道你最讨厌的就是骗子。可不撒，我爸就把领养的孩子给抱回来了。围魏救赵，黄大夫。三十六计，你明白我的意思吗？"

"什么意思？"

郭靖正襟危坐："要生，就得有房子。买不起，先租。当务之急是什么？搬出去住。"

***

产科病房主任办公室，桌上，一溜饭盒摆开，有荤有素，有凉有热。黄蓉最近见着郭立业就像老鼠见着猫，下了班也不回去，溜到了黄彩云的办公室来蹭饭。

她夹了一筷子水煮肉片塞进嘴里，一边吃，一边说："退休好不好，分人。我姐夫要是不早早退了，咱俩也吃不着这些变着花样研究的好东西。就是口味重了点，你说得病，怎么就把个人大变样了？"

黄彩云端着碗，目不斜视地盯着她看："不管你话题怎么岔，话一样得说。问题不面对，光逃避有什么用？回答我，你们这么躲着郭立业，能躲到什么时候？能到我这岁数吗？"

"不能。"黄蓉继续大快朵颐。

"不能就别躲。好比你子宫上长个瘤子，不看不说不去想，它就会自己萎缩消失吗？"

"瘤子倒简单了，一刀了事。再不搬出来躲躲，老郭能真抱个小女孩回家去。"

黄彩云舒了口气："他要真领养一个当你小姑子，也不一定是坏事。就像我和你，有什么不好？你不想要孩子，有个妹妹就当是实习了。"

黄蓉差点呛着："不是自己生的我要来干吗？"

黄彩云慢条斯理地夹了点菜放进碗里，条理清晰地分析道："从医学的角度，要孩子你会有三个矛盾。事业受阻不说，让郭立业那样的人带孩子，影响下一代。你自己要是不亲力亲为，母子关系也有问题。所以不妨先实习，有什么不对？"

听她分析完，黄蓉完全懵了，而让她更懵的是，晚上一回到郭家，郭立业就扔给了他俩一把钥匙。为了抱孙子，老爷子下了血本，已经替他俩把房子租好了，就在隔壁单元，是和他一个广场舞队的老王的房子。

在郭立业的催促下，二人连夜收拾东西就搬去了新住处，一进屋，黄蓉一抬头就看见了天花板上一根蜘蛛丝垂了下来。

郭靖伸手掸掉："老王叔叔一向细心，跟我爸跳舞他从不犯错，肯定是蜘蛛一小时前才织的丝。往里走，看看。"

黄蓉左看看右看看，一路来到北侧阳台，忽然，她被吓了一跳，只见北侧阳台隔壁的正对面，站着一个做饭的老爷子，那老爷子不是别人，正是郭立业。黄蓉看着近在咫尺的郭立业，呆住了。她怎么也没想到，两间房子居然会离得这么近。

郭立业一回头，看见了她，冲她满脸灿烂地挥舞着菜刀，隔着窗户也能听见他的声音："马上熟，收拾好屋子就回来吃饭！"

黄蓉一脸尴尬地笑了笑，算是给了郭立业一个回应。她转而走向卧室，正准备叫唤郭靖，却发现卧室的墙上贴了好几张婴儿图，不知道是以前留下的还是新贴的，总之，老爷子是煞费苦心了。

她一把揪住郭靖，示意让他顺着北阳台往对面看，郭靖这一看，也懵了。

郭靖比画了一下距离，小声地对黄蓉说："骂人的话不能太大声，太近了，说什么那边都能听得见。"

"你爸是铁了心了。估计也不会跟我再谈了。我连人都没生过，还谈什么人生？"黄蓉倒是没生气，语气挺冷静，"我还以为我会生气，一点都没有。老头也不容易。主要是我的问题，还没想好。其实我妈怀我就是意外，本来都不打算要了，稀里糊涂一拖，生了，没过多久她就死了，要是没有黄彩云，我就完蛋了。你明白我的意思吗？"

郭靖频频点头："我是个产科大夫，为什么老想叫你早点生？危险的高龄产妇实在是见多了。你说的道理我都懂，你担心，我比你更怕那些高危妊娠。女人生孩子，迈的就是生死门。你明白我的意思吗？"

"我知道你喜欢孩子。那么多科室你不去，非要跟着我姐姐，不就是因为这个吗？"黄蓉深深地望着他，摸了摸郭靖的脸，"等等我。等我想好了，一定给你生一个。"

听她这么说，郭靖心里暖了，他倍儿高兴地亲了下她的额头："有你这句话，我就当自己今天已经当爹了。"

黄蓉顺势抱住了他，将头靠在他的胸膛上："为了有人叫你一声爹，你爸这种一天花五十块钱就生理不适的人，估计今天晚上是睡不着了。租这房子花了多少钱？"

"为了一点折扣，押一付一。那个一不是月，是年。"

黄蓉有点震惊："这么说咱俩得在这儿住一年？"

郭靖咧着嘴笑："好还是不好啊？"

"怎么说呢，比起都在一个屋子里，图个安静，算是进步了零点一吧。"黄蓉也笑了。

话音未落，突然有人敲响了房门，敲门声一停，郭立业的声音就响了起来："饭熟了，你俩抓紧的！"

白日里的医院，永远人满为患，尤其是电梯口，乌泱乌泱的全是人。来医院体检的吴汉唐今天也混在了等电梯的大军中。

"叮咚"一声，电梯门开了，穿着白大褂的郭靖在人群里抱着几本病历从电梯里走了出来，他一眼就看见了电梯外人堆里的吴汉唐，有些意外："姐夫？你怎么来了？"

"最近身体不太好，约了今天体检。"吴汉唐看着已经穿过人群走到他面前的郭靖。

郭靖有些担忧地看着他："怎么了？"

"没事儿，一过性心动过速，心电图已经做完了，现在要去抽血。"吴汉唐感慨了一句，"人还是不能退休。一退，毛病就全来了。"

"走，我陪您去。"说完，郭靖想也没想，带着吴汉唐就往检验科走。

检验大厅，一叫到吴汉唐的号，郭靖就陪着一起走了过去。抽完血，吴汉唐用棉签压着胳膊上的静脉，坐在了候诊椅上，郭靖坐在他旁边，帮他抱着衣服，说："您怎么不给我打电话呀？超声心电图起起坐坐的，我来也能扶一把。"

"找人伺候就是银行存款，要紧的时候才能取钱。平时透支得太多，你该烦了。"吴汉唐笑道。

郭靖目光一正："说句不该说的，陈锋我不知道，您妹夫换了我，这种事还真不能客气。"

"妹夫总归是妹夫，你要是我儿子，早招呼你啦。我知道你没问题，问题在我。什么是退休者的尊严？不求人。"吴汉唐把棉签拿掉，看了看胳膊，已经不出血了。

郭靖把棉签接过来扔掉，看着他披上衣服。

"越到这岁数，越得认真体检。我病倒了没关系，不能把你们拖累了。"

郭靖嘿嘿一笑："我爸说他找人给您算过，活一百有点悬，也就九十六七吧。"

"你我都是学医的，这种问题不该避讳。"歇够了，他站起来，和郭靖并肩往下一个体检项目走去，"我和你姐在你们这么大的时候，心思都在工作上，她说不想要孩子，我以为同意是尊重，现在看，其实是失职。那时候就该料到今天啦。"

听他这么说着，郭靖瞬间想到了自己和黄蓉，他们不也正是如此么，倘若真的不要孩子，那么等他们到了这个年纪，又会不会也像吴汉唐现在一样后悔……这样想着，他心里顿时五味杂陈。

陪吴汉唐做完检查，郭靖回到了自己的诊室，不一会儿，进来了一个抱着孩子的女人。诊查完，郭靖把打印好的处方递给了她，女人像是忽然想到什么，问："能不能麻烦您个事，挂你们的号特别难，来都来了，我想顺便去验个尿。"

"你是说？"郭靖下意识地看看那个吃手指头的小孩。

"能帮我看看孩子吗，就十分钟，他特别听话，行吗？"女人目光恳切。

郭靖赶紧摆手："不行不行，我一天都没带过孩子，这么小肯定不行……"嘴上说着不行，但身体却很诚实，还是在女人万般恳切的目光中把孩子接了过去。女人道过谢，便出了门，顺手把一诊室的门关上了。

诊室里，顿时安静了。

郭靖目不转睛地看着怀里让人顿生亲近的小孩，一周岁左右，正是什么都往嘴里塞的年龄，他伸着手，执著地拉着扯着郭靖身上的胸牌和听诊器，往嘴里塞去。

郭靖不断地将胸牌抢回来，看着他："你可别给我拉身上，我嫌臭。看我干什么？我才不喜欢你。别吃了行不行？这个不能吃。你都这么大了，怎么听不进去讲道理呢？"

小孩子看着他，突然"嘎嘎嘎"地笑了。

郭靖深深地凝视着眼前天真烂漫的小孩："别冲我笑。干吗，笑也不让你吃。别看我了，再看我也不喜欢小孩儿，你这个岁数最招人烦，还看？"

小孩依旧笑容可爱地与郭靖对视着，郭靖直直地看着小孩水灵灵的大眼睛，"咚哒咚哒"，他仿佛听到了自己的心跳声。

看着如此天真可爱的宝宝，他再也撑不住了，一下班，他就飞一样地奔回了出租屋里，一把拉开了卧室里的柜门，将黄蓉的口服避孕药拿出来，将里面的药片全都倒了，然后从兜里摸出一些形状相同的小药片，换了进去。

换好后，他郑重地将药瓶放回原处，深深地吸了一口气，这才安心地咣的一声把柜门合上了。

***

半个月后。

下午两点半，太阳刺眼的光线透过窗户扫在黄蓉白皙的皮肤上。

刚刚起床的黄蓉用手拍着自己两边的脸，被黑眼圈包围着的眼睛还是睁不开。最近，她刚升了中毒组组长，正处于事业上升期，夜班也多了起来，再加上楼下的邻居孔老太，仗着女儿怀孕，手里像握了把尚方宝剑，几乎每晚都来敲门骚扰，不准他们大声说话，不准他们晚上洗澡，不准他们晚上看电视，就连网线都被她拔了，搅得黄蓉睡眠严重不足，郭靖几次想发作，但考虑到是长辈，最终都作罢了。

起床洗漱完毕，黄蓉哈欠连天地靠在沙发上，百无聊赖地看起了电视上的美食节目，郭靖已经去上班了，而她好不容易今天休息，恨不得懒洋洋地在沙发上躺到天黑。

电视机里，琳琅满目的美食特写一个接一个地刺激着黄蓉的视觉感官，还没吃午饭的黄蓉肚子"咕噜噜"地叫了一声，她忍不住了，从沙发上下来，这儿看看那儿翻翻，找起吃的来。

厨房橱柜的门被她挨个拉开，随后是储物间，她逐一打开，但却一无所获。她正要走，忽然看到了储物柜里一个被打开了盖子贴着维生素标签的小塑料药瓶，而里面已经空了。

她大脑迅速运转，转身去卧室打开了柜门，拿出避孕药的瓶子拧开看，又闻了闻，瞬间明白了。

噌的一下，她觉得自己的气血已经蹿上了头部，就差没有逆流了。她抄起手机，想也不想地就拨通了郭靖的电话，劈头盖脸地一顿训斥。

电话那头的郭靖被她凶得无法招架，在病房的楼道里边走边说："听我说啊，这个事是个意外。那天我帮着照顾了个孩子，小孩子，连话都不会说，你要是在场你就知道我为什么动心了。他跟我对视了你知道吧，脑血管的温度一高，热血上头了你知道吧，怎么跟你说呢，我觉着咱俩得面谈……"

没等郭靖说完，黄蓉"啪"一下就挂了电话，拎起包，把门一关，头也不回地走了。

挂了电话的郭靖知道黄蓉这是负气离家出走了，一下夜班，就赶去了黄家，果不其然，黄蓉已经回到了黄家。大清早的，黄彩云上班，吴汉唐出去晨练，这会儿工夫，黄家就只剩了黄蓉一人。

黄蓉端着早饭从厨房里出来，一眼就看见了开门进来的郭靖。她小喝了口粥，不咸不淡地说："我可不是生气回娘家来。我是饿的，回来享受享受小灶。你也来，尝尝我姐夫研究的新菜谱。咸了淡了，一会儿等他晨练回来，你给多提提意见。"

"反话？"郭靖走到她身边。

黄蓉坐到了餐桌边，把早饭放在了桌子上："什么反话？好的赖的听不出来呀？"

郭靖看了看她，这才松了口气："吓我一跳。我以为这事又过不去了。"

"吃呀。一宿夜班你不饿呀？"黄蓉敲了敲那一盆粥，问他。

"这不以为还得来哄你嘛。道歉求情多费体力，来的路上我就吃饱了。你慢慢吃，吃完了咱回家。"

黄蓉顿了一下，然后继续埋头吃饭，说："我不回去。"

"不是说不生气了吗？"郭靖愕然。

"不生气就得回家吗？这是什么逻辑？郭大夫你要上夜班，我在这儿待着，这不正常吗？"

郭靖急了："不正常！你看看你会什么？饭都不会做！你除了会到这儿来，还会什么？"

黄蓉愣住了，拿着碗的手也停了下来。

郭靖见状，从桌上的盘子里拿了个鸡蛋，一边给黄蓉剥鸡蛋，一边耐心地阐述："我说的都是事实，你确实什么都不会。你看啊，买水不会买电不会，灯泡闪了不会换，电闸跳了也不会修。不会做饭，不会熬汤，家里的扳手和改锥在哪儿你都不知道。这还是屋子里，出了门你更什么都不会了，长期这么下去，你和你姐一样，在手术台在医院你们都是把好手，可出了手术室呢？"

黄蓉把他剥好的鸡蛋接过去："鸡蛋我会剥。"

"生活里不止只有鸡蛋，换个松花蛋和咸鸭蛋你还真就不一定会收拾。咱们都是学医的，生老病死的话题百无禁忌，我爸和你姐都有老的那天，等他们走了，这社会男人压力又大，我的身体也没你好，难免会死在你前头。"

"呸。"黄蓉呸了一声。

"再呸也就这么回事。就算死不了，脑萎缩，老年痴呆，我什么都不知道了，你怎么办？养老院真有那么好住吗？一句话，我不放心把你留在这世上。为什么要把你的避孕药片给换了，就因为这个。说完了。"

这次，黄蓉确实听进去了，她颇有感触地望着郭靖："我不是根木头。你对我的好，你的心思，我全懂。郭靖，其实不用你今天说，我早就想好了，这句话你听好，我一定给你生个孩子。"

"我……"郭靖有些意外。

黄蓉接着说："别劝我。好不容易我才想通，知道吗？昨天一晚上我都没睡着，一直在跟自己商量，我好不容易商量通了，好不容易劝住自己，你别劝我。我这人耳根子软，尤其在这事上。万一你把我再劝回去，我可就后悔了。"

"你听我说……"郭靖正要说什么，黄蓉捂住了自己的耳朵，打断了他的话："求你了，别劝我。"

郭靖想要拿下她捂住耳朵的手，但怎么都揪不开，索性直接从兜里掏出一张精子化验单，伸到她的面前。

黄蓉看见了单子愣住了，一把从郭靖手里将那张单子拿过去："你这是要干什么！"

郭靖凝视着她，半晌，说："你想通了，我也想透了。不是怕你生气，来之前我自己就想好了，要不也不会提前准备好这个。我这个人不是什么大人物，也没什么自信，活这么大就对两件事有信心，一，专业水准；第二，就是对你的了解。黄蓉，天底下再没有比我更了解你的人了。事业的上升期，女人最黄金的岁数，我不能因为自己想要个孩子，就把你从中毒组组长的椅子上拽下来。我决不。"

"你越这么说，我越想给你生。"黄蓉有些感动。

"你也别劝我，我和你一样，都不经劝。千万别劝。你踏踏实实上你的班，我这身体再挺几年，比现在还能壮。"

黄蓉还想再说什么，郭靖用一只手捂住了她的嘴："嘘，就这么定了。我爹那边，我去说。"说完，郭靖轻轻地将那张被黄蓉抢过去的化验单拿回来，小心翼翼地叠好了。

傍晚，已经回到了郭家的郭靖，把化验单摆在了茶几上最明显的位置，然后懒懒散散地躺在沙发上，等着郭立业回家。

没多会儿，门"吱呀"一声开了，郭靖赶紧在郭立业进屋前调整好坐姿，装出一副垂头丧气的模样。

刚跳完广场舞回来的郭立业神采飞扬地拿着收音机，他一进屋就看见郭靖一动不动地坐在沙发上，而茶几上放着一张化验单，他过去将收音机放下，把化验单拿了起来，问："这什么东西？"

"出问题了。"郭靖表情严肃。

郭立业见他这副神情，心里一紧，忙问："什么问题？"

"换了避孕药也没戏。怀不上，我的毛病。"

"精子？"郭立业看着化验单，立刻傻了。半晌后，他急了，怒其不争地指着单子，"怎么会不行呢？"

郭靖臊眉耷眼，不说话。

"是你不行还是？"郭立业弯着腰，探着身子看着郭靖问。

"不是我不行，是生孩子不行。"

"为什么？"

"蝌蚪们游得不快呗。"郭靖抹了把脸，佯装出一副受不了这个打击的表情。

"它们快不快，这么多年你就一直也不知道？"

"我就结过这一次婚，到哪儿知道去啊。"

郭立业深吸了口气，又问："游泳的事情我听不懂，到底怎么个不行法？"

郭靖左右看看，见阳台上放着一颗干南瓜，指着南瓜说："就像那瓜。南瓜行，南瓜子不行，种下去什么都长不起来。"

郭立业眉头一蹙，有些疑惑地问："会不会是地的问题？"

郭靖摇头否认："不是。种子不行。"

"那怎么办？"

"慢慢调呗。"

"怎么个调法？"

郭靖坐直了身子，抬起头，一本正经地望着他："首先不能有压力，你别催。没准儿慢慢就好了。"

郭立业顿时急了："慢慢，还没准儿？得多慢？要是调到我这岁数还不行，怎么办？"

正说着，一直没关的收音机，"嘶嘶啦啦"地放起了广告，一个男声不断应景地重复着："没有到过大桥医院，就不要破灭生育梦想，只要有一颗活精子，就能做一个幸福的爸爸……"

郭立业火大地走过去一巴掌将收音机打掉了。

俗话说，有什么别有病，尤其是生育方面的疾病，对男人来说，天塌下来都不算事，唯独这一件。郭立业在知道了儿子有毛病后，想着法儿地给他补，郭靖家里厨房的橱柜上，被郭立业放了一溜的瓶瓶罐罐，从小到大，按序排列，里面泡着的东西林林总总：甲鱼、蛤蚧、蚂蚁……

他甚至连阳台都不放过，好几串形状可疑的干牛蛋，就那么被郭立业高高地悬挂在晾衣架上。郭靖一回到家就惊恐地仰起头，目瞪口呆地望着。这段时日，他已经被郭立业变着花样地补上火了，经常"滋滋"地往外冒鼻血。

实在受不了了，郭靖连唬带蒙，费了九牛二虎之力总算是把郭立业给劝走了，熟料老爷子刚走没多久，又一条鼻血从郭靖的鼻孔里窜了出来，他赶忙往鼻子里塞了个纸团，对着黄蓉说："这也就是你丈夫我，换了再任何一个谁，不到半个小时，面对老郭这样的轴人，就算手里端一把上了膛的枪，敢说自己一定就能劝得下来，以后再不用胡吃乱补了吗？"

黄蓉拿着块干毛巾，给他擦着不断冒出来的细汗："拿夸张十倍的饮食禁忌去吓唬老头儿，说到最后再假装昏厥，这种咋咋呼呼的套路换谁行。瞅瞅这汗冒的，不是已经劝通了不喝吗？"

郭靖叹了口气："防不胜防。劝的过程里没防住，老头给凉白开里也泡过老山参了。"

"那些瓶子呢？"黄蓉想起了厨房里的那些林林总总，"拿哪儿去了？可别半夜上厕所再给我吓尿失禁了。"

"放心，都是好东西，我爸怎么可能冲了马桶，全都拎走了。"说到这儿俩人对视一眼，全都想到了一起，黄蓉问了一句："该不会？"

"全都自己喝了，那得流多少鼻血呀？"郭靖一下子站起来了，他马上往外走去，"不行。宁可扔了也别补出毛病来，我得去嘱咐几句！"

说完，郭靖把纸团取了下来，没了纸团的阻挡，"滋——"鼻血又出来了。

食补的方法在郭靖的连蒙带骗下，暂且搁置了，但郭立业也没闲着，在小区里听一帮老头聊起针灸有效，二话不说，拽上郭靖就去了中医堂，密密麻麻的银针扎满了全腿还不算完事，一听说还要扎睾丸，郭靖吓得魂儿都快没了，拖着那条满是银针的腿飞快地跑了。

医院食堂里，正在吃饭的黄蓉听他说得津津有味，笑得前仰后合，她剥了一颗茶叶蛋，放到郭靖碗里。

"幸亏我跑得快，但凡再慢一点，吃几颗蛋也补不起来。"郭靖"呼噜呼噜"地吃着面。

黄蓉忍了忍笑意，说："一会儿吃完，咱俩一起去见你爸。把话都说开了，谎言就像摊大饼，这饼已经没边了，等露了馅，更不好圆。"

"不好圆也得硬圆。这谎肯定得撒到底。放心，不会漏的，反正迟早都要生，等你把组长的椅子坐热了，不也就是坚持个小半年的事儿吗。"

忽然，黄蓉像是想到了什么，停下了吃饭的动作，直愣愣地望着郭靖，郭靖被她看得有些发蒙："怎么了？"

黄蓉琢磨着，说："不对啊，你把我的避孕药换成维生素，换了多长时间？"

郭靖想了想，回答她："有一个月吗？"

"后来把话说通了，我好像还没换过来，我又吃了多久？"

"什么意思？"郭靖眨了眨眼。

"前前后后一个多月，我一直在吃维生素避孕，不会是真的不会生吧？"

这下郭靖彻底愣住了。

第十六章

　　从检验科出来，郭靖一脸不甘心，果真让黄蓉的乌鸦嘴说中了，不过不同的是，他不是不能生，而是精子的活力值不高不低，刚刚好卡在了正中间。

　　具体怎么说呢，就好比有八匹马一齐比赛，枪一响就开始跑，郭靖那匹跑得也不一定慢，就是耳朵不好使，听不见发令枪响。导致这样的原因有很多，可能是他经常值班熬夜，生物钟紊乱所致，他一打瞌睡它就也跟着睡懒觉，可也不是它跑得不快，真要撒欢儿跑开了，八匹马里头它能排个中间偏前，可眼看着到终点了，脚下一滑，摔半路上了。但问题是，精子受孕这事儿，冠军只取第一名，他那匹马老是第二。

　　检查结果一出，郭家像炸开了锅，就连郭郭都知道了，郭靖在一家子人的担忧中，除了吃药，还开始了玩命似的锻炼，他可真不能不行了，老郭家还得靠他传宗接代呢。

　　夜间，他靠着卧室的墙，没完没了地还在深蹲，已经练得两股战战，额上冒着细汗，还在坚持。

　　黄蓉看看他，关心道："撑不住就歇会儿，循序渐进。你这么个练法，别的好了，腿废了。"

　　"不练行吗？叫你们说得我真觉得自己不行了。回头生理倒是没事了，心理疾病更难治。"郭靖练得两腿直哆嗦着。

　　黄蓉深舒了口气，直视着他的眼睛，然后用两根手指比了比他的眼睛，又比了比自己的："看着我。大夫有没有说你绝对不行？"

　　郭靖摇头。

"医生怎么说话你还不明白吗？现在谁会夸百分百的海口？没说不行，就是行。你现在推开门出去，上街随便拉住一个人，谁没几件愁心事？人人都焦虑，人人都有八匹马，人人难免冲刺的时候绊一跤，所有人都一样累，你自己是大夫，你是不是更该放松，是不是？"

说的在理。郭靖点点头，听着。

"所以？"

"该吃吃该睡睡，该干什么干什么。"郭靖明白了。

"这就对了。"黄蓉欣慰地笑。正说着，客厅的门忽然被敲响了，客厅里的郭立业走过去开门，门外，站着的是怒气冲天的郭郭。

在一番询问下，才知道韩浩月的前妻袁媛总是以孩子袁冬冬为借口三番五次折腾韩浩月，一次又一次挑战她的极限，这次更离谱，拿了韩浩月存放在门口的钥匙，打开门直接就进了屋，而韩浩月这个尿包，因为怕郭郭知道，打算伙同袁媛一起骗她，不料却被她撞个正着。

就在一家人坐在沙发上听郭郭嘚吧嘚地发泄的时候，咣的一声，郭立业没关严实的门被打开了。

韩浩月一头就扎了进来，额头上还冒着细汗，他一路从门口冲到沙发边，不管不顾地拉了个凳子，坐下刚要解释，仅仅叫了个"郭"字，后面的话还没出口，就听见郭郭"哒哒哒"地说："别绕弯子，别铺垫，别抖包袱也别装可怜，什么表情也别往外挤，别跟我说潘金莲的竹竿是不小心掉下去的，我什么多余的话也不听，你就直接告诉我一句话，为什么她要折腾你？我就听一句。说。"

韩浩月喘着粗气，深深地看了她良久，说："袁媛病了，她可能得的是——癌。"

顿时，郭家全体愣住了。

子宫颈上皮内瘤变，归属于妇科，郭靖的专科。

用袁媛的话来说，癌症的治疗她不懂，但预防和病因还能略知一二。她说，两种诱发癌症的东西，不论是内源还是外源，她都不存在，从内源的遗传和基因来看，她父母两边的病史都很干净，没有糖尿病没有高血压，上中下三代人里没有一颗恶性肿瘤；从外源来看，她现在不到四十岁，正是身体最黄金的年龄，抵抗力也不弱，每年连感冒都很少得，病毒和细菌不会对她产生慢性影响，她不吸烟不喝酒很少熬夜，不嚼槟榔不吃烧烤，从来不买垃圾食品，家里装的净化器和净水器可以保证空气和水不受污染，职业病就不用多说了，那些可能引发肿瘤的工作她都已经规而避之。还有最重要的心态，她是心理科医生，也是人，她没法让自己一辈子不生气，但她知道什么事能激怒自己，也知道哪些人能让她不高兴，好的留下，不好的敬而远之。所以，从概率学上来说，她觉着自己不可能长恶性肿瘤，起码八成不会。

第一次在诊室见到她的郭靖，就被她说得一愣一愣的。

不过，确实不出她所料，病理结果出来，是良性。但是，宫颈虽未恶变，她却被诊断出了肝性脑病，好在还没有达到肝衰竭的程度。

出诊断结果的当天，她就被郭靖黄蓉安排住进了病房，而她的儿子袁冬冬，这段时间暂且和韩浩月住在一起，偶尔韩浩月和郭郭忙时，袁冬冬就跑去郭立业家，和老爷子下下棋、遛遛鸟，也算是丰富了郭立业的老年生活。

***

日子就这么一天天过去，而郭靖，在精子这件事上，也算是想明白了，他觉着，马和人一样，天天勒着缰绳，前怕后怕，谁都跑不快，还不如彻底放放松，没准儿就野了。这阵子戒酒戒辣戒荤腥，连卤煮都戒了，他就差跟着马吃草了，所以，索性，他把药停了。

而黄蓉这个急诊科副主任，自从兼任了中毒组组长后，忙得更是不可开交，不过虽说忙，但因为郭立业近期一直陪着袁冬冬，无暇顾及她和郭靖，倒也算是过得比较舒心。但这种舒心，直到在急诊科遇到舒心，就再也不舒心了。

接到急诊电话，回到科室的黄蓉，一推开急诊中心急救室的门，就看见了里面脸色苍白的她曾经的闺蜜——舒心。

四目相对的一瞬间，两人都有些许短暂的尴尬。不多会儿，她的前夫陈锋，从门外拿着化验单匆匆进来，黄蓉一转头就看见了他，他也有些尴尬地对她点点头。

身为一名称职的医生，不论对面的病人是谁，都应该要泰然自若地冷静诊断，黄蓉也不例外，她一板一眼地询问着舒心的病史，她问什么，舒心就回答什么，俩人一问一答，说话的时候却都不看着对方的眼睛，但这种对话没几个回合，就被陈锋打断了，舒心所有要回答的问题，陈锋都一一代劳了。

黄蓉有些看不下去，她把记录的笔停了下来，看着他道："你让病人自己回答。她也是学医的，不会说话吗？"

"我的事情陈锋全都知道。"舒心把手搭在了陈锋的手上。

黄蓉眉头一挑："我记得你以前生活自理能力挺强啊，跟着暖男太久了，退化了？"

舒心不像黄蓉那么锋芒毕露，但话说到这儿，也回了一句："这是问诊的一部分吗？"

"问你的部分先到这儿。下一个问题是问你丈夫的。"黄蓉顿了下，把目光转向了陈锋，"你有没有和她一起吃过什么食物，有不舒服的感觉吗？"

这次没等陈锋开口，舒心抢先回答："一日三餐加上夜宵我们都在一起吃，食物中毒的可能性不大，你要不要先考虑药物问题？"

"你吃过什么药？"

"问题就在这里。最近用药有些复杂，除了口服调整经期的片剂，这几天睡不好，还吃了些安眠药……"

黄蓉面无表情地记录着，从没见过这种问诊场景的小护士在一边看得出神。

问诊完，黄蓉回到诊室，给舒心下了医嘱。完事之后，她一手抱着水杯一手翻看着厚厚的病历，没多会儿，敲门声响了起来。黄蓉头也不抬地说："单子放桌子上，我把手头的忙完就过去看。"

门开着，刚刚进来的陈锋闻言把一张化验单轻轻放下，而后站在了一个分寸感适中的距离，顿了顿，才问了一句："姐姐还好吗？"

"好。"

"姐夫呢？听说他退休了？"

"嗯。"黄蓉依旧不抬头。

"他俩身体还可以吧？"

"电话没变，手机没变，科室和家里的地址都没变，你要关心可以自己去问。还有别的事吗？"

这闭门羹来势凶猛，陈锋被她堵得一时间不知道说什么，转身往门外走去，快到门口时，他想了想，转身又问了一句："你的牙后来又去处理过吗？"

"牙？"黄蓉这才抬起头。

陈锋点点头："上下颌左右各八颗恒牙，由前向后，你的一颗前磨牙和两颗磨牙都有龋齿，离婚之前我都给你补好了。你怕疼，没拔掉的智齿从片子上看，也不会影响你的生活。就剩了一个做根管治疗的，右上倒数第二颗，做到一半咱们就分开了，现在还疼吗？"

听他这么一说，黄蓉下意识地摸摸自己的右脸："疼。一上火就疼。后来我找过小徐，他说得杀神经，是不是？"

"男小徐女小徐？"他看看黄蓉，"是谁先不管了。等你有时间，我可以帮你彻底做个治疗。坏牙迟早是颗炸弹。"

黄蓉挑眉看他："你给我治牙，不怕你太太吃醋吗？"

陈锋就像是一团棉花，不管黄蓉打过来的拳有多硬，总会消于无形，他说话一向不瘟不火，不管问答，听着都颇为诚恳："医生和病人之间没有误会，舒心和咱们都是同行，会理解的，就像你现在帮她一样。"

这些话消弭了一些尴尬，黄蓉的口气也不那么冲了："找你看牙，收费吗？"

"可以打折。"陈锋说得很认真。

"真抠，你免费我也不去。说都不敢说。"

陈锋笑了，黄蓉见他笑，马上明白了："可以啊老陈，现在都学会开玩笑了？近墨者黑，跟小媳妇学的吗？"

她将视线落在陈锋的衬衣上，说着说着她也笑了，笑容里却别有意味。

陈锋被她笑得有些局促，上下打量着自己的身上："怎么了？"

"还是一百年不变的白衬衫，你要是把穿衣服的品位也跟着变了，就真年轻了。"她说话间还是忍俊不禁，"不行不行，我就不能看你这衬衫，一看它我就想起那天来了。"

她说的那天，就是她得知他劈腿的那天。当时郭靖骑着小摩托，驮着她来到了酒店前门外的停车场，还没等小摩托停稳，她就从后座上跳了下来，连头盔都来不及摘，就大步流星地从正门冲了进去。

她到现在都清晰地记得，当她看见陈锋和舒心在酒店房间抱在一起时，陈锋穿的就是这样一件白衬衫。当时她一气之下，泼了他满脸满身红酒，乍一看去就像是浑身鲜血，众目睽睽之下，他一路狼狈不堪地追了出来，而她已经坐上了郭靖的小摩托，一路远去。

提起这些，陈锋有些尴尬，黄蓉倒显得大大方方："过去多久的事了你还不好意思什么，书都翻上下本了。"

"习惯了的事情，总不好改。你也一样，还喜欢给水里加山楂片。"陈锋下意识地整了整衬衫的领口，又看了看黄蓉手里的玻璃水杯，他开始回忆起了过去的一些事，"姐夫独爱山楂。只要在他身边的人，都要劝着喝。如今他退休了，这习惯倒是改不了了。我也一样。"

黄蓉正要回答，郭靖的声音突然从门外冒了出来，替她接了一句："吴主任的杯子里早不泡山楂了。"

他从门口走进来："陈大夫一看就很久没见我姐夫了。自从他甲亢以后，很多的饮食习惯都变了。我和黄蓉近在眼前，也得跟着变，除了山楂别的变得多了。"

"甲亢了？"陈锋有些意外地看着黄蓉。

黄蓉点点头："退休前的事儿了。"

郭靖接着黄蓉的话继续说："退休不退休你们慢慢聊，不急啊，一点也不着急，我是手机没电了，这才进来告诉你一声，我在车棚里等你。什么时候忙完什么时候出去，咱吃炸酱面去。"

说完话，他径直往门外走去，和陈锋擦肩而过的时候，他冲他说了一句："劳驾让让，谢啦。"说完，就出了门。

陈锋望着他离开的背影，有些失笑："郭靖倒是没变，还和以前一样。"

"一样话多吗？"黄蓉一边看着舒心的检查单，一边回道。

"一样能装。明明怕我和你闲聊，忍不住想进来看着，还要编个手机没电的理由。心里早想撵我走了，还要假装大度。信不信，我再留五分钟，他还回来。"

话音未落，果然，郭靖又探头进来了："对了，食堂今天不卖炸酱面，拉面你吃吗？"

黄蓉噗的一声笑了。

下了班，两口子吃完饭回到家，黄蓉盘着腿坐在床上，专心致志地看着电视剧，一双手不停地往嘴里扔着铁蚕豆，"嘎嘣嘎嘣"地嚼着，突然她"啊"了一声，用手捂住了腮帮子。

"怎么了？"郭靖坐在旁边，还在给她剥铁蚕豆的壳儿。

黄蓉活动了活动颌关节："好像牙有点疼。"

郭靖给她揉了揉脸颊，说："估计是白天见了陈锋和舒心，气的。回头吃点下火的就好了。那两口子什么毛病，查出来没有？"

"药物不良反应吧，还能是什么？"

郭靖给她揉好，又坐下来拿起铁蚕豆剥着："你说能去的医院那么多，偏偏要去你们科。你是君子之腹你无所谓，我反正是小人之心，全北京的大夫多了，非要找前妻看病，什么意思啊？人和人还真不一样，要换了我，打死也不去见你。"

"为什么？"

"陈锋是什么？就是口锅。原来天天做饭炒菜，生了锈不要了，如今到了别人的家里，还是被偷走的。就算小区停电，燃气欠费，总不能再端着这锅回来，借咱家的厨房和火用用吧？你嫌锅脏，性子又直，什么难听说什么，要不是自虐狂，谁受得了？"

黄蓉瘪瘪嘴："急诊中心的大门没上锁，来的都是急茬儿。救死扶伤，看病拿药，这和做饭炒菜有什么关系？"

"难得。黄副主任什么时候学会自解心宽了？"

黄蓉舒了口气："不解怎么办，难道还真气得上火牙疼，急了再来个心律不齐？"

"麻烦了。"郭靖突然怔住了。

"怎么了？"黄蓉被他的一个咋呼也吓了一跳。

郭靖把手里剥的铁蚕豆往自己嘴里塞了一颗："我给你炖了只老母鸡，枸杞大枣，香菇木耳，九九八十一分钟，明天喝了不会真上火吧？"

"不坐月子不怀孕，大半夜的，怎么想起炖鸡汤来了？"黄蓉倍感不解。

翌日，急诊中心楼道里，陈锋端着两个普通大小的饭盒，从外面走了进来，没多会儿，他身后便传来了一串脚步声。

陈锋回头一看，是郭靖，他手里捧着一个纸箱子，大步走了过来，他看了看陈锋手里的饭盒，客气地打着招呼："陈大夫早啊，早饭都得送啊？"

陈锋温和地点点头："她喜欢吃我熬的粥。成习惯了，不好改。"

"了解了解。医学院的时候就关心老师，上了班关心同事，暖男嘛。"俩人边走边聊，陈锋本身话就不多，郭靖这样的性格他也谈不上喜欢，回应就不怎么热烈，郭靖马上补了一句，"没别的意思，纯夸，纯羡慕。真的，咱们这些当大夫的，天天累得跟孙子一样，谁不盼着有人给送口饭？以前看舒心和你互相值班带饭，我们这些吃泡面的都快嫉妒死了。"

这话说的是陈锋和黄蓉还没离婚前的事儿，陈锋听着有点刺耳，有些不愿意接这句话，他看看郭靖，淡淡地把话题岔开了："你这是来送快递？"

俩人刚好走到了开放式的护士分诊台边上，郭靖把手里的纸箱子往台上一放，从里头端出一个大得夸张的双耳砂锅："败家娘们，也有个破习惯，早饭非要喝鸡汤，还得我炖的。打也不行骂也不行，就得来送，咱俩都怕媳妇，一样尿。"

陈锋张了张嘴，想说什么，但还是什么都没说，往观察室走了。

分诊台的值班护士眼睛都看直了："大早晨就撒狗粮，黄副主任也不怕胖呀？"

郭靖嘿嘿一笑："女人哪有不怕胖的，所以我们到现在也没要孩子，这不是怕她把身材搞垮了吗？"

羡慕嫉妒恨，值班护士眼看着他像个仆人一样把砂锅端走了。

一到值班室，郭靖就在黄蓉惊悚的目光中，把这个大得夸张的砂锅打开，给她盛了碗鸡汤。黄蓉坐在大号砂锅后头，拿着汤勺"吸溜吸溜"地喝着："平时也没看你给我送过饭。陈锋这次算是没白来。我还能跟着蹭点吃喝。"

"今天是老母鸡，明天八宝粥，后天和大后天我值夜班，不能太费事，简单弄点海鲜一煮，你先凑合两口。只要你乐意，咱下一步就直接上火锅涮肉了。木炭都是无烟的，医务科在旁边看见，也说不出二话来。"

"为了追求配偶，两只雄性打得头破血流，这不是动物世界里非洲大草原上的事儿吗？"黄蓉喝完了一碗，把碗一递，郭靖立刻像个小太监一样给她添满。

"动物其实一年就那么一两次冲动期，剩下的时间和我一样冷静。非洲的事儿我熟，汤还烫手吗？凉了我再去热热。"

"你先冷冷吧。"黄蓉"呼呼"地对着汤吹了两口，"为了争口气，照这么下去工资都得完蛋。今天和你把戏演完，以后幼稚的事情就别干了。"

郭靖嘴一撇："幼稚？谁呀？"

"黄副主任！"正说着，门外突然传来了小护士的声音。

郭靖和黄蓉转头一看，小护士拿着一张化验单匆匆走了进来，带着点意外的表情，说："舒心怀孕了！"

郭靖黄蓉，包括刚刚得知的陈锋和舒心自己都有点意外，但只有陈锋和舒心知道，这个孩子来得有多不容易，为了要孩子，舒心调理得很辛苦，但收效甚微，本以为这辈子都不会再怀孩子，却没想到终于还是有了。不过高兴劲儿没过多久，舒心就出现了头晕的症状，为了更好地检查诊治，他们不得不转到郭靖的科室去。

观察室里，床头和地上的东西已经收拾好，舒心就等着转科了。黄蓉拿着听诊器，做着自己科室的最后一次检查，她依旧面无表情地听诊："该嘱咐的都嘱咐了，该交代的都交代了，有不明白的问陈锋，别再来问我。"

舒心注视着她："和别的病人说话，你也是这副态度吗？"

黄蓉将目光放在听诊器的诊头上，看都不看她一眼："你不是头一天认识我，我怎么说话，怎么交流，你心里比我更清楚。转科以后你的病历会自动跟着上去，不必再下来白跑一趟。这种替患者着想的态度，你觉着算好还是算差的？"

"不冷不热，温度倒是正好。这辈子你就打算这么和我说话了？"

"心跳不快不慢刚刚好。"黄蓉把听诊器拿下来，近距离地观察着她，"近距离看，除了皮肤比以前有些松弛，其他一切指标都算正常。等你到产科病房以后，要是还觉得不平衡，可以打电话投诉我，就说我不冷不热，不咸不淡，影响了医患之间的友善交流。医务科要是有处分，失主还得给贼道歉，我认了。"

刹那间，舒心不干了，指着她就喊了起来："黄蓉！这话要是说到这儿，你必须给我道歉！"

黄蓉完全不理会，起身直接往门外走去，她已经把刚才的话当成俩人之间最后的交流了。

舒心看着她已经走到门边的背影，继续喊着："冷嘲热讽，没完没了，我知道你心里有坎儿过不去，你自己非要比驴倔，跟我有什么关系？别以为是我勾引的陈锋！你怎么知道我就是潘金莲！"

顷刻间，手刚刚拉到门把手上的黄蓉一下子不动了，她回过头直直地看着舒心。

舒心什么也不管不顾了，憋了这么久的话，像一粒粒一颗颗的陈芝麻烂谷子被她全部发泄了出来："防火防盗防闺蜜，那是你觉得、你以为，你到现在是不是还恨死了我，觉得我把你丈夫从床上抢走了？是不是？是不是还以为他穿着铁裤衩，抱着你的照片上了老虎凳辣椒水也不肯背叛你，是不是我非得下了药才能给你戴个绿帽子？"

舒心一句句地说，黄蓉一步步地往回走。

"这些话我本来不想说。是，在这件事里头我也不是什么光彩的人，可全部的错都是我犯的吗？我就该一辈子叫你讽刺叫你甩着脸子说什么我都不能还一句嘴？"

黄蓉走到她面前，神色夹杂着不解和愕然："你到底在说什么？"

"要不是这次生病，我没打算再见你，这些话我也没打算说。不管以前怎么样，陈锋现在是我丈夫，他爱我，我也爱他。对，不瞒你说，我上学的时候就喜欢他，可黄蓉你听好了，我没做过对不起你的事情，我没勾引过他，这件事不是我主动的！你那么自信他怎么会劈腿？你那么厉害，他怎么还会给我报口腔论坛的班？他怎么还会撒谎、抱着我不回家？"

黄蓉眉头微微紧蹙，她看着舒心的眸子，眨都不眨地问："这些细节以前没人跟我说过，到底是怎么回事？"

舒心直视着她，索性把话都说白说透了："是陈锋先勾引的我。没想到，是吗？从一起做手术开始，他看我的眼神就别有用心，后来也是他几次三番在言语上向我示好，包括让我给他做饭，都是他明里外里的暗示。而那次的口腔论坛，我因为参会时不舒服，陈锋才扶着我回宾馆休息，但我没想到赞助商安排得那么好，宾馆里鲜花红酒一应具有。是他主动让我躺在他怀里休息，也是他主动给你发消息撒谎说还要去天津出差回不去，我一觉睡醒，除了看见他凑在我面前的脸，什么都不知道。之后，他开了红酒，我们喝了不少，酒是最好的催化剂，我承认我当时意乱情迷了。后面发生了什么，你也都知道了。事情就是这么个事情，我是犯了错，但我不是主动背叛你的那个人。"

之前的冷漠已经从黄蓉的脸上消失了，取而代之的是意外、气馁以及一点点的失望："闹了半天，是他主动的。"

舒心的情绪也调整了过来，两个女人都恢复了平静，不像是秋后算账，倒像是当年在医学院图书馆门口的台阶上，对月谈心的一对女生："从酒店出来，我就一直给你打电话，找你，你不听，也不理，什么话都不让我说。"

"东西丢了，一直骂别人是贼，闹了半天是自家看门狗偷的。白生气了。"这些话说出来，黄蓉像是卸下了一个心结，她看了看舒心，眼里有些许歉意，"上次在医院骂你那些话，有些肯定没骂错。有些骂过了的，给你道歉啊。"

舒心也舒了口气："事情到了这一步，该挨的我挨了，不该挨的我也挨了。无所谓。今天借着机会，也跟你说句对不起吧。"

黄蓉看着她，目光灼灼："这件事到此为止，翻篇儿，谁也不提了。不过出了这门，之前什么样之后还什么样。相逢一笑泯恩仇的事儿就免了。我这人就这性格缺陷，你就是我的阑尾，割都割了，就别往回缝了。这辈子没缘分，下辈子再做闺蜜吧。"

"我知道使多大劲儿都把你拽不回来。绝交随便。"舒心也望着她，"闺蜜一场，就当最后一次聊天，我也送你一句忠告，为什么我就想要个孩子？因为孩子能拴得住婚姻。当初你和陈锋要是当了爹妈，还离吗？你嫁给郭靖也这么久了，你还在等什么？"

黄蓉张了张嘴，想说什么，但终究什么也没说，转身出门走了。

舒心坐在病床上，一脸的感慨万千。

傍晚，橙黄的阳光染透天际，今天郭靖加班，站在医院门口的黄蓉自己打车先行回家。夕阳下，她整个人被包裹上了一层橙黄色。

出租车一辆一辆地驶过，满满的，都载了人，黄蓉等得有些不耐烦，正在这时，一辆沃尔沃轿车开了过来，在她面前停下。车窗玻璃慢慢摇了下来，陈锋的脸露了出来："回家吗？"

"下班不回家干什么？"黄蓉看着他。

"我送你吧，一脚油的事儿。"

啪的一下，黄蓉想也没想就直接开门坐了上来："那谢谢啦。"

这么破天荒地接受邀请，也没白眼没怼人，倒是让陈锋有些意外，他看了看黄蓉，说："我还以为你不会上来呢。"

黄蓉嘴角一扯："出租车打不到，就当坐出租了。开车。"

陈锋笑了笑，挂挡，放手刹，踩油门，就这么载着黄蓉往她住的出租屋驶去。轿车一路平稳地行驶，一如他一贯的作风。

车里，优雅的音乐旋律响着，陈锋在柔和的音乐声中沉稳地开着车，目不斜视："舒心和我说了，说你把她当成阑尾，割掉了。"

"不挺好嘛，线都不用拆，伤口也早好了，还免得有急性阑尾炎。"黄蓉坐在副驾驶上，目光也直视着前方。

"话说开了就好。事情过去这么久，就算是医疗纠纷双方也能心平气和，何况你们。"

"也是。当初觉得心口上被捅了一刀，这口气过不去。其实捅哪儿不疼啊，不流血了就忘了。"

趁着开车的间隙，陈锋用余光看了看黄蓉，顿了会儿，说："有句话，以前说了显得虚伪，现在说，发自内心吧，希望咱们以后还是朋友。就算是个阑尾和扁桃体，割了也疼，你说呢？"

黄蓉嘴角微微扬起："咱俩还疼什么，要不是当初像左手拉右手，你也不会劈腿。舒心的手不一样，通着电呢。要看你就正大光明看，要说你就张嘴说，别偷着用那种余光看我。我没生气，我也没算旧账，有什么说什么呗。当然我也不是一点问题没有，是你脾气好你老忍着。过去的事情，多担待吧。"

"你没什么问题。真的。"

"寄生虫算不算？连出租车都不会打，你喜欢这么生活不能自理的人吗？不喜欢干吗不说呢？我连改的机会都没有。这就是咱俩之前的问题。"

车窗外，两边的景物"唰唰"地掠过，陈锋转过头瞥了她一眼，又转了回来继续目视前方："郭靖呢？他会说吗？"

"他什么都说，高兴的不高兴的，好的不好的，除了撒谎的胡话，他全说。我嫁给他之前说得很清楚，有什么都要说出来。以前摔过的跤，我不想再跌倒一回。"

陈锋"嗯"了一声："他和我很不一样，这看得出来。"

"他是不一样，他拿我当心脏，我一不跳了他就得死。我说这话倒不是显摆，离过一次我才活明白，两口子结婚就像钓鱼，一根鱼钩配一条鱼，要是钓错了，还得进水。好在这次愿者上钩，我钓对了。希望你也是吧。"

陈锋微笑，没有说话，车内的音乐声继续悠扬地演奏着。

没多久，车驶到了黄蓉居住的小区门口，陈锋踩住了刹车，把车停了下来，车一停稳，黄蓉就拉开了车门，正在她准备下车之际，陈锋的话音在她身后响了起来："很久没有像今天这么聊过了。有件事，我心里一直愧疚，今天总算是个机会，说句对不起吧。"

黄蓉下了车，转过身看着他，他顿了顿，说："酒店那天，我不该骗你说去天津出差。"

"算啦。"黄蓉摆摆手。于她看来，过去的早就过去，已经翻篇儿，不用再纠结。

"另外，有个事儿我也一直想问问你。"

"什么？"黄蓉有些疑惑。

陈锋顿了顿，还是问了出来："当初你是怎么知道我和舒心在那个酒店的？"

黄蓉一愣，她确实没有想过这个问题。

***

已是晚上九点，城市里依旧灯火通明，在这座拥挤的城池中，人们不知疲倦不分白天黑夜地日夜忙碌着，因为他们的努力，整座城市仿佛都在闪耀着的霓虹灯下熠熠生辉。

加班到这个点才下班的郭靖这会儿也随着车流，骑着他的小摩托一路驶回了家，一进卧室，他就看见黄蓉坐在床上不停地挠着后背。他走过去，贴心地把手伸进黄蓉的衣服里，帮她挠了起来："怎么还没睡？是这儿痒吗？"

"痒得睡不着，往上，再往上，过了，往下一点，左，右右右，对对，就这儿。"黄蓉歪着头，"是不是有风团？"

郭靖把她后背的衣服掀了起来看了看："你说荨麻疹？没有啊，你都多久没出过荨麻疹了。"

"那就是吃什么过敏了？"黄蓉努力回忆着。

"只要不是让人气的就行。我就怕你今天和舒心一言不合，再给吵起来。"

闻言，黄蓉鼻头一皱："急诊科女医生情绪失控，大战前情敌兼住院患者，这新闻保准天不亮就传遍全医院。算啦，冷锅冷灶，怎么还能吵得起来？又不是当初油锅见火，给我把刀就给陈锋做了包皮环切手术了。"

郭靖牙一龇："这么一说，我也有点儿凉飕飕的。"

"敏感不是坏事。这方面我就不如你，什么第六感，第七第五我都没有，前夫都跟别人躺床上了我还在家看着电视剧，替不认识的女主角同情抹眼泪呢。当初要不是你，我没准儿现在还被蒙在鼓里。"黄蓉继续让他挠着，而后像是想起什么似的，问道："哎，你是怎么发现猫腻的？"

郭靖一下一下地挠，生怕给她挠疼了，挠了一会儿就用指腹揉揉："小时候我养过一只猫，跟它的感情比跟我爸都深。都快能生小猫了，把我妹妹给挠了。我妈一生气，送了隔壁家的孩子。我能不管吗？天天盯着那家人，他们背着这猫干什么事我都一清二楚。猫不知道的，我全知道。"

"哦？"黄蓉转过头，看了看他。

郭靖接着说："记得那时候，有一次我们科有个产妇摔了一跤，牙断了，我去找陈锋会诊，我过去的时候，他正在吃饭，我闻着味儿挺香，就问他是不是你给带的，他回答是，你猜怎么着？刚说完舒心就从门外走进来嘴里念念叨叨地问他这饭好不好吃，可别给她剩下，见到我在，立刻就闭嘴了，当时我就觉着不太对劲儿，你说舒心带的就舒心带的，他陈锋撒什么谎啊，除非他心里有鬼。"

"就这么点事儿就看出来有猫腻了？"黄蓉斜睨着他。

"你别急啊，我慢慢给你说。"郭靖给她挠完背，又顺便给她按了按肩，一边按一边说，"后来我就问曾鲤，各个科的医生护士搭对值班是不是固定的？曾鲤说这事可以固定，配合熟了就搭着，都是科室自己报的。然后我就打电话给总值班室，发现连续小半年的夜班，陈锋搭着的都是舒心。但那个时候，他俩应该还没事，只是有这个苗头。"

"你怎么知道？"黄蓉有些好奇。

"曾鲤说的，他这个情场老手，看人一眼，八九不离十，他说鬼之前和鬼之后，俩人说的话都不会一样。为此他还和我打了个赌。"顿了顿，他继续说，"后来有次我去做手术，经过一号手术室门口的时候，我看见口腔外科正在里面做手术，正是陈锋主刀，我就在门口多瞅了两眼，这一看不要紧，更让我觉得他俩不对劲儿了。"

"你看到什么了？"

"你猜。"

黄蓉白了他一眼，他立刻乖乖交代："挠痒。就像我给你挠痒一样，当时陈锋应该也是后背痒痒，但他戴着口罩和手套，没法自己挠，他就特别自然地在旁边的舒心肩膀上轻轻蹭着。虽然这在医院的无菌手术室里是常见的借力蹭痒行为，但陈锋和舒心的动作之亲昵之娴熟，却让我有一种不一样的感觉。后来我又陆陆续续看见他俩的互动，超过正常同事关系的，已经不下十次了。"

"那你怎么不告诉我？"

"想说啊，但是你这脾气，没证据你能信我吗？不把我骂死就算好的了。"郭靖叹了口气，"不过曾鲤说，过不了这个夏天，他俩就得出事，还真叫他给说中了。那天曾鲤开车进医院停车场的时候，恰巧碰见他俩开着车出去了，一进办公室就让我打电话问问俩人是不是去参加口腔医学新进展报告会了，我一问，还真就是。后来，我不就去找你了，本来还想着会不会是个误会，谁知道问你的时候，你告诉我说陈锋去天津出差了，这就不对了，明明是去参加口腔论坛，怎么就变出差了。我本来不想说，但你问到那儿了，我劝也劝不住，所以就带着你一起去酒店了。"

"原来是这样。"黄蓉若有所思地点点头。

"后面的事，你都知道，泼酒、离婚，你是十头驴都拉不回来。"郭靖按着她肩膀的手停了下来，把头搭在她肩膀上，说："现在要我穿越回去，肯定要多劝你一句。"

"劝什么?"黄蓉侧目而视。

郭靖很认真地想了想,最终又说:"算了,都过去了,我还是别劝了。不过,你俩一离婚,我就在民政局门口等你,说要娶你。你这超市还没开张,我这顾客就提着塑料袋在门口等着了。你当时是不是特别感动?"

"呸!"黄蓉啐了一口:"我觉得你特别不要脸。这事儿传遍了整个医院和当年的同学圈,你也不怕别人戳着后背嘀咕,连口罩也不戴你就去了,你怎么想的?"

"我怕什么?又不是我出轨我劈腿,又不是我瞒着你有什么不能说的秘密,我怕他们嘀咕什么?"

黄蓉正要说什么,郭靖的电话突然响了,他接起来,听见里面说了句什么,一下子愣了,而后他转过头看向黄蓉,说:"舒心好像心脏不舒服,突然看不见了。"

第十七章

　　黄蓉和郭靖赶到病房的时候，陈锋正陪在舒心身边安抚着她，看上去舒心已经稍微好了一些，没有之前电话里所说的那么严重，看不见应该只是一过性的。

　　而病房里，除了他俩，还有一个来会诊的心内科值班医生，正对着值夜的黄彩云说：“心脏没问题，很多焦虑症患者发作的时候都会看心内科的急诊，不过尽管看着症状很重，但是相关检查结果大多正常。”

　　“焦虑症？”郭靖问了一句。

　　黄彩云朝心内科医生点点头：“病人主诉也没什么其他问题，那就先观察观察，看看情况。”

　　黄蓉看着躺在病床上有些虚弱的舒心，心魔已除的她也有些恻隐之心，舒心也看见了黄蓉，对她轻轻地点了点头，黄蓉也对她点点头，随后她看见舒心脸上的皮肤暗淡粗糙，表情微微一变，像是想到了什么。

　　他们还在说着话，黄蓉一直自顾自地拧着眉头思考着，压根儿没发现黄彩云和心内科医生已经走了。直到郭靖拍了拍她，她才回过神来，而后她又看了看舒心，像是恍然大悟一般，走到舒心面前，直接问：“你以前抽过烟，是不是？”

　　“你在说什么？”舒心被她问得一愣，一旁的陈锋和郭靖也愣住了。

　　“你抽过烟，还用过戒烟的药物。之前你告诉我你吃过的所有药，唯独漏了这一种没说，对吗？”

　　听她这么说，舒心有些生气，脸色不太好看地对着她：“黄蓉，那件事情已经过去了，你为什么还要这么针对我？抽什么烟？陈锋那么讨厌烟味，我怎么会去抽烟？"

"我没有针对你。咱俩现在也不是情敌，是医患关系。要是想痊愈想出院，你就不能撒谎。"黄蓉说得很耐心，她停了会儿，接着说："我们先来假设，你曾经抽过烟，出于某种原因，你决定戒烟。在服用戒烟药之后，血清素恢复正常水平，降低了机体对于烟带来的超量血清素的渴求。在你发现怀孕以后，为了保护孩子，你马上停止了戒烟药。但是它随即带来的问题，是尼古丁戒断反应。

"如果这个假设成立，就能解释你突如其来的这些症状，比如焦虑、眩晕、情绪起伏以及注意力不集中中。"黄蓉看着她，不厌其烦地继续着她的推断："至于抽烟史，也没别人告诉过我，如果问我怎么知道，其实还是因为你。你的虎牙很黄，这是抽烟者无法抹去的痕迹，还有你右手食指和中指的第一指节，有淡淡的熏黄，吸烟损耗体内的维生素C，会伤及皮肤，所以让你皮肤粗糙的不是时间，是烟。另外，在急诊科的时候我就发现你有痰，不过放心，戒烟以后，你的呼吸系统会好起来的。单纯的戒烟、单纯的药，都不会让你出现这么多的症状。但你之前吃药太乱太杂，很多的副作用相生相克，再加上很多不正规的戒烟药都是抗抑郁药，药理复杂，渠道混乱，这么多复杂的因素卷在一起，最终影响了你。"

听黄蓉说了这么多，陈锋和郭靖都有些意外，两人相互看了一眼，面面相觑。

"有时候，很多事情的出现，是一种令人讨厌的巧合。如果不是和你聊到撒谎这件事，我也没有这个思路。我没针对你，相反，我是你的朋友，我是曾经给你治疗过的医生，我希望知道你怎么了，我也希望你能好起来。你得知道，看病不是婚姻，不能撒谎。"黄蓉很诚恳地说，"你得把真相说出来。"

病床上的舒心，一脸苍白。最终，她还是把什么都说了出来。

其实黄蓉说的没错，舒心在第一次失恋时就学会了抽烟，抽了戒，戒了抽，反反复复，天天要刷五次牙，身上喷的香水连她自己都觉得呛，她自己也很后悔，她压根儿就不知道这种日子，什么时候才是个头。每个人都和她说抽烟不好，对孩子不好，可是孩子呢？她一直特别想给陈锋生，可是越想要，越要不着，她知道陈锋多想要孩子，她看过他电脑上的浏览记录，他比她更着急，但这种压力像一座无形的大山压得她快受不了了。现在好了，他们有孩子了，可是，那些药的副作用呢？

她沮丧了。

凌晨的夜，依旧灯火通明，马路上依稀有车辆驶过，从医院出来的郭靖，骑着小摩托载着黄蓉一路往家驶去。

小摩托两旁的景物飞快地朝两边闪过，黄蓉坐在后座上，抱着郭靖的腰，像是被舒心的事刺激到，颇有感慨地问他："你说，为什么人就非要撒谎呢？"

风大，郭靖还戴着头盔，有些听不清，他侧着耳朵，喊着："你说什么？撒什么谎？"

黄蓉还保持着她的音量："咱们见过的那么多人，除了那些病人和家属，韩浩月、袁媛、你爸、你妹妹，甚至还包括我姐和我姐夫，都在撒谎，人人都有秘密。"

"秘密是吧？那可不，你见过没秘密的人吗？"

"我就没有。我能把任何事情摆到桌面上。你们能吗？"

"我吗？你是在问我吗？"郭靖扯着嗓子问。

"陈锋骗我，也是晚上，也是这个时间，他给我发短信，说他去天津会诊，去出差。其实他哪怕说清楚我都不会和他离。"她这次将下巴搭在郭靖的肩膀上，凑在他耳边，接着又说了一句："我就是受不了别人骗我。"

郭靖接着喊："没人骗你，舒心那么厉害，不也让你看出来了吗？"

黄蓉抱着他，想说什么，张了张嘴，但终究还是什么也没说，她轻轻地把头靠在郭靖的背上，闭上了眼睛。

***

上午的日光温暖而炙热，透过玻璃窗照射在郭靖的半边身子上。睡眼惺忪的他从卧室里走了出来，一眼就看见了客厅饭桌上琳琅满目的饭菜。他一路走过去，捏起一粒油炸花生米扔到嘴里，看了看饭菜，又看看墙上快到九点的时针，问道："这算早饭，还是午饭啊？"

黄蓉端着一碗盛在打包盒里刚从微波炉里热好了的鱼过来："尝尝。第一次给你整早饭，虽说都是买回来的吧，多少也算个进步，腻不腻膻不膻就别批评了。"

郭靖疑惑地看着她又从柜子里取出一瓶开了盖的红酒，拿了两个杯子过来，分别倒上，他想了想，说："不是结婚纪念日不是生日不是恋爱周期，今天什么日子？"

"非得什么日子才能这么吃喝吗？"

"那这是受了谁的刺激？"

黄蓉坐了下来，朝他举起酒杯："舒心说得对，谁我也赖不着，丈夫劈腿必有原因，我要是好好的，他能找别人吗？先从自己身上找原因。"

"什么原因？"郭靖看着她举起酒杯，疑惑地跟她碰了一下。

黄蓉一口喝了："不能当寄生虫。年龄一大把了，90后老阿姨，我什么都不懂，连个方便面都不会煮，这不行。提高生活自理能力，先从买菜买饭做起。"

郭靖松了口气，也跟着把酒喝了，不过他没喝尽，看黄蓉指了指杯子，他又一口喝干了："你就是太拿自己不当外人。炒菜做饭你学它干什么，早就跟你说了，有我在，什么都不用你管。"

"咕嘟嘟嘟"，黄蓉又给俩人倒上酒，没等说完就打断了他的话："有个事儿问问你。"

"你说。"

"你是怎么知道陈锋和舒心住在哪个酒店的？"

郭靖一愣，转而回答道："不是说过了吗，我一个同学也在那儿参加口腔论坛。"

"谁？哪个？我去找他问问。你想好了再说话。无非是同学同行，就是那两届的人，医学院当年的通讯录就在抽屉里，你我前一后二的同学圈子就这么小，你说是谁，我马上打电话过去问，别撒谎，这谎一撒就破。"

瞬间，郭靖不吱声了，他把头低了下去，喝酒。

黄蓉也喝了一口，再倒上："你接着吃，我接着问啊。按理说当年的事都过去了，谁也没必要再撒谎。离都离了，也没有必要，我说的是陈锋啊。可我问他，好多事情他也不知道。你说舒心一个护士，为什么要去参加医生的论坛呢？肯定是他安排的，策划好了的，是吧？不是。"

她深深地望着郭靖，继续说："不是他，那是谁呢？谁好心给舒心也报了名，让他们能有机会日夜厮守呢？不是陈锋，也不是舒心自己，是你吧？"

"扑通扑通"，郭靖仿佛听见了自己的心跳声。他端着酒杯，抬起头，艰难地看着她。

黄蓉盯着他，一句顶着一句地问着："我再问你，你是产科大夫，你在医院，你怎么会第一时间知道他们俩在口腔论坛？所以，这件事情你一直就在关注，对不对？还有，我查了你们科的值班表，出事的那天夜里，你和曾鲤都不用上夜班，你们俩凑在一起，策划了什么事情？"

郭靖小口小口地抿着红酒，飞快地想着，却说不出一句回答的话来。

"另外，你那天早晨带我去酒店，没有问前台，就提前知道她们在哪个房间，我当时血管都是烫的也没问你，你怎么会知道？是你打电话去酒店提前问过，还是提前就预感会出事，好心帮我把地点都踩好了？"

她问的话咄咄逼人，内心却无比冷静，说着话还不忘拿起酒瓶，继续给郭靖喝空了的杯子里倒酒："房间里的玫瑰花和那瓶浪漫的红酒，也不是主办方提供的标配，是有人匿名提前送到了房间，郭大夫，这个好心人，是你，还是曾鲤？"

郭靖哑口无言了。

"别愣着了，你要是还听不懂，我来给你讲个故事。听听看，我这个版本，和你那个版本，哪个更真实、更丰富、也更叫观众喜欢？"

黄蓉抿了一口红酒继续说："起初，你无意中发现陈锋和舒心总在一起值班，白班夜班都在一起，曾鲤的解释是搭档，你不信，和曾鲤一拍即合，查。很快，你发现了很多感兴趣或是你所希望的细节，比如那次吃饭和挠痒的事情，你觉得他们俩这种暧昧的情愫或许会继续发展，所以你和曾鲤商量了一个办法，设了个考验局，你们分别给舒心和陈锋报了名，两天一夜的活动，俩人要是干柴，这就是火苗子，是柳下惠还是西门庆，这就是试金石了，对吧？谁也没想到，鱼饵扔下去，两条鱼都咬钩了。

"很快，你们的惊喜就到来了。虽然过程一波三折，但最终的结果，你们还是赌赢了。花、酒，都是催化剂。我也不能说要是没这个，他们俩就不会出事。可是你知道吗，哪有那么多假如呢？假如你们没打这次赌，假如就不是假如了。"

一口气说完，她平静地看着郭靖，不咸不淡地问了一句："这个故事，听着像是真的吗？"

郭靖彻底懵了，刺眼的阳光直直地照了进来，照在他的侧脸上，他目瞪口呆地坐在凳子上，一言不发，算是默认了。

从始至终，黄蓉似乎一点都不生气，她坐在饭桌边，喝一口酒，说几句话，慢条斯理地聊着心里的东西："我还以为你嘴硬，不承认呢。你还是认了，这挺好。和你说这些之前，我挺生气的。我就怕我自己搂不住，再把桌子掀了，没想到你认了，我这口气倒也没那么大了。"

郭靖也不知道该说点什么，只好闷头喝酒，他本身酒量就差，脸早就红了。

黄蓉也喝得有些微醺，说话也带着点微微的酒意："怎么说呢，卑鄙谈不上，我就是觉着你们有点……还是算卑鄙吧。舒心说不是她主动，屁，就她不地道，陈锋也不是什么好东西，可要是如果没有这个论坛，俩人也许就突破不了，这堆干柴没火星子，它没准儿就烧不起来，红酒、夜晚、玫瑰花、共处一室的浪漫，老天爷都不会这么安排，太寸了。"

"我……"

郭靖刚想张口说话，黄蓉就打断了他："别，你别说，什么都不用解释，没意思。昨天晚上我把话说得那么白了，我就想等你告诉我，可你就是不说，你还在蒙我。别说话好吗？听我说，我等了你整整一宿，我想让你说，可你没有。郭靖，你是个骗子。"

"黄蓉……"

黄蓉直直地看着他："记得当初你求婚，我跟你说过什么话吗？怎么都行，别骗我。我什么都不怕，我就怕这个。记得吗？"

郭靖艰难地点了点头。

黄蓉一下子急了："那你为什么要骗我？！"

酒不光是催情的东西，也是争吵辩解的助燃剂，黄蓉的声音越来越大，郭靖的嗓门也跟着越来越高："你说我蒙你，我们无聊我们卑鄙，我们没事瞎打赌，这我认，可你不能把所有的屎盆子都扣我头上啊是不是，这事归根结底，罪人他是陈锋吧，劈腿出轨，怎么全算我身上了呢？"

"不算你算谁的，我们离婚的军功章上是不是有你一大半的功劳？要不是你们这俩好心的月老，陈锋这混球王八蛋还真不一定敢迈出这步，我为什么不往你身上算？"

郭靖刚想说话，被黄蓉连着打断好几次："小人！你就是个小人。卑鄙小人。"

"小人，我是小人。"郭靖终于挤进去一句，"陈锋呢？他是君子吗？这个事儿该道歉道歉，是不是，我没说我做得对，可是黄蓉，这事都翻了篇儿了，咱俩连孩子都快有了，那边也都要当爹妈了，你干吗就没完没了翻出来，就过不去呢？"

黄蓉啪的一下拍响了桌子："过不去！我跟你说过郭靖，我被人骗过，我什么都不怕，我就怕人骗我。这几天，我问过你没有？你的实话呢？"

"我我我为什么不敢说？我不就怕你这倔驴轴脾气犯了跟我没完吗？你老说我是始作俑者，你前夫要不是西门庆，十个潘金莲上门也不行啊。再说了，说来说去，我还不是为了你吗？"郭靖被她说得理亏，有些心虚。

"别为了我，你为你自己吧，翻篇儿了就不提了？你三年前杀个人，三年后败露了，这事儿警察就不管了？"

郭靖也急了："至于吗，我撒个谎，就成杀人犯了？"

"品格问题。你觉得不至于，我觉得至于。还有，我告诉你，别说现在咱们已经快有孩子，就算已经有了，这件事儿在我心里也过不去！再有，孩子我不会生的，生了就是个小骗子，不生。"

郭靖火大了，嗓门已经大了平时两倍："不生，不生就不生，你不想生就不生，平时我一直就憋着，今天我也不管了，你说不生就不生，你考虑过我的感受吗？我说要生！必须生！"

黄蓉摇头："没可能了。"

"为什么？"

"我就是不生！没可能！想生也生不了了！"

郭靖被她这句话说懵了，他呆呆地望着她，恢复了往常的音调："你什么意思？"

黄蓉坦坦荡荡、大大方方地直视着他的眼睛："你没有问题。你那八匹马好好的，别看有时候摔跤，大多数时候跑得比车都快。怀不上孩子，不是你的问题，是我。我让我姐给我上环了。"

瞬间，客厅里安静了，郭靖脑袋一片空白，"咚哒，咚哒，咚哒……"他仿佛听见了自己的心跳声。

黄蓉继续说："你不是给我把口服避孕药换了吗？我干脆不吃了。上了环，一劳永逸。我还告诉你郭靖，我曾经想过给你生个孩子，我也问过你，你要不要，趁着我还没反悔，是你不要。你蒙我我蒙你，听听看，好玩儿吗？"

"咚哒咚哒，咚哒咚哒"，心跳声持续加快，郭靖的眼睛都发红了。

"我为什么要上环？不是因为我当了中毒组组长，不是因为我为了事业不要家庭，为什么？我怕你哪天再瞒着我，把避孕药换成排卵药！"

"咚哒咚哒咚哒"，郭靖的脸色越来越难看，他终于忍不住了："别说了！"

黄蓉冷笑道："为什么不说？现在觉得不舒服了？现在知道被人瞒着被人骗是什么滋味了？你现在心里怎么难受怎么想，我也和你一样。"

"咚哒咚哒咚哒咚哒咚哒咚哒"，郭靖的额头上血管微微暴着，他即将失控了。

黄蓉轻轻地说了一句："环在我身上，不摘了。孩子，不要了。你爸不是要逼我吗？告诉他，不生了。"

"咣——！"郭靖爆发了，他把手边的手机一把摔到了地上，"啪"的一声，满地稀碎，"不过了！"

黄蓉愣住了，她有些呆滞地看着他，恢复了往常的音调："你说什么？"

郭靖也回看着她，一双眼睛已经涨得通红："你骗我我骗你，这日子还有什么狗屁意思？大人也不管，孩子也不要，干脆别过了！"

静，前所未有的安静，整个客厅里的空气仿佛都凝结了，只有墙上的时钟在"啪嗒啪嗒"地走着，发出循规蹈矩的声响。

半晌后，黄蓉目光复杂地凝视着他，轻启双唇，淡淡地问道："你要跟我离？"

"离就离！"

窗外，已经赤日炎炎。

透过玻璃窗照进来的阳光，刺得她快睁不开眼睛，她轻轻转过头去，一抹眼泪霎时间噙满了眼眶。

民政局婚姻登记处。

一个工作人员面无表情地坐在郭靖和黄蓉对面，手里准备着压戳机，他看了看郭靖，又看了看黄蓉。

而后，"啪——"，冷冰冰的钢戳压到了离婚证上。

他们就这样，真离了。

***

三个月后。

初秋的夜，已经不似夏夜，小风吹起来，还是会让人有些忍不住裹住了胳膊。

急诊中心医生办公室里，黄蓉面前的小半个桌子上，已经被郭靖摆满了被切成了心形小块的苹果西瓜香蕉梨等各种瓜果。

在这三个月的时间里，郭靖升了住院总医师，是黄彩云亲自提拔的，用黄彩云的话来说："举贤不避亲，业务口碑、敬业程度，他最合适。"

黄蓉呢，与她来说，这段时间也算完成了她人生当中诸多第一次的其中一个，她带了四年的医学院课程结束了，她的第一批学生们加入了实习大军，其中有一大部分还分进了他们医院实习，而她的学生当中，那个叫陈小南的被划进了妇产科，跟着郭靖。

而黄蓉自己，也在郭靖死皮赖脸地打着房租交了一年不能退租的借口下，并没有从他们的出租屋里搬出来，过着所谓的同居不同房的生活。其实，明眼人都能看出来，虽说他俩已经离了，但只要有郭靖在，以他对黄蓉的感情，复婚那是迟早的事儿。

办公室里，黄蓉坐在桌前，叉了块水果放进嘴里，因为怕凉，她吃得并不多，倒是两个夜班护士吃得手脚不停，其中一个小护士手快，把郭靖带来的猕猴桃全吃了，边吃边说："只要黄主任值班，一天三顿饭，夜宵后头还有果盘，刚结婚的也没你们这么甜，你们到底离没离呀？"

郭靖坐在桌边，抬抬下巴："诸葛亮早就说了，天下大事，合久必分，分久必合，就算咱们不如亮哥聪明，也得知道什么时候发兵，什么时候该撤呀。"

两个护士立刻会意，一人拿起一盒水果，马上起身往外走，黄蓉"哎"了两声，小护士连头都不回地走了。

郭靖乐了："进急诊科除了要学历，对智商情商也有高要求吧？有这样好的同事，我都想转科到这儿来了。"

黄蓉送了他一个大白眼："她们说得是没错，你天天来，别人怎么想？咱俩到底离是没离？今天最后一顿，以后别送了。"

"谁说离婚就非得反目成仇？你拿我不当亲哥哥，我拿你当亲妹妹行不行，送点水果还碍着你再找新对象了？没有吧？别说话，我知道你要说什么，该找找，我绝不拦着，可有一样，你眼前就有个现成的，人好心善，关键还知根知底，你就不考虑考虑？"

"这人是你吗？"黄蓉挑挑眉。

郭靖用牙签叉了块苹果扔进了嘴里："世上有三件事最后悔。睡了不该睡的女人、没保护好牙齿和离了不该离的婚。第一个说的是陈锋，第二个说的是你，第三个是我。离错了干吗不能复婚？"

"你我现在都是成年人，都忙，都不傻，装傻的话就别说了。我摔了一跤，爬起来，这是偶然。我又摔了一跤，再爬起来，这是缺心眼儿。你现在要我还往老路上走，你是不是觉得我傻？"郭靖还想说什么，黄蓉也拿起了一块苹果塞他嘴里，"我得去查夜班房了，吃完剩下的，闭上你的嘴，把盒子都洗干净了早点回家，乖。"

就这样，郭靖被黄蓉赶了出来，他抱着一堆吃完了的空盒子，骑上他的小摩托回到了郭家。

这段时日，得知了小两口离婚的郭立业可没闲着，他一边帮着郭靖出主意讨回老婆，一边开始他着手相亲，他觉得不能磕一棵树吊死，人嘛，总得两条腿走路，虽说离了婚，但那也得该吃吃该喝喝，能复婚最好，不能复婚就另找。

见郭靖回来，他把厨房里烧好的菜端了出来，放在餐桌上，问道："黄蓉呢？我给她熬了鱼了。"

"上夜班，没这口福了。"说完郭靖也进了厨房，不多会儿，他拿了几罐啤酒出来，坐在饭桌前，给郭立业和自己一人开了一罐，两人就这么喝了起来。

几罐啤酒下肚，郭立业看了看还在开酒的郭靖，朝他挑了挑眉头："复婚的事儿有眉目了吗？"

"暂时没有。"郭靖有些沮丧，他拿起刚开的那一罐啤酒，"咕咚咕咚"地一口气喝完。

"没有就没有，还暂时。你也别老上赶着，该复复，该相亲相亲，两条腿走路。"郭立业也拿起了啤酒喝了一口，"这次咱不耽误了，得吸取教训，再找媳妇，反着来。学历再高、再能干管什么用？黄蓉就算到头儿了。我给你找的全是学历低、性格好的，听话还好生养，关键不作妖，明白我的意思吗？"

郭靖的酒量差，几罐啤酒下肚已经有些微醺，他又拿了一罐啤酒，攥着打开，走到阳台，靠在了躺椅上，望着月亮说："我就是条小狗，黄蓉再不好，我就是忘不了她。这女主人没什么好，缺点比优点多，可我就是喜欢她。我就是想给她做饭，她越不理我我越受不了，我就这么便宜，就是这命。"

郭立业也走了过去，坐在阳台的小板凳上，看着郭靖微醺的样子习以为常："第一，你酒量不行，还不如你妹妹。以后记着出去别乱喝，遇着再大的事情，心里再委屈，回家喝，喝得再多还有我兜着。"

他把手里的啤酒罐一饮而尽："第二，相思病要是绝症，你已经晚期了。别怕，爹给你治。相亲就是药，这药你没吃过，回头试试，灵。"

"不试。没兴趣。"郭靖的声音有些低，整个人都窝进了躺椅里，胳膊耷拉在躺椅的扶手上。

"你这么痴情，其实很简单，见的女人太少。你别当它是相亲，就当积攒经验，开眼界了。"

"爸，我是产科的啊，女人我天天见，什么样的没见过？长胡子的都见过，是不是，是吧……"郭靖的声音逐渐有些模糊，说着说着，他耷拉在旁边的手松了，手里捏着的啤酒罐往下一掉，郭立业反应极快地一伸手，把啤酒罐牢牢地握在了手里。

他转头再看看郭靖，已经睡着了。他轻轻地把啤酒罐子放到了餐桌上，然后去卧室抱来了一床被子，轻轻地把被子给郭靖盖好。

月光下，郭立业眼神柔软地看着他。

不管儿子多大年龄，在父亲的眼里，他永远都还是个孩子。

翌日，从郭家回到出租屋的郭靖，一进屋就看见黄蓉正对着客厅里的镜子在化妆，这让他有些意外。

他歪着脖子，一脸疑惑地瞅着她："你这是要去哪儿？"

"出去吃饭。"黄蓉自顾自地对着镜子化妆，细细的眉笔一笔一笔地画着眉毛，不一会儿，一边的眉毛就已经画好。

"跟谁啊？"

"饭局上的人。"黄蓉很平静，拿着眉笔开始着手画另一边。

"我认识吗？"

黄蓉没有说话，认真地画着眉，不消一会儿，另一边搞定。她对着镜子照了照，而后满意地拿出口红开始往嘴巴上涂。

郭靖见她避而不答，颇为警惕，他走到黄蓉身边，上下打量着她和她周围地上的几件礼物，开始琢磨分析道："你不说我来猜，一共四个人，除了你都是女的，大学同学，一个宿舍的，都是很久不见的人，要不然你不会精心准备三样礼物。要说女的还是抠，这么多年不见的老闺蜜，拿出手的也还是病人送的东西。"

他从一边拿起梳子，站在黄蓉背后，给她梳头："女同学聚会就是这样，互相攀比，一个比一个虚荣。咱俩结婚时候买的高跟鞋你都穿上了，以你的个性，要是有男同学你反而算了，偏偏都是女的，互相憋着把对方比下去，还要破天荒地化这么细的妆，你要是想显摆，应该带着我呀。"

黄蓉不看他，抿抿嘴巴，把口红抹匀："谁说是我们宿舍的？对门宿舍的不行吗？学姐学妹，都是急诊领域的小聚会就不行吗？"

郭靖松了口气："那更得带着我了，要是认识，就说我还缠着你，死皮赖脸。要是不认识，就说我是司机啊。"

口红涂好，黄蓉对着镜子照了照，露出了十分满意的神色，而后转过头来瞄了他一眼："你见过骑摩托的司机吗？"

说完，她换上鞋，直接出门走了，郭靖看着她出了门，一路从客厅跑到阳台上，冲着已经走到楼下的她喊道："你不认路，谁来接你啊？"

楼底下，黄蓉头都不回，看都不看他，回了一句："有司机。"

一如郭靖的猜测，的确是女同学聚会。

黄蓉赶到火锅店的时候，人都已经到齐了，她找了个最里面的位置，坐了过去。热闹非凡的九宫格火锅周围，她们四个女人围坐了一圈，在座的每个人都精心装扮过自己。

火锅"咕嘟咕嘟"地冒着热气，荤素都下进去之后，几个人热火朝天地聊了起来，坐在黄蓉旁边的一个女同学，伸着长长的筷子，从火锅里夹出一块发黑的海带，苦口婆心地说："女人就是这海带，最初鲜嫩欲滴，洗干净甭管放哪儿，都有人喜欢。就算晾再久，干了瘪了也还有人要，为什么？还能泡开啊。"

包括黄蓉在内的几个同学听得入神。

那个女同学继续说："从厨房里再拿出来，下锅之前，就得慎重了。第一次的选择可以错，这一回万不能错。再错就没机会了，看看这海带，煮得稀烂，发黑发皱，就算饿狠了，男人也不会夹她。"

"你是在说我呢吧？"黄蓉拿起饮料喝了一口。

"我说我自己呢。离了两回，如今也成了这海带，除了泔水桶，谁还要我呀？"

另一个女同学瞅着她问："你那备胎呢？"

"扔着不管，自己给炸了。"方才夹海带的女同学叹了口气，接着转头看向黄蓉，"黄蓉我跟你说，你和我不一样，你现在还在锅外头，再往里跳的时候，可得想好。不能早跳，也不能晚跳，还不能不跳，你晓得吧？"

黄蓉把饮料放下，拿起漏勺盛了起来，结果盛上来了几片海带，她看了看，又放了进去："我不晓得。我又不着急，我先在碗里待着吧。"

"郭靖算个好备胎，你可别让它也炸了。"

黄蓉正要说什么，"嗡嗡嗡嗡"，她的电话响了，她看看屏幕，来电显示是肖锐，她的表情有些意外，但还是接了起来："怎么是你呀？我正在吃饭，晚点给你回过去，就这样，拜拜。"说完，她继续低头捞起了火锅。

而此时的郭靖，正纠结地躺在沙发上，拿着手机，看着屏幕暗暗运气。手机屏幕上黄蓉的电话号码赫然在目，郭靖给这个号码标注的依旧是"老婆"，他的手指头在"拨出键"上犹豫着，不知道该打还是不打。

正在犹豫着，突然，电话响了，郭靖吓了一跳，他看了一眼，是个陌生号码，他想也没想地接起来，电话一接通，那头就传来了陈小南的声音："郭大夫，我陈小南，九床的女病人说今天没怎么放屁，问这是不是正常？马大夫在抢救一个新入院的，我没人问，只能给您打电话了。"

"打电话问什么？"

"就是问问屁少怎么办。"

"当初怎么学的？这么简单的问题都要问我？回去问医科大的老师去。""啪"，他把电话挂了。

在这批新来的实习生里，只有陈小南被分到了郭靖的麾下。现在的陈小南已经不再是以前那个戴着牙箍的小姑娘了，现在的她出落得亭亭玉立，宛如新生。不过，能看出来，小姑娘本不想进妇产科，无奈抽签抽到，不来还不行，后来又跟着一群女同学一起想跟着曾鲤，毕竟曾鲤人帅心善，嘴又不碎，重点是还单身，怎料屋漏偏逢连夜雨，喝口凉水都塞牙，宣读分组的那天，黄彩云愣是把她分给了郭靖，再不情愿也没辙儿，她只能跟在郭靖屁股后头老老实实地开始了她的实习生涯。熟料，实习的第一天，她因为给产妇揉肚子畏畏缩缩，被郭靖骂了个狗血淋头，之后更是三番五次被骂，面对郭靖的严格要求和咄咄逼人的碎嘴，她心里委屈，觉得自己好像做什么都不入他的眼，所以多多少少，对郭靖都有点抵触情绪。

几乎是刚挂，又一个电话打了进来，郭靖条件反射般地接起来，说："说了别问我，你听不懂资深医师的话吗？"

电话那头，一个带着口音的女人愣了一下，然后在电话里问："是郭先生吗？"

"谁啊？"郭靖也愣了。

"我是环球华人婚恋网大中华区总裁助理卓安娜，你注册的信息有人反馈了，哪天见个面吧。"

"什么大中华，我没注册过什么网啊？"郭靖更懵了。

"你不是叫郭立业吗？留的就是你电话，不会差的。"

郭靖瞬间明白了，看来老爷子又给他找对象了。

最终，郭靖还是被郭立业拽着去见了婚恋网介绍的小姑娘，小姑娘叫林笑笑，是个短发精干的女孩，两人见面场景一度尴尬，询问下得知，人家有男友，只是家人不同意，也是被逼来见他的。小姑娘本来对郭靖还绷着一张冰块脸，但几句聊下来，倒是觉得郭靖颇有意思，破冰了。临走前，还配合着郭靖的小心思亲密地合照了一张，给黄蓉看。

晚上，黄蓉坐在沙发上，看着郭靖递过来的手机里他和林笑笑的自拍照，煞有介事地帮他分析着："还行。皮肤挺白的，身材也不错，小女孩只要年轻，哪儿都长得好，唯一的问题就是年龄差距，我想想，你俩要是结了婚……"

"吁吁吁，还没到那步。"话还没说完，郭靖就打断了她，"我这人你也知道，这么大的事情，除了娶你义无反顾，换了谁我都得好好想想。现在的麻烦主要是距离，现在的小姑娘们都急，一旦看上你吧就往上扑，一点都没有距离感，你知道吧。"

正说着，他看见黄蓉把茶几上的东西翻过来翻过去："找什么呢？"

"遥控器啊，早晨看新闻我放茶几上了，怎么没了？"

"是不是拿卫生间了？上回不就是吗，电视看着看着想上厕所，拎着就进去了。"他想了想，觉得不对，说，"我刚才和你说半天，你听没听啊？"

黄蓉还在埋头找："我又不聋，我找我的你说你的。小姑娘扑你，然后呢？"

郭靖眼睛瞪得老大："都要扑我了啊黄主任，你要是再没反应，那就快没有然后了……"

话音未落，忽然"叮铃铃铃"，黄蓉的手机响了，她瞥了一眼，拿起来往卧室走去："遥控器怎么找不着了呢？"

郭靖一脸狐疑地看着她拿着手机的背影走进了卧室。

黄蓉进屋后，把门合上，接起了电话："不好意思，一脑袋的事儿，你看，中午说了给你回电话，下午一忙又忘了。"

而打这通电话来的，不是别人，正是肖锐。那电话那头的他还是那副彬彬有礼的态度："怕你睡得早，我就掐着晚饭的点给你打了。没打扰你吧？"

"没有。找我什么事？"

肖锐接着说："就是好久不见了，想约你吃个饭。时间地点想看看你怎么方便，我去接你。"

黄蓉想了想，问道："我离婚的事，你是听谁说的？要是不知道，你怎么会给我打电话？别装了。"

"懂事者有所为有所不为，以前不能总联系你，那样不礼貌。现在终于把机会盼来了，黄主任就请赏个脸吧。"

黄蓉还没回答，门外的门铃就响了起来，她和肖锐说了声拜拜就挂了电话，然后飞一样地从卧室里冲出来，把手机往客厅的桌上一放，光着脚去开门："是快递吗？黄女士收的是不是？"

门开了，还真是快递员。很显然，对黄蓉来说，快递比肖锐的电话更重要。

郭靖贼贼地瞄了一眼黄蓉，趁着她和快递员核对签字交接的空，飞快地拿过她放在桌子上的手机，划开屏幕，在密码提示的界面上输入了几个数字，但提示密码错误，他不死心地又输入了一遍，还是错了。显然，密码已经被黄蓉换过了。

眼见黄蓉签好单据，他赶紧把手机放回了原处。黄蓉喜滋滋地拿着快递进了卧室，几分钟后，她换上了刚拿的快递——新买的一件胸口开得很低的薄衫，从卧室里走了出来，站在郭靖的面前，左右查看着："我怎么感觉大了一个号？是不是？"

郭靖皱着眉头打量着她："这腰这胸这屁股，绷得都快开丝了，再小一号还能穿吗？黄蓉你怎么最近老快递这种风格的衣服？"

黄蓉自己上下看看，有些疑惑："风格怎么了？是有些旧吗？"

"你要想招流氓就这么穿吧。让开点，别挡着我看球。"说完，他一脸不高兴地歪过头看电视。

黄蓉不但没让开，还往前走了一步，观察着他："生气了？谁规定大夫就得穿着羊皮大棉袄才能出门？以前你好像还挺鼓励我薄露透的吧？什么时候这么爱管前妻了？"

郭靖被她遮挡的，眼睛只能停在她身上："刚才接了谁的电话，怎么连密码都换了？你什么意思？"

黄蓉越走越近，整个人在郭靖面前晃来晃去："你都相亲自拍，搂搂抱抱了，我自己要干什么，好像不需要向你汇报吧？你看什么？再看我也就是这话。咱俩之间现在顶多建议忠告规劝，命令质问和控制这种关系不太适合，你是个聪明人，你肯定明白我的意思，你就是装，你不说，哎你干什么？！"

黄蓉话还没说完，郭靖就朝她扑了过来，她"啊"一下被他扑倒在了沙发上。他整个人压在她身上，任她怎么厮打都不放开，他闷着声音喊了一句："你是我媳妇，我特么就是不能让别人把你给祸祸了！"

"啪——"一个清脆的巴掌，把郭靖打懵了。

黄蓉一脚踹开了还在发愣的郭靖，在他瞠目结舌的目光中，起身进了卧室，临进卧室前，她扒在门边，冲他做了个鬼脸，说了句："不要脸。"

第十八章

　　周日，休息在家的黄蓉破天荒地一起床就进厨房倒腾了起来。最近这半个月，肖锐总是变着法地给她打电话、约她，意图很明显，她不是傻子，自然明白他的用意。

　　郭靖被厨房一阵"叮叮当当"的声响吵醒，走过去一看，见黄蓉在厨房煮饺子，有些意外。

　　"咕嘟咕嘟"，锅里的开水裹着一个孤独的速冻饺子，翻滚着，黄蓉拿着筷子，工兵排雷一样地试探着："沉下去浮起来，再沉下去再浮起来，就这么就能知道熟不熟了？"

　　郭靖谄媚地递过去一只碗："判断饺子熟不熟，你得用嘴。最简单，捞起来尝尝就知道了。你为什么非要学这个？"

　　黄蓉小心地夹在碗里，吹着气，担心地看着这个等着晾凉的饺子："我不能当个寄生虫，离了两次婚的人了，连个饺子都弄不明白，丢不丢人？"

　　"学会了人就丢了。你这是不是要给谁做饭去？男的吧？年龄还不大，年龄大的肯定会照顾你。当然也不排除一个老混蛋，饭也不会做那他得混蛋成什么样呀？"郭靖看着黄蓉用嘴唇碰着那饺子，"我知道你心不虚，不虚你倒是告诉我，这两天，天天有人给你打电话，神神秘秘的，敢让我看看你的通话记录吗？"

　　"我觉着有些滑稽。都不是夫妻了，我连你那个相亲的姑娘都没问过，你是不是管得太宽了？"黄蓉咬了一口饺子，把碗放下，往门外走去，"还是没熟。剩下这袋饺子赏你当午饭了，不用谢啊。"

　　"这才十点半你去哪儿啊？跟人约会吃饭是不是早了点？"

　　黄蓉啪的一声从外面把门关上了，声音却传了进来："中华医学会的义诊。"

　　郭靖目瞪口呆地看着灶旁边那剩下的一袋饺子，半晌后，他脑瓜子一转，带着饺子，买了些熟食，赶去了黄家。

　　今天周日，黄彩云值班，家里只有吴汉唐一人，郭靖和吴汉唐俩人面对面坐在餐桌上吃着午饭。

　　吴汉唐拿了一瓶啤酒，用牙给咬开了，两个杯子一人一个，"咕嘟嘟"往里倒："速冻的饺子也是饺子。现在的小孩都不明白，为什么我们这些人就觉着饺子那么好吃，其实就是饿的。"

　　"当初人们都吃不饱，您这营养科还有用吗？"

　　倒好酒，吴汉唐夹了个饺子塞进嘴里："不够吃才更有用。就这么些东西，告诉你哪些多吃哪些少吃哪些不能吃，能吃的东西里头哪些要先紧着孕产妇吃，我跟你说，回头你们科要是办讲座，我义务讲课不要钱啊，时代变，吃的变喝的变，科普不能变。"

　　"您不是现在上班了吗？看着怎么好像力气用不完，不忙吗？"郭靖有些意外。

　　这三个月的时间里，不仅郭靖升了，就连吴汉唐也把自己的身份从退休职工换成了私企打工者。本以为这样会忙碌点，不至于那么清闲，哪承想……

　　"比在家都闲。你出去问问，哪个民营企业让你一周三休？"不提还好，一提吴汉唐就感慨万千。忽然，他像是想到了什么，眼睛猛地一睁，问郭靖："会不会是公司对我有意见，欲纵故擒，让我反省明白了自己辞职？"

　　"哪个公司？"郭靖也夹了个饺子塞进嘴里。

　　"杏林医药，你没听过吗？母公司底下还生了好多子公司。"吴汉唐喝了一口啤酒，"对了，你怎么知道我自己在家？"

　　"黄蓉说的，我姐值班，又剩了您一个人。正好我也是光棍，咱爷俩凑凑吧。"

　　"黄蓉呢？"

　　"义诊，说是什么中华医学会弄的。"

　　吴汉唐把酒杯放下，摇了摇头："什么医学会，也是杏林医药牵的头，长期合作，以后还多着呢。"

郭靖觉着不对劲，他想了想，拿出手机，在百度里输入了"杏林医药"四个字，一点搜索，第一个页面就出现了创始人肖锐的介绍。霎时间，他全明白了。

吃完午饭，他一出黄家，就给老于去了个电话。

迫于生活压力，老于早就从医院辞了职，前段时间听曾鲤说，老于现在就职于杏林医药做公关部部长，他也没多想，谁知道这杏林药业就是肖锐那个王八蛋开的。

从这通电话开始，他老于从今往后就是他郭靖的千里眼顺风耳，但凡肖锐干点什么，老于都得给他通风报信，否则好友通讯录就地拉黑。老于是个实在人，以前在医院就和郭靖关系又铁，被郭靖这么一威胁，妥妥地乖乖盯梢。

从老于口里得到准确消息，肖锐今晚要出去吃饭，但不是应酬，郭靖估摸着黄蓉义诊了一天到现在都没回来，那晚上的饭局目标肯定就是黄蓉了。

果不其然，傍晚时分，黄蓉回来了，肖锐开车送的，本以为回来了就不出门了，郭靖正盘算着自己这次推理对了，谁知晓，黄蓉回来把义诊的东西一放，换了身衣服又出门了，转眼就上了还在楼下等着她的肖锐的车。

郭靖急了，拖鞋也没换，嗖的一下就窜到楼下，挡住了即将要开走的车。

肖锐见郭靖冲了出来挡在车前，猛地一个急刹车，黄蓉顺着惯性身子往前一杵，停稳后，她抬头一看，一脸惊讶表情的郭靖站在车前冲着他们问："这是干吗去呀？"

郭靖绕到副驾驶边上，咋咋呼呼地对黄蓉说："你不在家吃饭，怎么也不告诉我一声？我给你备好了大蒜烧鲇鱼，你最爱吃了，多放大蒜，生蒜我也买了，都烧好了。"

肖锐不动声色地坐在驾驶位置上，没有吭声。

黄蓉看看郭靖，说："你不是上夜班吗？"

"夜班也得先给你做好饭呀，反正也不远，老规矩，再把你哄睡着了，两步路我就去医院了。"

这些话说得有些过，黄蓉的脸色一变，郭靖马上见好就收："不打扰不打扰，你们好好聚啊。"

说完，他给汽车让开了路，等车从他身边经过时，他还不停挥着手打招呼："夜里早点回家，太晚了小心流氓啊！"

华灯初上，正是下班高峰期，车开不快，长龙似的车流慢慢往前挪着，已经驶出了一段距离的肖锐也被堵在了这一眼望不到头的车流里。

他看看前面的汽车尾灯，对黄蓉说："你说也奇怪，一样的年龄一样的岁数，时间的刀子一样锋利，有些人就是不显老，过多少年也和上学时候一样年轻。"

"你这马屁拍的是不是太直接了？不像你。"黄蓉坐在副驾驶，原本也注视着前方的目光转到了肖锐的脸上。

"不是说你，我说郭靖，他永远长不大，像个孩子。"肖锐声音沉稳，接下来这句话才是他真想问的，"你们怎么还住一起啊？我是说，离都离了。"

"一房两住，离了也是亲人，我拿他当我爸。"黄蓉一脸无所谓的表情。

肖锐笑了："想吃什么？西餐、素食、日料、火锅，还有家私房菜也不错，你选一个。"他连着问了好几个，都没有得到回音，肖锐往旁边一看，黄蓉正隔着车窗遥遥望着外面，看上去大有兴趣。他顺着她的视线看过去，问："那是什么？"

熙熙攘攘，闹闹哄哄。

大桶啤小烧烤，光膀子大裤头，吊带短裙片拖鞋，还有川流不息的服务员和她们手托盘里的鱼虾鱿蟹，这是一个海鲜烧烤广场，人群把肖锐和黄蓉淹没在里面，没错，他们最终选择了这里。

俩人坐在一个小桌边上，肖锐面前的盘子里干干净净，只有小山一样的虾壳儿，他戴着手套，正在剥小龙虾，剥一个，给黄蓉的盘子里放一个。

正剥着，突然他"啊"地叫了一声，黄蓉看过去，只见他的手被扎了一下，她赶紧替他把手套摘下来："我就说我自己来，你看扎着了吧，我看看这是血还是辣椒，疼不疼？"

"疼死我也认了。"肖锐开心一笑。

黄蓉把手放开了："还是不疼。别剥了，饱了。"

"后面还有不用剥的，你第一次来这种地方，都尝尝。"

黄蓉喝了口汽水："以前郭靖也带我吃过，不一样。现在烧烤这规模都快赶上篮球场了。"

"还有更大的，青岛海边，比工体足球场都大，哪天休息，咱跑一趟。"

"就为了吃顿海鲜？"黄蓉挑眉。

肖锐正要说话，一支鲜花伸到了他的面前，他转头一看是个卖花的姑娘，十八九岁的样子，长着一张让人怎么都讨厌不起来的小脸，笑嘻嘻地冲着他说："哥哥，送姐姐束花吧！"

黄蓉嘴快，"不要"两个字瞬间脱口而出，但肖锐的手更快，他把篮子里另外一束更长更嫩的精品玫瑰拿出来，说："姐姐说不要打扰我们吃饭，谢谢啦。"

说着话，他用手机在卖花姑娘腰上的微信牌上一扫，礼貌地笑笑，看着卖花姑娘飞快地走了，他把花插在一个刚喝完的汽水瓶子里："买了就清静了。放心，海边没有玫瑰花，其实有去青岛的时间，日本和东南亚也够了，你什么时候能休个假？"

"你那么大的的公司，就不用管吗？想去哪儿去哪儿？"

肖锐认真地看着她："人就是这样，要是想找理由，再闲也能假装忙起来。真要是想腾点时间，地铁上也能抽个空把婚给求了。"

黄蓉没接这句话，岔开了话题："今天出来跟你吃饭，也是有个事想请你帮忙，你可别拒绝。"

"我猜，你是要说……"肖锐还没说完，一阵"叮叮当当"的声音在他们身边响了起来，他转过头一看，一个穿戴着藏族衫帽的藏族小伙子，过来用蹩脚的普通话问："手链手串，还有木碗藏毯，要吗？"

"不要，谢谢你，谢谢，不需要，谢谢。"他把藏族小伙后面的话全堵住了，等小伙一走，肖锐接着说："你要说的事，和你姐夫有关，对吗？"

"既然都是聪明人，我就开门见山了，你把我姐夫辞了吧。"

肖锐喝了一口矿泉水，没说话。

黄蓉继续说："按理说我不该干涉两个成年人之间的正常商业行为。可你能不能一视同仁啊？光给他钱不用干活，奖金比工资还高，这算怎么回事啊？"

肖锐正要说话，身边悄无声息地又来了一个卖假手机的，人往身边一站，也不说话，影子遮住了大半个桌子，一张脸冷冰冰的。那人把手揣在大裤衩的裤兜里，随后往外拉出一截苹果手机，盯了肖锐一会儿，看他没反应，转身走了。

肖锐明显有些不悦，他看看闹哄哄的四周，正准备提议换个地方，又看黄蓉在啃着一个鸡爪子，吃得不亦乐乎，他把要说出口的话又咽了回去。

距离大排档不远处的另一个麻辣烫摊上，一辆熟悉的小摩托车支在路边，隐藏在一堆的共享单车堆里。而这辆小摩托的主人郭靖，正头顶着一副墨镜，咬着一串烤大腰子，站在一个小马扎上，他手里拿着一个望远镜，朝黄蓉所在的方向瞄着。

黄蓉和肖锐走后，他就悄悄跟了过来。前几日他见她总是电话不断，就悄摸着偷偷给她手机上装了跟踪定位软件，所以，一见定位固定，他就一路骑着小摩托飘了过来。

郭靖坐回到马扎上，冲着不远处的一个吉他少年招招手，等他提着曲库单子过来，递给他一小瓶啤酒，说："旁边那海鲜广场，西侧第五排最把边的桌子，一对儿谈恋爱的，今天要求婚，成不成就看谈得怎么样了，一旦要下跪戴戒指，旁边就得有音乐配合，找几个你们唱歌的，轮班去，男的越装越不乐意越是假的，那是你们过去的时机不对，什么时候对呢我也不清楚，所以多找几个人，五分钟一次，上，听明白了吗？"

吉他少年点头如捣蒜，伙同着其他小伙轮班去了。

这还不算完，小伙走开后，又去了六七个卖花的小姑娘，这一轮来的全都是上小学年龄的孩子，勤工俭学贴补家用，一窝蜂全都围着肖锐和黄蓉，这么小的年龄，打不得骂不得，说也说不得，身陷包围圈的肖锐从钱包里挨个给小姑娘发钱，换来了怀里一捧蔫头蔫脑的玫瑰花。

黄蓉看着他怀里的玫瑰，若有所思地琢磨着。

肖锐有些扛不住了，索性对黄蓉提议道："要不咱们换个地方吃吧，我带你去个地方，一样有小龙虾。"

话刚说完，瞬间，方圆百米的卖花姑娘似乎都得到了某种撺掇或是指令，乌泱乌泱地围了过来，越来越多，黄蓉和肖锐所在的桌子被挤得水泄不通。

黄蓉突然意识到了什么，肖锐眼睁睁地看着她把架在旁边大棚架子上的一个扩音器小喇叭拽到了手里，然后她把塑料凳子往桌上一放，踩着另一个凳子，两步站了上去，高高地站在上面，对着扩音喇叭喊了一声："郭靖，我知道你在这儿！"

　　回声阵阵，之前还闹哄哄的海鲜大排档，瞬间都安静了下来。男男女女，老老少少，包括那些举着玫瑰花的卖花姑娘，所有人都看着居高临下的黄蓉。

　　她冲四面八方喊着："不是尿蛋你就站出来！有种干怎么没种认？这些蔫损坏的招儿除了你还有谁能想得出来？"

　　肖锐想拉想劝，一点用都没有，他越劝，黄蓉喊得越猛："别躲！出来！堂堂妇产科大夫你就是这么搅和前妻吃晚饭的？"

　　郭靖站在看热闹的人群里，墨镜已经从脑门上滑到了眼眶上，他假装好奇地远远望着站在高处大骂的黄蓉，跟着身边的人议论："这孙子谁啊？敢做不敢认，太尿了。"

　　"我告诉你，听好了，你不是想搅和我吗？你越这样我还越来劲，你越不想让我干什么，我偏要干什么！"黄蓉还在骂着，看上去，她是真生气了。说着话，她一拽肖锐，把他也拽到了桌子上面，大大方方地挽住他的胳膊："看好了，肖锐就在这儿，我也不怕你知道，听好了郭靖，我现在就答应他！"

　　原计划起了反作用，黄蓉这话一说出口，围观的人群轰地炸了，尖叫声喝彩声起哄声叫好声不绝于耳。本来还有些尴尬的肖锐立刻镇定下来，他站得更稳了。

　　郭靖顿时急了，他摘了墨镜，急赤白脸地正要冲过去，"嗡嗡嗡嗡"，设成震动模式的电话响了，他把手机拿出来一看，是陈小南。他一边往前冲，一边接起电话，就听见里面陈小南慌了神地乱喊乱叫："郭大夫你在哪儿在哪儿？有个来找你的叫林笑笑的病人出事了！出事了！"

　　郭靖赶回医院的时候，林笑笑已经在手术室了。宫外孕，内出血，上厕所的途中昏倒在厕所，休克了。黄彩云亲自操刀，和曾鲤一起，为林笑笑做了这次的急诊手术，切除了一侧输卵管，总算，命是保住了。

　　而郭靖在得知了整件事之后，对他的徒弟实习生陈小南极度不满。原来曾鲤下过医嘱后，带着林笑笑去做检查的陈小南并没有时刻跟在林笑笑身边，林笑笑说去厕所，她就在门口候着，直到许久不见人出来，她进去找，才发现林笑笑已经休克了。

　　医生值班室的门被郭靖关上了，他把陈小南骂得毫不留情，陈小南站在门边，一言不发地挨着骂，显然刚参加实习的她并没见过这种急性发作的场景，已经吓傻了。

郭靖骂得口干舌燥，喝了一口水，见陈小南硬生生地忍着自己的眼泪，说："我只是个门槛儿，过了我这关，你们才能挨得着黄彩云黄主任的骂。她骂人比我还狠还损还让你下不来台。宫外孕，必须二十四小时不离人，分分钟就是一条条的人命，救得过来该吃吃该喝喝，回头再怀了孩子还能当妈妈，救不过来林笑笑就死在手术台上了，不这么骂，行吗？"

他看看陈小南，见骂了这么久，她依旧忍着眼泪没哭出来，也有些意外，顿了顿，换了副缓和的口气，说："说你这么半天，眼泪还没掉出来，不容易。其实我挺不理解的，像你这么娇生惯养，穿金戴银，拖鞋都顶得上我一双皮鞋的钱，条件这么优越，在家懒得什么都不干的小姑娘，干吗非得受这罪？"

陈小南吸吸鼻子，用稍稍变调的嗓音，问："你怎么知道我在家什么都不干？"

"在这儿把你累也累死了，还能指望你回家干活？你爸你妈给你买得起名牌的鞋帽钱包，还舍得让你刷锅洗碗？这都不用猜。你这样的人其实应该去个辅助科室，压力不大，描描画画，何必要来临床呢？"

"来临床这几天，我有没有优点？"陈小南问。

郭靖盯着她："当然没有。专业上的唱念做打，你什么都一般。学包扎缝猪皮你也不如男的利索，因为你没干过家务。"

"别的呢？眼里找活儿，不偷懒不惜力，不耻下问，怎么骂都挨着，这些就没个好吗？"

郭靖冷哼了一声："你最大的问题就是太把自己当回事，要是挨骂就能当名医，我五年前就是全国一把手了。"

陈小南吸着鼻子，有些不服气地说："那我起码不装B吧？我不像有的实习生，天天拎着一桶方便面来医院假装加班，就是让你们当老师的觉得她们刻苦勤奋，其实那方便面都给我吃了，她们只吃医院西南角一百米的那家牛排，变态四分熟，牛还疼着呢！"

"干活累了就该吃好一点，这有什么问题？吃饭归吃饭，专业归专业，你就算是天天啃咸菜也不一定适合干这个。"

陈小南气得快炸了。

***

下了夜班，郭靖查完房，见林笑笑男友已经来了，这才放心地回到了出租屋。一进屋，他就看见黄蓉穿了一件颇显曲线的裙子坐在沙发上。

她裙子上有一颗扣子松了，正嘴里咬着线头往上紧着缝，郭靖都看呆了："缝扣子这种活儿我都不会，为了穿这件衣服你连这个都学会了？"

"你不是不肯露面吗？昨天晚上那么喊你都听不见，我还以为你一早去耳鼻喉科去看突聋了。"黄蓉连看都不看他，继续缝着扣子。

"谁喊我？昨天晚上你来医院找我了？"

"你觉得这么装蛋有意思吗？"

"没意思。"

"那还装什么？挖坑埋阱搞破坏，没担当。你就是这点特别叫我瞧不上。"黄蓉一针一线缝着扣子最后的针脚。

"我这和当年的游击队一个意思。端了鬼子炮楼不跑，非要当面嘚瑟，让敌人抓了当俘虏，还保护不了老乡和媳妇，那才是蠢蛋。"郭靖摊了摊手，又说，"知道你中午没吃饭。咱俩吃火锅去？"

"没看见我换衣服吗？约人了。"

郭靖察言观色道："钥匙在门口，拖鞋你也没换，刚交完班回来水都顾不上喝就要出去，你们这是成了？"

扣子缝好，黄蓉把线头扯断，把针小心地收好，没有回答他。

郭靖有些急了："说是天天忙着上下班，其实早就悄没声儿地好上了。本来还不知道该什么时候说呢，我傻呀，自己傻乎乎地送上门去，现给你们砌了一个往下走的台阶，要不是我昨天那么一出，你还不好找跟我说的机会吧，黄副主任？哎，你叫我想想啊，要是一直不说不问，不听不看，什么也不知道，就被你们两个蒙在鼓里，我得到了什么时候才明白？那个棒槌跟你求婚那天？不不，不至于那么晚，我盯你盯得紧呀，我这儿一厢情愿的，肯定提前就知道了，没准儿哪天我就像今天这么一回来，你们俩都在家里……"

黄蓉一直听着，本来一句话也不说，直至听到了这句话，转头看着他，不高兴了："干什么呢郭大夫？这是捉奸在床了，还是痛打奸夫淫妇呢？我是不是单身？我是不是有谈恋爱的权利？干什么都得向你报备请示吗？我是你养的小狗、出去到别人家不回来了吗？婚内出轨也就这么训媳妇了吧，讽刺挖苦，何必呢？"

她一句接一句地反问着，郭靖不作声，只管自己喝水。

黄蓉继续说："从我认识你到现在，多少年过去了，你怎么就不能变哪怕一点呢？别说是个男人，就是一只公苍蝇公蚊子公蚂蚁在我身边转悠，你都要想尽办法地轰走，怎么我离了婚还不能再有别的想法了？"

"你早就有想法了。"郭靖没好气地搭了一句。

"我有没有想法，和你能不能别这么警犬一样地看着我跟着我用绳子捆着我，这是两码事，你怎么就听不懂呢？你不是不明白，郭靖，你是装傻。装傻你早就炉火纯青了。"俩人的情绪都很激动，黄蓉也觉得自己委屈，"我和别人吃顿饭怎么了，逛个街又怎么了，我约谁见谁和谁干什么怎么就对不住你了？你抬起头来好好看着我，你老那么盯着我干什么？对，就你这个眼神，就现在这个眼神，你这是在看贼，人赃俱获的贼。他说的没错，你就是长不大，郭靖你但凡要是成熟一点……"

这句无心的话把郭靖的敏感给点燃了，他不管不顾地就打断了黄蓉："谁？谁呀？谁说我长不大？我哪儿长不大？脑子还是个子？什么时候姓肖的除了管自己公司员工，除了管老于管你姐夫，连我也管上了？他是谁呀？他是我爹还是你姐呀，管我？他也就管管你吧黄蓉，话都说一块儿了，是不是裤子也穿一条了？你俩现在什么关系？"

黄蓉一直听着，话赶话，最后直接抢着说了出来："对，全猜对了，你好意思说的、嘴上问的、心里想的怕说出来收不回去的、猜的赌的、有的没的，全都对，比你想的还要准，你是不是还想问我们上没上床？郭靖我告诉你，我……"

"啪！"郭靖一拍茶几，一下子站了起来，他真生气了，正要说什么，"哗啦"一声，卫生间的门被人从里面撞开了。

腰间系着一件粗布围裙、脖子里系着一块白毛巾、两只手里分别攥着一把改锥和钳子的郭立业，连人带小马扎，一骨碌滚了出来。

郭靖和黄蓉一齐看向了他，瞬间六目相对，寂静无声。

郭立业很尴尬，他晃了晃手里的改锥，说："修下水道。给你们。"他看看郭靖，又看看黄蓉，解释道："早来了。不是偷听。听见你们吵起来，没敢出来。"

从出租屋出来，郭立业拎着郭靖回到了郭家，父子俩蹲在阳台上一左一右围着一个西瓜，吃着。郭靖一声不吭，闷头吃着，嘴里还"呸呸"地吐着西瓜籽。

郭立业瞅瞅他："呸多少它也是瓜，又不是那个把黄蓉勾走的小白脸。自己的帽子发绿，你拿瓜撒什么气。"

"谁绿了？本来好好的，这话传出去我就绿了。"郭靖又吃了口，这次把瓜子一起嚼进了肚子，"爸您别跟着瞎猜瞎说瞎传。"

"我听谁说的？不都你们自己吵架咧咧出来的？黄蓉都认了你还在这儿挺什么呢？我给你安排的相亲不去，现在傻了吧？上次那个女的呢？像个假小子一样那个？"

"宫外孕。住院了。"

郭立业倍感意外："是不是你的？"

郭靖一脸无奈："如果是我的，今天我和黄蓉对话的内容是不是得变变了？"

"我就说嘛，也不管管自己家孩子，老围着别人媳妇。"郭立业松了口气，也吃了口瓜，说，"人家说得没错，你就是个厾蛋。那边一对儿都成了，你还老'叮'着干吗？你属苍蝇吗？"

"为什么不'叮'着？我得'叮'死。肖锐那个人靠不住，我怕黄蓉遇人不淑，就算不是两口子，一日夫妻百日恩，我也不能看着她往火坑里跳。"

郭立业哼了一声，睨着眼瞅他："情敌眼里看人都靠不住。"

郭靖被他这么一说，急了："我这不是气话。我有细节有证据。夜猫子进宅，没事儿他什么时候来过？我跟踪他俩也不是一次两次了，爸你算抠的吧，他过得比你还仔细，半个吃不完的猪蹄儿都要带走，为了抹零能跟大堂经理吵起来，表面上看着是个大款，背地里你看他那个算计的劲儿，跟了这样的老爷们能有个好吗？"

"我怎么听着像是在骂我呀？"郭立业白了他一眼，"勤俭持家，开公司也不容易，省点钱有什么不对？"

"我不是那个意思。您是不了解这样的人，老于说得好，他花的每一分钱都得要回报。多余的掉根头发都觉着亏了。心机重重，这是个鸡贼呀。你以为他充大头顶大方呢，那是别有用心。"说完，郭靖把手里的西瓜一股脑儿全啃完了，然后啪的把西瓜皮扔进了垃圾桶。

白日里的阳光，光彩照人，但郭靖怎么都觉得这阳光刺眼得很，他一个不乐意，嗖的一下，在郭立业惊愕的目光中，把阳台的窗帘拉上了。

严丝合缝，果然，一点光都照不进来了。

***

人背喝凉水都塞牙，黄蓉那边还没处理好，这边徒弟陈小南又闯了祸。她和一个产妇的家属吵了起来，被患者投诉了。不过，这事也不能全怨她，那产妇的家属他见识过，说话咄咄逼人毫不客气，这次也是把陈小南骂急了，她一时气不过，才拿了把椅子，把他们堵在了病房里。

因为被投诉，身为师父的郭靖不得不带着陈小南，一起站在了陈副院长的办公室，等着挨批。

鬓角浅白的陈副院长黑着脸坐在一边，看着陈小南说："本院的原则，不管你是谁，犯了错，就得罚。患者投诉，我就问你一句，你是不是跟人吵架了？"

郭靖赶紧接下了这话，抢在陈小南的前头解释："我们是该没脾气，任打任骂，可顶不住没完没了啊。确实是家属的嘴脏，那话我就不跟您学了……"

"我在问当事人，你是当事人吗？"陈副院长打断他。

"我是当事人的师父，她是实习生，连个挨处分的资格都没有，该道歉该写检查，我来吧。"

"我自己来。"平时严苛，摊上事倒是主动给担着顶着，陈小南高看了郭靖一眼，对他的印象也有了改观。

郭靖白她一眼："这有你什么事儿？"

"我自己的事儿，不用你帮我顶着。"陈小南一脸倔强。

郭靖瞪了她一眼，义正词严地说："你能不能先闭嘴？陈副院长百忙之中还得处理这小事，你以为他是闲的？"

这话让人听得不舒服，陈副院长皱了皱眉："废话不多说了。去道歉。"

郭靖还没说话，陈小南已经脱口而出："不去。"

"你说什么？"陈副院长脸上有些愠色。

"我为什么要去？我错在哪儿了？我就算不是个实习生，我不是个小大夫，哪怕我就是个服务员我是个空姐我是个交通警察，别人骂我一句傻B，我就必须得受着不说话？到最后还得我去道歉？"

陈副院长急了，一下子站起来："你不去难道我去吗？你拉一把椅子堵着病房的门，你以为你是在家吗？你以为你在干什么？受不了委屈当初学什么医？空姐交警怎么了，你以为哪行哪业不受苦不受罪？去！必须去道歉！"

郭靖从来没见过一贯温文尔雅的陈副院长这么生气，这个也拉不住，那个也劝不好，他眼睁睁地看着陈小南梗着脖子，针锋相对："不去！我不服！"

"你在跟谁说话！"陈副院长横眉怒目。

"谁问我我说谁！"

郭靖见她这般执拗，呵斥了一声："陈小南！"

话赶话，陈小南只顾着回陈副院长的话，压根儿没理会郭靖。"跟谁说我也是这些话！受了委屈为什么不能说？他骂我没关系，他还骂我妈呢你管不管？你当老公的不管，我当闺女的管！"

"吱呀"一声，门开了，曾鲤将门推开一半，他和郭靖一齐把陈小南的话听到了耳中，进也不是，退也不是，尴尬地杵在那里。

这个开门声打破了之前的僵局，也松了陈小南较起来的劲，陈副院长的脸色依旧不太好看，但人多了，毕竟还是得冷静下来，他控制了一下情绪："进来。"

曾鲤赶紧进来，回头轻手轻脚地把门关上。

陈副院长这才说："她是我闺女。要强，不让我说。"

办公室里，曾鲤和郭靖皆是一副瞠目结舌的表情，半晌后，郭靖才反应过来，赶紧点头："不说不说，谁也不说。"

陈小南看看陈副院长，脸上的倔强还在："还有事儿吗？没事我儿出去干活了。"说完，她有礼有节地微微鞠了个躬，开门走了。

第十九章

　　自从那天吵完架后，黄蓉一气之下，算是真应了肖锐的追求，郭靖急得像热锅上的蚂蚁，整日鬼鬼祟祟没日没夜地跟踪他俩，时不时地还在背地里整整肖锐，就差没正大光明地通上电去当电灯泡了。为此，黄蓉没少和他吵，最后气急败坏地用搬出去住来威胁他，他才敛了敛性子。

　　而肖锐，不是不介意黄蓉还和郭靖住在一起，只是黄蓉觉得没问题，他也只能觉得没问题。面对黄蓉磊落的"房租钱提前交了，到期就搬"的说法，他明面上不反驳，暗地里却派人打探到了房东的消息。吃饭、看电影、骑马、高尔夫，能破坏的，通通被郭靖一一破坏了，肖锐对他可谓是深恶痛绝，但在黄蓉面前，他只能端着。

　　这不，今天傍晚二人约了去国家大剧院听音乐会，已经调了震动的黄蓉的电话，又开始"嗡嗡嗡嗡嗡"地震了起来。黄蓉抽空偷偷拿出手机一看，见屏幕上显示着"郭靖来电"，她深深地呼吸了一口，把手机摁了拒接，放回了包里。

　　肖锐看在眼里，视若无睹。"嗡嗡嗡嗡"，手机还一直在震动，黄蓉索性把手伸进包里，直接关机了，世界顿时清净了。她这才和肖锐安安静静地听完了整场音乐会。

　　音乐会散场，黄蓉和肖锐随着一众观众群走出了国家大剧院，而后才从包里拿出手机，开机。

　　肖锐看了看她，这才开口："手机一直在震，会不会有什么急事儿？"

　　"装疯卖傻，他能有什么急事儿？撅个屁股我就知道他要拉哪种细菌感染的稀！"声音高，说话直，黄蓉一看周遭文雅的环境和惊诧的眼睛，赶紧低下头紧走了几步，这才继续说："你说得对，他就是小气，还不会尊重人，尤其不尊重女性，不尊重我……"

正说着话，电话又震了，还是郭靖，黄蓉终于忍不住了，一把接起来："干什么干什么你要干什么你要？你到底要干什么？你会不会尊重人？"

电话里郭靖说了几句什么，黄蓉一下子傻了。

旁边的肖锐见黄蓉脸色不对，脸色也跟着凝重起来："出什么事了？"

真出事了，不是郭靖，是黄彩云，她被陈小南发现晕倒在了值班室。

黄蓉和肖锐赶到急诊观察室的时候，黄彩云正静躺在病床上，身上盖着吴汉唐从家里带来的薄被子。吴汉唐守在一边，拉着老伴的手，只顾上看着黄彩云，也顾不上招呼身边转来转去乱忙的郭靖。

黄蓉急得一头汗，亲堂姐倒下，这是这辈子第一次，她有些急躁，一边指责姐姐，一边指挥着郭靖："好好的怎么会摔了呢？不是低血糖不是高血压，你这是累的呀，什么都不管，都多大岁数了还当自己是实习生小年轻呢，郭靖那盆你别扣那儿啊，起来踩上去滑倒了再摔一次！"

郭靖"嗯嗯啊啊"地应着忙着，陈小南站在一边，看着像个护工一样的郭靖，想过去接把手，又觉得似乎不妥，迈出去的脚尖还是缩了回去。

黄蓉也是真急了："血压现在多高？之前呢？跟你说必须休假，马上休。出了病房就回家，你那些东西让郭靖回头送家去，不许再上病房了……"

郭靖"嘘嘘"地打断她："别叽叽喳喳地叫唤，我要是姐躺在那儿，听得脑子也大了，脑血管心脏都没事，劳累过度你得让她静静。"

"你一个产科的知道什么？万一是别的问题呢？"黄蓉没好气地怼他。

"都查过了，没别的问题。"陈小南轻轻地接了一句。

黄蓉这才注意到一直站在屋里的陈小南，郭靖随口给她介绍："陈小南，我的实习生，就是她发现姐晕倒在值班室的。"

黄蓉认出她来了："我教过你，你是临床系刚毕业那个班的学生。"

陈小南点点头刚要说话，黄蓉马上对她说："多谢你了小南，帮我去外头把听诊器拿进来好吧，就在医办一进门右手边的墙上。"

没等说完，黄蓉马上扑到了黄彩云的病床前头，陈小南愣了愣，才呃了一声，往外走去。

而肖锐，一直在临时观察室外面的楼道里接着电话，没多会儿，他把电话挂了，把刚从观察室出来的黄蓉叫到一边，"嘀嘀咕咕"地说着什么。

郭靖站在门口，表情微妙地望着他们，陈小南取了听诊器从肖锐和黄蓉的方向走过来，见郭靖一副这样的表情，轻轻地问："想听吗？我可以过去替你探探消息。"

郭靖白了她一眼，转身又回去了。

"真不听？可别后悔。"

郭靖一瞪眼，提着听诊器的陈小南从他身边跑了进去。

肖锐那通电话，是打给私立医院的，而这家医院，肖锐有股份。为了讨好黄彩云，肖锐前一天晚上就安排好了医院的林林总总，第二天一早，黄彩云就被肖锐和黄蓉转到了他的私立医院。这家医院档次极高，特殊设计过的灯光让门诊大厅显得温暖而明亮，女导诊员的笑容更是甜得发腻，轻声细语，和不少外国人用流利的外语交流着。

晚上，郭靖提着一个保温杯，走进了这家私立医院的大门口，他显然是第一次来这儿，稍稍地有些发憷，但他很快就适应了，他到导诊台问好了路，一路来到了黄彩云所在的一套单独的高级病房。

黄彩云的神智和精力经过一天的休息和治疗，已经有所好转，这会儿，郭靖扶着她轻轻地靠坐在了被子上。

郭靖手脚利落地将保温杯里的吃的喝的盛出来，把小碗小勺递到她面前："黄蓉今天夜班倒不开，又来了好几个病人，就不来了。夜里我在这儿守着，她明天一早就过来。"

黄彩云接过碗勺，说："你也回去吧。这儿二十四小时都有护士，我是说，每个病房里都有一个，一晚上都在门口，不会有事的。"

郭靖环顾了一圈四周，惊叹道："是比咱们那儿洋气多了。这儿住一宿怎么也得一千块钱吧？"

"说是有肖锐的股份。"黄彩云喝了口豆浆。

"免费住那太好了，姐，我要是你我就多待阵子，疗养院也就这水平了，听我的，别不好意思。咸菜在这儿，我给装小袋子里了。"

不知道是晕倒了以后刚缓过来，还是头一次占别人便宜有些别扭，黄彩云的语气比以前变得慢和轻了不少："我也是住进来才知道这些的。别扭。

明天我就回家去了。"

郭靖赶忙劝道："别呀，就算以后成不了妹夫，表衷心献礼的机会咱总得给人家，一腔热血最怕的就是凉水浇了。一杯豆浆够吗？"

"别说我还真有点饿了。其实我现在倒是想吃点……"

郭靖马上接过话茬儿："棒渣粥，老口味儿。马上给您弄去。"说完，他转身就出了门。

虽说病了，但黄彩云还是心系着她的病人，翌日大清早，她就嘱咐郭靖安排了她的病人来这里复诊。

黄蓉和肖锐来到黄彩云病房的楼道边时，郭靖刚送着一个产妇从黄彩云的房间里出来，而门外，还有几个穿着打扮都不像是这家医院的患者在等着。郭靖对着几个患者叫道："下一个谁？"一个家属听见叫声，赶紧走了进去。

肖锐和黄蓉一眼就看见了这个场面，黄蓉的嘴快，她冲着郭靖就喊道："郭靖你干吗呢？"

郭靖一转头，看见了她："咱姐，咱姐让安排的。"

黄蓉把郭靖拉到一边，没好气地问："干什么呢这是？人肉挂号？还兼着分诊台？这儿是什么地方，你怎么没把门诊那几百号病人都带过来？"说话间，肖锐已经先行进了病房。

"都说了是咱姐的意思。"郭靖嘟囔着，"姐救死扶伤还要分地点吗？只要放下屠刀在哪儿都能立地成佛。都是复诊的病人，眼看着就要生了，要不要剖腹产，姐不得定一下子吗？肖锐都不管，你怕什么？"

"你回去吧。"黄蓉白了他一眼。

"我当然得回去了，姐还等着我呢。"

黄蓉一把拽住他："我让你回家去。"

郭靖眼睛猛地一睁："我回家？你知道怎么陪护吗？戳几个贴身护士也不行，你们知道她最爱吃什么？肉什么馅儿素什么馅儿，饺子包子哪个皮厚哪个皮薄？喝水要多少度的，什么时候开水什么时候茶？坐起来的时候腰上必须靠垫子，午休的时候不要枕头，方便面喜欢哪个牌子的调料包，早晨永远得有豆腐乳，不要王致和要老才臣，要不你拿个小本先记记？"

"刚进医院的时候我也什么都不会。我可以学。"

郭靖撇撇嘴:"有个师兄带带你,不好吗?"

黄蓉懒得理他,看了看剩下的几个病人,准备往病房走去。

而已经在病房里的肖锐,正在着急地献着殷勤,他在一摞病历里帮黄彩云翻着找着,嘴里还念念有词:"胆汁淤积,胆汁淤积……"

黄彩云坐在床上,手里拿着笔和纸在小桌上写到一半,等着:"应该就在上面,病人我记得是姓杨。"

肖锐不得其法,越找越着急,翻得那摞病历都乱了散了,这时候一只手从他身后伸过来,捏住了一张纸,准确地抽走了。

是刚进来的郭靖,他把病历翻到了第二页,对折,放到了最利于黄彩云观察的手边位置,这是俩人长时间在产科共事的工作默契。黄彩云顺其自然地接过去,又顺手把手里刚看完的一份病历递给了郭靖,而郭靖的手早就等在那里,无缝对接。

肖锐把这一切都看在了眼中。

肖锐和黄蓉离开后,郭靖坐在黄彩云的旁边,摩挲着她的胳膊,找准了穴位按着:"影像科的片子您也看了,不是血栓也不是占位,手麻也是平时累的,黄蓉虽然脾气急,可她的意思是对的,劳逸结合,该休息还是要休息,不是我批评您,业余爱好太少了,这方面您也得多学习呀。"

"郭靖。"黄彩云唤住了他,而后问道,"肖锐这个人,你怎么看?"

郭靖被她问得一愣,随后才说:"您既然问了,我也不能全捡坏的说。优点也不是没有,有钱。有钱不是坏事,证明这个人聪明,还勤奋,智商和情商都差不到哪儿去,要不然也不会给您安排这样的医院和病房。"

"还有吗?"

"长得虽说不如我,但也还凑合,他真要是娶了黄蓉,生个孩子从遗传学上讲,也说得过去。"

"接着说。"

郭靖越说越酸:"房子我也打听过了,北京一套海南两套,国外的我查了半天,光美国就有好几个叫RuiXiao的,也不知道哪个是他。您还想知道什么?"

"缺点呢？"

郭靖想了想，说："发际线有些高，以后肯定是个秃子。"

"没了？"黄彩云有些意外。

郭靖深吸了口气，良久，他才又开了口："说心里话我看他其实哪儿哪儿都是缺点。不管有钱没钱，男人一抠就小气了，老于也在他那儿，听说能把员工刮出血来。聪明不是坏事，就怕坏人聪明，对媳妇对社会对大姨姐和姐夫的危害更大。长得再好他也快四十了，这么大岁数还单身，不是有病就是太花花儿，房子多也不一定都是全款，房产税咱先不说了，万一结了婚还得跟着还贷款，这到底是享福还是吃亏啊？"

黄彩云被他逗乐了，破天荒地笑了笑，顿了顿，说："黄蓉的话也有道理，以前我管她管得太多。你们之间的事情我也不好多说什么。其实我倒是习惯你在跟前，也许是同事这么久，成家人了。"

郭靖听她这么一说，有些感动："姐，我也没想过咱们再成两户人。放心，黄蓉和肖锐长不了，以后还是我伺候您。"

"怎么说？"黄彩云不解。

"一个是酒精一个是头孢，药物反应太厉害。俩人口味不合性格不合，发型也不合，前两天值夜班我还拿扑克牌给他们算过，最多不超过一季度，黄蓉的脾气除了咱们自己家人谁能忍啊？久了肯定是个散伙。"

黄彩云看着他："眼看着他俩谈恋爱，你就这么心甘情愿等着，什么也不在乎？"

"我就当她是个小孩子，从来没玩过一个玩具，玩玩儿就知道原来的好了。没游过泳，拦着不让她下水也不行，她的性格您最清楚了，下去呛口水，自己就上来了。"

黄彩云一句话也说不出来，郭靖又补了一句："擦头发的干毛巾我早给她准备好了。您放心，淹不死，我拿着救生圈在岸上看着呢。"

***

几天后。

黄彩云已经好得差不多了，吴汉唐陪着她在医院的草坪上遛弯，正合计着什么时候出院，肖锐就赶了过来，把他俩请进了一场他精心为黄彩云准备的生日聚餐中。原本黄彩云并不打算去，但谁知肖锐说他请来了她十几年未见的老友，这让她有些激动，还是跟着去了。

私立医院门口，一家颇为高档的餐厅大包房里，流水潺潺，妙乐叮咚。

餐桌上，一圈素菜围着一个别致的蛋糕，黄彩云坐在正中间，两只手一直拉着旁边两个多年未见的老同事，脸上带着平日不多见的高兴，和大家一起望着旁边正在讲话的肖锐。

而陈小南，也被邀请来了，她坐在最下首，看了看黄蓉。

肖锐心细如发，眼神和说话顾及着屋子里的每一个人，说到未来的新同事时，他特意望了陈小南一眼："今天都是自家人。黄主任这些年的同事，除了给别人正做手术和被别人做手术的，基本都来了。我自作主张，还请了过去现在以及将来的新旧同事，我喜欢八卦，请来的都是黄主任最喜欢的人，仇人都从请柬上剔除了。"

大家都笑容满面，黄蓉也笑了。

"知道各位吃饭讲究，跟后厨说过了，少油少盐零味精，这里的菜不一定高级，但可以保证没有一滴农药，就怕处女座挑剔，我连泡茶的矿泉水都是自己带来的。"说着，他举起酒杯，说："黄老师生日快乐！"

话音刚落，大家纷纷碰杯，齐贺黄彩云生日快乐。

酒杯再次四散开的时候，大家分别开始寒暄了，热闹声中，肖锐端着酒杯，直接走到陈小南面前，彬彬有礼，像对待黄彩云一样平等地尊重："你上大一那年，我还去贵府拜访过，你肯定不记得了。"

"好像有点印象。"陈小南有些尴尬。

肖锐微笑着举杯："肖锐。你爸爸的好朋友。"

而此时的郭靖，孤零零地站在黄彩云的病房门口，他看看里面，又看看外面，见没人，便把带来的饭盒放在桌上，有些百无聊赖地等着。等了好一会儿后，他把电视打开，坐在沙发上，抱着遥控器调来调去，没一个节目能吸引他，实在无聊，他起身走到冰箱前面拉开门往里一看，像掏宝藏一样，把啤酒、日式泡面、德州扒鸡、秋林红肠等各类零食扒了出来，而后坐在沙发上吃了起来。

那边，包房里，肖锐挨着黄蓉，低调而殷勤地给她夹着一样样的菜，陈小南饶有兴趣地看着他们。

老于端着一杯酒，笑得脸都开花了，他弓着身子，把酒杯低低地放到黄彩云的杯底："要不是您带我教我，现在哪有老于这号人。不管我在哪儿，您都是我主任。"

"外头好是好，可能工资也多，要是说成就感，还是咱们医院咱们科。你非要走我也留不住，那就祝你一切顺利吧。"老下级再见面，平素不管多严厉，黄彩云此时也颇为感慨。

"托您这句话的福，有肖总照顾，我这后半辈子就一帆风顺啦。"老于眼观六路，余光早就看见肖锐从旁边走了过来。

肖锐微笑地看着老于："给黄主任准备的礼物，能拿出来了吧？"

老于马上从旁边的包里拿出一个精致的留言册，翻开递给黄彩云，等她一边看一边给介绍："从您参加工作到咱科里的第一年到现在，每年您生日这天接生过的孩子，千里挑一，能找到的肖总都给找着了，最小的不会写字，摁了个小脚印，这一页是年龄最大那孩子，给您写的祝福都是用毛笔楷体，您瞅瞅。"

一页页或好或差的书法笔迹，一行行真挚的祝福话语，黄彩云看得颇为感动："太有心了。有心了。"

连同黄蓉和吴汉唐在内，每个人都没想到，所有人都啧啧赞叹。陈小南坐在一边，没吭声，她专心致志地对付着一块素烤鸭。

而病房里的郭靖，这会儿已经喝空了好几个啤酒罐，啃了一堆的鸡骨头，脸颊上已经开始微微发红。

包房里，热闹非凡。太久不见，每个人都有些比寻常更多的兴奋，人群里的黄彩云今天显然是焦点，她应付着四面八方的人，显得有些疲惫。

酒过三巡，黄蓉被肖锐叫了出来，来到了这家餐厅一个较为宽敞的露天小院里。肖锐打开手机里的电子地图，手指头在上面划来划去，黄蓉的眼睛跟着他的手指头看。

肖锐指着地图上一个距离医院不远的僻静小区，说："医院门口往东三百米，是个公寓小区。我有个小房子在里头，三层朝南，打开窗户就能看见医院，从买下来就没住过，也不愿意租出去糟蹋，就空着，房子和感情一样，没人不行，你要是能帮我暖暖房，我就在这儿说声谢谢了。"

"我？搬到这儿去住？"黄蓉有些愕然。

"做饭洗碗打扫卫生都有保姆，什么都不用管，公寓就这么点好，和住酒店一样，你上班的时候她们才进去，进进出出没人打扰，下了夜班走路十分钟就能进屋，我建议你先别答应也别拒绝，先去看看，感觉一下再做决定，行不行？"

黄蓉刚要说话，肖锐飞快地补了一句："电子门锁，密码是你手机的后六位，你颈椎不好，里头有把按摩椅特别灵，手感和理疗科的真人一模一样，试试呗。"

包房里，黄彩云的精力显然已经到了疲惫的临界点，饭局总算是散了，大伙拥着她，远远地从屋里走了出来，肖锐往那边瞥了一下，对黄蓉说："你要是喜欢一个人安静，我连单元门都不进去。"

黄蓉有些犹豫。

"这么多年都等了，我也不怕再多等几天。"肖锐说得很诚恳。

黄蓉正要说话，突然郭靖的声音在院子里响了起来："主任——"

肖锐和黄蓉往后一看，酒劲儿还没过去，脸颊通红的郭靖推着一个轮椅，一路走了进来："主任主任，轮椅来了，您那虚劲儿还没过去，咱不走路，咱坐这个。"

人群背后，老于表情微妙。不用说，这个地方是他透露给郭靖的。

黄彩云等人正好往外走，郭靖把轮椅飞快地推过去，和黄彩云碰面的地方恰好是肖锐和黄蓉所站的地方，他咋咋呼呼地嚷嚷："肖总安排的医院就是不一样，别说区区一辆轮椅，找救护车接送吃饭都没问题，我一说就借来了，您上去试试，来来，别不好意思，没事，我推着您，要不万一再摔一下，谁能饶得了我呀？您妹妹第一个就饶不了，是不是黄蓉？"

"郭靖。"黄蓉正色地叫着他。

郭靖没搭黄蓉的话，他环顾了四周，和一堆熟人打起了招呼："呦呦，您在这儿呢，刚才还真没瞧见，老于也在呀，这么巧，哎，这不李老师吗？您也在？您不是出国了吗？"

他看看周围，露出了一副恍然大悟的表情："她们没告诉我说你们在这儿是聚会，我还以为就主任呢。不好意思不好意思，打扰了，打扰各位了是不是？抱歉抱歉，姐夫你也在呀，我这大老远来送趟饭，你们倒是告诉我一声呀，是不是？"

话虽是这么说，郭靖还是一脸笑容，不像埋怨，像撒娇："姐，你不是要吃棒渣粥吗，我爸天没亮就开始熬，早知道就不用这么急了嘛。"

黄彩云和吴汉唐都有些尴尬，在来聚会之前，吴汉唐就和肖锐说过待会儿郭靖要来送饭这事儿，肖锐把这事儿给揽了下来，他们以为肖锐已经给他去过电话了。没想到……

黄彩云刚要说话，肖锐抢在前面说了一句："不好意思，郭大夫，吴主任提过这事儿，是我忘了通知你。"

"呦，肖总。刚刚才瞧见你，刚才躲哪儿去了？都这么久没见了你怎么还这么虚伪？不想叫就是不想叫，说实话，我要是你我也烦我自己。"郭靖对他就没那么好的脸了，"什么叫忘了，你怎么忘不了忽悠黄蓉搬家呢？我问你，我们家房东老王接的涨价转租的电话是不是你打的？"

陈小南躲在人群后面，又好奇又担心，还有些看热闹的意思，她探头探脑地看着。

而站在郭靖和肖锐之间的黄蓉，脸色越来越难看了。

郭靖的嘴里还有酒味儿，肖锐用手在鼻子底下矜持地挡了挡："今天是黄主任的生日，大家都在……"

"你别跟我扯什么大家，大家小家怎么了，就不能说话了？"郭靖一下就打断了他的话，"别打岔儿，看着我，问你呢，给我们家房东打电话让他捧人，憋着坏拆散我和黄蓉，是不是你？"

肖锐没看他，对着那边的服务员叫道："服务员，给这儿倒一杯醒酒的热茶过来。"

郭靖一下子把他扬起来打招呼的胳膊扒拉下来："谁喝醉了？你装什么好心呢？不服你跟我再喝，醉不醉你来试试呀？"

人群里的陈小南见郭靖这副模样，有些不屑，轻轻地说了两个字："幼稚。"

黄蓉也终于忍不住了，她直视着郭靖，张口就问："郭靖，你灌了多少猫尿？"

郭靖只管看着肖锐："白的啤的红的，喝呀，敢不敢？你不是说我醉了吗？"

"拼酒，那是小孩子做的事情。"这要是放到平时遇到这种事，肖锐早走了，现在反而一句句地回，他越平心静气，越显得郭靖冲动和幼稚。

"郭靖，我跟你说话呢！"黄蓉急了，吼了一句。

郭靖还是只看着肖锐，完全不搭理她："那你跟我说说什么是老爷们干的事？挖人墙脚别人腿，你怎么那么不要脸呢？"

这话说得过了，黄蓉一下子过来，推了郭靖一把："干什么呢你？是不是疯了？就你那么点破酒量你嘚瑟什么？你看看周围这些叔叔阿姨，嫌不嫌丢人？"

她揪着郭靖脖子后面的衣服："看看，你看看，挨个看看，别人好容易来聚一次，我姐的生日让你搅成什么样了？"

郭靖只有在黄蓉面前可以毫无尊严，不管她说什么骂什么，无论她怎么折腾怎么揪，郭靖都笑着听着忍着，直至黄蓉骂了一句："人家费这么半天心，怎么了？错了吗？怎么你就容不下了？"

郭靖忍不了了，脸蛋还发红发烫的他大吼了一声："他行我也行啊，你们给过我机会吗？"

"为什么非得给你机会？你是谁呀？我为什么非要听你的？我是个成年人我不是小孩，用你管吗？你又不是我爸你凭什么管我，凭什么！"话赶话，黄蓉是真急了。

"凭我是你前夫！"

"你自己也知道你是前夫！"

俩人都急了，郭靖的眼睛都是红的："前夫怎么了？前夫就不能说话了？前夫没钱没车没房子没脸没皮就连吃顿饭都给你丢人了？嫌我上不了台面、嫌我啰唆墨迹、嫌我没面子、嫌我骂你新男朋友了，你怎么没大嘴巴子抽我呀？嫌我待着碍事，我走！你以为小爷爱在这儿看你们秀恩爱吗！"

说完，郭靖扬长而去。

众人面面相觑，人群里，只有陈小南一个人跟着追了出去。

小雨，淅淅沥沥地下了起来。

餐厅外面的街道上，陈小南追着跟在郭靖的后头，不停地向他解释着：

"师父，我可不是自己要来的，光知道是黄主任生日，我也不知道都有谁啊，这种饭局我才不爱来呢，我……"

郭靖正心烦，叫了一句："别烦我！边上待着去！"

吼完，他只管大步往前走去。

也不知道走了多久，雨比之前下得要大了，马路上，没带雨具的行人四散奔逃，只有郭靖一个人站在雨里狼狈地打着出租车。然而，几辆出租车经过，都不停，"唰"地开走了。

正在郭靖心灰意冷的时候，一辆打着双闪的迷你轿车开了过来，驾驶室的车窗摇了下来，是陈小南，她从里面冲郭靖喊着："上车师父，我送您回去！"

郭靖还赌着气，像没看见她一样，继续打着出租车，"唰"，又一辆拒载的出租车轧着水花开了过去。

"真不走啊？"

郭靖还没反应，陈小南便一脚油门把车往前开去，郭靖急了，他追过去喊："哎哎哎！"

"吱——"陈小南把车停了，郭靖赶紧钻了进去。

雨刮器飞快地划着，将大雨甩向两边，陈小南开着车，眼睛只管瞅着前方。

坐在后排座上的郭靖开始了他的喋喋不休："装。好好装。眼睛不看我，就假装自己不八卦了？别以为我不知道你心里怎么想的，觉得我特傻B，为了个前妻把自己弄得这么狼狈，平时那个郭靖哪儿去了？是不是？"

陈小南一直听着，一言不发。

"怎么不说话？你平时话不是挺多的吗？说你两句你就有十句等着，现在怎么不说了？满肚子嘲笑我的话不说出来，你憋得住吗？"

陈小南递给他一瓶水："内科的师兄说苏打水能解酒，也不知道真的假的。"

郭靖接都不接："你是不是以为我喝醉了？拿张纸拿支笔给我，拉丁文倒着给你写完《本草纲目》信不信？说话。今天你必须说话，说呀！"

"我能说实话吗？"陈小南突然说了一句。

"你想说什么？"她半天不说话，突然这么说了一句，郭靖有些愣住了。

"上了班你是我师父，下了班咱俩是同事，您要真想听我就说了，我就想问，这一大坛子醋，喝的有意思吗？搞这么一出干什么。"

"再不拦着俩人就上床了！"郭靖瞪着眼睛。

"上床又怎么了？离婚了你们就都是单身，单身为什么不能找个人上床？女人就是小狗吗？你扔过几块骨头这辈子就非得跟着你了？出门见了别人哼哼几句就不行了？怎么那么不讲理呢？"

"陈小南你在说什么呢？"郭靖怒了。

"人家爱和谁睡和谁睡，法律上道德上伦理上你们一毛钱关系没有，你这是感情绑架，一个字，俗。"

郭靖气得眼睛都红了："我我我……给我停车！停！再不停我跳下去，你停不停！"

"吱——"，车停住了。郭靖一推车门，只见外面大雨倾盆，电闪雷鸣。

陈小南从后视镜里看着他："不是要下车吗？下呀？"

郭靖一咬牙，他真的下去了，顿时淹没在大雨之中。

陈小南冲着外面喊："你傻啊你！"

而另一边，被郭靖这么一闹，正在气头上的黄蓉，被肖锐再问起搬去公寓的事，恼火地一口就回绝了，然后在他沮丧的目光下，上了吴汉唐的车，和他们一起驶出了餐厅的停车场。

车上，黄彩云和黄蓉坐在后排座上，吴汉唐还和以前一样，只管自己认真地开着车，对后面姐妹俩的对话充耳不闻。

黄蓉气还没消，她转过头问黄彩云："姐，您刚才怎么也不骂骂郭靖？就任由他这么闹？"

"工作是工作，生活是生活。他又没在医院病房里这么闹，我为什么要骂他？"黄彩云面色平静地回着她的话。

黄蓉对她的这个回答倍感意外，眼珠子都快瞪出来了："以前他是只耗子，不过街您也得喊打，现在怎么待遇变化这么大？"

晕厥过一次之后，黄彩云的语气变得比之前慢了一点，她心平气和地说："门诊和病房，手术，出诊，临床教学，还有带实习生，其实有时候我在想，郭靖要不是妹夫，他就是普通的一个同事，我还会这么挑剔他吗？"

"我早说了专业上他一点都不差。他差劲是因为别的。"黄蓉嘟囔着。

"别的也不一定有多差。一个人对另一个人来说，只有适合不适合，没有差和不差。"

"以前觉得我俩不适合，现在又改啦？"黄蓉听声辩意。

吴汉唐像是和黄彩云排练过一样，目视着前方，嘴里却接过了话："了解一个人需要过程嘛。过日子就像治病，婚姻里有了炎症，你免疫力不好，他是青霉素，除了他，再没有更合适的了。"

黄彩云附和着："头孢也不是不行，就是贵点，还容易有耐药性。"

"你们俩怎么老是怀念我的前任啊？"说完，黄蓉不再说话了，她掏出手机，开始看了起来。

***

今晚，黄蓉值夜班，没有回到他们的出租屋，客厅里，一灯如豆。

郭靖颓废地窝在沙发里，一个人大口大口地喝着闷酒。茶几上，已经被他扔了好几个空了的啤酒罐。

"咯吱——"，他又捏瘪了一个喝空了的易拉罐，他身子一探，在茶几上一通乱扒拉，想要再拿一罐喝，却发现已经没酒了。他挠了挠头发，一个起身，穿着拖鞋就出门了。

夜晚的街道不似白天热闹，尤其是雨后的夜晚。

路灯下的郭靖头发乱糟糟的，穿着背心裤衩和拖鞋的他看上去有些颓唐。他从小区门口的小便利店里买了一塑料袋啤酒，刚出小便利店，就看见了刚看完话剧在街上溜达的陈小南。

四目相对的一瞬间，俩人都有些没想到。见他喝得有些多，陈小南陪他一起回了出租屋，还给他做好了一桌子的饭菜。

坐在餐桌边的郭靖，嗑着一只蒜蓉的小龙虾，嘟嘟囔囔道："像你这岁数的，会做饭的不多了啊。"

陈小南端着一碗酸辣汤从厨房里出来，往桌上一放，把围裙解了往旁边一扔，攥起桌上的一罐啤酒喝了几口："冰箱里就这么些东西，能整的都整了。您凑合吃吧。"

她把郭靖面前的啤酒拿走，换成了一包纸巾："我妈没得早，我爸又忙，五年级我就自己做饭了。鸡蛋炒馒头，鸡蛋炒米饭，鸡蛋炒西红柿，我能用鸡蛋炒一切。"

"我也是啊。我妈也没得早，我爸也忙，我也得给自己整饭啊，做完还得给我妹妹做，她那嘴还挑食你知道吧，来来，咱爷俩碰一个。"郭靖又把啤酒换回来，喝了一大口，他的眼神已经有些迷离了。

"别喝了，还没完了。"陈小南把啤酒从他手里拿走了。

"你说什么？小声嘀咕什么东西？把酒给我，给我！"郭靖显然已经喝醉了。

陈小南拿起一排啤酒往他面前一怼："喝吧，喝的酒精中毒倒是能去急诊科，人家不回来，打120，咱去。"

郭靖想发作，看看她，那口气又松了："我问你，你是不是觉着我喝酒是因为她？"

"不为她，难道为我吗？"陈小南坐了下来，自顾自地吃起了毛豆。

"你不懂。很多时候不是你想的那样。中年男人心里的事情多，你还小，你不明白。"

陈小南剥毛豆剥花生，自己一颗，给郭靖面前的小碗里也放一颗："有几句话，您听不听？"

"听啊。我这么平易近人。"

陈小南指着碗里的豆子，说："这颗豆子是你，这颗豆子呢，是那个肖什么，我就管他叫情敌。你，情敌，都在碗里，你觉得黄蓉会吃哪颗？"

郭靖睁着发红的眼睛呆呆地望着她："吃我呀。"

"你去照镜子看看你现在的样子。"陈小南冷哼了一声，"算了别看了。你让她吃她就吃啊？黄副主任那么倔的人，她听过谁的？"

"那怎么办？"

"你得先管好自己。洗干净腌好了煮熟了洒好了盐，自己躺在碗里安安静静地等着。别那么激进，别老搅和人家，更不要时不时地蹦出来攻击另一颗豆子。女的最烦的就是男人幼稚。尤其是成熟女性，你表现得越稳重，越冷静，让人挑走的可能性就越大……"

正说着，一阵轻轻的鼾声响了起来，郭靖的头枕在桌上，已经睡着了。

陈小南一脸不屑地望着他："就这么点破酒量，还老喝。"说完，她深吸了口气，然后把郭靖一路拖进卧室。

醉酒的人特别沉，陈小南出了一身汗，好不容易才把他弄到床上，她刚想走，郭靖的胳膊就压住了她的腿，她费劲巴拉地搬开他的胳膊，再次转身要走，郭靖又一把拉住了她的手。

陈小南一愣，就听见郭靖嘟囔着说："别走……黄蓉你能不能别走啊……"

"出息！"陈小南一把甩开他的手，往外走去。

次日早晨，下了夜班的黄蓉回来了，经过昨天和黄彩云的聊天，她已经彻底没气了。

厨房里，郭靖猫着腰，盯着燃气灶上突突突的小火苗，随后他把火关掉，端起灶上的小锅一路来到客厅，放到桌上，对着黄蓉说："幸亏燃气卡没字儿了，昨天夜里熬粥，这要是忘了关火，今天等你下了夜班回来，我就成植物人了。"

"对不起啊。"黄蓉看着这一锅粥，心里突然觉得有些愧疚。

"什么对不起？"

"昨天。"

"昨天你说什么了？我喝多了，断片了。"

"别装不往心里去了，就这事你能记我半辈子。我还不知道你？话赶话，那些说过头的骂过的话，我可不是诚心的，再说你也不是不过分，咱俩一比一，这事算扯平了，谁也不记恨谁，同意你就把这碗粥喝了。"黄蓉盛了碗粥递给他。

"不喝。"

"真生气了？"

"没往心里去是真的。昨天喝多了今天不想吃饭，也是真的。这都不叫事，你还当真了。"说着话，他看见黄蓉一直望着自己，有些疑惑，"怎么了？"

"这是什么？"

阳光下，他的发丝中，混杂了一根淡红色的中等长度的头发，格外显眼。

郭靖眼睁睁地看着黄蓉伸手把这根头发从他头上摘了下来，又放到鼻子底下嗅了嗅，心里有些虚："什么？扫床刷子掉毛了？"

"头发。谁的？昨天夜里家里来人了？我就说怎么早起开门一屋子酒味，你喝得连屁都放不出来了，还能提前把啤酒罐给码到垃圾桶里？小龙虾没有外卖的袋子，谁给你做的呀？"

"小龙虾？"郭靖装着傻。

"就算你假装记不住吃的，别的总忘不了。碗谁洗的？桌子都给你擦亮了，你可别说是你爸，我现在出去到对门，进屋就能问个清楚。你别紧张，又不算婚内出轨，我就是关心问问，谁呀？"

郭靖正要说话，黄蓉直接起身走向了冰箱："冰箱里肯定还给你留了醒酒的东西，我瞅瞅。"

郭靖已经拦不住了，冰箱的门"啪"地被黄蓉打开了。

里面一个硕大的生日蛋糕，赫然醒目。只是，被挤在冰箱里放了一宿，上面用奶油写好的"祝姐姐生日快乐"几个字已经软塌塌了。

黄蓉有些没想到，她转过头看看他："真惦记着我姐生日呐。买了蛋糕怎么昨天也不带啊？"

"蛋糕又不是饺子，吃了你们买的那一个足够了。"郭靖抠着耳朵眼。

"买了不吃浪费，中午我陪你回趟家，给黄主任送了，再蹭她俩个饭？"

"下午还有手术，科里走不开。"郭靖贱兮兮地故意这么说。

"真小气！"说着，黄蓉又想起了头发的事儿，问，"还没说呢你，昨天夜里谁来了？"

郭靖眼珠子看都不看她："还能有谁。除了关心她哥的亲妹妹，谁还能想得起我呀？"

第二十章

这段时日，郭家最大的喜事，莫过于郭郭怀孕了，而郭靖依旧疲于奔波在医院和黄蓉之间，今天临下班的时候又被黄彩云叫过去接了几个急活儿，回到出租屋的时候，整个人已经累瘫了。

他掏出钥匙打开门，疲惫不堪地走了进来。一天的劳累，他连鞋都懒得换，直接走进厨房找吃的，找了会儿，发现什么都没有，他问了句："什么吃的都没有？"

客厅里，电视开着，黄蓉敷着眼膜，闭着眼睛在听电视："谁知道你几点回来？你也没说。"

郭靖没说话，接好了水放在煤气灶上，准备煮泡面。火一打着，他就从厨房里走出来，往沙发上一瘫："话都没劲儿多说一句。"

"收了几个急茬儿这是？"

黄蓉话音刚落，郭靖像是看到了什么，突然一声不吭了，他一动不动地盯着茶几旁边的垃圾桶。

见郭靖一直没回应，黄蓉把眼膜揭了下去，看他还睁着眼，疑惑地问："没睡着怎么不搭话呀？我和你说话没听见啊，累傻了？"

郭靖就像是没听见一样，起身抽了一张纸巾，到垃圾桶里垫着捡起来一个八喜牛奶冰激凌的小圆筒，像是看着一针毒剂："他来过咱家？"

黄蓉一怔，马上过去接："他不知道你对牛奶过敏。进来的时候就剩一点了，你给我，我扔出去。"

她的手刚伸过去，郭靖的手已经提前松开了，"啪"，冰激凌筒掉到了垃圾桶里，黄蓉接了个空。

"什么时候来的？"郭靖面无表情地问。

"一个小时之前。"

"什么时候走的？"

"半个小时之前。"

"有事儿吗？"

"没事儿。"

"没事儿来家里干吗？"

"没事儿就不能来了？"一句一句顶着问顶着说，黄蓉也有点不高兴了。

郭靖看着她："有什么事儿在外头说不行吗？"

"你什么意思？"

"你觉得我什么意思？"

黄蓉终于忍不住了，劈头盖脸地问："在外头干什么行，干什么不行？来家里怎么了？这家不管租的买的，有一半是不是我的？我的朋友送我回家，路过上来坐坐歇歇聊聊怎么就不行了？"

厨房里的水开了，郭靖沉默着起身往里走。

黄蓉是个炮仗，轻易不上天，点着了就得爆了才算完，她"突突突"地说："我做贼了还是出轨了，我偷情了还是让你捉奸了，你审犯人呢？你刚才那些话问的什么意思我听不懂吗？你以为除了这儿我再没地方上床了？"

这句话把郭靖从厨房里逼了出来，他站在厨房门口，说："他不是挺有钱的吗？怎么连个窝都不给你搭？吃软饭都吃到咱家来了，我替你害臊，我一片好心你怎么听不明白呢？"

"你再说一次。说。你不说今天晚上我跟你没完！"黄蓉一下子站了起来，走到郭靖面前，眼对眼地死死盯着他，"说。"

郭靖闭着嘴，较着劲："你让我说我就说？不说。"

"我他妈让……"黄蓉话还没说完，"叮铃铃铃"，手机响了，她走过去拿起来一看，是肖锐，没等她反应过来，郭靖就大步流星地冲回了卧室，把门咣的一声摔上了，紧接着，里头传来了两只鞋砸到地板上的声音。

黄蓉说不出来的烦闷，她一把将手机扔到了沙发上。

晨风，带着阵阵花香微微吹来，吹起了黄蓉轻柔的发丝。和她一起出了单元门的还有郭靖，昨夜的事情明显让俩人有了些隔阂，两人彼此沉着一张脸，都憋着不说话，就这么一路到了医院，然后分道扬镳。

一整天，郭靖都黑着一张脸，更别提下班后看见黄蓉一溜烟就钻进了肖锐的车里，心情更是糟糕到了极点。适逢曾鲤叫他去撸串，借着撸串的劲，他把自己喝大了，一路歪歪倒倒地就那么回到了家门口。

他喝得眼睛都直了，翻着包找钥匙，但怎么都找不到，他拍拍自己的脑袋，还是想不起来去了哪里，索性放弃开始敲门，一下，两下，三下……一直没人给他开。

郭靖急了，开始拍门："开门，是我，钥匙丢了，开门啊，我手机也没电了，不放心你从猫眼里瞅瞅我，你什么意思啊？给我开门啊你！"

屋里就像没人一样，没人搭理他。郭靖越说越生气，从拍门变成了砸门，边说边哭，边哭边说，最后开始踹门，一边踹一边哭一边骂，骂黄蓉也骂自己："是不是那孙子又在里头呢？我说说也不行啊，我小气怎么了，就说你一句你就急了，我牛奶过敏他非要带着冰激凌上门，他这是欺负人打我脸你不明白吗？你是不是傻呀黄蓉，你给我开门啊！"

郭靖又踹出一脚，一下子没站稳，自己摔到了门上，他抱着门，"啪啪啪"地拍着，抹了一把眼泪："要搁以前我早走了，我怎么就不走，我为什么就非得死皮赖脸在这儿耗着不走啊？医学院毕业那年，曾鲤像个大傻子一样，拿着个问题到处问人，说再过十年、二十年，你喜欢现在的自己吗？我怎么知道喜不喜欢我自己，我就知道我还喜欢你！现在，要是十八岁的我站在旁边，看着咱们，看着我，一定嫌我特窝囊，窝囊废！我讨厌自己！我不喜欢我自己！都这么多年了，我为什么还他妈那么贱地缠着你！你为什么不能让我恨死你忘了你？为什么让我还一直惦记着你？为什么！"

郭靖哽咽着哭了起来，正哭着，突然一个声音从他头顶传来，劈头就问："发什么酒疯呢？"

他抬头一看，两张正义的脸正紧紧地盯着他，是警察。

"这我家。我忘带钥匙了。我家。"

"吱呀"一声，门终于开了，但出来的不是黄蓉，是一对情侣，男人心有余悸地指着郭靖，对警察说："就是这个神经病，踹一晚上的门，就是他！"

"你们谁？这是我家呀。"郭靖完全懵了。

男人旁边的女人都快哭了，带着哭腔说："这是我们家！你家不是住楼上吗？少爬一层楼吧你！"

夜，静谧如水。

已经回到家的郭靖，驼着背坐在沙发上，他抱着一个大茶缸子，里头的水已经被他喝没了；而黄蓉，抱着一个枕头，站在一边，没有说话。

客厅里的大灯没开，只有门厅的射灯亮着，发着微弱的光。

郭靖的酒醒得差不多了，他低着头，双眼看着茶杯，顿了顿，还是他先开了口，声音很轻："医院有个支援基层的项目，在海南，两个月回来。产科要出个人，下午我报名了。"

黄蓉沉默着，没有吭声。

"正好。咱俩都能静一静。"

黄蓉站在原地，依旧一言不发，半晌，郭靖站起来，艰难地走进了自己的卧室，把门关上了。

天边已经微微擦亮。

一夜无眠的郭靖趿拉着拖鞋，穿着睡衣，头发乱糟糟的，站在黄蓉卧室的门口，他抬起手来想敲门，但最终还是没有落下去。

而卧室里，黄蓉同样一夜无眠，她睁着眼睛，静静地望着窗外。

天已经大亮，收拾好一切的郭靖，拖着一个巨大的行李箱，在黄蓉的视线中，一步步地走出了小区。

医生的每个早晨都在赶时间，郭靖走后，嘴里咬着半个苹果的黄蓉已经穿戴整齐。她从厨房里用夹子夹着一块烤好的面包片，往餐桌的盘子里一放，随后几步走到冰箱前，拉开门的瞬间，她愣住了。

冰箱里上下数层被塞得满满当当，有熟食有蔬菜，有水果有豆浆，有肉有蛋有酱菜，还有她最爱吃的三明治和包好的饺子，应有尽有，琳琅满目。冰箱的小灯泡上还贴着一张小纸条，上面写着一行字：我走了，冰箱里可以进牛奶了。

"啪"，黄蓉把冰箱门合上了，心里一阵说不出的难受。

***

两个月后。

"嗡嗡嗡嗡嗡——"一个暴力冲击钻的钻头顶在墙上，砂石四溅，尘土飞扬。

黄蓉戴着郭靖骑小摩托时的头盔，自理能力已经超凡脱俗，她驾轻就熟地钻着阳台一角的墙壁，冲钻、抽拉、打孔、削洞、顶膨胀螺丝，直至安装、悬挂，随后一个可折叠的自行车被她完美地挂到了墙上。

摘下头盔，她一路来到厨房。厨房里的燃气灶上已经火焰腾腾，一口砂锅、一口铁锅，都"咕嘟咕嘟"地炖着肉和汤，黄蓉像个经验老到的厨子，一手掀开锅盖，一手抄起案板上切好的葱姜蒜末，一把撒进了炖腔骨中。

今日是郭靖回来的日子，餐桌上已经被黄蓉摆满了种类丰富的冷热荤素。

不消一会儿，郭靖就回到了出租屋中，刚回来的他明显黑了一圈。他在黄蓉笑容满面的目光中，看着眼前这顿丰盛的午餐，惊得下巴都快掉下来了。

洗好手，坐到餐桌前，他抱着那盆刚刚出锅的炖腔骨，又啃又咬："除了忘记放盐，什么都好。这肉挑得也好，肥的地方不腻，瘦的地方不柴，真的真的，炖的时间也到位，你看这小骨头都酥了。"

"没放盐还这么能夸，我以为你走俩月再回来，没以前那么虚伪了。"黄蓉冷眼旁观。

"没放盐当然得夸了。做菜熬汤，淡了不怕，就怕咸。就像两个人搞对象，关系淡点没关系，留点分寸，往后想亲热，那都是随意的事情。想快就快，想慢就慢，主动权都在你手里。要是一上来就怀了孕，这关系就不好处理了。汤淡了还能放盐。要是先躺了再加汤，麻烦不说，也不是那个味儿了。"

"含沙射影。我就知道你憋不住。"

郭靖吸完了最后一口骨髓，摆摆手："没有没有，有话我就明说了，咱俩我还用影射吗？这俩月我也想通了，换位思考，我要是你其实也烦我自己。你说得对，咱俩都是独立的个体，你和肖锐之间是好是坏，都和我没关系。"

黄蓉颇为吃惊地望着他，郭靖被她看得有些不自在："干吗这么看着我？抽纸给我递一下。"

"我们同居了。"黄蓉故意骗他。

郭靖愣了一下，他看看黄蓉，随后"哦"了一声："跟我想的差不多。"

"你还是变了。我以为你一回来就要问，你一问我就告诉你。可你偏偏不问，你不问吧这事儿就不太好说，显得好像是我做贼心虚，要跟你坦白什么。我虚什么？我干吗要虚呀？"

郭靖点头："对对，咱不虚。正大光明奔向新生活，独立女性追求自己幸福的事儿，就算面对曾经一往情深的前夫，也犯不上遮遮掩掩。我一直喜欢你这个嘎嘣脆的劲儿。什么时候结婚？"

"先订婚。快了下个月，最慢也是这季度。我只要能休假，他随时。"黄蓉夹了筷子肉，放嘴里。

"又得存钱凑份子了。你说我该给你们随多少钱合适啊？"郭靖"滋滋"地喝汤，头也不抬。

"谈钱多伤感情。到时候你只要别去祸祸，我给你钱。具体多少你说个数吧。"

郭靖这才把头抬了起来："要不叫那个谁，帮咱们把这屋明年的房租付了吧？"

吃饱喝足，郭靖抱着一杯咖啡靠在门框上，欲言又止地看着穿戴好准备出门上班的黄蓉。因为工资替他爸补了股票的窟窿，他还是没忍住，张口问她借了五千块钱，黄蓉有些疑惑，但还是递给了他一张银行卡。

孰料，这张银行卡却成了黄蓉发现他秘密的重大突破口。

晚上，他先是见了老于，然后又见了陈小南。吃过饭，他一回到家，黄蓉就笑眯眯地望着他，一脸洞幽察微的表情，郭靖被她看得有些发虚。

"什么时候好上的呀？"

"什么？谁？"郭靖被她问得有些懵。

"大老远从海南回来刚第一天就不着家，约姑娘了吧？"黄蓉直勾勾地看着他，一脸微妙的表情，"四十六分钟之前我收到了酒吧的刷卡消费短信，那费用顶多两人使用，男人，肯定不至于让你借钱请客。我查了那酒吧，离家就算走路也就二十分钟，但你一小时后才到家，你是先送姑娘回了家，自己才又回来的吧？一回来就急着见面，隔一宿都忍不住，这位姑娘是不是长得特好看？"

郭靖挠挠头，避重就轻地说："老于。他喝多了打不着车，我叫了个车绕半圈路，先把他送回去，怎么就非得是个异性呢？"

"还不承认。"黄蓉向他摊开手，"我也别冤枉你。咱俩可以打个赌。把你的手机拿出来，看看最新的微信是发给谁的。我猜内容是'我到家了'，时间是五分钟之前，地点是在楼底下，你要是不服，把手机拿出来就能证明我在瞎掰。敢吗？"

一时间，郭靖竟无语凝噎。

黄蓉笑眯眯："谁呀？长得比我漂亮吗？比我小几岁？都说男人的审美几十年不变，和我长得一样吗？是不是也是我这么长的头发？说话呀你。手机拿来，给我看看照片呗。"

郭靖躲着闪着，连连招架，实在推托不过，他正要说话，突然手机响了，黄蓉伸手就抢，郭靖的手慢，一来二去，她猛地把手机抢到了手里，将手指头竖在嘴边，做了个嘘的手势，大拇指轻轻地摁开了"免提键"，电话里头顿时传出了陈小南的声音："说话方便吗？嗯？说话呀你？"

黄蓉惊得下巴都要掉了，她怎么都没想到，打这通电话来的，居然是陈小南。

其实，一个月前，在海南支援基层的郭靖因为急需仪器，医院便派了陈小南过去，所以，这次的海南之行，陈小南也算参与了进来，两人在海南整整共度了一个月。

黄蓉用手挡着嘴，小声地说："兔子不吃窝边草，怎么连实习生都骗呀你？"

挂了电话，郭靖坐在沙发的另一端，喝着一罐啤酒，跟个没事人似的。

黄蓉倒是来劲了，她拿着他的手机，一张张地翻看着他的照片，里面大多都是在海南拍摄的。她的视线最后落在了一张陈小南和郭靖的合照上，她用手在屏幕上连着点了两下，看着放大的陈小南的脸，嘴里"啧啧啧"地说："怎么看怎么像我小时候，黑眉毛弯眼睛，一个品种。你就不能换一款啊？"

"三十饺子初一面，从小吃习惯了，口味不好改呀。"郭靖思绪飘着。

"什么时候好上的？在海南的时候？你怕什么呀，你坐过来，这又不是出轨，聊聊。孤男寡女，是不是在海南的时候？"

"算是吧"。

"什么叫算呀？"

郭靖有些含糊："是不是的我也不太确定啊。"

他是真的不太确定，他只知道临回前的一晚，他们一众人在海边开欢送会，一票人都喝多了，他和陈小南也是。第二天一早，他光着身子在酒店醒来，就看见了满地乱扔的衣服，除了自己的，竟然还有女式的，他当时就觉得不对劲，但他万万没想到，几秒钟后，陈小南就那么从卫生间里走了出来。

听他说完，黄蓉倒显得落落大方："我说怎么管我借钱呢？是不是喝多了又把一条龙的账给结了？吃饭喝酒五星级酒店，回来还得请女朋友泡吧，行侠慷慨，仗义疏财，你又不肯吃软饭，是得问前妻借点。够吗？"

"不够我自己想办法。"

"是得自己想办法。要不然过两天等咱们搬走，除了在医院还真不好见面了。"

"搬走？"郭靖惊诧。

黄蓉点点头："房子快到期了，房东要提前要收房，说他儿子要结婚。最多十天半个月吧。"

"我记得那日子，怎么这么快会到期呢？再说房东不是老王吗，他连孙子都有了，什么儿子结什么婚？骗谁呢？"他脑子一转，明白了，"肖锐弄的，小人之心。是他想结婚。他什么时候拜老王当干爹了？"

黄蓉白他一眼："你急什么，没合了你的意吗？正是热恋的时候，你不去跟女朋友同居？"

"谁女朋友啊？"

黄蓉眼睛睁得老大："你是不是气糊涂了？陈小南啊！"

别说，乍一看，陈小南还真是有点像黄蓉，差不多的身高，同样扎着的马尾，就连走路的步伐也有些相似。第二天中午，端着饭去妇产科找姐姐的黄蓉，一进妇产科就看见了同样也晒黑了一个色号的陈小南。远远地，她细细地打量了她一番，除了相似，陈小南还有些她没有的，比如年轻。看着她的背影，不由地，黄蓉发出了一个感叹。

下了班，黄蓉刚一回到出租屋就收到了一份快递，她仔细看看，发现收件人是郭靖。她拿着快递盒在阳光下观察，发觉快递盒子已经被磨破了，里头露出了一个角，她小心翼翼地将里面的东西拽了出来，她定睛一看，是避孕套。

她深深地吸了一口气，有些咬牙切齿地蹦了一句："牛奶对橡胶，这是赤裸裸的过敏报复呀。"说完，她拿着避孕套走到了储物柜上的抽屉旁，从里面翻出一个针线盒，捏了一根缝衣针出来。阳光下，针尖寒光闪闪，她就那么朝着避孕套狠狠地戳了下去。

郭靖下班回来后，她装作什么都不知道地招呼着有他的快递，郭靖一听，一下子有劲儿了，过去一把抄起快递，走回了卧室，黄蓉见他那副迫不及待的神情，啪的一下愤愤地把手里正在吃的一包薯片给捏碎了。

隔天清早，郭靖换了一身颜色明亮的新衣服，仔细摆弄着自己的头发，直到理好了捋顺了，才一路走到客厅，正在换鞋的黄蓉眼尖，一眼就看见郭靖不同寻常的异样："新衣服够骚的，小女朋友的品位还是得练。"

"我自己挑的。是不是特显嫩？"郭靖挑了挑眉。

"白大褂也盖不住你的骚，穿成这样是要干什么去？"

郭靖一边穿运动鞋一边说："劳逸结合，临床医生最容易猝死，休个假，出去要一天。"

"今天临床科室组织体检，你们都不检了？"

"天天都在医院，没灾没病，有什么可检的。心花怒放比锻炼健身对身体好多了。"郭靖的语气不咸不淡，听不出来是不是故意要气她。

正在这时，黄蓉的电话响了，她接了起来，带着点故意的劲儿，说："知道了，这就下去。早饭又买好了？幸亏我家里没吃。"

挂了电话，她看着郭靖："去哪儿玩啊？要不要捎你俩一段儿？"

"不必不必，我们骑自行车，健康。没车的小屌丝，健康的屌丝。"

黄蓉头也不回地转身走了。

***

晴空万里。湛蓝的空中，除了飞机，偶有几只鸟飞过，一片云彩都没有。郊区一个山坡陡而斜的山道上，正在爬坡的郭靖力气都快耗没了，他站起来艰难地蹬着自行车，朝着陈小南喊："快到了没？"

陈小南轻轻松松地骑在前面:"再翻俩坡就到了,你行不行啊?"

原来,他们的终极目标是俩坡后面的小溪边。赶到那里的时候,郭靖整个人都快累散架了,他四仰八叉地躺在地上,看着陈小南把户外烧烤装备一一整了起来。

烧烤架、木炭、串、调料……不消十几分钟,她已经全部搞定,烤起了串,除了肉串和玉米,烤架上她还烤了根吱吱冒油的茄子。

郭靖歇够了,凑过去,看着还在忙活着烤串的陈小南,欲言又止。最终,他还是磕磕巴巴地开了口:"不是我非要较劲,起码我得心里有数吧。是不是,这种事情说大不大,说小也不算小,咱不能这么糊里糊涂的,这不行啊。"

陈小南蹲在他对面,烤一个吃一个,啃完了一个玉米后,她落落大方地看着他:"你到底想问什么?"

"睡没睡呀?"郭靖大睁着眼睛望着她。

陈小南冷哼了一声:"多大个事啊,你至于吗?睡了怎么着,不睡又怎么着。我不用你负责,又不会追着让你娶我。"

"你怎么这么想?"郭靖有些意外。

"那我该怎么想?"

"咱俩是同事,要是没什么意外,没准儿会共事一辈子。这事处理不好,以后还怎么见面?"看见陈小南一脸茫然,郭靖赶紧补充解释,"是这样。虽说年龄差距不是特别大,但有时候我还是觉得我像你爸,起码是叔叔辈儿。假如咱俩真的好了,假如啊。你想想,再过几年你想干点什么,我都陪不动你了,我连大夜班都快顶不下来,别说和你唱通宵,去了KTV新歌榜的前一百页里我一首歌都不会唱。你现在倒是图个新鲜,真等到结了婚……"

"师父你开什么玩笑呢?"陈小南张大了嘴巴,"谁跟你结婚啊?我这辈子不结婚,不生孩子。"

"不结婚你和我这儿耗着干什么?你不要孩子,我得要啊。我是个传统的人。"

"没劲。"陈小南低头吃着茄子。

"什么意思?"

陈小南不理会他,看看表,然后说:"抓紧烤,快到点儿了。再有十二分钟四十秒,我来到这世上就整十八年了。"

顿时，郭靖瞠目结舌，他并不知道今天是她的生日。

十二分钟四十秒后，陈小南蹲在一个点燃了生日蜡烛的小蛋糕前，双手合十地许了个愿。郭靖蹲在她旁边，看着她一口把蜡烛吹灭，问："你到底多大了？"

"永远十八。还想知道什么？"

"叫我来了才告诉我今天你生日。还有什么事瞒着我？"

"无趣。"陈小南切了一声，"这些问题一点都不浪漫，没意思。"

郭靖看看她，不轻不淡地问："你对我印象怎么样？"

"特烦你。刚实习那些时候我还盼着你摔断腿，来不了医院。怎么盼都没戏，你命还挺硬。后来经过了那次病人投诉的事，就没以前那么讨厌你。烦归烦，好多了。"她看看郭靖，接着说，"总体来说，你缺点比优点多。嘴碎，唠叨，烦人。你怎么那么烦人呢？嗯？"

郭靖看着她，她也看着郭靖，渐渐地，陈小南的语速越来越慢，近近的距离下两人就这么相互对视着，晴里逐渐有了一些不一样的东西。陈小南往前凑了一下，眼看着就要零距离了，郭靖还是躲了。

"尿。"陈小南不屑了一句。

"谁尿啊？"

"你不喝点酒连主动亲个嘴都不敢。睡都睡了还这么尿。"

"你别激我。"郭靖咬着牙。

"尿包蛋。尿货。尿人一个。"

郭靖一下子抓住了她的肩膀，陈小南一点都不怕，主动扬起了脸，眼看着似乎正要有所动作了，郭靖反倒是缩了，正在这时，他的电话响了。

"黄大夫？"陈小南看着他掏出的电话问道。

郭靖看了一眼，说："你爸。"而后，他接起来毕恭毕敬地叫了一声陈副院长，电话里说了几句什么后，郭靖把电话从耳朵上拿了下来，递给了陈小南："找你的。"

陈小南一脸诧异："找我？"

从郊区回来，郭靖就被陈副院长叫进了办公室，不过不消十分钟，陈副院长就一脸温和地亲自把面色凝重的郭靖送了出来。原来，陈副院长看出了女儿的小心思，但他并不同意陈小南和郭靖在一起，所以他给郭靖介绍了个女孩，希望他去见见。

陈副院长的"好意"郭靖不能不领，只能硬着头皮去见了，好在陈小南知道了这事后，配合着他演了一出渣男劈腿的戏码，把相亲对象吓得一溜烟就跑了，这才把这事给硬生生地压了下去。

而另一边，肖锐在笼络了吴汉唐去他们公司工作之后，又向黄彩云抛出了橄榄枝，希望她能去他的私立医院工作。黄蓉把这件事转达给黄彩云的时候，黄彩云想也没想就拒绝了，用她的话来说："第一次听说私立医院还有假期，工资奖金都涨一倍，一星期只上三个半天的门诊，这哪是打工，分明是受贿。我不去。"

"去不去您自己拿主意。肖锐的原话我只负责捎到位。"黄蓉点点头，又说，"其实，我也不想让您去。我姐夫在那儿我就觉得别扭。"

"他这不是挖人，是示好。我和你姐夫都是加油站，你才是终点。"自从上一次昏厥之后，黄彩云就变得不再像以前那么尖锐和冷硬了，说话动作、行为举止，都有了一些润物细无声的变化。她观察着黄蓉，又问了一句："你对他印象怎么样？"

"还行吧。"黄蓉回着，眼睛却有些走神。自从知道郭靖和陈小南今天出去约会，她这一整天都有些心不在焉。

"还行？和郭靖比呢？"

一提到郭靖，黄蓉回过了神，说："一个狮子，一个双鱼；一个是煎牛排，一个是小米粥。不是一个物种，没什么可比性。"

"东西不一样没关系，得看你想吃什么。"

黄蓉想了想，看着黄彩云，说："郭靖有女朋友了。"

"他也有坐车坐累了的时候？"黄彩云很意外。

"换加油站了呗。"

黄彩云看着她，叹了口气："没人会陪着你一路开下去，总有到站那一天。什么时候该上车，什么时候该下车，你自己心里得拎清楚。"

黄蓉刚想说什么，"叮铃铃铃"，电话响了，她一看，是肖锐。

从黄彩云家出来，已是傍晚，肖锐的车就停在小区的院子里，黄蓉走过去，拉开车门坐了上去。

肖锐看着她，很自然地说道："好运街新开了一家煎牛排的馆子，厨子和牛都是进口的。去试试？"

黄蓉想了想，说："我今天想喝点小米粥。"

"前头有家山西菜，倒是近。"肖锐将车开动了起来，"怎么突然想吃这个了？"

黄蓉没说话，若有所思看着前方，肖锐也不再问，他将车直直地驶向了一家西北风格的饭馆。

饭馆热热闹闹，黄蓉在肖锐诧异的目光中，喝完了一整碗粗瓷大海碗的小米粥。

"你怎么了？"肖锐看着她一反常态的样子，忍不住问道。

黄蓉咧开嘴，看他："牙缝里有菜叶子吗？"

"你是聪明人，咱们不绕弯子。你这几天和以前不一样了，我能猜猜吗？"肖锐态度依旧温和有礼。

黄蓉眼皮一耷，口气变了："和郭靖没关系。还猜吗？"

"那就没事了。"肖锐话音刚落，黄蓉就拿起了旁边的纸巾，擦了擦嘴："饱了。撤。"

出了饭馆，肖锐提前把车门打开，护着黄蓉上了车，俩人擦肩而过的一瞬间，肖锐扶了一把黄蓉，顺其自然地说了一句："回我家吧？"

黄蓉转头看着他，很认真地问："有事吗？"

"一个朋友送了瓶红酒，一起尝尝？"

"明天还得早起开会。请不了假的那种会。改天吧。"

肖锐没说话，轻轻地为她关上了车门，还是将车开到了她和郭靖所住的小区里。

车一停，黄蓉就自然地把安全带解开了，她正要伸手去拿手包，肖锐却一下子攥住了她的手，黄蓉把他的手拿开，说："红酒不是还没喝吗？你这是上头了？"

刹那间，肖锐突然一把抱住了她，想要强吻她，黄蓉不断闪躲，最后她一个用力，一把将他推开了："疯了你？"

肖锐"呼哧呼哧"地喘着气："我是疯了，我早就疯了！你今天才知道？"

这几句话推了黄蓉一把，她伸手就要拉开门下车，肖锐一把拉住了她："你要是走了我也跟你进去，我不知道我今天怎么了，我没喝酒我也没疯，我一点别的事儿也没有，我也不知道我怎么会这样，你觉得奇怪，我自己也不明白。"

他尽可能地控制着自己的情绪："我也不想自己像现在这样。找个女的结婚，一点也不难。但是找你，太难了。我劝过我自己，算了，可你就是我心里的一个疙瘩，解不开，死疙瘩，到死也解不开了。你心里有事，我也是。对不住。"

黄蓉一直看着肖锐，沉默着。

肖锐拉着她的手慢慢地松开了，他整理了一下自己的情绪，轻轻地说："抱歉。"

黄蓉的眼神也有些柔软了："是我不好，你做得够好了。我也不知道今天怎么回事，不好意思，肖锐。"

说完，她还是拉开车门，下车一路走远了。

车内，肖锐看着她离开的背影，整个身子靠在了车背上，疲惫地叹了一口气。

深夜，黄蓉独自一人静静地站在卧室的窗边，出神地看着窗外。小区里，路灯亮着微弱的光，她一直目不斜视地看着单元楼正前方被路灯照亮的那一块空地。

已经凌晨一点了，那里一个人影都没有。

这一晚，郭靖终究还是没回来。

***

翌日，行政大会议室里，开展了一堂电子多媒体档案编研技巧的培训课，各科室的医生除了值班的，基本上都来了，而产科，除了陈小南，一个都没来。黄蓉从门外进来，一眼就看见了已经在大会议室后面坐好的陈小南，她一路走了过去，坐到了陈小南的身边。

陈小南很有眼力见儿，马上礼貌问候，黄蓉冲她笑着点了点头，而后开始认真听起了培训。

培训结束已经到了中午，眼见到了吃饭的点儿，陈小南主动约了黄蓉一起去食堂吃午饭。

食堂里，陈小南端着两杯鲜榨橙汁，给黄蓉面前放下一杯："郭老师说果汁里您就爱这个。我刚才亲眼看着，没叫她们给加糖。"

说完，她在黄蓉旁边坐了下来，她的头发和衣角在坐下的一瞬间，随着轻轻飘扬了起来，黄蓉的鼻翼轻轻地嗅了嗅，说："郭老师送你的香水还不错，就是单一了些，他也就知道这么一种牌子。"

陈小南下意识地看看自己的肩头，坦诚道："您和他之间，什么都不瞒着。"

"瞒。自从跟你交往以后，他连几点回家都不肯说了，没准儿跟着小女朋友，他也做不了主，是不是？"陈小南刚想说话，黄蓉的嘴快，跟着又补了一句，"知道你爸那边有不同意见，郭靖让我保密，我谁都没说。"

"谢啦。"陈小南微微一笑。

"你会做饭吗？"黄蓉看看她，喝了口果汁，问。

"家常菜，算吗？"

黄蓉点点头："你会做最好。郭靖虽说勤快，但下手重，炒的菜炖的汤老是太咸，说多少遍也不听，这对你的肾脏不好，你也是学医的，心脑血管就不说了。"

"他没怎么给我做过。"陈小南抿了抿唇。

黄蓉像是没听见她说了什么一样，只管说自己的："一日三餐，他尤其喜欢做早饭。七大碗八大碟，有时候等你醒了，会误以为这是晚饭。奇怪吧？早饭有什么好做的？我也不知道一个人为什么这么不喜欢睡懒觉，人和人不一样，他能，我就不行。下了夜班第一件事我就是关手机盖被子拉窗帘睡到自然醒，他不是，越熬越精神。你跟着他一起值夜班，你知道吧？"

"是吗？"听她说着这些，陈小南吃饭的动作越来越慢。

"慢慢地你就都知道了。不熟的时候都是装的，熟了就暴露了。别看他平时咋咋呼呼的，心眼比谁都小。除了半夜小便不冲马桶，还有强迫症。洗澡之前地漏里一根头发都不能有，我和他在一起这么多年，鸡毛蒜皮的小事，唯一吵的架就是因为这个。我看你也喜欢扎辫子，别把头皮绷得太紧，太紧往后容易掉头发。"

陈小南放下了筷子，不吃了，她静静地听着。

黄蓉继续说："他是个典型的双鱼，缺点比优点更明显，结婚前和结婚后像两个人。有时候你会怀疑是不是找了一对双胞胎，弟弟太不争气，连个媳妇也不好找，哥哥义薄云天出来帮着泡姑娘，追到手就过继给郭靖了。人是个好人，就是碎叨，有时候是不是觉着他特烦？"

"您呢？有多烦他？"陈小南忽然问了一句。

"一眼都不想看见他。"黄蓉想也不想地回答。

"可就是还想再见着。"

黄蓉不吃了，看着她。

"我不喜欢什么都绷着不说，有什么说什么，人活那么累干吗？您喜欢他，您还在乎他，那您干吗不告诉他？"陈小南看着她，说得颇为诚恳，"我要是您，我就把心里想的每句话，每个字，都说出来。他要是不听我就追到他家里，揪着他的耳朵，哪怕用刀顶着他，一个字一个字地告诉他。不管他听不听，我反正说完了。我不后悔。"

"我也不后悔。"

陈小南嘴角微微一扯："后不后悔的，您自己高兴就行。要是您一直都这么装着，高兴的是我。除非您真的不怕。"

倔轴使然，黄蓉顿了顿，说出来的话还是较着劲："我怕。我就怕他离了我再找不着女朋友，现在都找着了，我就放心了。虽说幼稚点吧，也是个直性子，我也不讨厌，再说郭靖那人就喜欢照顾小女孩，般配。祝你们好好的，不吵架。我吃饱先走了，再见。"干脆利落，话一说完，黄蓉起身就走了。

她一路大步流星地走着，心里百感交集，有些说不出来的感受。

径直穿过门诊大厅，她走到了急诊中心的医生值班室门口。科室的门微微地开着，她有些奇怪地瞄了一眼，只见门缝里夹着一条彩色的丝带，她轻轻推开门，顺着丝带往里一看，只见里面完全变了个样子，气球彩带，遍地玫瑰，浪漫满屋。

她刚走进去，还没来得及惊愕，身后的门便被"啪"地关上了。黄蓉转身一看，穿着颇为正式的肖锐站在门背后，深深地望着她："不等了。不想等，我也等不起了。今天来，我要求婚。"

"你是不是喝酒了？"黄蓉睁大了眼睛看着他。

"低压九十高压一百二，脉搏心率都是九十，滴酒没沾，我会为现在说过的话、做过的事负所有的责。我和你也不是第一天认识，我的心意不多说了，你现在点点头，明天上午咱们就去领证，民政局我已经提前约好了。"

"我刚吃完饭，还得马上去坐门诊，你没事吧？"黄蓉眼睛一眨不眨，很明显，这个求婚太突然，她被吓到了。

肖锐一往情深地凝视着她："我知道急了一些。结婚和抢救一样，越拖病情越重。要是你觉得太突然，二选一，后天一早，我们直飞日本蜜月旅行，我问过科室，你有三天的休假，足够了。签证上次你说办了没用，现在有用了。"

"第二呢？"黄蓉直愣愣地问。

肖锐从兜里掏出一个小盒子，把它掀开，一个亮闪闪的钻戒赫然出现在她眼前："求婚的戒指你先拿着，三天以后，你要是想好了，戴上它，我们就在东京举行婚礼，你不会见到你不愿意见到的人。如果你要是后悔，还回来，再把戒指还我，我还等着你，等到你愿意嫁给我为止。"

黄蓉在原地愣了良久，而后她一声不吭地转过身，背对着肖锐，从衣柜里拿出了白大褂往身上穿。

肖锐站在她的身后，言辞恳切："人生不是医科大学的毕业考试，非要争个全校第一，万人景仰。这些年每个人过得好不好，只有自己知道。"

"我的听诊器见没见？帮我找找。"穿好了白大褂的黄蓉，对他的话充耳不闻，自顾自地找起了听诊器。

肖锐接着说："婚姻更像是择业，瞅准了哪个科室，最好马上决定，等来等去，拖得越久，心就越慌。"

"麻烦让一下，是不是掉桌子底下了？上午还在这儿来的。"黄蓉还在翻找。

"黄蓉。"肖锐叫住了她，"你是不是还忘不了郭靖？"

这一句，黄蓉听了进去，她停住不动了。

肖锐深深地看着她，说得诚恳之至："还是那句话。三天以后，要是还想着他，戒指给我，就当这些话我没说过，咱们从头再来。"

黄蓉犹豫了一下，随后伸手把他手里的戒指一拿，拉开门出去了。

屋内，肖锐鞁然而笑。

第二十一章

一枚熠熠生辉的钻戒，在客厅的灯光下闪闪发亮。

沙发上，郭靖拿着黄蓉的手，翻过来转过去地看着她手上的这枚戒指，嫌弃地说："鸽子没有这么小的蛋，假的吧？"

"假的我也认了。"男女之间就是这样，心里想的和脸上挂的，通常都是两个样子，撇开郭靖的时候是一种心态，此刻的黄蓉反倒是干脆利落，话里话外都有故意刺激他的意思。

"这事怎么能糊涂呢？明天要不我去给你验验？"

黄蓉把手抽了回来："明天我去日本，本来还要去买路上带的东西，你打电话非要把我叫回来谈，谈的就是珠宝鉴定吗？"

"还有个事儿，想告诉你一声。"郭靖看着她，欲言又止。

黄蓉看了眼墙上的钟："赶紧说。"

"你真想好了？"郭靖目光灼灼地凝视着她。

黄蓉嗯了一声，算是给了他一个回答。

"那我……也就放心了。本来还不知道怎么跟你说这事儿。"

"又出什么事儿了？"黄蓉有些疑惑地看着他。

郭靖看看她，话到嘴边又咽了回去，看上去一副难以开口的样子，这么来回酝酿了几次，他终于开口了："我要当爸爸了。"

嗡的一声，黄蓉只觉脑袋一片空白，整个人都懵了："陈小南？你真对窝边草下手啊？"

"我也没想到我这辈子还会有孩子。"郭靖看着她，目光里带着难以掩盖的唏嘘，"也没想到妈妈不是你。"

黄蓉看着他，一时间有些说不出来的烦躁，她顿了顿，突然又想到了什么，说："不对吧？上回你买的避孕套，我给你偷偷扎了针，这不才刚刚的事儿吗？怎么会这么快？"

看着郭靖臊眉耷眼的样子，黄蓉马上明白了："你们之前就睡过了。你以前不说你俩没事吗？"

郭靖嘟嘟囔囔地说："你急什么，咱俩不一直离婚状态，不都单身吗？你说的。"

"那你以前怎么没说？"

"怎么说啊，就像你说的，结婚生孩子这种大事，也不能张嘴就来，总得有个合适的机会，你不说我不说，咱们谁都不说，这不也是赶到今天，一起说了吗？"

一时无话，俩人都有些杠着。黄蓉看了看他，调整了一下情绪后，才说："好事。你也算圆了个梦，那就等着喝满月酒吧。"

"房子也马上到期了，你明天也走了，咱俩就这样了？"一时间，郭靖有些伤感。

"不这样还怎么样？"是的，还能怎么样？他连孩子都有了，还能让她怎么样？难道让她告诉他，她刚才说的一切都是故意刺激他的，她其实并不算答应了肖锐？算了吧，都到这个份上了，就真的算了吧。

客厅里，灯光下，郭靖顿了顿，直视着她，说："最后，一起再吃顿饭吧。"

灯光璀璨，餐桌也挪了位置，郑而重之地被摆到了客厅的正中央。两个小时后，桌子上已经摆满了琳琅满目的饭菜，还开了一瓶红酒和一瓶梅子酒，仪式感十足。

郭靖的身上系着围裙，已经喝得微醺，脸微微发红。他正在给自己倒酒，满满当当的，差点溢出来，他用嘴抿了一口，说："这就算是践行宴了。最近太忙，没工夫学新菜，都是过去的老手艺，每一样你都吃过。尝尝今天这个京酱肉丝，绝对不咸。"

黄蓉的酒杯里也空了，她给自己添酒，也倒了一多半，零星的醉意也涌了上来。她看着郭靖给包好了递过来的京酱肉丝，感慨道："医学院食堂上的小灶，每礼拜三一道特价菜，就是它。你请我吃的第一顿饭专挑的星期三，还以为我不知道。"

"那时候没钱呀，钱都让曾鲤借走了，这孙子也不还你知道吧。别老记着特价菜，这水煮鱼记得吧？我和你初吻那天，先亲了这鱼嘴，怕腥，嚼口香糖嚼得我腮帮子都酸了，记不记得？"

"那回是不是你第一次吃水煮鱼？我说不能喝汤，你非要喝。你说这汤拌米饭特别有味道，结果刚钻了学校后门的小树林，你就闹肚子，一晚上放屁放得憋都憋不住。半年内你打死都不让我提这事儿。其实我根本没往心里去，都是学医的，下午刚学完消化系统，谁还会嘲笑这个？"说不嘲笑，黄蓉一说这个，就笑得连酒杯都端不稳了。

"跟你谈恋爱搞对象，事故总比故事多。也不知道是怎么了，第一次带你回我家吃饭，我爸为省钱，买菜市场头天剩的东西，一道回锅肉吃得你差点下不了楼。这杯酒我正式道个歉啊。"郭靖端起酒杯，叮的一声，和黄蓉的酒杯一碰。

黄蓉夹了一筷子手掰蒜肠，比画着给他看："这个可是救命恩人。结婚典礼，折腾的我一天也没好好吃饭，差点饿出星星来才找着一盘蒜肠，吃的我满嘴都是蒜味。吃得又急又狠，见人就打饱嗝儿，别人都以为我有机磷农药中毒了。"

"土豆丝。"郭靖也夹起了一撮土豆丝，"结婚以后的第一个生日，我的。你在医院加班，我在家等你一宿。实在饿得顶不住了，就想着先吃两口，看来看去就它了。从第一根吃到最后一根，一盘子土豆丝都吃完了你还没回来。"

黄蓉顺着土豆丝，看到旁边的盘子里有俩螃蟹，她夹了一只放到郭靖盘子里："今天吃点肉，补回来。螃蟹想半天没想到是什么日子。这是什么纪念日的里程碑，我是不是喝多了怎么想不起来？"

"什么也不是。明天你就要远行了，晚上给你加个菜。一公一母，生同湖，死同腹，黄泉路上，这俩也不会寂寞。我这个说法不对啊，不吉利，可就是这意思。别误会，这公的是我，不是肖锐。没咒你们。"

黄蓉深深地望着他："你想说什么？"

"想和你复婚。"郭靖喝得脸红扑扑的。

"晚了。"

"晚婚晚育呗。"

"看着我。"黄蓉直直地凝视着他，"你就是个孩子，长不大的孩子，我就是个玩具，你自己买过的玩具，就不许别人抢，天底下有这样的道理吗？"

"你去幼儿园看看，哪个孩子愿意把玩具给别人？再说我不是孩子。我想当孩子的爹。"

"当谁的爹？给谁当？"黄蓉一下子跳了起来，她带着酒劲声音越说越大，"你和陈小南都好到这份上了，你还要跟我生孩子当爹？郭靖，你到现在你还在跟我撒谎！我就是讨厌你撒谎！陈小南都怀孕了你还跟我耗什么啊？"

"我没骗你，都是假的啊！我骗你的啊！"

"接着编。"

"怀孕假的，我和她也假的，她和你也假的，不都假的吗？你那边真的假的？我骗你的啊……"舌头有些大，他也说不清楚了，"我骗你是想让你离开肖锐，你是不是听不懂我在说什么？我的意思你怎么总是搞不清楚呢黄蓉？"

黄蓉给自己喝空了的杯子"咕咚咕咚"又倒满了酒，端起来："今天，你想说什么说什么，想怎么骗我就怎么骗。无所谓。最后一顿饭，从明天起，咱俩就各吃各的了。"

她一仰脖子，干了。

郭靖看在眼里，听在耳中，心里说不出的心疼和难过："我也没拦着你，你就喝了。平时你也不喝酒。你什么也不跟我说，我怎么知道你讨厌我哪儿，我改还不行吗？你老说我骗你，我怎么会骗你呢，我为什么要骗你骗得咱俩都离婚了呢？"

郭靖在自责里苦苦地挣扎着："我这都是干了些什么啊？我天天都在干什么呢？你那酒喝了，咱俩就真的完了。陈小南说你最了解我，最了解你的也是我呀。我知道你明天就要走了，你心里特别的难过，咱俩完了，真的完了，以后再也不会有人半夜回来叫门，也不会有人在楼底下喊你的名字了。"

郭靖越说越不是滋味，说到最后，一滴眼泪从眼角流了出来，他伸出手擦掉，可是没有用，更多的泪水流了出来："这些天我多怕呀，我就怕有这么一天，我就怕房子到期，咱俩都搬走了，搬走就真的离了，我做了再好吃的饭，炒了再好吃的菜，都没人吃了……"

黄蓉一直静静地听着，微微地笑着，笑着笑着，眼圈也红了。

吃完饭，酒劲还没过去，黄蓉冲完澡，用浴巾把自己随便一裹，扶着淋浴房的玻璃门走了出来，她也不知道热水被她放了多久，整个卫生间里都雾气朦胧的。

她一个没留神，脚底下一滑，一下子把正在洗手池前洗脸的郭靖一起带着摔倒在地。郭靖眼神迷离地看着倒在他身上的黄蓉，情不自禁地吻了上去。

醉意中，两人就这么睡到了一起。

翌日。"刺啦"一声，窗帘拉开了，阳光大亮，晃得郭靖连眼睛都睁不开，还没等他彻底醒过来，"咣"，一个枕头就砸到了他身上。

"臭流氓！臭流氓！臭流氓！你怎么这么不要脸！"连打带骂的是只穿着内衣的黄蓉。

郭靖这才看清楚周围状况，他边躲边跑，抱着脑袋解释着："别打脸，我今天还得查房，耳朵也别打，别别打你先听我说，我什么都不知道，真的，骗你我不是人。"

耳刮子像不要钱似的，追着打在捂着脸的郭靖的手上，"啪啪"地响，黄蓉彻底翻了脸："你当然不是人，你就不是个人，从始至终你就没过个人样，手拿开，拿开！看着我！"

郭靖从手指头缝里看着黄蓉。

"手拿开！"黄蓉尖叫着。

郭靖把手飞快地拿开了。

"强奸犯！"黄蓉叫了一声，忽然想起了什么，冲着他吼道："我的戒指呢？"

郭靖欲言又止。

"说话！"

郭靖做了个少安毋躁的手势，他四下看看，然后从地板上捡起自己的睡衣，从兜里摸出了一个小盒子，打开，里面是另外一枚戒指。

"这什么玩意儿？"黄蓉披头散发地看着那枚戒指。

"戒指，我的。本来想昨天晚上找机会跟你求婚来着。"

"我那个呢？"

"扔了。"

黄蓉瞪大了眼睛，胸口剧烈起伏着，她朝他怒吼道："扔哪儿了！"

郭靖艰难地说："昨天喝多了，扔马桶了。"

怒火攻心，黄蓉二话不说，穿上衣服直接转身开门走了。

＊＊＊

在拨打了无数个黄蓉的电话和一圈认识人的电话，又去急诊中心寻她无果后，郭靖彻底崩溃了，他从急诊中心出来，穿过门诊大厅，一路往大门口走去。陈小南小跑着跟着他往外走，边走边问："你到底说什么了弄成这样？怎么就失踪找不着了？好好一个大活人怎么就找不着了呢？我早说你早点剧透你就是不听，现在怎么办？说话呀你！"

"戏演过了。"他看了一眼陈小南，目光里满满的都是绝望的神情，"完犊子了。"

原来，昨晚他和黄蓉说的那句"一切都是假的"是真的。他和陈小南真的是假的。在海南，他以为他们睡了，但陈小南后来在她生日那天告诉他，他们其实并没有睡过，只是喝多了睡着了，仅此而已。至于避孕套、约会、承认彼此、怀孕……统统都是假的，这些都是他和陈小南为了能让黄蓉回心转意而做的戏。

一边往前走，陈小南一边像之前郭靖数落自己一样地数落着他："什么你都不听我的，早听我的早没这事儿了。叫你去坦白真相，你把自己给喝多了，到底说没说你自己不知道吗？"

"你教训谁呢？"

陈小南马上换了一副口气："这不是替你着急吗，人家现在马上要旅行蜜月了，你不急吗？"

　　郭靖往前走了几步，一停，又调头往门诊大厅角落里的便利店走去，陈小南也跟着往回走："你去哪儿啊？"

　　"渴了，买水！"郭靖没好气道。

　　"都什么时候了还知道渴？"

　　突然，郭靖一个急刹，陈小南看着他从兜里拿出手机，凑过去一看，是吴汉唐发来的一条短信：黄蓉回家来了。

　　黄家客厅的地板上，堆着好几个大包小包，黄彩云和吴汉唐眼睁睁地望着黄蓉不断地从自己所住的卧室里往外搬着东西。

　　"不管去日本还是搬新家，离家超过一星期，就要把常用药备好。你的便秘怎么样？"黄彩云倒是不慌不忙，提醒着她注意事项。

　　"有火不憋着，今天就通了。"

　　"急火攻心，你要不要喝点绿豆汤？"吴汉唐在一旁有些担忧地问。

　　黄蓉一边收拾着，一边说："没火啊，我火了吗？我冷静得很，麻烦你俩让一让……"

　　正说着，咣的一声，门没敲就被推开了。

　　郭靖带着陈小南闯了进来，还没等郭靖说话，陈小南就一把推开了郭靖，对着黄蓉说："您不想听他的，听我说，就五分钟足够了，你们俩之间都是误会。"

　　黄蓉只管收拾东西，像没听见一样。

　　陈小南继续说："我们俩是假的，我是假的，他是假的，那避孕套也是假的，病得太重只能不管不顾上猛药，谁也没想到副作用会这么大！"

　　黄蓉拉上了手提箱的最后一条拉链。

　　陈小南说得急切："我要是您我就会看我一眼，我要是您我就不这么绷着，黄蓉姐我要是您，我就不会离开郭靖，我再没见过比他更缠着离不开非要死乞白赖爱着你的男人了！"

　　黄蓉拿起电话，给楼下的肖锐发微信："收拾好了，上来帮我拿包。"

　　说完她看着黄彩云和吴汉唐："有事电话吧，新号码回头我告诉你们，走了。"

　　郭靖眼睁睁地看着她仿佛三头六臂一样提起了大包小包，一路挤开他往门口走去，拦也拦不住，叫也叫不住。突然他从兜里拿出一罐牛奶，"啪"地抠开，像举着一个手雷一样看着黄蓉，眼睛也红了："黄蓉！"

陈小南不明所以地望着他。

黄蓉看都不看他一眼，已经用脚尖把门挑开了，她听见黄彩云和吴汉唐一齐叫了一声："郭靖！"

黄蓉回头一看，郭靖仰起脖子，把那罐牛奶"咕咚咕咚"地喝了下去。极快的速度间，他的呼吸骤然变得困难起来。

黄蓉一下子把手里所有的包都扔了，声音也劈了："傻子王八蛋你！"

救护车灯光闪烁。

车里，躺在担架上的郭靖虚弱地半睁着双眼，他模糊的视线里，黄蓉正一脸气急败坏，无声而愤慨地咒骂着他。

看着眼前的黄蓉，他咧开嘴，艰难地笑了。

***

半个月后。

郭立业家里，韩浩月正抱着一个又一个的箱子，从郭靖所住的卧室里往阳台上搬，郭立业像个将军一样指挥着他，嘴里还振振有词地念叨着："学医的就是麻烦，书买回来也不让扔，我还得给配个灭火器，接着搬，屋里的全弄阳台上去，要不他们两口子搬回来没地方住。"

"爸，就我哥。嫂子不回来。"

"不说都回来吗？"最近这阵子，郭立业总爱忘事。

"说了吗？"韩浩月一脸茫然。

因为房租到期，郭家除了大着肚子的郭郭，都来帮忙搬家了，出租屋的客厅里能打包的都打好了包，分堆分类放在地板上，刚从郭家腾好地方的郭立业和韩浩月，这会儿接力棒一样往门外倒腾着包裹，而后运往对面不远处的郭家。

已经痊愈的郭靖和黄蓉各提着一个手提箱，同时从各自的卧室里走了出来，郭靖赶紧过去，帮黄蓉提起了她的箱子，黄蓉几次想说话，都被郭靖打断了："我来我来，知道你现在不娇气，有我在也用不着你，就这么点东西你跟我抢什么？"

郭靖一边抢在手里一边往门外走："东西先搁我爸家，都是自家人，又近又方便，回头找着了新房子再搬呗。"

黄蓉刚要说话，他已经低着头走到了门口，门外，恰巧有人走了进来，俩人差点儿撞在一起，郭靖抬头一看，正是肖锐，郭靖愣了愣，回头看着黄蓉，想说什么，又没说出来。

"来接我的，他给我找了个房子。"黄蓉这才开了口。

话音刚落，肖锐就从郭靖手里把黄蓉的行李轻轻地接了过去。

郭靖呆住了，而刚搬完一批东西回郭家的韩浩月和郭立业，一进屋就看见了这一切，也站住了。

见场面有些尴尬，郭立业把门边一些空了的啤酒瓶子和空矿泉水瓶子拿了起来，沉默地走了出去，韩浩月像个徒弟一样跟在后面，一老一少就这么无声地往楼下走去。

之前一直没机会，郭立业和韩浩月走后，黄蓉说话了，她看着郭靖道："我跟你说过了你搬你的，我搬我的，从早晨到现在我一直在说，我不去你爸那屋，我说了多少遍，是你听不懂或者就没打算懂，我怎么现在觉得好像我瞒着你做什么事儿了这是？"

郭靖沉默着，一言不发。

肖锐踩着话缝隙，知趣地提着黄蓉的箱子，悄无声息地走了出去，把门轻轻地带上了。黄蓉还在解释，理直气壮里头还带着一点委屈："你爸来了一通说，你也一通说，你们都能说，就我不能说，我说了我要搬走，谁跟你开玩笑，谁跟你说气话呀？你傻呆呆地站在这儿是什么意思啊？你哑巴了你啊？"

"咱俩，不是已经好了吗？"郭靖还有点儿没回过味来。

"谁好了，怎么就好了啊？"

"误会我也说了，你也没去日本，你也没找到那戒指，你不是不跟他结婚了吗？我喝了牛奶，你不是把我给救了，咱俩这不是已经又和好了吗？"

"救你怎么了？你太幼稚了郭靖。你知不知道我在急诊科见了多少个自杀的？救一个我就要跟他们好吗？知道我为什么对你失望吗？"黄蓉说着说着眼圈红了，这是极其罕见的事情，"敢死，你是不是觉得自己特别了不起？你死了，那些活着的人怎么办？你爸怎么办？你妹妹呢？我呢？你怎么老是长不大，我说的话你明不明白啊？"

黄蓉的眼角已经闪起了点点的光，郭靖听完了，什么也没说，他走到一个不起眼的鞋柜前面，从底下又摸出来一个盒装的牛奶，黄蓉一把就将手里的一个护颈枕朝他摔了过去："喝！接着喝！你就是个大傻B！你去死吧！"

说完，咣一声，黄蓉摔门而去。

郭靖呆呆地看着被她摔上的门，慢慢地把牛奶盒打开，里头是一堆的钞票，面额有大有小，他冲着门外喊了一句："这不是牛奶，这是以前的私房钱，你都要走了，我还藏什么呀！"

而门外，黄蓉已经下楼了，她什么都没听到。

楼下，肖锐已经装好了黄蓉的行李，见她下来，他走过去轻轻地把副驾驶的车门打开，等她坐定，载着她一路驶向了他为她准备的新公寓。

这是一套完全不同于先前出租屋的公寓，黄蓉像参观画展一样，参观着客厅、厨房、卧室。参观完，她回到客厅，走到一个看似墙边柜的地方，拉开一看，里面是个冰箱，冷藏室里塞满了一堆牛奶。

肖锐扭开了客厅的音箱，一阵悠扬的音乐声随之响了起来。他见黄蓉打开了冰箱，走到她身边，像个解说员一样对她说："郭大夫过敏没办法，这么些年你都跟着不喝牛奶。营养不够，得补起来。"

黄蓉拿起一瓶，看了看："三天的保质期，这么多我怎么喝得完？"

"喝不完就洗脸，脸也洗不完就泡澡用。你不讲究化妆品，皮肤自己有讲究，最适合你的是日本的牌子，大多数成分都以牛奶居多，只要体系一样，内喝外用是一个意思，我还怕你不够。"

"你怎么知道我这么多？"黄蓉有些意外。

肖锐深深地望着她："只要有心，什么都会知道。心里惦记谁，就知道谁的事儿。你对病人一样，我对你也一样。"

黄蓉没说话，直直地看着他。

客厅里，悠扬的音乐声恰如其分地烘托着气氛，肖锐有些心神激荡地朝她亲了过去，眼看就要吻上她，却见黄蓉的眼睛一直大睁着，他不由自主地顿了一下，下意识地问了一句："怎么了？"

"别动。"说完，黄蓉在一动不动的肖锐身上搜来搜去，几秒钟后，她的手停在了他胸前的一个兜里，她把手往外一抽，从里面拿出了一个避孕套。

肖锐有些尴尬，他正要说话，黄蓉依旧大睁着眼睛，问了一句："我住你的房子，就得陪你睡觉？"

"不不，不是这意思。你误会了。"

"这个不是给我准备的。你一会儿还有别的事儿？"黄蓉继续猜。

"不不不不不，当然不是。"

"我对橡胶过敏。这你知道吗？"黄蓉举着避孕套问。

肖锐摇头："真不知道。"

"你不是什么都知道吗？"

霎时间肖锐被她问得哑口无言，黄蓉接着坦坦荡荡地说："当然这个不影响生育也不影响正常的夫妻生活，但是我怀疑自己有问题，性冷淡。"

"这个病能治，你放心，医学上有解决方案。这是心理上的，还是生理上的？"肖锐尽力使自己询问的口气不引起她的误会。没等黄蓉说话，他马上又补了一句："当然都没问题，都可以治好，我可以等。"

黄蓉愣了愣："你倒是不客气。"

"我是希望你宽心，怕你着急。"

"我没着急。每天上班下班就快把我给累死了，我一点儿都不急。"说着话，黄蓉把外衣脱了，磊磊落落地看着他，"累。我想洗个澡，你方不方便回避一下？"

肖锐一脸尴尬。

夜里，肖锐已经走了。黄蓉穿着睡衣，靠在一张巨大的床上，睁着眼睛，难以入睡。

卧室里，没有开灯，皎洁的月光透过巨大的玻璃窗轻轻柔柔地照在她的身上。她呆呆地看着窗外，脑子里全是那个熟悉的身影。

她还是没法做到彻底把郭靖忘记……

***

这段时日，郭立业的记性越来越差，买的牛肉一转身就能忘在小摊上，碗也能拿错，弄鱼的剪刀就在跟前，转脸就忘，今天更夸张，他已经完全不记得自己吃了哪儿种药，降压的、调理睡眠的……该吃的不该吃的，吃了几次，他统统不记得了。

担心会中毒，他跑医院挂了个急诊，接诊的恰巧是黄蓉，黄蓉看着呆呆地端坐在诊室的郭立业旋即愣住了。这一诊断不要紧，郭立业是真的病了，不是中毒，而是得了阿尔茨海默病，通俗点来说，就是老年痴呆症。得知了这个消息的郭靖也愣住了。

把老爷子接回家，郭靖系着围裙在厨房里做饭，黄蓉也跟着一起回到了郭家，她站在厨房门口，一边看着客厅里守在电视机前看相声的郭立业，一边看着郭靖，小声说："唯一的药就是关心，再没别的了。"

"慢慢来，懂。"郭靖洗着手里的鱼。

"老刘门诊刚收了一个，连自己也不认识了，看见镜子里有个人，不知道为什么老盯着自己，拿板凳砸镜子，玻璃把自己给划伤了。"

"反正现在我也单身，住回家里来看着他，持久战，耗吧，我不着急。"郭靖转头看看她，然后问，"你呢？一个人在那边，怎么吃饭？"

黄蓉顿了顿，表情有些僵硬："有阿姨给做。"

不仅有阿姨做，还有一系列妥妥帖帖的安排。自从她住进去，肖锐就把一切都置办得无微不至，安排人给公寓换了大浴缸、安装了动感单车，甚至每天还有一束鲜花，不是她劲儿劲儿的，但她就是不喜欢这种什么都被安排好了的感觉。尤其是不打招呼就自己留了一把钥匙这件事，她特别接受不了，感觉就像是被人窥探了隐私，但他的解释是，担心她一个人在屋里，万一有个什么事他得有应急措施，算了，看在他也是一番好意的份上，她也就不再去计较了。不过，这些，她都没和郭靖说。

郭靖"哦"了一声："少油少盐少糖不放味精？"

黄蓉点点头："原来医院保健科的，我姐夫同事，辞了，自己创业，做健康饮食的。"

郭靖正要放盐，习惯性的，把正准备往锅里放的盐粒又减了少许："挺好，比跟着我细致。人不就是活个细致吗？"

黄蓉一时沉默，她正要开口说句什么，"叮咚"一声，门铃响了。她走过去把门打开，一个郭立业的牌友老邻居走了进来，他看了黄蓉一眼，眼睛里有些疑惑，随即走到郭立业旁边，问："怎么不接电话啊？"

郭立业愣了一下，而后四处找了起来："我手机呢？"

"赶紧的，人来了。"老邻居拍了拍他。

"什么人？"郭立业满腹狐疑。

老邻居声音不高："你叫我给你儿子介绍的对象啊，人把闺女领来了，在我家等着呢。"

这话，黄蓉和郭靖都听见了，郭立业瞥了黄蓉一眼，转头对老邻居说："我什么时候让你介绍了？郭靖这边还不知道怎么样呢。"这次他不是忘了，是在避黄蓉的嫌。

"你这不是把我装进去了吗？天天找我说这事儿，你忘了？"老邻居有些着急。

"说了没这事儿，谁忘了？"

"全小区都知道你不记事儿，你是不是得让你儿子带你去看看啊？"

郭立业一下子急了："看什么看？我没病，我好好的！"

厨房里，黄蓉和郭靖看着客厅里的郭立业，相互对视了一眼，满脸感慨。突然，黄蓉的电话响了起来，她一看，是肖锐。

二十分钟后，肖锐驾着车来到了郭靖家楼下，电话一响，黄蓉拎着包就下楼走了。郭靖看着她离去的身影，叹了口气。

从郭家出来，肖锐载着黄蓉去了一家才开的餐厅。高档的餐厅里，他们坐在靠窗的位置上，各自翻着一本菜谱，肖锐看着一道香酥鸡，头也不抬地说："要不是给你打了个电话，我以为你还在医院，差点儿就去那儿接你了。怎么又回去了？"

"回去看看老头。阿尔茨海默病，记不住事儿了。"黄蓉的注意力都在菜谱上，随口回答道。

"老年痴呆，这种毛病最麻烦。拖累子女，还得有人在跟前看着。"

"可不，身边得有人。"黄蓉顺口回答。

说着，肖锐的手和菜谱突然都不动了，他正正地看着黄蓉，开口："以后还是少回去吧。"

黄蓉随口嗯了一声，翻了一页菜谱后她才回过味儿来，她抬头看着他："为什么？"她的嘴快，后脚踩着前脚说，"你是怕我和郭靖三班倒去伺候吗？"

"阿尔茨海默病是一种慢性病，无法治愈，不可逆，特别考验身边的亲人。你得给郭靖一个机会，让他尽快学会照顾老人。你误会了，我是站在你的角度上。"肖锐声音柔和。

"就算离了，他也是我爸呀。"

肖锐正要说什么，黄蓉摆摆手，说："好了好了，我知道你是好意，以后我少回去就是了。"

得到这个回复，肖锐浅浅地笑了："点菜吧。"

郭家，餐桌上零零散散地放着一些纸条，上面分别写着"开关""关水龙头""关煤气""锁门""冲马桶""刷牙"等大大小小的字。

郭立业趴在餐桌前，写完了最后一张纸条，他站起来，随手把这些小条往衣服兜里一塞，然后走到一边拿起暖壶，给自己的手提茶杯里加满了水。加好水后，他拿着茶杯又回到了餐桌前，然而刚一坐下他就愣住了，他一脸茫然地看着空空如也的餐桌，发现桌上的那些纸条都不见了，他上上下下地找，却怎么都没找到。他早忘了方才自己已经把纸条塞进了兜里。

正在这时，门开了，郭郭提着一些吃的喝的走了进来。

郭靖从厨房里端着一个热气腾腾的小砂锅走了出来，看见郭郭来了，笑道："老头说你嘴壮，什么好吃的都能赶上。快，酸菜白肉，洗个手你也一起吃。你陪陪他，我去买点水果。"说着，他把防烫手套摘了，换了衣服就准备出门，他瞟了眼郭立业，朝郭郭努了努嘴，"现在每顿饭后得有果盘，硬性要求。"

郭靖走后，郭郭洗了手出来，坐到了餐桌边上，她给自己倒了一小杯酒，对着郭立业说："来，喝一个。"

郭立业动也不动，只管自己吃喝。

郭郭见他这副神情，没好气地问："什么意思？看见我生气了？我结婚了，都怀孩子了，你快当姥爷了，是不是又忘了，还当我现在单身和韩浩月搞对象呢？"

"我是容易忘事，不是傻了。"郭立业把郭郭的酒倒进了自己的酒杯里，"你都快当妈了，喝什么喝，再把孩子喝傻了。挺个肚子到处跑什么？我和你说了多少次，我现在好得很，用不着你，还真以为我不能自理了？"

"喝酒不为了陪你吗？大热天我折腾过来容易吗，跟你说这几天我孕期烦躁症啊，别招我。"郭郭火气有些大，把酒杯撂下了。

"吃完了赶紧走，要歇回自己家歇着，我这儿不欢迎你。喝喝喝，喝醉了好好摔一跤，别喊我扶你！"骂完，郭立业自己起身气呼呼地走了。

郭郭的这口气堵在胸口，上不去下不来，吃饭的心思也没了，她把筷子一摔，缓了缓，起身往外走去。刚走了几步，她看见了墙边柜上放着的一个日历本，上面记着一些小字，她走过去拿起来一看，日历上写着：不能叫郭郭来。她大肚子，不能跑。

看着看着，郭郭的眼睛红了，她竭力地忍着自己的情绪，却怎么都忍不住，眼眶里迅速溢满了泪水。

"啪"，郭立业歪歪扭扭的字迹上，一颗泪珠滴了上去，浸湿了。

夜里，郭郭已经回去了，郭靖和郭立业父子俩坐在阳台上嗑着花生米，喝着啤酒，聊了起来。

郭立业佝偻着身子，扔了一颗花生米进嘴里："黄蓉说，我迟早连自己都不认识。"

"别怕，我认识你就行了。"郭靖挨着坐在父亲旁边，像是小时候父亲搂着他一样。

郭立业看着他，叹了口气："老王说，你们肯定把我送养老院去，今天不送明天也得送，总要送。"

"你想去吗？"郭靖瞅瞅他。

郭立业鼻头一皱："要去你去。你死心眼，除了黄蓉不要别人，娶不着媳妇以后老了自己去。我不想去。你们打我骂我，我也不去。"

"真狠，咒我和你一样。我这辈子肯定也是光棍，要不谁乐意嫁给一个带着老拖油瓶的小大夫？"说话间，郭靖把郭立业的酒瓶子偷偷地和自己所剩无几的酒瓶子一换，顺手拍了拍他的肩膀，"放心吧，以后就是咱俩了，想走也不让你走。"

郭立业拿起自己面前的酒瓶子，想也没想，就喝了一口："我就怕你想起小时候的事儿，小气，记着我，老了给我穿小鞋。红烧鱼总是紧着你妹妹吃，你忘了平时给你开了多少小灶了？你小时候老不好好吃饭，瘦，还戴个眼镜，打架老吃亏，我就怕你挨同学的嘴巴子。"

"我有那么尿吗？"郭靖一脸的不可置信。

"尿，老是哭，起床气哭，不起床上学迟到了还哭，你妈生你妹的时候，我每天得带着你睡觉，我头一回带孩子，什么都不会，你发着高烧，你妈还在医院，你想你妈，老是个哭，我就烦你，夜里还踢我，尿尿你就尿，还咬人还打人，你发烧的时候退不下去，我抱着给你讲故事，还得自己编，那几天的夜就那么长啊，怎么都看不见天亮，你哭，我也快哭了……"

说着说着，郭立业像是突然又什么都想不起来了，就那么硬生生地，一句话也说不出来了。

郭靖飞快地擦了一下眼角，心里一阵五味杂陈，想说点什么，又什么也说不出来，他看了看父亲，终究什么也没说，一路走到墙边柜前面，拔下了正在充电的手机，点开微信对着里面低落地说了一句："帮我请个假吧，最近都不能值夜班了，我爸病了，我想陪陪他。"

第二十二章

　　郭立业的病情越来越重，复诊的时候，郭靖不认识了，郭郭不认识了，韩浩月也不认识了，唯一认识的，就只有黄蓉，在他的印象里，黄蓉还是他的儿媳妇。

　　这段时间以来，郭家客厅的墙上，已经陆陆续续被贴满了各种大小不一的纸条，有的写着郭靖黄蓉、郭郭韩浩月的电话号码，有的写着自己家的楼层和门牌号，有的写着医院、火警、派出所和物业的电话，还有的画着一些简单的图形，比如水龙头、钥匙、燃气灶……

　　复诊完，郭靖因为急活走不开，韩浩月又得陪着郭郭去孕检，下了班的黄蓉就陪着郭立业先回到了郭家，她把郭立业需要吃的药放进了抽屉里，然后对着他说："想泡脚您放洗脸盆那个龙头的水就行，不用放洗澡的花洒，要不容易忘，别说您了，我都容易忘。我把药片放这个抽屉里，郭靖说以前这就是放药的地方，好记。不管有多少事，一件一件来，吃了药再干别的事情，记住了吗？"

　　郭立业也不知道听没听见，他一直看着手里的一张卡片，琢磨着："这什么东西？"

　　"好心卡，怕你走丢了，有人要是看见你，就把你送回来了。"黄蓉耐心地解释着。

　　"我怎么会走丢？我这么大个人，以前净送别人回家了。开玩笑。"这段时间郭立业时好时坏，有时候清醒有时候糊涂，但他心强嘴也硬，努力地让自己看上去仍然和以前一样健康。

　　"也不让我下楼，天天在屋里关着，我是坐牢还是治病呢？再说我哪有病？我有吗？”他站在一边“嘟嘟嘟”地抱怨着。

黄蓉正在给他检查着到处乱放的东西，有用的收起来，没用的就扔了，见郭立业满脸不高兴，她停下了手里的动作，转身看着他：“您是不是特想出去玩儿？”

郭立业点点头。

“走。穿鞋换衣服，我带你出去。”

“咱去哪儿呀？”郭立业马上站起来往外走。

“您吃饭了吗？”黄蓉问。

郭立业不说话，他显然是忘了，不愿意说。

“是不是忘了？忘了也没关系，您不是想出去吗？我带您烤串啤酒去，保密啊。”

听到喝酒，郭立业一下子急了：“怎么能喝酒呢？不能喝酒，我儿子说的，他说我再喝就喝失忆了，我不能喝了，我不怕回不来，我是怕我连你们都不认识了。你不懂，你不知道什么叫失忆，黄蓉。”

看着特别认真的老头，黄蓉心里格外难受，她一时间什么话也说不出来，转身过去接着收拾那些零碎的东西。

郭立业看着她收拾东西的背影，在身后问：“你和郭靖为什么还不要孩子？”

“忙啊，忙完这阵子就要。”黄蓉头也不回地说。

“你们都不懂。要孩子得趁早，越早越好，和你们像哥俩，一起呼噜呼噜就长大了。”

“知道啦知道啦。”黄蓉摆摆手，“你的药吃了没？”

正在这时，她的电话突然响了，她拿出来一看，是肖锐，她想了想，随后走到阳台上接了起来：“嗯。在值班室，还得忙一会儿，有几个病人得处理一下。有事儿吗？”

话正说到一半，客厅里突然轰的一声，郭立业把电视机打开了，之前没有降低音量的电视机声音极大，刺耳的声音猝不及防地就传了过来，还没等黄蓉反应过来，客厅的防盗门也开了，下了班的郭靖大呼小叫地走进来喊着：“不跟您说了小点声吗，再这么吵楼下赵大妈可又上来了啊，遥控器！”

黄蓉握着电话的手定在耳边，一动不动了，而电话那头的肖锐脸色铁青，他一言不发地将蓝牙耳机摘了下去。

郭立业开好了电视，转身进了厨房。

已是傍晚，见郭靖已经回来，挂了电话的黄蓉穿上了外套，准备走了。

"吃完再走吧。"郭靖看看她。

"不了。"

"谁电话？肖锐吧，叫过来一起吃呗，我陪他喝一杯。我放倒他。"

黄蓉的兴致不是很高，她没说话，换了鞋转身走了。郭靖有些没太明白她的情绪，目送着她离开。她刚走，郭立业就戴着袖套和围裙，从厨房里头走过来问："黄蓉呢？怎么走了？"

"有事儿。"郭靖望着黄蓉的背影，若有所思。

郭立业有些惋惜："刚和上面，为她才包的饺子，可惜了。"

夜里，已经回到公寓的黄蓉，此刻站在了客厅的落地镜子前，而她的脚下，一个订制婚纱店的女店员正跪在地板上帮她调整身上这套婚纱的小细节。

镜子里的黄蓉前所未有的得体和漂亮，肖锐站在一边，欣赏着："两种颜色我都订了，都说白的好，不过我就喜欢红的。"

黄蓉的表情很平静，她也在欣赏着自己，距离上次穿婚纱，太久了。

所有的细节都调整好，女店员拿着衣架和零碎往衣帽间走去，客厅里只剩下了肖锐和黄蓉。今天的肖锐特意穿了一件西装，从镜子里看去，两个人颇为搭配。他走到她身边，拿出手机，自拍了一张照片："婚纱的尺寸是拿着你的衣服量的，事先没和你说，是怕你忙，没时间去一家家地挑，我就替你做了回主，订了。"

黄蓉暂时没说话，他又轻轻补了一句："要是你没意见，我找了个看日子的人，真大师假大师先叫他看着，你说呢？"

"心里揣着事儿，你为什么不问？"

"你不想说，问也没意思。"肖锐知道她指的是什么。

"你不高兴，从刚进门我就看出来了。我对你撒了谎，我道歉。"

肖锐坐到沙发上："在我这儿，谎言有时候是善意的。这是我的理解。"

黄蓉走到他面前，把婚纱的下摆往怀里一抱，一屁股坐下来："天天要求别人不撒谎，自己也骗了人。我也不知道我为什么要那么说。你问我，我还犹豫了几秒，说出来的话我自己都觉得惊讶。我这是怎么了？"

"如果这个谎言是善意的，我很高兴。"肖锐微微一笑，但黄蓉的情绪并不高，她叹了口气说："要是袁媛在，我得问问她。我从没想过我也会撒谎。"

"袁媛是谁？"

"韩浩月的前妻。韩浩月就是郭郭的丈夫。"

"都是郭家的人。"肖锐点了点头，淡淡地说了一句。

"你想说什么？"黄蓉有些敏感。

见黄蓉望着他，肖锐问了一句："以后你是不是还会经常回去？"

肖锐的话听着温和，但有深浅，黄蓉看着他，很诚恳地说："郭立业对我像亲闺女一样，他现在只认识我，我不能不管他。"

"所以等我们结了婚，你还是会去。"

"你再给我打电话，我不会再骗你。"黄蓉认真地回他。

肖锐没说话，客厅里有些尴尬的寂静。沉默了一小会儿，肖锐开口说："我是不是有点小气？"

"有点儿。"

肖锐接这句话接得很快："婚姻就该小气，喜欢戴绿帽子的人才会大方。当然这个比喻不恰当，它就是个比喻。"

"如果你和郭靖换一换，郭立业是你爸，咱俩离了，我也不会不管他。"

"问题他不是我爸。"他来到黄蓉面前，拉起她的手，"你说什么我都答应，你不喜欢做的事情，我没有一件勉强过你。我们应该过自己的生活。这是我的理解。如果分不开，为什么要离婚呢？"

"订婚纱、装器材、换浴缸、替我请假，给我安排那么多的细节，事先都不问我愿不愿意，这算勉强吗？"黄蓉望着他，"我为什么会撒谎？我怕这种控制。控制得越紧我就越害怕。我怕我说了在你不希望我在的地方，我的意思是你的理解和我的理解不一样，这儿不是后宫，我为什么不能自由一点？"

"什么叫自由？"肖锐一下子急了，他坐直了身子，嗓门提高了八度，"我太太天天在她前夫家里，这算自由吗？"

两人从来没有过这样的争执，一瞬间两人都沉默了。

客厅里一片寂静。

女店员轻轻地从衣帽间走出来，怯怯地在门上小心翼翼地敲了敲，用蚊子一样的声音尴尬地问："我能走了吗？"

肖锐和女店员走了以后，黄蓉换下了婚纱，她情绪有些低落地盘着腿坐在沙发上，一下一下地抠着手，发着呆。

忽然，门铃响了，她走过去，把门打开，是郭靖。郭靖头一回来，坐下来也还是四下环顾着，一边看着一边说："我就怕你不方便。你要是不接电话我就不来了。"

"我越方便你越害怕。我还不知道你。有事儿说。说完走。"

"咱们都穿着衣服呢，怕什么。等会儿他回来也没误会吧？"看黄蓉不说话，他赶紧补了一句，"老头非要让我给你送饺子。你也知道他，犟上个事儿就没个完。说你喜欢吃这馅儿的。还热着呢，你尝尝？"

"还有别的吗？"

"心情不好。是不是跟他吵架了？"郭靖察言观色地望着她，"那什么，也没别的事，你们这不是同居了吗，热恋期，难免冲昏头脑，站在妇产科的角度，我就是想提醒你一下安全期和橡胶过敏的事儿。"

"无耻。"黄蓉没好气地白了他一眼，"别以为都和你一样流氓，我自己住。"

郭靖的表情有些微妙，他明显有些不相信，这个不相信让黄蓉又故意跟了一句："他有时候也过来。门是我自己锁的，开不开，我有这自由。"

郭靖点点头，然后说："我听说他在急诊科跟你求婚了，医院是看病的地方啊，也没人管这事儿吗？"

"又没去产科病房，你急什么？"

"我急什么，我跟谁急啊……"正说着，他一眼看见衣帽间里有个婚纱的角露出来，愣了一下，他起身过去看了看，真的是婚纱，他明白了，回头望望黄蓉："真要结了？"

"你想说什么？"

"有些话现在也不该说了。道个贺吧。"

"你今天来，就是为了说这个？"

郭靖吸了吸鼻子："道喜的话，总要见面说一句吧。那什么，我先走了。"说完，他转身往外走去。

黄蓉看着他转身离开的背影，想叫他一声，终究却没有叫出口来，直到啪的一声，门被郭靖从外面关上，她才回到了沙发上。而她所不知道的是，这套公寓里，早已被肖锐装上了针孔探头，她在公寓里的每一幕，几乎都在肖锐的监视中，包括今晚和郭靖的见面。

***

黄蓉和肖锐的婚事，不出一个星期，已经传遍了整个医院和她的朋友圈，不仅通知婚事这件事儿，包括和肖锐父母的见面，肖锐都没有事先知会过她，黄蓉对这种做法十分反感，心里有股子说不出的压抑。

吃完晚饭，黄蓉沉着一张脸一路走进了急诊科医生值班室，她刚一推开门，就看见郭靖坐在里面着等她。

"你怎么来了？"她有些没想到。

"没什么事儿，过来坐坐。"郭靖见她一副不高兴的表情，说，"脸干吗拉那么长啊，马上要当新娘子了也不能怕和前夫传绯闻啊？我是以同事的身份过来聊天的。"

黄蓉只管脱外套换白大褂，就跟屋里没郭靖这个人似的。

郭靖接着说："同学那拨人也都知道你要嫁了。都给我打电话问，你说这叫什么事儿。放松点黄大夫，嫁了人万一不幸福，我给你托个底，我还在呢，你随时回来敲门，半夜也行，我随时开。钥匙还在门框上头，不管以后我娶了谁，我都给你留着门。"

黄蓉换好了白大褂，开始往外走："你接着煽情，我先去上班了。一会儿说得血压高了，别找我，自己去吃药。"

"哎哎哎——有正事。"见她往外走，郭靖赶紧拦住了她。

"说。"黄蓉停了下来。

郭靖从衣服口袋里拿出一个鼓鼓囊囊的红包，表情也变得有些郑重："份子钱，我的，和我爸的。你的婚礼我参加不了了。"

"什么意思？"黄蓉看着他手里鼓鼓的红包。

"一带一路。医院要新招一批去非洲的，援外。不强迫，自愿报名。"

"你报了？"她睁大了眼睛。

郭靖点点头："短三年，长五年。等我再回来，你怕是连孩子都有了吧？"说着这话，郭靖有些感慨。

黄蓉深深地望了他一会儿，郭靖也看着她，似乎在等她的一句话，没想到黄蓉直接痛快地说了一句："那祝你一路顺风，回见。"说完，她直接转身走了出去。

郭靖看着她头也不回地走了，心里有种说不出的难受。

半晌后，他有些沉重地从值班室里走出来，萎靡地拿出手机，从通讯录里找到了陈小南的名字，拨了出去，电话一接通，他就说："晚上吃饭。问什么问，你肯定有空。我想见你。对，我想通了。"

离医院不远处的一个餐厅里，陈小南和郭靖坐在了最里面的一个角落里。自从上次郭靖喝牛奶后，没多久陈小南就被调了科，陈副院长的意思，不仅如此，他还给陈小南安排了相亲，但陈小南的心早就放在了郭靖身上，其他任何异性她都不想多看一眼。

餐厅暖黄色的灯光下，陈小南一脸期盼的表情望着郭靖："真想通了？怎么想通的？你早点说，我好歹去洗个脸化个妆呀。"

"你要干什么？"郭靖目光惊诧。

陈小南有些意外："你要干什么？不是想通了要跟我好吗？"

郭靖斜着眼瞟她："我难得出趟国，你有什么想要的，想好了，给你寄回来。"

"去哪儿？"

"津巴布韦，赞比亚，喀麦隆，现在还没定。"

"又要去非洲？是不是我爸弄的猫腻？"陈小南筷子一放，作势就要给她爸打电话。

隔着桌子，郭靖一把将她拿着手机的手按了下去："别那么丑化你爸。我自愿的。大漠、自由、雄鹰，想想就带劲儿。我去那儿下了班没事组一支球队，直接打进非洲杯，进世界杯……你这是什么表情？"

陈小南满脸鄙夷："就因为黄蓉要嫁人了，你就要去非洲？全世界的男人你最屎。"

"你爱怎么想怎么想。因为这个我还得挨个见谁都去解释？人间不值得。"

"懦夫！软包！弱！屎蛋！小丑！丢不丢人？"陈小南一句接一句地骂，郭靖只管自己吃饭，理都不理她。

突然，陈小南站了起来："熊包才会像你这样。自己不积极不主动，盼望着自己喜欢的人和别人分手，盼望着肖锐和别的姑娘好了，把黄蓉空出来给你留着！"

"你干什么去？"郭靖看着站起来的她。

陈小南往外走去，头也不回地说："吃得没劲，没意思，不想跟你吃饭了，我回家，行吗！"

出了餐厅的陈小南转头就回家换了件性感的衣服，随后，她拨通了肖锐的电话约他单独见面。得知了这件事的黄蓉并不同意肖锐赴约，她认为陈小南单独约他，是想刺激郭靖，这是陈小南这个年龄段的女孩最容易做的事情。而肖锐因为想和陈副院长谈合作，在黄蓉的反对声中，还是赴约了。

晚上十点半，会面结束，肖锐和陈小南在一家烤肉店的大门口拥抱告别。

陈小南有些微醺，脸颊也微微有些发红，但举手投足，行为举止都完全正常，她摆摆手，执意不让肖锐送，挥手作别之后，她转身往肖锐的反方向走去。刚走出去几步，她便突然站住了，她的面前，黄蓉笔直地站在那里，拦住了她的去路。

"黄大夫？"陈小南昂着头看着她，她半开玩笑半认真地问了一句："怎么，怕我抢走你的未婚夫？"

黄蓉望着她，表情里一点愤怒都没有，只是有些别样的东西。

陈小南顺着她的视线看去，发现黄蓉正看着自己胸部，她微微地挺了挺，借着酒劲儿说了一句："比您的大，是吧？"

"喝酒了？"黄蓉面色平静地问她。

"不喝也比您的大。"陈小南笑嘻嘻的。

"你抬一下胳膊，我看看。"

"干什么？"陈小南往后缩了下。

"咱们都是学医的，我能不能摸摸你的胸？我是说，腋窝下淋巴结？"

陈小南警惕地看着她："谁跟你说什么了？"

"在学校给你们上课的时候，我就说过，当一个医生，不能指望病人把所有的秘密都告诉你，有些东西，得靠自己去猜去想。"黄蓉望着她，语气平静，"我教过你的课，算是你的老师。你知道当初给我上课的是谁吗？是你妈妈。大一那年期末考试之后，我就再没见过她。后来才知道，她是乳腺癌。"

陈小南看着她，没有说话。

黄蓉继续说："前几天，我在电梯里看见你了，那天你明显的肩背部有些不适，甚至牵及了该侧的上臂，如果你没有家族史这个最危险的致病因素，我也不会因为你局部不适，就下意识地往这个病上去想。乳腺癌患者有时候会出现一侧乳房疼痛和不适，一侧肩背部发沉酸胀，甚至牵及该侧的上臂。小南，这是你妈妈当年教我的。"

马路上，周遭的路灯散发着暖黄色的光，柔和的灯光把陈小南整个人都渲染成了暖黄色。

"我特别不希望这是真的。但我刚才看见了你胸部乳腺附近的衣服上，渗出来的血迹。你作为一个医学生，我相信你也知道'酒窝征'，我不知道它是不是已经出现了，但是因为三分之一的患者以上都有腋窝淋巴结转移，所以，我想触诊，摸摸看看。"

黄蓉见陈小南站在那儿并没有让她触诊的意思，停了会儿，她说："在这之前你给肖锐打电话，我小人之心，还以为你是因为郭靖，要报复我，但是后来我发现事实并不是这样。沈主任，乳腺科全国最好的专家，没有之一，刚刚被肖锐签到自己医院。你今天要找的人，不是肖锐，是他，对吗？"

黄蓉看着她，目光极其诚恳："这是隐私，其实我不该这么说出来。但是小南，于公于私，我都想跟你说一句，讳疾忌医是行医求药的大不该，你还有郭靖，还有肖锐，还有我，大家一起出主意想办法，好不好？"

夜色里，陈小南的脸色有些苍白，她定定地注视着黄蓉，一句话也说不出来。

夜风拂着头发，陈小南的酒意已经全醒了，她和黄蓉并肩前行，最终还是坦然相告了："未婚，未育，未哺乳，这都是不利因素，我全明白，我也知道你们劝我都是好意，可我随便找个人也嫁不了呀。我愿意嫁，别人也不愿意要。"

"手术方法定了吗？"黄蓉问。

陈小南在胸前做了个切西瓜的手势："全乳房切除，腋窝下淋巴结清扫。没了。"

"还可以整形。"

"身残志坚呀？"她大大方方地说，"假的就是假的。"

黄蓉一时间不知道该说点什么，陈小南接着说："算啦。再说得过乳腺癌的女人生孩子，容易导致激素水平改变，癌症复发，也会有遗传给下一代的可能。我得感谢我妈，要不是她，我也来不了这世上，认识不了这么些人，可我不愿意，万一再生个闺女，再和我一样，谁知道她得多恨我呢。"

"所以就不结婚，不谈恋爱，什么都不要了？"

"要不然呢？"

黄蓉想了想，然后说："我要带你去见一个人。"

"谁？"

"去了你就知道了。"

***

翌日，黄蓉带着一路东张西望的陈小南来到了袁媛所在的心理科门诊。自从经历了上次的疾病风波后，袁媛整个人已经柔和了很多，这会儿，她所在的心理科的门关着，里面显然有人。

黄蓉和陈小南见状，走到离门口不远的一侧座位上坐下，刚一坐下门就打开了，从里面走出来了一个患者，随后电子屏上的语音播报了一声："零零四号，请到二号诊室。"

陈小南站了起来，黄蓉像一个姐姐一样，拍了拍她的胳膊，目送着她进了袁媛的诊室。

而此时的郭家，黄彩云和吴汉唐来了，他们带着点心水果，特意过来看望郭立业。

郭立业一反常态地没什么话，也不像之前那么嘚瑟了，他很安静地坐在沙发上，看着黄彩云和吴汉唐，只会说一句："喝水。"

黄彩云的话也不多，只是点点头，默默地喝水。两个之前最能吵的人，现在反倒没什么话了，此时此刻倒显得吴汉唐的话有些多了起来，他看着郭立业问道："听黄蓉说这几天您净在家研究腌菜了，芥菜还是泡菜？"

郭立业看看他，说："茶叶蛋。"

吴汉唐"哦"了一声："那是我记错了。茶叶蛋好，加点酱油更好吃，不过从营养的角度看，什么做法都不如白煮蛋。"

郭立业点点头："您说得对。我儿子说，要谦虚，别人说得对的话，要听。"

听他这么说，黄彩云和吴汉唐对视了一眼，随后黄彩云放下水杯，问了一句："最近身体怎么样？"

"还行，得多喝白开水。"

"血压没再往上走吧？"

郭立业摇摇头："挺好的。多喝水。你们也喝。"

厨房里，郭靖切好了西瓜，整盘端了出来，招呼着黄彩云和吴汉唐："来，吃瓜吃瓜。"

郭立业像没看见他一样，接着说："白开水最好，黄蓉教的。"

黄彩云看看他，一脸感慨。

聊了会儿，郭立业显然是有些累了，他坐着打起了盹儿。

郭靖继续陪着黄彩云和吴汉唐聊着，他和黄彩云的话题更多，这会儿他们聊起了去非洲的事儿，郭靖乐着说："是我自己愿意去的。上次您叫我去之前，也不知道非洲有那么好玩，您没去过，我都不知道该怎么跟您说，去了没准儿我也就不回来了。"

"那你爸呢？"黄彩云看看他。

"要不是他，我也没想到要去。有人说带他出去玩玩，没准儿他能好起来。也有的说是瞎掰，我就全当是真的，好歹试试呗。"

"你要带他去？"吴汉唐有些意外。

"十个小时的飞机，睡一觉就到了。这些年一直都没带他出去过，正好陪陪他。"

黄彩云看了看他，有些惋惜："再回来，科里的事情也许和现在就不一样了。怎么说呢，上次去，和这次去不一样。这次再去，有些可惜。"

郭靖颇为感动："您的意思我明白。您当面不说，有机会在背后总是推荐我。姐，有时候我确实没想到。"

"你是个业务上的好苗子。我对你要求太高，是因为以前你和黄蓉的关系，这个我不否认。可是你未来如果想在这门学科里有所建树，现在还是不够……"

郭靖刚想说话，郭立业不知道什么时候醒了，突然猝不及防地喊了一句："为啥不够？你说不够就不够？我儿子是名医，你够的他也够。黄蓉和你是姐儿俩，你更得圆着郭靖说呀，你怎么老给他挖坑呢，万一院长听见怎么想？"

郭立业情绪激动，吵吵嚷嚷的，郭靖拉也拉不住，连续叫了几声爸也不听，郭靖赶紧一边招呼黄彩云和吴汉唐，一边应付郭立业："又忘了又忘了。别吵吵了，这是饿了，在家等着，我下楼买菜给你整饭啊！"

说着，他招呼着黄彩云和吴汉唐就一起出了门。

阳台上，郭立业望着他们一路出门远去，一直在郭靖背后抱怨："记得买点排骨！别想着糊弄我，我看你那天带回来养老院的广告，什么意思？你别以为我不知道，我精着呢！"

心理科诊室。

本来紧闭的门开了，顷刻间，陈小南从里面走了出来，她往不远处的等候区看了看，黄蓉正在那里等着她，见她出来了，黄蓉站了起来。

两人从医院出来，来到了不远处的一家咖啡馆里。角落里，两个人面对面地坐着，有阳光洒在陈小南的脸上。

"想开了。我全想开了。袁大夫说得没错，一口锅有一顶盖，人人都有最适合自己的那一半。找对了，一辈子都幸福，举案齐眉，找错了，天天穷吵恶斗，弄不好还得家暴，再打起来。"

"看来我和袁媛都一样，都没找对。她离了一次，我挑人的眼光更差，两次了。"黄蓉有些自嘲。

"其实也没挑错。是锅没想好，以为还有更好的盖子，换换也不是不行，也许真的等换了，才知道原来的更合适。"

两人都是一语双关，黄蓉搅了搅手里的咖啡，说："我在你这么大的时候，也和你一样，觉得所有的事儿都特别简单。这世上不管任何人和任何事儿，只有两种，我喜欢的，我不喜欢的。"

"喜欢谁就找谁，不喜欢谁就不找。喜欢的事情就去做，不喜欢就不做。其实也不难。"

"以前我也和你一样，也这么想。"

陈小南眨眨眼睛："不是这样吗？很难吗黄老师？您喜欢谁，告诉他，说我喜欢你，你喜欢我吗？您要是觉着这特别难，我去替您说。"

黄蓉看看她："锅有锅的想法，盖儿也有。饭菜总是熟不了，锅也烧不开，盖儿也盖不住，你说问题是锅的，还是盖儿的？"

陈小南笑了，她端起面前的咖啡喝了一口："说说吧，您是怎么看我师父的？我就是对这个好奇。您替我保密，不说我做手术的事儿，我也一定替您保密。"

"优点和缺点一样多。他有多少长处，就有多少毛病。"

陈小南吸了吸鼻子。

黄蓉知道她怎么想，她看着陈小南，语气非常平静："咱俩换换。假如你是我。你站在我这儿，看看你的前夫是怎么干的——为了复婚，他骗你说，他和别的姑娘上床了，怀孕了，孩子马上就要生了。等你揭穿他，他会怎么做？你怎么都猜不到，他拿着牛奶去当着你的面，喝下去，过敏性休克是会死人的。等你把他救过来，他问你，为什么还要跟别人好？咱们不是已经复合了、好了吗？这算什么？要挟肯定谈不上，幼稚吧，对，幼稚。"

陈小南把杯子里的咖啡全喝了。

黄蓉接着说："肖锐说得对，他就是个孩子。我就是他的一个玩具，别人碰都不能碰，一碰他就生气，就哭，要满地打滚，只要这玩具不还给他，他差点连幼儿园都不去了。你要是我，你会和这么一个小宝宝复婚吗？"

陈小南直视着她："黄老师我这儿有几句话，您可别不高兴。"

"你说的话我基本上都不高兴。不过你说吧，我听着。"

"您知道在医院，我们科那些同事、那些病人、那些护士，都是怎么评价我师父的吗？"

"小大夫呗。他自己常这么说。"

"医院里好多都是小大夫，郭靖是最特殊的那一个。在黄主任眼里，他话多，喜欢猜那些不说实话的人，嘴碎、唠叨，不像正经搞研究的，可是站在病人的角度，他们大老远从青海从新疆从漠河跑过来，好几天好几夜，光挂号又得大半宿，寒冬酷暑好容易排到了，不至于三句话就打发了，他们特感动。"陈小南的语气也格外的平静，"当然也有病人嫌他烦。明明自己不想说的隐私，流产这么羞臊的事情，他非要破案似的揭出来，无地自容，颜面扫地，有时候连男朋友都吹了。可是站在同事的角度看，要是不知道这个，那些撒谎的女病人就会被误诊，被耽搁，没准儿就死在医院的厕所里了。"

黄蓉听了进去。

陈小南把咖啡杯的一面转过来："同一件事，同事烦他，护士会叫好。护士不高兴的时候，没准儿实习生会特别感激他。角度不一样，看见的东西也不一样。您觉得他幼稚，他喝牛奶，他撒谎骗您，我要是您，我会觉得他专一，他像个小狗儿一样忠诚，这辈子除了我，他谁都看不上眼。"

她的情绪稍稍地有些激动，她问了黄蓉一句："您失眠了，他睡不好。您崴了脚，他站都站不起来。您只要一咳嗽，他自己的支气管都凉了。只要您肯复婚，他连命都不要了。黄老师，这么好的男人，到哪儿找去呀？"

"说完啦？"黄蓉轻轻地问了一句。

"还有最后一句，您为什么要带我去见袁媛？"

黄蓉被这个问题问得愣了一下。

"在您的潜意识里，是希望我能从郭靖这件事上走出来，我走出来，就没人去缠着郭靖了，对吗？"陈小南说得非常诚恳。

黄蓉握着杯子，小口小口地喝着咖啡，没有回答她的问题。

"我问过袁大夫，从心理学的角度看，您是不是还喜欢郭靖？她说她也不知道。她只让我问您三个问题。一，您要是真的喜欢肖锐，为什么一直拖着，不肯答应和他结婚？不肯旅游不肯蜜月，你们是谈恋爱，不是写信的笔友，连同居都不肯。为什么？因为您潜意识里一直接受不了他。为什么接受不了，因为还有别人，就是那个您讨厌的人，一直还在左心房里头，出不去，不给别人腾地儿。"

黄蓉杯子里的咖啡已经不多了，她还在喝着。

"第二个问题，您要是真的那么讨厌郭靖，为什么不干脆利索地，一个字一个字地告诉他，请你离开，请你滚蛋，请你玩儿去，请你不要破坏别人即将到来的婚姻，请你不要勾引有夫之妇，话怎么难听怎么说，事儿怎么过分怎么做，我师父看着不要脸，脸皮其实比谁都薄，您要是真狠了心，就一句话，他就离得远远的了。"

黄蓉喝完了最后一口咖啡的底子，陈小南的话明显让她有了些触动。

陈小南直视着她："袁大夫说，这世上的婚姻千姿百态，有些人怎么聚都聚不拢，有些人怎么打都打不散，她说心理学虽说是最复杂的学科，其实说到一男一女两个人，说简单也简单，归根结底其实就一句话，您问问自己，真不要他了，您舍得吗？"

黄蓉刚要说话，陈小南又补了一句："您不用告诉我，自己心里明白就行了。您之前说得对，我喜欢他。我也不知道为什么，可我不是您，不管我怎么说怎么做，他心里只有您一个人。"

"你也不愿意让他知道你要手术的事情。"

"同情只是同情，那不是喜欢。他要是能因为这个和我好，哪怕我委屈死了也行，他不会的。信不信，要是没你，他这辈子就打光棍儿了。"

"去非洲打？"黄蓉揶揄了一句。

"您再不拦着，他就真的去了。"

黄蓉收回了刚才揶揄的表情："你不是说有三个问题吗？刚才问了两个，最后一个呢？"

陈小南目光灼灼地望着她："最后一个是我自己替我师父问的。他和肖锐，您到底选哪个？黄老师，您想清楚，这句话说出来，这辈子就选好了锅盖，下半生就和这个人一起过了！"

黄蓉想了想，她似乎想通了，她正要说话，突然电话响了，她拿出电话来一看，是郭靖，陈小南也看见了，她笑着猜道："后悔了，不去非洲了，离开你就活不了，肯定的。"

黄蓉把电话接起来，电话里头郭靖说了句什么，她整个人都呆住了："你说什么？去哪儿了？"

第二十三章

　　郭立业丢了。郭靖提着一袋子菜回到家，就发现防盗门露了一道缝，屋里空荡荡的，老爷子已经不见了。

　　接到电话的黄蓉心急火燎地赶来，和郭靖一起匆匆地赶去了医学院。

　　"小区里都找遍了，监控也调了，看着他出了大门上了公共汽车，提着一个兜子，里头是什么不知道，厨房里有切剩下的葱段，有鸡蛋壳，冰箱里的半锅剩米饭也没了，你说他会去哪儿？"郭靖腿快，嘴也快，福尔摩斯一样地分析着。

　　黄蓉沿着这条思路想着，像是接档分析的华生："蛋炒饭。上学的时候老头给你带饭，说这个又快又有营养还方便，饭盒里还老有半截你们老家的红肠，他最近越远的事情记得越清楚，你觉得他来这儿了？"

　　郭靖点点头："以前的宿舍楼底下不在，就只可能在这儿，解剖实验室，每次他都在这儿等着。"

　　两人已经走到了解剖实验室的楼门口，却连一个人影都没看到。

　　"怎么没有啊？"郭靖眉头紧皱。

　　黄蓉四处看看，却也没看见郭立业的影子："会不会是猜错了？去监控室吧！"

　　说着，她拉着郭靖就要走，却怎么都拉不动他。郭靖好像看见了什么，站在原地一动不动。黄蓉顺着他的视线看去，发现他正看着这栋大楼门口的台阶。那一瞬间，她的思绪仿佛回到了学生时代，那个时候，他们穿着校服，就坐在这里的台阶上，郭靖拿着饭盒，俩人一人一把勺子，一人一口，就这么互相喂着蛋炒饭，像其他热恋的小情侣一样旁若无人地享受着属于他们的甜蜜时光，分外温馨。

很显然，站在原地出神的郭靖也回忆起了学生时代他和黄蓉的甜蜜往事。

回想着那段时光，两人心里都一阵五味杂陈。

突然，黄蓉拽了一把郭靖，顺着黄蓉的目光看去，手里提着一个兜子的郭立业一边提着裤子，一边从厕所里出来了。他一眼就看见了黄蓉和郭靖，马上急了，急赤白脸地骂道："光知道搞对象，我等你半天了，还吃不吃饭了小犊子！"

郭靖眼泪都快飚出来了。

回到家，郭靖煮了一锅挂面，找了一下午，都饿了，三个人围着餐桌狼吞虎咽地吃了起来。

郭立业"吸溜吸溜"地吃着，没几口就吃完了，郭靖拿过他的碗，又给他盛了半碗，递过去："素挂面。我打小就记得您最爱吃这个。酱油醋葱花一浇，喝醉了也是它，生病了也是它，来，再给您加个蛋。"

郭立业接过去，没吃，看着荷包蛋，有些不高兴："谁让你打鸡蛋的？"

"没包好啊？"郭靖有些惊讶。

黄蓉马上起身站起来："我去给您再包一个，保准不破皮儿。"

郭立业一把将她按了下来："鸡蛋不能吃，不能吃这个，吃了它我怎么给你们蛋炒饭？"他把荷包蛋夹到了桌上，"我天天吃挂面，省点钱买几颗鸡蛋，全叫你糟蹋了。"

黄蓉和郭靖相互对视了一眼，郭立业开始"吸溜吸溜"地吃着第二碗面，刚吃了几口，他像是又想到了什么，突然又不吃了，他把碗一放，跑到墙边柜前面拉开抽屉，找出了一封信，他拿过去递给黄蓉："郭靖给你的，他写的。他不行，尿，不敢说，叫我给你。"

黄蓉打开信，看了看，很认真地念："黄蓉同志，我们来自五湖四海，为了一个共同的革命目标，走到一起来。因为一些小事情、小误会，暂时地分开了。我想和你互相关心、互相爱护，在人生的革命道路上结伴前行。毛主席说：'要抓紧，什么东西只有抓得很紧，毫不放松，才能抓住。'咱们复婚的事情也要抓紧。如果你能接受我，我向毛主席保证……"

她念不下去了，望着郭立业，又看了郭靖。

郭立业特别认真地看向郭靖，说："看我干什么，这信不是你写的嘛，你又不好意思，瞅你那胆小屁样子，我替你给了！"

他在桌子底下踢了一脚郭靖："夜里说梦话都是叫黄蓉，人家来啦，你哑巴啦？"

郭靖望着黄蓉："我爸说，他给咱们买房子，钱他出，他还藏着一些私房钱，郭郭一点都不知道。都给咱们，我替他数过了，一千六百五。"

说完，"扑哧"一声，郭靖和黄蓉都笑了，笑容里都有些感慨和唏嘘，五味杂陈。顿了顿，郭靖望着黄蓉，说："要不，你考虑考虑？"

黄蓉故意问："考虑什么？"

"复婚呗，房子都要买了。不为我，也不为这房子吗？"

黄蓉憋着笑，她顿了顿，刚要说话，"叮叮咚咚"，她和郭靖的电话同时都响了，在郭立业的目光下，俩人分别接了起来。

挂了电话，郭靖先说了一句："科里有急事，你姐叫我现在就去，你得帮我看看老头儿。"

黄蓉一脸意外，郭靖见她的表情有些奇怪，问："难不成你也有事儿？"

"医院来了几个食物中毒的。我倒是不一定非得待多晚，可也得去一趟。"

"那怎么整？"郭靖琢磨着。

"要不我带他一起去吧，比起你，我这边应该能应付得来。"

越到了夜里，越能体会到急诊中心的忙。

人来人往中，郭立业坐在急诊内科诊室门口的一把椅子上，像个热心的导医，面前一有人过来，他就起来招呼，有人看看他就走了，也有人不辨真假，顺着他的指挥走到另一边的各个地方。

黄蓉一头汗地忙着，遥遥地从抢救室里探头看一眼这边，见郭立业还在视野里，就又忙去了。

不一会儿，郭立业就有些无聊了，他站起来溜溜达达，这里看看那里看看，走了几步，他看见一个坐在候诊椅上的男人，他挨着那个男人坐了下来，问："你怎么了？"

这个男人一直在望着郭立业，他看了看郭立业，然后微笑着问："您吃饭了吗？"

郭立业很认真地说："不要荷包蛋。素挂面就行了。"

而这个男人，不是别人，正是肖锐。

二十分钟后，黄蓉终于忙完了，她从抢救室里走出来，到急诊内科诊室门口一看，只见门口的椅子上空空如也，郭立业不见了。她一路四处走着寻找着，目光所及之处，连郭立业的影子都没有。

黄蓉又跑到几个屋子里分别看了看，都没有，她有些急了，一边拿出电话，一边往外走去，这时，肖锐从门口走了进来，黄蓉看见他马上就问："见没见郭靖他爸？我找不着他了！"

肖锐还是一如既往地不瘟不火，笑着说："等你这么半天，你也没问问我去哪儿了。"

"肖锐——"黄蓉正视着他，她已经急了。

"别急，一急就容易乱了方寸，老郭没事儿，他好好的。"

"什么意思？"她眉头一蹙，抬眼望着他。

"你们也不给他吃饭，饿啦，说想吃碗面，我安排人带他去吃点好的。放心。"

"你把他弄哪儿去了？"

"你急什么。"肖锐指了指脑袋，"我知道他这儿不清楚，找了两个人陪他，就在旁边的饭店，等咱俩看完话剧回来，已经有人送他回家了。"

说着话他过去揽住黄蓉："丢不了。"

黄蓉挣开，她实在有点不满："你怎么没告诉我一声？他没找我吗？你找了两个什么人去陪他？万一出点事儿我怎么交代？"

这些话说出来，肖锐的脸也有些慢慢地往下掉："一星期前就订好的票，我自己也没吃饭，在这儿等你，你是不是不打算去看了？"

"问题是你没看见这儿有个人吗？郭靖有事走不开，郭郭大肚子就快生了，肖锐，换了你是我，你能去看这演出吗？"心急如焚，她又问了一声："他人呢？"

肖锐看看她，有些不高兴地问："如果是我丢了，你会这么着急吗？"

黄蓉急了："你没事儿吧？你跟一个老年痴呆的病人吃什么醋？肖锐我

没开玩笑，老头死倔，他想好了的事情谁都拦不住，万一出点事儿就麻烦了，你赶紧带我去找他！"

肖锐也急了："这算是谁，他是谁？你公公吗？我们马上就要结婚了！你怕不好交代，交代谁？郭靖吗？"

黄蓉匪夷所思地望着肖锐，顿了顿，努力控制着自己的情绪，平静地说："我不想和你吵。把郭立业还给我。"

"把他还给你，我是不是还要把你也还给郭靖？"肖锐怒了。

黄蓉看着他，努力心平气和地一字一句地对他说："请你带我去找他。好吗？"

"找谁？郭立业，还是他儿子？"他瞪着眼睛咬着牙。

黄蓉实在忍不住了，对着他就是一声大吼："他人呢？！"

没等肖锐回答，只穿着短裤的郭靖就气冲冲地一路走了过来，他拉着已经换上了他的裤子、穿着他的白大褂的郭立业，全程理都不理肖锐，从始至终连正眼都没瞧过他一眼，不管他说什么干什么，一概不闻不问，眼睛只看着黄蓉，说："别着急，没事儿，老头除了尿裤子，一点事儿也没有。他看错了人，跟错了路，差点让人领走找不回来，好在我出来碰上了，一会儿我就带他回家，不麻烦你，你忙着啊。"

黄蓉越着急越是说不出话来，眼看着郭靖要走，她伸手去拉，拽了一把没拽住，又拽了一把。

被她拉住的郭靖转头看看她，说了一句："你忙你的，我也在忙，咱俩忙起来都没个边儿，我能理解，可你不该把老头交给他。"

"你知道个屁！"黄蓉心里憋屈，一下子就吼开了。

"我屁都不知道，我只知道我很多地方都不如他，我没他有钱，我没他有心，我没他那么自私，没他那么多能支使的人，支使着带我爸去吃什么狗屁阳春面，我们回家去吃挂面，行吗？"

肖锐一直在一旁察言观色，越听郭靖这么说，他反倒越放松了，就那么事不关己似的站在一边静观其变。

黄蓉直直地望着他："说完了吗？"

"过两天我就走了，走之前有些话本来还想再说，还想再问你一次。算了，问不出来，不问了，不说了。从现在起，你好，不好，高兴，不高兴，全他妈跟我没关系。这个世界上，你再没有需要关心你的那个人了。"他很真诚地笑了笑，"所有的事情都会有个终点，我以前特别怕这天，我不知道这一天会是个什么样的。今天看见了，其实也就这样。那就这样吧。回见。"

说完，他带着郭立业大步往前走去。

一秒、两秒、三秒……

五秒钟后，黄蓉终于忍不了了，她一路追了过去，追上去冲着郭靖就是一脚，又踢又打，又叫又骂："尿包蛋！你就是个懦夫！你爸骂得没错，你就是个懦夫，我他妈就要刺激你！我再不说你就不问了？是我不说还是我没说的机会？你问过我几次，以前赶你都赶不走，怎么这回你没劲儿了？从我第一次答应嫁给你，叫你放了鸽子到现在，我原谅过你多少回？你傻呀你，你不知道不管你多幼稚多混蛋多傻，我都会经不住你这些傻、再原谅你啊？说完了这些就走，你觉得你挺英雄是不是？你怎么不去死啊？"

叫着骂着，一行眼泪就流了出来，黄蓉一把擦掉，接着骂："去非洲？我答应了吗你就去非洲？你是不是在报复我郭靖？就用这种天底下没人用的缺心眼的办法来报复我？杀敌一千自损一千二？报复完了你痛快了，骂完了你就想走？做梦，门也没有！"

她望着郭靖："姓郭的你给我听好了——"

听见有人说姓郭的，郭立业也茫然地抬起头来，四处看了看。

黄蓉望着郭靖，深深地望着，那种目光恨不得将自己刻进他的眸子里去："我不和你复婚，不是因为我不喜欢你，不是因为你幼稚，也不是你傻，是因为你蠢，蠢得这么多年了你连句反正话都听不出来，蠢得要用告诉我你都有孩子了这种狗屁方法来刺激我，我是呼吸骤停还是深度昏迷？需要你这么地来电击刺激？"

"是啊，我蠢啊，我不蠢我能一直像只小狼狗一样，打我骂我，你怎么对我我也不走啊？"郭靖的眼圈也红了。

"求我，现在就求我！跪下，求我嫁给你！"黄蓉看着他，眼眶里已经渐渐溢满了泪水，"求婚！你个蠢蛋！不求是不是？不求今天就别过了，你求啊，必须求，我求求你了郭靖，求求你能不能对我求婚啊，求我和你复婚啊——"

郭靖的眼泪唰的一下就流了下来，他傻呆呆地望着她："我没戒指啊，怎么求啊？"

黄蓉急了，她一只手捂着嘴，一只手在他面前比画着："画一个呀，画呀，用手指头画呀，你傻呀你啊！"

顷刻间，郭靖唰的一下就跪了下来，拉着她的手，在她的手指头上画了个圈，还没等他画完，黄蓉已经在频频点头，大声地说了一句："我愿意！"

瞬间，郭靖泪如雨下，而一旁的肖锐，早已面如死灰。

***

黄蓉临时居住的公寓楼下，郭靖站在柔和的月光里耐心地等待着，他看着楼上那扇亮着灯的窗户，面容宛若新生。

而楼上，黄蓉已经把行李打包收拾好了，她把钥匙递到肖锐面前，很诚恳地说："有很多话，这时候又不知道该怎么说。肖锐，谢谢你。"

"我需要说一句不客气吗？"肖锐看着她，并没有要收回钥匙的意思。

见他一直没接，黄蓉把钥匙放到了桌上："屋子我都收拾过了。"

肖锐顿了顿，故意问了一句："厨房呢？"

"全擦过了。"

"卫生间呢？"

"里里外外都干净，一根头发也没有，不会堵住地漏的。"

"健身那屋呢？动感单车你用过吗？"

"还没来得及。"

"那客厅呢？沙发你也吸过了？"

黄蓉刚说了一声对，肖锐绷不住了，他连声质问道："我用你吸吗？用你扫吗？这屋子里里外外用你干活吗？你全干完了，要公寓卫生员干什么？你这算什么？这钥匙算什么？我又算什么？房东吗？"

他的手在微微发抖，他一直在压抑着自己，终于爆发了，他情绪有些失控地说："我这么久了我这到底算什么？我就是这么谈恋爱的吗？从小到大，我说的话没有任何人说驳就驳。黄蓉，不管在家里，还是在学校，小学中学大学，到现在的公司，从班长到老板，没有任何人会这么对我，你说我控制你，这就是我控制的结果吗？这事传出去你觉得别人会怎么议论我，怎么议论我干的这个事儿？凭什么？"

黄蓉看着他，一直很平静："咱俩是同学，从大学到现在，我了解你。你喜欢控制别人，你不服输，所有人都要听你的，你如果不这么要强，也不会一路走到现在，但是你要知道肖锐，你这种性格会生病的。你的手在微微发抖，这是焦虑症的前兆。你明白吗？"

"明白啊，我还不明白吗，我再不明白我就成傻逼了！"肖锐前所未有地吼骂了起来。

"作为同学，作为特别好的、曾经的朋友，我希望你能改改，别这么强迫自己，也别强迫别人，好吗？你总问我好吗好吗，你的那些'好吗'，是在问吗？你喜欢替别人决定任何的事情，就像我现在问你一样，你放松点，别像郭靖一样幼稚，好吗？"

肖锐的眼睛已经红了，他直直地看着她："你想说什么？"

"郭靖有他的幼稚，你有你的幼稚，医学院那么多毕业生，男男女女千奇百怪，有闪婚有单身有师生恋，还有暗恋到现在还不肯说出口的，在感情上，每个人都是幼稚的，我也是，你也是，你明白我的意思吗？"

肖锐也不知道到底有没有听进耳朵里，他找出了自己的手机，解开锁，递给黄蓉："郭靖怎么对你好，我也一样可以。给郭靖打电话，告诉他，你会嫁给我。好吗？"

黄蓉伸出了手，但没有接手机，而是错开手机，将手伸到肖锐面前，等着他来握手："找个比我好的，没我这么矫情的，愿意听你话的姑娘，你一定会好好的。"

肖锐没理会她伸过来的手，执拗地把手机放在她面前，望着她，目光阴沉："你要是不接这个手机，会后悔的。"

黄蓉叹了口气，随后把手收了回来，拿起外套往外走去，她刚转过身，就听见肖锐在她背后说："我怕你不安全，在这屋里装了监控，你在这里的所有画面都在这个手机里。"

黄蓉倏地一下站住了，回头眼一眨不眨地看着他。

肖锐走到她面前，继续说着："除了卫生间，全有，包括卧室。我的理智告诉我，不能把这些视频发到网上，可你非要让我扔了理智。别这么对我，别激怒我，好吗？"

"肖锐，你别叫我瞧不起你。"她咬着牙，对上了他的目光。

"我也怕。我怕你瞧不起我，怕这东西上了网，一个让所有人都看见的女大夫，怎么给病人看病？"他的手还在微微发抖，"你能报警，按法律，我顶多拘留七天，黄蓉，你一辈子就毁了。你别逼我，好吗？好不好？"

"啪！"黄蓉狠狠地抽了他一耳光："发。不发你是孙子。"说完，她头也不回地转身走了。

肖锐终于忍不住了，他一脚把桌子踢倒，把屋子砸了个稀碎。

.

刚回到医院，黄蓉就收到了肖锐发来的链接，她点开一看，整个人都炸了。这王八蛋真他妈发了！

急诊中心，黄蓉一阵气急攻心，转身就要回去剁了肖锐，郭靖拉着压不住火的她，死命地劝着："法律！法律是干什么的，专治这种无赖的呀！这时候不要法律还什么时候要，听我的，必须用法律解决！"

"放开我！他还真发了！现在只是客厅厨房阳台健身房，再不拦着就是卧室了，你给我把手术刀，别拦着我，听见没有？"

"听见了听见了，去了咱一刀一个，先把他干倒了自己上电视新闻，那时候全国人民看得更清楚，你听我说四个字，自己默念，冷静，法律，法律，冷静……你先踏踏实实值你的大夜班，我去报警，报完了警回来，咱们一起拿刀子找他去，好不好？"

黄蓉还想说什么，郭靖推着抱着她一路走进了急诊中心："你看你看那边闪着灯的是不是警车？哎不是，是救护车，咱先看病人啊，听话。"

深夜，空空荡荡的停车场内，肖锐拿着电话从电梯的方向走了出来，走向了自己停车的位置，他一边走，一边阴着一张脸打电话："叫你发你就发，别问。我这里没答案。上好你的闹钟定好你的表，到点儿了全放网上去，有一条漏的，明天滚蛋！"

说完，他啪的一声把电话合上了，一路走到自己的车前，他把车锁摁开，拉开车门刚要上车，就从后视镜里看见自己的身后站着一个人。他吓了一跳，转过身去看的瞬间，一个巨大的拳头倏地就砸在他的脸上。

肖锐捂脸就跑，而打他的人不是别人，正是郭靖。他戴着一双拳击手套，追着肖锐打，拳拳到肉，一边打一边骂："拍！偷拍！我让你偷拍！我让你威胁！我让你控制！有话好好说你躲什么？我跟你讲法律你跑什么！我叫你跑！叫你跑！别跑你接着拍啊！拍！照着我拍！拍呀，瞄准了好好拍！"

不消一会儿，肖锐的眼睛都被揍青了，满脑袋包的他一边拿手机录着郭靖动手的视频，一边踉踉跄跄地连滚带爬地摁着电话报警，110一接通，他马上对着里面就喊："杀人犯，有人要杀我，赶紧来人，快——"

话没说完，肖锐一眼就看见有两个民警从侧门出来，左右一看，向他们走来，肖锐一下子爬起来跑了过去："快快快，就是他，你们看看把我弄成什么样了，这是个大夫，大夫打人啊！"

郭靖吸了吸鼻子："没打人，闹着玩儿呢。"

"谁是肖锐？"其中一个民警问道。

"我啊，我报的警。"肖锐愣了一下，他突然反应过来，"你们怎么来得这么快？"

另一个民警看着他，说："你的秘书报的警，说你散布女性隐私的视频。跟我们回去再说吧。"

郭靖乐了，忘了还戴着拳击手套，一把就将戴着拳击手套的手朝着警察伸了过去："为人民服务，警察同志，好样的啊！"

民警面无表情地看着他："无故打人，你也回去。"

***

一个月后。郭靖和黄蓉复婚了。

今天，是他们大喜的日子，酒店外面的草坪上熙熙攘攘的，能来的今天都来了，不过医生护士居多，倘若都穿上白大褂，这就算是医学论坛了。

郭郭的肚子大得出奇，手脚却还依然灵活，她用一只手抱着肚子，在人群里迎来送往，招呼着这个那个，比她自己结婚还高兴。陈小南做了手术，已经好了，穿着一件看不清胸围的衣服，神采如初，她聚在一帮产科的医护之间，又说又笑，笑声比谁都大。

只有郭立业戴着一副墨镜，安安静静地坐在一边，也不主动说话，老于和曾鲤先后走了过来和他打了个招呼，郭立业看着他们，嘴里只有一句话："你好，请进随便坐，吃好喝好。"

老王也来了，刚过去要招呼他，郭立业马上又说："随便坐，吃好喝好。"

老王看看旁边的韩浩月，一脸意外："老爷子这是不是——好了？"

郭立业把墨镜摘下来，很认真地回答他："闺女教的，见谁都这么说，妥妥的。"

大伙都笑了。

十一点五十八分，典礼开始，鼓乐齐鸣。所有人都站了起来，他们翘首望着，目光尽头的植物拱门下面，西装革履的郭靖和穿着婚纱的黄蓉一起出现了，陈小南表情微妙地望着他们。

司仪是相声小剧场的牛老板，郭郭的师傅，他看着比新郎新娘还兴奋，在他的指挥下，吴汉唐把黄蓉一路带到了郭靖面前，俩人互相望着，一时间感慨万千。

司仪把话筒伸到黄蓉面前："新娘子说句话，想说什么说什么。"

黄蓉看着郭靖已经红了的眼眶，小声地对着他说："你要干什么？你可别哭啊。"

顿时，在座的所有亲朋好友都笑了。

话筒被司仪递到了郭靖的面前，他吸了吸鼻子，眼睛亮闪闪的，欲言又止。突然，他一把将话筒推开，一下子抱住了黄蓉，将她横抱了起来，喊："黄蓉，我他妈终于把你娶回家啦！"

哄笑声中，黄蓉挣扎着从他怀里下来，挽起郭靖的胳膊，这才正式地准备往台子上走。正在这时，忽然，音响"刺啦"一声，郭立业不知道什么时候从底下上了台，抢过了司仪手里的话筒："错了错了，错了——"

音乐声停了，所有人都将目光投向了郭立业，台底下的黄彩云眉头又像以前一样皱了起来。

郭立业一路走到郭靖和黄蓉面前，特别认真地说："司仪给弄错了。"

他指着黄蓉说："这是郭靖。"说完他又指着郭靖说："这是黄蓉呀。"

他一本正经地看着司仪，言语里有些不高兴："我盼星星盼月亮盼这么久，就为这一天，你是怎么弄的，怎么连新郎新娘都能弄错了，你们看看这都成什么了？"

韩浩月和郭靖赶忙过去劝，吴汉唐也凑了过去，三个人七嘴八舌地劝着，把郭立业往台下拉，但执拗的郭立业死活就是不肯下台，谁说也不行，他推开这个拨开那个，最后急了，喊道："我这么大岁数怎么会看错，你们一个个眼睛都老花了吗？这都反了还怎么结婚呢？错了就不许结！"

"爸你没看错，我是郭靖！"混乱里黄蓉叫了一声，她看看郭靖："错没错？问你呢，错没错？"

"没错没错。"说完，两人转身去了后台，把衣服换了过来。

不一会儿，郭靖穿着婚纱，黄蓉穿着西服再次站上了台中央，郭立业这才踏实了，乖乖地和黄彩云、吴汉唐一齐坐在几把椅子上，几个人大合影。

"啪啪啪啪"，闪光灯刚刚闪过，人群里突然有人"啊呀"了一声，韩浩月的耳朵最尖，他一看，是抱着大肚子的郭郭，她扶着桌子"哼哼呀呀"地慢慢坐了下去，韩浩月赶忙走过去一看，问了一句："怎么了你？"

黄蓉和郭靖也赶了过去，郭郭的额头上都是细汗，她咬着牙说："我可能要生了——"

韩浩月一点都没慌，他反倒是特别地放松："我以为是什么事儿呢，要生了呀。这星期第四回了，又是诈胡吧？"

郭靖刚要过来看，韩浩月轻轻地拦了一下："哥，郭郭的意思，还是想让嫂子的姐姐给看看。"

郭郭越来越不对劲儿了："唠叨完了吗老东西！真的不行了——"

瞬间，好多医护都聚了过来，黄彩云过来一看，羊水已经破了，滴滴答答流了下来，她见惯不怪，像是看着小羊生羊羔一样地说："去，就近找个屋子，把人抬过去吧。"

随后，韩浩月抱起郭郭，穿着婚纱的郭靖和众人七手八脚地帮衬着，将她一路运到了酒店里面。

没过多久，哇的一声啼哭，孩子出生了。

尾声

六年后。

相声小剧场的舞台幕布上挂着"郭立业先生从艺五十周年相声专场"的字样。台上，一小一老两个人有模有样地说着相声。

逗哏的是一个六岁的小姑娘，她扎着两根小辫子，穿着一件小大褂，站在台上一点儿也不怯场："我叫韩郭郭，今年六岁，我爸爸叫韩浩月，我妈妈叫郭郭。"

"嗯，对。"郭立业穿着大褂，给她捧哏，他笑眯眯地望着外孙女。

"我姥爷叫郭立业，他和我说，孩子别怕，我第一次上台的时候，还没你小呢。"

"嗯，对。"

"他还说，要是我这段儿说得好，他就带我去吃涮羊肉。"

郭立业依旧笑眯眯地："嗯，对。"

"我告诉他说，不管我说什么，他都说，'嗯，对'。"

郭立业袖子一甩："什么乱七八糟的——"

瞬间，掌声雷动。

台底下满坑满谷，郭郭和韩浩月，郭靖和黄蓉以及他们自己的儿子，和牛老板等一众师兄弟们一齐鼓着掌，坐在第一排的郭郭笑着笑着，眼泪就流了出来。

＊＊＊

二十年后。

天已大亮，床上，一个和郭靖年轻时长得一模一样的小伙子还在打着呼噜，睡懒觉。

不一会儿，卧室的门被推开了，人到中年的黄蓉系着围裙，拿着炒勺走了进来，看见还在睡懒觉的郭襄，她一把掀开了他的被子："这都什么点儿了还睡大懒觉？起来！"

"妈！这不才八点嘛，再让我睡会儿，再睡会儿。"被掀了被子的郭襄有些不乐意，嘟囔着。

"八点了还睡？你爸六点就出门了！别好的不学学毛病！起来，今天的大事儿你忘了？"

郭襄指了指床头柜上放着的一排大小不一的闹钟："六个闹钟，每分钟响一次，打死我也迟到不了。不就实习上班报个到嘛，我打小就在医院长大，楼里的叔叔阿姨认识一半，至于这么正式吗？"

黄蓉越来越像黄彩云，一脸严肃地瞪着他："勤能补拙，笨鸟先飞。第一天上班就吊儿郎当的，你看看你像什么？"

忽然，客厅的门开了，郭靖的声音在外面响了起来："郭襄是不是还没起床呢！"

说着，他大步流星地推门走了进来，手里还拿着一面红灿灿的锦旗，上面写着"医德高尚，服务一流"八个大字，底下还有一行小字：赠实习生郭襄医生，落款是：患者郭立业。

郭襄和黄蓉都看呆了，黄蓉问了一句："你这是干什么？"

"君子有可为有可不为，他当君子，我当小人。这锦旗有用，激励斗志，顺便镇住那些当师父的。"说着他转头看向郭襄，"抓紧吃饭上你的班，等我匿名给你送去。"

"这不妥吧？"郭襄有些犹豫。

"有什么不妥的，你爷爷当年就是这么给我送的，老郭家的传帮带。"

黄蓉拿着炒勺指着他："撒谎骗人，你怎么还这样啊郭主任？"

"没看落款吗？没撒谎没骗人，这是我爸自己送的真品。别老学着你姐拉那么长的脸，小大夫第一天上班不容易，奋发图强，晨钟暮鼓，别辜负了你爹的爹的一片苦心，接着——"

说完，他把锦旗朝郭襄一扔。

锦旗嗖的一下飞了过去，完完整整地盖住了郭襄的脸。

（全文完）